OPÉRATION MAIN MORTE

Levi Yoder - 1

M.A. ROTHMAN

Traduction par
FRÉDÉRIC LE BERRE

Primordial Press

TABLE DES MATIÈRES

Pour Sandi, Ryan et Aaron

DES ARCHIVES NATIONALES

À : Bradley Hingham, Directeur-adjoint – CIA
Objet : Réponse requête Archives nationales – *Broken Arrow*

Une recherche menée dans le système centralisé CRS n'a fait ressortir aucune trace d'incidents de type « *Broken Arrow* » en Méditerranée au cours des soixante dernières années. En revanche, une concordance avec vos paramètres de recherche a été relevée aux Archives nationales. En pièce jointe, vous trouverez un fichier image de la note non classifiée du comité JCAE.

Cordialement,
Kaitlyn Shaw, archiviste (3A)

Comité JCAE (Joint Committee on Atomic Energy)
Washington 25, D.C.
28 mars 1956

M. Carl Walske
Conseiller auprès du ministre (Énergie atomique)
Ministère de la Défense
Washington, D.C.

Cher monsieur Walske,

Vous trouverez en annexe trois copies de la transcription officielle de la session du comité exécutif, devant le comité JCAE, qui s'est tenue le 20 mars 1956, au cours de laquelle vous-même et les représentants du ministère de la Défense avez certifié que, le 10 mars 1956, un bombardier B-47 de l'armée de l'air des États-Unis a été porté disparu quelque part au-dessus de la mer Méditerranée, ou à proximité.

Il a été confirmé que deux bombes nucléaires Mark 15 avaient été chargées dans la soute dudit appareil, sur la base MacDill en Floride. La puissance explosive combinée de ces deux engins est estimée à 3,4 mégatonnes de TNT. L'appareil et sa charge sont toujours portés disparus.

Je vous saurais gré de bien vouloir valider la bonne précision de ce témoignage et de transmettre une copie corrigée au comité JCAE.

Votre collaboration sur ce sujet est grandement appréciée.
Cordialement,

John T. Conway
Directeur exécutif

CHAPITRE UN

— Monsieur Yoder, je suis vraiment désolé d'avoir à vous annoncer ça…

La mine tracassée, le docteur Cohen hésitait. Et puis, d'un coup, il se jeta à l'eau comme pour se débarrasser d'une tâche difficile.

— Vous êtes atteint d'un cancer du pancréas de stade 4.

Cette visite de contrôle à 9 heures du matin prenait une tournure aux antipodes de celle que Levi avait envisagée. Il sentit un grand froid se répandre dans sa poitrine, tandis qu'un frisson lui parcourait le dos le long de la colonne.

Le médecin à l'élégante chevelure argentée fit doucement glisser le distributeur de mouchoirs en direction de son patient de l'autre côté de son vaste bureau d'acajou.

Comme si des mouchoirs en papier pouvaient avoir la moindre utilité en la circonstance.

— Mais comment est-ce que je peux avoir un cancer ? demanda Levi, ses deux mains crispées sur la garniture de cuir rouge des accoudoirs de son siège. J'ai à peine trente ans. Je mène une vie on ne peut plus saine. Je ne bois pas d'alcool, je ne me drogue pas. Vous êtes sûr ?

À l'instant même où les mots sortaient de sa bouche, il se rendit compte à quel point sa question sonnait comme un déni.

Le docteur Cohen se leva et fit le tour de sa table de travail pour venir poser sa main ridée sur l'épaule de Levi.

— Je suis sincèrement désolé, mon garçon, dit-il en poussant un soupir où flottaient des arômes de thé à la menthe. Malheureusement, lors des premières phases, le cancer du pancréas est souvent asymptomatique. J'ai envoyé les échantillons de biopsie à deux laboratoires différents et leurs résultats sont les mêmes. Le scanner effectué la semaine dernière confirme lui aussi l'ampleur de la propagation des métastases. Le cancer touche votre système lymphatique.

Levi prit une profonde inspiration qu'il laissa ensuite lentement filer entre ses lèvres. La tension dans ses muscles se dissipa. Peu à peu, un sentiment de résignation s'emparait de lui.

— Stade 4 ? Cela signifie quoi au juste ? Quel est le traitement à suivre ? L'étape suivante ?

Le médecin prit une chaise pour s'asseoir en face de son patient. Leurs genoux se touchaient presque.

— Le « stade 4 » signifie que le cancer a migré vers d'autres organes. Dans votre cas, des cellules cancéreuses ont été détectées dans votre pancréas, mais aussi dans certains de vos ganglions lymphatiques. Pour ce qui est du traitement, le centre de recherche Sloane-Kettering et d'autres établissements spécialisés ont mené des essais cliniques en 2005 sur ce type de tumeurs. Aujourd'hui, on peut envisager diverses radiothérapies expérimentales, associées à plusieurs cycles de chimiothérapie, mais à ce stade de développement de la maladie, j'ai bien peur que le pronostic ne soit pas très bon.

Le thérapeute se pencha vers Levi, une expression solennelle sur ses traits.

— Sans aucun traitement, je dirais que vous avez entre quatre et six mois pour mettre vos affaires en ordre. Avec un traitement, la donne est différente, mais pour être parfaitement honnête, parmi les patients dans votre situation un pour cent seulement parvient à survivre jusqu'à cinq années. Cela étant, j'ai déjà passé quelques appels et nous pouvons tabler sur des traitements de tout premier ordre, tout à fait à même d'améliorer vos chances. Ce qui se fait de mieux au monde. Je ferai tout mon possible pour vous aider à surmonter cette épreuve.

Lentement, Levi digérait les paroles du médecin. Des pensées fusaient tous azimuts dans son esprit.

Dans sa partie, il était ce qu'on appelle un « fixeur », un spécialiste des questions délicates dont la résolution nécessite du doigté et de la finesse et pas uniquement du muscle. Quand les grands pontes de la mafia avaient une situation épineuse à traiter, c'était vers lui qu'ils se tournaient. Et il apportait également son concours à certaines autorités, dans des affaires dont les flics ne pouvaient pas – ou ne voulaient pas – s'occuper.

Mais pour une chose pareille, il n'avait aucune solution.

Pour autant, il savait qu'il y avait un certain nombre de choses dont il allait devoir s'occuper sans attendre. Immédiatement.

Il se leva et tendit sa main au médecin pour le saluer.

— Docteur Cohen, je mesure combien ce doit être difficile d'annoncer ce genre de nouvelles. Je vous remercie de votre franchise. Je repasserai dans deux ou trois semaines, quand j'aurai mis de l'ordre dans mes affaires. Et à ce moment-là, nous parlerons.

— Mais... Monsieur Yoder, c'est tout de suite qu'il faut commencer votre traitement. Je vous ai trouvé une place dans l'un des programmes de Sloane-Kettering...

D'un geste de la main, Levi écarta cette perspective.

— J'apprécie ce que vous faites pour moi, dit-il en marchant vers la porte. Je reviendrai.

Quand il fit jouer la poignée pour quitter le cabinet, Levi avait l'esprit tout entier tourné vers une seule et unique pensée.

Mary.

Quand Levi entra dans la chambre, Mary l'accueillit avec son sourire resplendissant. Déjà en chemise de nuit, elle était en train de poser un disque vinyle sur la platine.

— Il faut que tu écoutes ça. Je viens juste de le trouver chez un disquaire spécialisé.

La voix chaude de Nat King Cole, l'un des chanteurs préférés de Mary, sortit des enceintes.

« *Love me as though there were no tomorrow...* »

Levi sentit sa gorge se serrer en entendant les paroles de l'envoûtante ballade.

« *Aime-moi comme si demain n'existait pas...* »

Mary s'approcha de lui d'un pas lent et chaloupé, un sourire rêveur sur les lèvres, captivée par la musique. Puis son regard croisa celui de Levi et elle resta figée sur place. Des rides se creusèrent sur son front. Son visage devint grave.

Levi n'avait jamais été capable de dissimuler ses sentiments à son épouse.

Il marcha jusqu'à elle et prit doucement entre ses mains le visage délicat de la jeune femme. Son regard plongea dans les somptueux yeux brun doré de Mary. Elle était aussi magnifique que le jour où il l'avait vue pour la première fois.

Pendant qu'il lui exposait le diagnostic et les explications du médecin, son esprit revivait les instants de cette première rencontre, cinq années plus tôt. Mary avait vingt-deux ans alors et s'appelait encore Maryam Nassar. Réfugiée fuyant l'Iran, elle venait d'arriver aux États-Unis. Comme elle maîtrisait correctement l'anglais, elle avait répondu à la petite annonce de Levi en quête d'une secrétaire. À la seconde où elle avait passé la porte, avec sa silhouette longiligne et sa superbe chevelure d'un noir de jais, Levi avait été comme frappé par la foudre. Un courant électrique lui avait parcouru tout le corps. Il n'arrivait même plus à reprendre son souffle.

Neuf mois plus tard, ils étaient mariés.

Levi sentit son cœur se serrer tandis qu'une avalanche d'émotions passait sur le visage de Mary : l'incrédulité, la douleur, la colère. Des larmes emplirent ses beaux yeux sombres, son menton se mit à trembler.

— M...mais, s'exclama-t-elle avec son délicieux accent persan, tu.. tu m'as promis...

Elle n'arriva même pas à finir sa phrase. Sa respiration était hachée, rendue vacillante par l'effroi et le désespoir. Levi l'enveloppa de ses bras.

— Ma chérie, je sais…

Il la serra contre lui en lui caressant le dos. Mary sanglotait silencieusement. De tous les siens, elle était la seule à avoir choisi la route de l'exil depuis la révolution iranienne. Les autres membres de sa famille n'étaient pas particulièrement animés d'un grand zèle religieux, mais du jour où elle avait quitté l'Iran puis épouser de surcroît un non-musulman, elle avait scellé son destin. Jamais elle ne pourrait retourner dans son pays. Et c'était ce qui rendait si difficile l'aveu de ce maudit diagnostic.

D'ordinaire, Mary n'était pas du genre à montrer ses émotions, mais en cet instant elle tremblait irrépressiblement entre les bras de son mari.

Levi ne pouvait même pas concevoir les frayeurs terribles qui devaient hanter son esprit.

— Je veillerai à ce que tu n'aies jamais à t'inquiéter de quoi que ce soit pour le restant de tes jours, murmura-t-il la gorge nouée. Tu seras toujours chez toi ici, quoi qu'il arrive. Tu comprends ?

— Des choses… Des affaires… Ce n'est pas de ça dont j'ai besoin. Ce que je veux, c'est mon mari, dit Mary en étreignant farouchement les mains de Levi. Je t'aime, dit-elle en levant ses yeux rougis vers lui.

C'étaient des mots qu'elle ne lui avait dits qu'en quelques occasions seulement. Des instants intenses, magique et enivrants. Mais là, les entendre ne fit que lui briser le cœur un peu plus.

Au cours de son existence, il était venu en aide à des centaines de personnes. Mais au moment le plus crucial, quand la personne qui avait besoin de lui était celle qu'il chérissait le plus au monde, il était impuissant. En butte à un problème pour lequel il n'avait aucune solution.

— Je resterai avec toi aussi longtemps que je le pourrai… Je te le promets, murmura-t-il en essuyant du pouce les larmes qui roulaient sur les joues de Mary. Je t'aime au-delà de ce que tu peux imaginer.

Elle enserra Levi de ses bras pour le tenir tout contre elle. Ils restèrent enlacés sans rien dire. Dans l'épreuve qu'ils vivaient, ils savaient tous les deux que les mots ne pouvaient rien.

~

L'angoisse au cœur, Yousef Nassar regardait les ouvriers vider la chambre funéraire de ce prêtre de l'Égypte antique. La peur et l'inquiétude lui donnaient la chair de poule. Deux jours à peine s'étaient écoulés depuis qu'il avait découvert cette salle oubliée depuis si longtemps, mais déjà elle était presque vide.

Des pillards ! Oui, ces hommes n'étaient que des voleurs, mais de savoir qu'il était en quelque sorte l'élément-clé à l'origine de leur forfait, Yousef sentait la culpabilité le mordre au ventre.

En s'efforçant d'ignorer les hommes qui faisaient main basse sur des artefacts inestimables et irremplaçables, Yousef se concentra sur le mur aux hiéroglyphes délavés, son carnet de notes à la main. Lorsqu'il était absorbé dans son travail, le monde et ses vicissitudes disparaissaient.

— Docteur Nassar ?

Yousef tressaillit. Il avait reconnu son nom en dépit de l'accent russe pour le moins prononcé. Il se retourna et reconnut l'un des hommes de Vladimir à sa silhouette haute et large. Malgré la chaleur dans la pièce souterraine, ce dernier était intégralement vêtu d'un costume noir. Sertis dans son visage buriné, ses yeux d'un gris minéral ne trahissaient pas la moindre émotion.

— Oui ?

Le colosse s'avança. Une petite perle d'ambre crissa sous sa semelle, réduite à l'état de poussière. De l'index, il désigna la statue de près de deux mètres de haut de l'autre côté de la tombe, représentant Anubis avec un bras tendu.

— Vladimir a donné des instructions au cas où une statue comme celle-ci serait découverte. Est-ce que l'ânkh été soigneusement emballé ?

Le cœur de Yousef s'accéléra subitement. Au prix d'un effort, il parvint à conserver un visage parfaitement impassible.

— Nous n'avons rien trouvé. Ni sur la statue ni à proximité.

L'homme serra les dents. Les muscles de sa mâchoire se contractèrent sous sa peau.

— Vous êtes sûr ? demanda-t-il.

— Absolument, répondit Yousef. Et quand vous verrez Vladimir, enchaîna-t-il en montrant les hiéroglyphes d'un geste du pouce, dites-lui bien que ce qui est écrit ici doit être préservé à tout…

— J'informerai Vladimir de ce qui a été trouvé.

Le géant tourna les talons et repartit d'un pas vif en direction de l'entrée du tombeau. Les ouvriers s'écartaient prestement devant lui pour lui laisser le passage.

Yousef se racla la gorge et le bruit résonna entre les murs de pierre du tombeau où stagnait une chaleur oppressante.

Il reprit le décryptage des figures hiéroglyphiques. Peu à peu, le sens des écritures figuratives prit forme sous ses yeux et un frisson lui parcourut l'échine. Les scènes décrites évoquaient un temps où la Haute-Égypte et la Basse-Égypte n'étaient pas encore unifiées au sein d'un même royaume.

— Yousef, murmura une voix féminine. Tu as pu avancer sur la traduction ?

Par-dessus son épaule, il vit Sara qui le rejoignait.

— Ça y est, tu as… ? demanda-t-il en s'adressant à elle en persan.

Elle confirma d'un hochement de tête.

Après un soupir de soulagement, il gratifia son épouse d'un baiser suivi d'un sourire.

— J'ai tout lieu de croire que nous sommes dans l'une des tombes les plus anciennes jamais découvertes. Celle-ci remonte incontestablement à la première dynastie.

Sara se pencha sur le carnet posé sur les genoux de Yousef.

— Qu'as-tu trouvé pour l'instant ?

Il revint quelques pages en arrière et parcourut rapidement ses notes.

— Comme tu le supposais, nous sommes bel et bien dans le tombeau d'un prêtre des tout premiers temps, mais je n'ai pas trouvé les représentations du dieu Atoum. Les messages évoquent autre chose. Une grande guerre avec le sud. Tiens, écoute ça… « La maladie et la pestilence consument le pays, Un morceau du soleil est tombé et c'était un homme… »

Sourcils froncés, Yousef posa son index sur un symbole en se creusant les méninges pour le retranscrire autant que possible en quelque chose de compréhensible.

— « Aussi étincelant que d'innombrables étoiles dans la nuit, son souffle était comme un crocodile. »

— Qu'est-ce que ça veut dire ? demanda Sara.

Il secoua la tête.

— Pas la moindre idée. Tout cela n'a aucun sens. Quand nous serons de retour à l'université, il faudra faire des recherches et creuser la question. En fait, les quelques passages qui suivent n'ont ni queue ni tête.

Yousef considéra les hiéroglyphes qu'il n'avait pas encore traduits et se crispa en reconnaissant l'un d'eux.

— Mais qu'est-ce que cela peut bien signifier ?

Sara montra deux symboles sur la muraille aux couleurs délavées.

— Le poisson-chat et le ciseau… Cela désigne Narmer, n'est-ce pas ?

Yousef confirma d'un hochement de tête tout en s'efforçant de trouver un lien entre ce roi de l'Égypte antique et la signification des autres symboles placés autour.

— Oui, mais ce passage semble signifier que l'homme qui était un morceau du soleil aurait donné quelque chose à Narmer.

Comme il se penchait pour mieux observer la paroi, un cliquetis métallique retentit derrière lui. Il pivota sur lui-même et découvrit la grenade qui roulait dans sa direction sur le sol jonché de sable. Avec son enveloppe quadrillée, la petite bombe ressemblait à une grappe de raisins.

Le hurlement de Yousef resta coincé dans gorge quand explosa le sombre et funeste engin.

~

— Je suppose que c'est jour de visite à la banque pour la famille Yoder aujourd'hui. Votre femme est passée un peu plus tôt.

Très peu enclin aux échanges de banalités, Levi se contenta de répondre d'un hochement de tête en montrant la clé de son coffre.

Sanglé dans un impeccable costume, le directeur de l'établissement jeta un regard au sésame et, d'un signe de tête, accusa réception du message silencieux.

— Veuillez me suivre, monsieur Yoder.

D'une démarche un peu raide, l'élégant quinquagénaire à la chevelure grisonnante pénétra dans la salle des coffres et parcourut du regard la paroi métallique divisée en petites unités rectangulaires. Puis il entraîna son client sur la droite pour venir s'arrêter devant un coffre dont le numéro correspondait à celui figurant sur la clé de Levi.

Il sortit une clé de la poche de sa veste et l'introduisit dans l'une des deux serrures sur la façade du coffre de Levi.

— Votre clé, monsieur Yoder, dit-il en tendant la main, paume ouverte.

Levi la lui remit et le directeur de l'agence bancaire l'inséra dans l'autre serrure. Quand il les fit tourner de façon synchrone vers la droite, Levi entendit le cliquetis du pêne se désengageant de la gâche. La porte du coffre s'entrebâilla d'un centimètre.

— Monsieur Yoder, dit le banquier en rendant la clé à son client, je vais vous accompagner jusqu'à une pièce sécurisée où vous pourrez examiner vos affaires en toute confidentialité.

Levi tira sur la poignée de son coffre amovible pour l'extraire de son logement. Le casier métallique glissa en silence, sans le moindre accroc.

Quelques instants plus tard, Levi était seul dans une pièce confortable et discrète où flottaient des senteurs d'encaustique et de cuir. Le directeur avait refermé la porte derrière lui.

De la poche intérieure de son manteau, Levi sortit une épaisse enveloppe qu'il déposa dans le coffret métallique. Elle contenait divers documents juridiques relatifs à sa maison et ses avoirs financiers.

Après sa mort, toutes ses possessions seraient placées dans une fiducie et Mary n'aurait plus jamais à se soucier de rien. Leur maison était déjà intégralement payée et, pour le reste, les dépenses mensuelles seraient automatiquement débitées du compte associé au dispositif.

Levi éprouvait un semblant de réconfort à l'idée d'avoir fait tout son possible pour subvenir aux besoins de sa femme.

Il posa les mains sur le métal froid du coffre et poussa un soupir. Au creux de son aisselle, il sentait palpiter la grosseur dont il savait désormais qu'elle n'était rien moins qu'une tumeur. Une parmi toutes celles qui s'étaient multipliées et disséminées dans tout son corps au cours des derniers mois. Particulièrement chaude, elle pulsait rageusement au rythme des battements de son cœur.

Désormais, son temps aux côtés de Mary était compté. Et c'était ce qu'il regrettait le plus.

Sa gorge se serra et, pour une fois, il se laissa aller à ressentir pleinement la tristesse qu'il dissimulait toujours en public. Il avait surmonté bien des obstacles dans son existence, mais cette fois-ci ce n'était ni plus ni moins que la fin de sa vie qu'il entrevoyait devant lui.

D'un revers de la main, Levi s'essuya les yeux et prit une profonde inspiration. Son regard s'attarda une ultime fois sur le contenu de la boîte de métal. À la seconde où il allait la refermer, il aperçut un petit paquet dont il n'avait encore jamais remarqué la présence.

Tout doucement, il le saisit entre son pouce et son index. À peu près de la taille de sa main, et d'une épaisseur comparable, il était adressé à Maryam Nassar – le nom de jeune fille de Mary – à leur adresse actuelle. Couvert de timbres et de cachets exotiques, il venait de toute évidence de très loin. Plus étonnant, il n'avait pas été ouvert.

— Qu'est-ce que c'est que ça ?

Levi sortit son couteau de poche et fit jaillir la lame d'une pression sur le bouton. Le paquet était emballé sous une multitude de couches de ruban adhésif, si bien qu'il lui fallut un certain temps pour en venir à bout.

Quand il parvint enfin à dégager le couvercle du petit coffret, il découvrit une note manuscrite posée sur un objet enveloppé dans un carré de tissu. La graphie toute en volutes était caractéristique des langues du Moyen-Orient qu'il était bien incapable de déchiffrer.

Il mit de côté la feuille de papier et dégagea les pans de la petite étoffe. Ses yeux s'arrondirent sous le coup de la surprise.

Niché sur le coton gris, Levi découvrit un objet comme il n'en avait jamais vu. À peu près de la taille de sa main posée à plat, il ressemblait fort à une croix en or, à la nuance près que la barre verticale supérieure avait la forme d'une larme inversée, évidée en son centre, comme si ce bijou était conçu pour être porté par un cordon passé dans cette large boucle.

Pourquoi donc Mary avait-elle reçu une telle parure ? N'était-elle pas athée ?

— Qui a pu t'envoyer ça ? s'interrogea Levi en parlant involontairement à voix haute. Et pourquoi ne l'as-tu pas ouvert ?

Il se laissa aller en arrière contre le dossier de sa chaise, les yeux rivés sur le joyau. Un souvenir remonta du fond de son esprit. Il avait déjà vu une croix du même type, quelque part dans New York. *C'était où déjà ? Ah oui, une exposition sur l'Égypte. Et comment on appelle ça ? Un ânkh ? Une croix ansée…*

Peut-être n'était-ce qu'un effet de lumière, mais à cet instant précis, il eut la nette impression que l'objet doré émettait un chatoiement, comme s'il avait été vivant.

Levi prit la croix dans son coffret et faillit bien la lâcher. Sous ses doigts, il avait l'impression d'un contact avec une substance graisseuse qui la rendait difficile à tenir. Il affermit sa prise et elle devint étonnamment chaude.

— Mais en quoi est fait ce truc ?

Tout autour, le monde parut se ralentir. Une bouffée de chaleur envahit le cou et le visage de Levi. Son cœur se mit à battre furieusement dans sa poitrine. Une sensation de brûlure remonta le long de son bras, tandis que la douleur devenait presque insupportable au creux de sa main. C'était comme si la croix ansée tentait de lui dévorer la paume.

Une pensée lui traversa l'esprit. *Lâche cette chose.*

Sa main s'ouvrit. La lourde croix retomba sur la table de bois en produisant un bruit sourd.

La poitrine de Levi était comprimée. C'était à peine s'il parvenait à respirer. Au prix d'un effort, il parvint à prendre une inspiration. La souffrance qui lui remontait le long du bras lui arracha une grimace. Puis la torture se répandit dans tout son corps. Aucune cloque n'était encore apparue sur sa paume, mais elles viendraient à coup sûr. Sa peau devenue écarlate le démangeait furieusement, mise à vif par ce que l'étrange métal doré y avait déposé.

Il entreprit de s'essuyer les mains avec son mouchoir. De grosses gouttes de sueur perlaient sur son front.

— Mary, pourquoi quelqu'un t'a envoyé une chose pareille ?

Ses yeux revinrent se poser sur la croix ansée toujours sur la table. À son grand étonnement, il la découvrit différente. Sa teinte dorée étincelante s'était muée en une nuance d'argent terni.

La chaleur dans sa main semblait palpiter au rythme des battements de son cœur. Levi se demanda si la dorure disparue était un genre de poison. Puis il émit un reniflement en secouant la tête avec fatalisme. *Quelle différence à ce stade ?*

— Allez, envoie-moi ton venin, murmura-t-il en s'adressant à la croix inerte.

À l'aide de son mouchoir, Levi replaça soigneusement l'ânkh dans son petit paquet, avant d'aller remettre son coffre à sa place, soigneusement glissé dans son logement.

~

La route du retour fut une véritable torture. Ses paupières devenues collantes lui brûlaient les yeux. Sa bouche était toute desséchée. Il aurait tout donné pour un verre d'eau. Tout son corps n'était qu'une plaie. Une fièvre brûlante le dévorait.

Soit il avait attrapé une grippe carabinée, soit il était le jouet d'un symptôme de son cancer dont personne n'avait jugé bon de l'informer. Se pouvait-il vraiment que la croix ansée dorée ait été enduite d'une substance empoisonnée ? En tout cas, quelle que soit la cause à l'œuvre, celle-ci semblait bien déterminée à le mettre dans le pire état possible. Quand il parvint enfin aux abords de son quartier, Levi transpirait à grosses gouttes et ses yeux se fermaient tout seuls.

Les éclats lumineux des gyrophares d'une voiture de police garée devant sa maison l'arrachèrent à sa stupeur.

Levi se gara dans son allée et sortit de sa voiture avec difficulté. Un agent posté à la porte d'entrée s'approcha de lui. Il tenait une photo à la main.

— Lazarus Yoder ? demanda-t-il après avoir dévisagé Levi un instant.

— Oui, c'est moi.

Son cœur battait à tout rompre dans sa cage thoracique. D'un revers, il essuya la sueur sur son front. Lazarus était son nom officiel à l'état civil, mais depuis son arrivée à New York, il se faisait appeler Levi.

— Que se passe-t-il ?

— Monsieur Yoder, je peux vous parler un instant ? J'ai bien peur qu'il y ait eu un accident.

Levi jeta un coup d'œil du côté du garage. Il était vide. Levi n'avait pas la moindre idée d'où Mary avait bien pu aller. Comme elle était diabétique, à cette heure-ci elle était toujours rentrée pour son injection d'insuline. Les muscles de son torse se tétanisèrent. Sous l'effet de la contraction, Levi avait l'impression que ses poumons étaient pris dans un étau. Le monde autour de lui se mit à tourner.

— Monsieur Yoder, vous ne vous sentez pas bien ? dit le policier à la mine grave en posant une main sur son épaule. Je crois que vous devriez vous asseoir.

À cet instant, Levi aperçut la photo dans la main de l'agent. Son sang se glaça dans ses veines. C'était la photo de leur mariage.

Celle que Mary gardait toujours dans son sac.

Une semaine s'était écoulée depuis la mort de Mary dans un accident de voiture. Son enterrement avait eu lieu la veille. Levi n'avait pratiquement aucun souvenir de la cérémonie, juste quelques bribes. À un moment, il avait perdu connaissance, de toute évidence totalement déshydraté par la grippe qui le rongeait.

À présent, il était dans son lit, chez lui. À son chevet, une infirmière suspendait à un pied de perfusion une poche contenant un liquide translucide.

— Je vous fais passer un antiémétique, dit-elle. La nausée devrait rapidement disparaître. Sinon, il faut que vous buviez, ajouta-t-elle en posant une grande bouteille d'eau sur la table de nuit. Le docteur Cohen a dit qu'il faudra vous hospitaliser si vous ne parvenez pas à maintenir votre hydratation.

Levi secoua la tête.

— Alicia, vous avez l'air d'une personne aimable et je sais que vous voulez bien faire, mais…

Sa tête retomba sur l'oreiller. Il était sans forces, vidé de toute énergie. Ses muscles étaient tout endoloris, comme s'il venait de faire une semaine de sport intensive sans un instant de repos. Ses articulations lui faisaient particulièrement mal. Il avait l'impression d'être un vieillard perclus d'arthrite. Et tout cela n'était rien par rapport à l'atroce brûlure qu'il ressentait dans chacune des tumeurs que le cancer avait disséminé dans tout son corps.

Tout cela lui fit penser que sa grippe n'était au fond que le cadet de ses soucis.

Alicia, la garde-malade un peu vieux jeu dépêchée par le cabinet du docteur Cohen, l'observa un instant avec un air de profonde compassion.

— Oui, je ne veux que votre bien. Je repasserai demain matin pour voir comment vous allez.

— D'accord, murmura Levi, incapable d'articuler une réponse plus élaborée.

Il ferma les yeux en s'efforçant d'ignorer les supplices qui le mettaient à l'agonie.

Il avait dû s'endormir car, lorsqu'il entrouvrit les paupières, le soleil pénétrait dans la chambre par un interstice entre les rideaux beige pour baigner son visage de sa chaude lumière.

Sa fièvre était tombée.

Ses draps étaient poisseux, trempés par ses sueurs nocturnes. Ses yeux ne le brûlaient plus et ses douleurs s'étaient estompées. Pour autant, il se sentait… bizarre.

Les bruits de la matinée lui paraissaient plus forts qu'à l'ordinaire, comme s'il avait vécu jusqu'alors avec du coton dans les oreilles. Les oiseaux pépiaient dans le jardin. Quelque part au loin, des freins pneumatiques entrèrent en action pour ralentir un bus de ramassage scolaire. La trotteuse du vieux réveil sur la table de nuit marquait les secondes d'un tic-tac assourdissant.

Tout à coup, les bruits disparurent. L'espace d'un instant, ce fut comme si le monde s'était arrêté pour prendre une pause. Puis tout se remit en branle. Le réveil repartit de son battement sec et métallique pour marquer le passage du temps. Les oiseaux reprirent leurs gazouillis et les freins relâchèrent leur pression dans un soupir de forge.

Comme Levi bâillait en s'étirant, les bras levés au-dessus de sa tête, le pied de perfusion bascula et lui tomba dessus. Tant bien que mal, il se redressa dans le lit et retira d'un geste vif le cathéter de son avant-bras. Il tressaillit quand le sparadrap maintenant le dispositif s'arracha de sa peau. La sensation du tube transparent glissant hors de sa veine lui provoqua un mouvement de recul. Un frisson de répulsion lui parcourut l'échine.

Il sortit les jambes pour s'asseoir au bord du lit. Des picotements couraient à la surface de sa peau. Une goutte de sang perla sur son bras. Il prit un tampon de gaze sur la table de nuit pour l'appliquer à l'endroit d'où était sortie la perfusion.

La bouteille d'eau au chevet du lit était vide.

— Qu'est-ce qui m'arrive ? dit Levi à voix haute en secouant la tête pour s'éclaircir les idées.

Depuis la mort de Mary, il n'avait pas réussi à dormir plus de deux heures d'affilée et voilà qu'il venait de faire une nuit de douze heures d'une seule traite.

D'un œil soupçonneux, il examina la poche vide tombée par terre en se demandant ce que l'infirmière avait bien pu mettre dans la solution.

Tout doucement, il se mit debout. Pour quelqu'un à l'article de la mort la veille encore, il se sentait remarquablement stable sur ses jambes. Du bout des doigts, Levi palpa la grosseur sous son aisselle et grimaça en serrant les dents.

Ça ne s'arrête jamais...

Pour Dieu sait quelle raison, ses tumeurs lui provoquaient à présent le même effet que des tisonniers chauffés au rouge glissés sous sa peau.

Levi se tourna vers sa table de chevet et le monde parut se figer une fois encore. La trotteuse du réveil s'était immobilisée. Cette fois-ci, Levi se mit à compter à voix haute.

— Un... Deux... Trois... Quatre... Cinq.

Puis l'aiguille reprit sa marche inexorable.

— Je deviens dingue.

Des éclairs de douleur jaillissaient d'une bonne dizaine d'endroits dans son corps.

Le visage déformé, il prit plusieurs inspirations profondes.

Il savait ce qu'il devait faire.

Quelques instants plus tard, habillé de pied en cap, il refermait la porte de chez lui. Le docteur Cohen avait quelques explications à lui fournir.

Levi fonçait sur la Northern State Parkway, en direction du cabinet du docteur Cohen, en proie à un sentiment d'exaspération de plus en plus vif.

Après tout ce que j'ai vécu, il aurait quand même pu jouer franc-jeu avec moi, se disait-il.

Quelque chose s'était produit au cours de la nuit, mais il ne parvenait pas à le définir exactement. À coup sûr, le docteur Cohen avait chargé Alicia d'introduire une substance dans la poche de l'antiémétique.

Autour de lui, le monde apparaissait plus intense. Toutes les couleurs étaient plus éclatantes. Et les bruits – ceux des oiseaux dans le ciel, ceux des voitures sur la voie rapide – avaient tous gagné en netteté et en précision. Le vent par la fenêtre passait sur son avant-bras en produisant un étrange fourmillement qui lui agaçait la peau. C'était comme s'il sentait se dresser chacun de ses poils.

Est-ce que c'est ça qu'on éprouve quand on est défoncé ? se demanda-t-il.

Une voiture le doubla par la gauche et son ouïe perçut distinctement le souffle grave et l'harmonie quasi parfaite de l'échappement des six cylindres.

Machinalement, Levi gratta le point incandescent qui le démangeait sous son bras. Le siège de sa première tumeur. Il fronça les sourcils sous le coup de l'étonnement. La grosseur n'était plus la même sous ses doigts. *Plus petite ?* En tout cas, elle était plus chaude au toucher, brûlante, comme une braise glissée sous sa peau.

— Merde, toubib ! Qu'est-ce qui se passe ?

Lorsque Levi entra le cabinet du docteur Cohen, la jeune femme blonde à l'accueil leva les yeux du roman qu'elle lisait en douce et l'accueillit d'un sourire éclatant.

— Bonjour, monsieur Yoder. Je ne crois pas que vous ayez rendez-vous ce matin.

— Le docteur Cohen est là ?

— Il travaille sur ses dossiers, mais…

Sans écouter la suite, Levi marcha droit vers le bureau du médecin et ouvrit la porte. Plongé dans la rédaction d'une note de synthèse, le docteur Cohen leva la tête de la fiche de son patient et ouvrit des yeux ronds comme des soucoupes.

— Monsieur Yoder ! s'exclama-t-il en lâchant son stylo. Alicia m'a dit que vous étiez cloué au lit.

Le stylo roula sur sa table et finit par tomber.

— Je comptais passer vous voir dans l'après-midi, enchaîna le médecin. Comment vous sentez-vous ?

Les picotements et les brûlures dans tout son corps alimentaient la colère de Levi.

— Qu'est-ce que vous lui avez fait mettre dans la perfusion ? gronda-t-il. Tout est devenu étrange. Je me sens bizarre, comme si j'étais défoncé.

Le vieux médecin se mit debout, les mains posées à plat sur son bureau.

— Qu'est-ce que vous racontez ? La poche qui vous a été administrée contenait un soluté de réhydratation et un antiémétique pour calmer vos nausées.

Devant l'incompréhension inquiète et l'indiscutable sincérité de son thérapeute, Levi commença à se sentir idiot d'avoir imaginé des manigances.

— Excusez-moi, je… C'est peut-être… Je ne sais pas, dit-il en massant la tumeur sur le côté de son cou pour en atténuer la sensation de brûlure. Commençons par le commencement. Pourquoi est-ce que j'ai l'impression d'être en feu ?

— Je ne sais pas, répondit le docteur Cohen en faisant le tour de son bureau pour aller fermer la porte.

Il posa une main sur la joue de Levi. Lentement, il fronça les sourcils et les rides se creusèrent sur son front. Puis il tourna le visage de Levi sur le côté pour palper la grosseur à côté de la carotide.

— Ce n'est pas normal…, murmura-t-il.

Le vieux médecin souleva le bras gauche de son patient et palpa plusieurs points du bout des doigts, notamment son aisselle où palpitait une sensation de chaleur incandescente presque insupportable.

— Qu'est-ce qui n'est pas normal ? demanda Levi. Non, laissez-moi deviner. Je suis en train de mourir, c'est ça ?

Le docteur Cohen se recula un instant pour enfiler une paire de gants d'examen.

— Retirez votre chemise, s'il vous plaît.

Son ton et la gravité de son visage n'appelaient aucune contestation.

Levi se mit torse nu et se laissa ausculter sous les bras et sur les flancs.

— Qu'est-ce qui se passe ? Qu'est-ce qui ne va pas ?

— Depuis le diagnostic, vous n'avez reçu aucun traitement par radiothérapie ? On ne vous a administré aucune substance par perfusion ?

— Non, rien de tout ça. Mais pourquoi ces questions ?

— C'est très étrange, marmonna le médecin. Apparemment, les tumeurs qui ont envahi votre système lymphatique ont toutes diminué de volume depuis la dernière fois que je vous ai vu. Celles que je parviens à déceler sont chaudes et très dures au toucher. Quant aux autres… eh bien, je n'arrive pas à les trouver. Je vais faire des prélèvements pour une biopsie afin de comprendre ce qui se passe.

Levi poussa un lourd soupir.

— Très bien. Allez-y. Faites ce que vous avez à faire.

Levi faisait les cent pas dans la salle d'attente aux murs lambrissés du centre de recherche Sloane-Kettering en se demandant pourquoi les choses prenaient aussi longtemps.

Sa visite chez le docteur Cohen quelques jours plus tôt n'avait mené à rien, à part des aiguilles dans tout son corps et des scanners à n'en plus finir. Et sur l'insistance de ce brave médecin, Levi venait encore de passer la matinée entre les mains d'autres confrères à lui dans cet établissement spécialisé. Alors que l'après-midi tirait à sa fin, il était toujours à poireauter dans cette petite pièce anonyme, où il avait déjà lu tous les magazines sur la table basse.

D'un endroit non loin lui parvinrent des éclats de voix, un brouhaha dans lequel il crut bien reconnaître la voix du docteur Cohen. Poussé par la curiosité, Levi quitta la salle d'attente pour remonter les couloirs en direction de la source de ce raffut. Son exploration le mena devant une double porte close, sur laquelle une plaque annonçait « Radiologie et Histologie ». De l'autre côté, deux personnes s'étaient lancées dans une discussion pour le moins véhémente. Leurs voix étaient quelque peu assourdies, mais les tonalités nasales de l'une d'elles lui étaient familières.

— Frank, je ne vois pas ce que je peux vous dire de plus. Il y a trois jours, ce patient est venu me voir en se plaignant d'une sensation de brûlure. J'ai palpé ses ganglions lymphatiques et constaté la présence de grosseurs anormales. J'ai effectué des prélèvements pour biopsie et ce sont ces résultats que je vous ai apportés.

— Et moi je vous dis, docteur Cohen, qu'il est impossible que les biopsies que vous m'avez apportées et les prélèvements que j'ai réalisés ce matin proviennent de la même personne. Loin de moi l'idée de me montrer grossier – vous avez tout de même été mon professeur d'histologie à la faculté de médecine –, mais êtes-vous sûr de ne pas avoir mélanger des échantillons ou des résultats ? Lors de mon examen ce matin, je n'ai senti aucune grosseur. Absolument rien qui sorte de la normale. J'étais mal à l'aise de soumettre ce patient à nouvelle biopsie, mais je l'ai fait néanmoins, uniquement sur la foi de ce que vous m'aviez exposé.

Levi retira le pansement sur son cou pour toucher l'endroit où l'oncologue du centre Sloan-Kettering avait effectué son prélèvement le matin même. Sous ses doigts, il n'y avait rien. Pas la moindre grosseur.

Tandis que les deux médecins poursuivaient leur échange, il s'adossa contre le mur de couleur jaune. La pièce tournait autour de lui. Levi glissa une main à l'intérieur de sa chemise en direction de son aisselle, faisant sauter un bouton au passage. Là où deux jours plus tôt encore se trouvait une tumeur brûlante, il n'y avait plus rien.

Comment est-ce possible ?

De l'autre côté de la double porte, le second médecin assénait ses conclusions d'un ton catégorique.

— Au vu des résultats de la biopsie et du PET-scan, je peux vous assurer une chose : l'homme qui se trouve dans la salle d'attente est en parfaite santé.

CHAPITRE DEUX

Madison enfilait sa combinaison en fronçant les sourcils, infiniment dubitative à la perspective de la tâche qui s'annonçait.

— Maddie, calme-toi, murmura Jim en glissant le haut de son corps dans sa propre tenue de plongée. Tout va bien se passer.

Un quart d'heure à peine s'était écoulé depuis qu'ils avaient été transbordés sur un bâtiment sans immatriculation, quelque part au large des côtes de la Turquie, mais à la seconde où elle avait posé le pied sur le pont de ce navire support de plongée, Madison avait pris en grippe l'intégralité de cette mission, dans laquelle elle devait tenir le rôle de plongeuse de réserve.

Il y avait cinq autres personnes à bord. Apparemment, ils étaient tous américains, mais de toute évidence, ce bateau était loin de disposer d'un équipage complet pour une opération sous-marine en phase avec les critères de l'US Navy.

Elle verrouilla son harnais de lestage et se pencha à l'oreille de Jim en train d'enfiler sa veste de plongée.

— C'est n'importe quoi, murmura-t-elle. Ils veulent qu'on plonge à cent vingt mètres sous mélange gazeux et il n'y a même un équipage complet. C'est carrément une insulte.

Avec un discret mouvement de dénégation de la tête, il lui fit un petit sourire en coin.

— Tout va bien se passer, répondit-il. Cette organisation a l'air tout à fait conforme à l'activité de plongée d'un prestataire commercial classique.

Ah bon ? Madison était habituée aux équipages de douze hommes, conformes aux critères de la marine de guerre des États-Unis, mais elle avait toute confiance dans le jugement de Jim. Spécialiste des explosifs, il plongeait dans toutes les eaux à la surface du globe depuis plus de quinze ans. Au cours de sa carrière, il avait tout vu, tout connu.

Elle prit une profonde inspiration et laissa doucement filer l'air pour évacuer la trouille caractéristique des instants avant le début d'une mission.

— Parfois, les barbouzes vont au plus court, murmura Jim sur un ton amusé.

Les « barbouzes » ?

Tout à coup, tout devint clair. Le voyage de nuit dans l'obscurité, le contournement des zones illuminées dans le Bosphore, le flou entourant leur mission…

Madison coula un regard soupçonneux en direction des autres passagers, tous habillés en matelots de la marine marchande. Dans l'ensemble, ils avaient l'air d'un ramassis de civils, ce qui ne les empêchait pas d'être à leur affaire, de toute évidence. Ils crapahutaient d'un poste à l'autre avec maîtrise, exécutant parfaitement toutes les tâches du bord. Deux s'occupaient de la plate-forme, pendant qu'un autre pilotait les commandes du palan auquel elle était raccordée. Un quatrième gérait la console de plongée.

Le cinquième membre de l'équipage sortait du lot. Blond, la quarantaine, vêtu d'un treillis et d'un polo noir, il n'avait rien d'un marin. Pour le reste, Madison n'avait aucune certitude, mais s'il y avait un barbouze à bord, c'était lui. C'était comme si ce type avait « CIA » écrit en gros au milieu du front.

Précisément, ce dernier s'avança et prit la parole d'un ton plein d'autorité.

— Message pour les plongeurs. À l'aplomb de notre position, à cent quinze mètres de profondeur, se trouve l'épave d'un vieil avion. Ça fait un bail qu'il est là. Son fuselage est relativement étroit et l'accès est bloqué par des débris, probablement à la suite d'un glissement de terrain. Si la situation avait été différente, on aurait envoyé un ROV piloté à distance pour explorer l'intérieur.

— On cherche quoi ? demanda Jim.

Le barbouze esquissa une moue, lèvres serrées. Il hésitait.

— Désolé, mais la nature exacte du contenu de la soute de cet appareil est une information classifiée.

— Classifiée ? s'étrangla Madison, en proie à une indignation croissante. Vous attendez de nous qu'on exécute une plongée technique sur une épave dont on ne sait rien et vous refusez de nous dire ce qu'on cherche. Mais qu'est-ce que…

— Ça suffit ! aboya l'agent. Je vous demande d'être mes yeux sous l'eau et de me rendre compte de ce que vous voyez.

Derrière lui, il prit un genre de dispositif portatif aux allures de détecteur de métaux et appuya sur le bouton de mise en marche au niveau de la poignée. Quand la diode verte s'alluma, il tendit l'objet à Jim.

— Vous emporterez ça avec vous.

Jim retourna le boîtier métallique que prolongeait une poignée télescopique. Il était dépourvu de la moindre signalétique. Simplement, un bouton était enfoncé et une LED émettait une lueur.

— Qu'est-ce que c'est ? demanda Jim.

— Si la lumière se met à clignoter, je veux en être averti immédiatement. Ce sera le signe que vous êtes probablement à proximité d'un des objets que nous cherchons.

Jim agrafa l'appareil à un mousqueton de sa ceinture.

— Allez, on s'active, reprit l'agent en s'adressant de nouveau à tout l'équipage. On n'a qu'une fenêtre de cinq heures avant l'aube.

Jim enfila son casque de plongée. L'un des hommes commença à dévider le câble qui allait être tout à la fois la ligne de vie du plongeur et son unique voie de communication depuis les profondeurs. À la console, un autre lança un essai de la ligne de communication.

— Chef Uhlig, vous me recevez ?

La voix de Jim éclata dans les haut-parleurs.

— Bien reçu, surface. Je vous reçois cinq sur cinq.

Puis, sur un geste de la main, pouce levé, il s'avança sur la plate-forme de mise à l'eau. La vaste plaque métallique pivota au-dessus des flots. Tout autour, les hommes échangeaient des instructions en quelques cris secs et sonores.

À l'instant où l'opérateur enclencha la descente du palan, Madison croisa le regard de Jim. En formant un cercle avec son pouce et son index, il lui indiqua que tout allait bien.

Elle lui retourna son geste en marmonnant pour elle-même la prière qu'elle récitait avant chaque plongée.

— Guide-nous. Protège-nous. Garde-nous en vie pour que nous puissions plonger encore.

Assise dans un coin, équipée de pied en cap pour plonger, Madison se faisait du mouron. En tant qu'élément de soutien, elle n'irait à l'eau que si un problème venait à survenir.

Dix minutes s'écoulèrent.

La voix de Jim se fit enfin entendre.

— Je suis à cent quatorze mètres. Je fais circuler le faisceau du projo tout autour, mais je ne vois rien. Que de l'eau dans toutes les directions.

À la console, l'opérateur se pencha pour parler dans le micro.

— Plongeur, le courant vous a fait dériver de vingt-cinq mètres par rapport au bord de la falaise. Pivotez de deux cent cinquante-cinq degrés et avancez tout droit. Vous devriez voir la corniche et la cible.

— Il faut me donner du mou.

— Reçu.

L'un des membres de l'équipage dévida quelques mètres du « cordon ombilical », le tube qui alimentait le scaphandrier en air et par lequel circulait la liaison radio.

Attentive à conserver son calme, Madison se concentra sur le bruit des vagues léchant les flancs du bateau. Le souffle de Jim grésillait dans les haut-parleurs.

Il doit nager, se dit-elle.

— Surface, j'ai repéré l'épave. On dirait que la partie avant d'une cellule d'un avion a été arrachée et est tombée au fond de l'océan. La partie arrière est à peine visible, presque entièrement recouverte par des débris.

D'un pas nerveux, l'agent s'approcha de la console et appuya sur le bouton d'émission du micro.

— Plongeur, dégagez un passage pour y accéder. Une fois à l'intérieur, la structure est suffisamment large. Vous devriez pouvoir circuler.

Jim émit un grognement dont l'écho résonna sur toute la passerelle du navire.

— Son rythme cardiaque est passé à cent quarante battements par minute, annonça l'opérateur de la console.

— Surface, j'ai dégagé un accès suffisant. Le glissement de terrain devait être assez récent...

— Pourquoi vous dites ça ? demanda l'agent sur un ton où perçait une pointe d'inquiétude.

— Les débris n'étaient pas compactés. Ils se sont immédiatement écartés quand je les ai repoussés. Surface, j'ai encore besoin de mou. Je suis juste au bord du tombant.

La bobine du cordon ombilical se mit en branle avec un claquement sourd.

Madison passa sa langue sur sa lèvre supérieure où s'étaient agglomérés de minuscules cristaux de sel. Elle ferma les yeux et se projeta en pensée aux côtés de Jim au fond de l'eau.

— De toute évidence, reprit Jim, c'est l'épave d'un vieux bombardier. Devant moi, à trois mètres, je vois ce qui reste des volets de la soute à bombes. Tout déformés. Il y a plein de choses qui ont poussé à l'intérieur. Des éponges, quelques coraux. Je distingue des rails de guidage sur le plancher et deux grands râteliers métalliques de part et d'autre du passage.

— Que voyez-vous sur les râteliers ? demanda nerveusement l'agent.

— Rien. Ils sont vides.

Madison rouvrit les yeux pour examiner le chef de la mission. Ses épaules s'étaient voûtées. Il semblait désemparé.

— Surface, est-ce que je dois faire quelque chose avec le boîtier que vous m'avez donné ?

— Oui. Comment est la lumière dessus ?

— La LED ? Toujours verte, si c'est ce que vous voulez savoir.

— Passez-le le long des râteliers et du plancher de la soute. Dites-moi si la lumière change.

— Reçu.

L'agent se mit à faire les cent bas, la tête baissée. Avec ses sourcils froncés et la grimace anxieuse sur son visage, il donnait l'impression d'avoir avalé un citron.

— Toujours aucun changement de la LED, dit Jim. Mais on dirait que les verrous des râteliers ont été découpés. Et il n'y a pas long-temps. C'est comme si les tiges métalliques avaient été passées au coupe-boulons. La coupe est franche, sans aucune marque. Ni incrusta-tion, ni reste de peinture. Aucune patine. Incontestablement, c'est bien postérieur au crash.

— Merde ! s'exclama l'agent, avant de s'éloigner de la console en fouillant dans l'une de ses poches.

— Monsieur, l'appela l'opérateur. Voulez-vous que le plongeur fasse autre chose ?

— Non, ramenez-le, répondit l'agent en marchant vers la proue, un téléphone satellite à la main.

— Plongeur, dit l'opérateur en consultant ses tables de plongée, vous nous avez transmis les renseignements voulus. Vous pouvez entamer votre remontée. Premier palier à quatre-vingts mètres pendant une minute et demie.

— Reçu. Je quitte l'épave et j'entame ma remontée.

Pendant que Jim amorçait son retour vers la surface, ponctué de paliers de décompression, Madison observait l'agent, à six ou sept mètres d'elle, son téléphone collé à l'oreille. Il tournait toujours comme un lion en cage en parlant avec animation avec son correspondant. Par instants, la brise légère rabattait vers elle des bribes de sa conversation.

« ... un B-47... »

« ... chargement volé. »

« ... la Russie... la Turquie. »

« ... aucune radiation détectée. »

Au mot « radiation », Madison sentit son estomac se retourner. Quand l'agent rangea son téléphone pour rejoindre les autres, Madison lui demanda d'approcher d'un signe de la main.

L'homme s'exécuta, la mine agacée et préoccupée.

— Quoi ? dit-il sans même la regarder, comme si ses pensées étaient ailleurs, à des millions de kilomètres.

— Sérieusement, vous venez de nous demander de plonger à la recherche d'une bombe nucléaire disparue ?

L'agent se raidit et son visage se figea. Ses yeux se posèrent sur elle avec l'intensité de deux lasers.

Sous le coup d'une bouffée de rage, Madison repoussa sèchement le barbouze.

— Vous avez demandé à des plongeurs de la Navy de descendre sur un site avec un risque d'exposition à des radiations, hurla-t-elle un doigt pointé sur l'océan. Et tout ça, sans nous prévenir !

Son sang lui martelait les tempes. Elle prit une profonde inspiration en fusillant l'homme du regard.

Impassible, il ne répondit rien, sans pour autant la lâcher des yeux.

— On parle d'un incident « *Broken Arrow* », n'est-ce pas ? Est-ce que la Navy en a été informée ?

Broken Arrow En langage militaire, cette expression désignait un accident impliquant une arme nucléaire.

L'agent jeta un regard en direction des autres hommes, avec un petit signe de tête à peine perceptible.

— Désolé, c'est un sujet dont je ne peux parler avec vous.

Madison fit un pas un arrière, tout à coup vidée de toute sa rage. À la place, elle sentit un frisson glacé lui remonter le long du dos.

Est-ce que les États-Unis ont vraiment égaré une bombe

nucléaire ? Pire encore, est-ce qu'on a paumé une bombe et quelqu'un a mis la main dessus avant nous ?

— Plongeur, annonça l'opérateur, vous êtes à cinquante-cinq mètres. Votre rythme cardiaque est légèrement au-dessus de la normale. À cinquante mètres, je vous mets sous air et je coupe l'héliox, puis je vous passe sous mélange moitié-moitié à trente mètres.

— Reçu, surface. Je fais une pause à cinquante-cinq mètres.

Jim allait bien. D'ici une quarantaine de minutes, il serait à bord. Sans dommage… pour cette fois.

Madison se tourna vers l'agent.

— Je suis désolée de vous avoir bousculé, dit-elle.

Un jour, son caractère emporté lui vaudrait les pires ennuis.

Le visage de l'homme s'adoucit quelque peu. Il se frictionna le torse avec un sourire.

— Hé, je comprends. Et je suis désolé, mais c'est juste que…

Il laissa sa phrase en suspens et lâcha un petit gloussement.

— Il faudrait que vous veniez bosser à la CIA, reprit-il. Même si… je ne suis pas sûr que je serais autorisé à vous dire quoi que ce soit pour autant. Vous savez comment ça marche.

Madison confirma d'un hochement de tête. Elle savait qu'il disait vrai. Bien souvent déjà, elle avait été mise dans le secret d'informations hautement confidentielles et le nombre de personnes avec qui elle aurait pu s'entretenir de ces questions était sans aucun doute égal à zéro.

Elle alla s'asseoir à côté de la plate-forme de mise à l'eau.

Une bombe nucléaire a disparu, songea-t-elle en contenant un frisson.

Levi s'était préparé à mourir. Mais il y avait une perspective qu'il n'était pas vraiment prêt à affronter : avoir tout le reste de son existence devant lui.

Sans Mary.

Une copie du rapport de police sur l'accident qui avait coûté la vie à sa femme lui avait été transmise. Et certains détails le hantaient. Mary avait emprunté une bretelle de sortie à trop grande vitesse, la voiture s'était renversée et elle était morte sur place.

Tout cela n'avait aucun sens.

Mary avait toujours été une conductrice on ne peut plus prudente. Pour tout dire, c'était lui qui l'avait incitée à passer son permis. Jamais il ne l'avait vu commettre la moindre entorse au code de la route. Elle roulait toujours dix kilomètres-heure en dessous de la limitation imposée.

En fait, il entrevoyait un autre motif pouvant expliquer l'accident. Et cette pensée avait fait naître en lui un sentiment de culpabilité qui le rongeait de l'intérieur. Combien de fois ne lui avait-elle pas dit qu'elle ne voudrait pas vivre s'il n'était plus là ? Se pouvait-il qu'elle se soit suicidée pour ne pas avoir à vivre sans lui ?

Au fond, c'était sans importance. Quelle que soit la cause, le résultat était le même. Il se retrouvait seul, avec autour de lui des images qui lui rappelaient sans cesse son souvenir. La maison, la ville et jusqu'aux vêtements qu'il portait, tout lui rappelait Mary. Son absence le laissait seul avec une plaie béante dans le cœur. Une souffrance immense qu'il n'avait pas la force de supporter.

Il partait marcher, toujours plus loin, toujours plus longtemps. Les senteurs du printemps l'apaisaient quelque peu. Pendant qu'il cheminait loin de chez lui, par les rues de quartiers où il n'était jamais allé, la sensation qu'il éprouvait d'être perdu, de ne pas connaître ce qui l'entourait, venait toucher une corde sensible et faire éclore des sentiments profondément enfouis en lui.

Il fallait que quelque chose change.

Radicalement.

Au moment où il posa le pied sur le tarmac d'Okinawa, Levi se retrouva immergé dans un décor et un environnement sonore parfaitement nouveaux et encore mystérieux. L'air était empli du rugissement des moteurs des avions de transport militaire s'arrachant des pistes pour filer vers des destinations inconnues. De quelque part au loin venait la lourde pulsation des pales d'un hélico découpant l'air à l'atterrissage. Et plus près, une centaine de bottes de combat martelaient le bitume noir et brûlant en une cadence parfaite. La voix du sergent instructeur couvrait tous les bruits.

— En avant… Marche ! Un, deux… Un, deux…

Quelqu'un posa une main sur l'épaule de Levi et parla suffisamment fort pour être compris malgré le vacarme ambiant.

— Monsieur Yoder, bienvenue sur la base aérienne de Kadena. Ce n'est pas souvent qu'on reçoit des visiteurs civils. On ne m'a donné aucune instruction particulière sur votre prise en charge, mais je peux vous faire installer une couchette dans le mess des officiers…

— Non, répondit Levi en secouant la tête. Je vais me débrouiller, capitaine Lewis.

Pour arriver jusque-là, Levi avait contacté quelques personnes qui lui étaient redevables d'un service, mais le sénateur de l'État de New York qui s'était occupé de lui trouver une place sur un vol militaire avait bien tenté de le convaincre d'opter pour une destination plus « civilisée ». En tout cas, moins reculé quee cette île isolée.

— Vous savez, Levi, les locaux nourrissent une certaine rancœur à notre égard, l'avait-il mis en garde. Ils nous en veulent de maintenir une base chez eux et estiment que notre présence corrompt la culture de leur île. Entre ça et quelques sales types de chez nous qui ont des problèmes de discipline, les tensions ne sont pas rares. Sans compter que les plus anciens parmi la population ont gardé quelques souvenirs horribles de notre occupation pendant la Deuxième Guerre mondiale.

Le tableau dressé par le sénateur n'avait fait que renforcer la résolution de Levi. Le peuple de l'île d'Okinawa était profondément traumatisé. C'était exactement ce que Levi éprouvait lui-même. La pensée que Mary ait pu se suicider pour ne pas avoir à vivre sans lui était insupportable. Pourtant, c'était la seule option logique. Il allait devoir vivre à jamais avec cette cicatrice – la culpabilité du survivant.

— Indiquez-moi seulement la route pour la ville d'Okinawa, dit-il encore au capitaine. J'y trouverai ce dont j'ai besoin.

— C'est à une petite dizaine de kilomètres dans cette direction, répondit l'officier, l'index pointé vers le sud-est. Je vais demander à un de mes hommes de vous y conduire.

— Ce n'est pas la peine, répliqua Levi avec un petit geste de la main, en s'éloignant vers les portes de la base. Et merci encore de votre aide, ajouta-t-il encore par-dessus son épaule.

Levi savait pertinemment que le capitaine devait le croire fou. Un homme à pied, tout seul dans un pays étranger, avec pout tout viatique quelques vêtements dans un petit sac à dos à l'épaule.

Levi essuya une goutte de sueur sur son front, que baignaient les chauds rayons du soleil du matin. Il éprouvait un sentiment de satisfaction à se retrouver ainsi dans un cadre totalement nouveau et inconnu. Des années plus tôt, la première fois qu'il avait entendu parler de l'errance initiatique pratiquée dans certaines communautés, il avait été très intrigué par l'idée que le voyage puisse ainsi être un rite de passage. Rompre avec la vie d'avant, faire quelque chose de différent, voir d'autres lieux, découvrir d'autres cultures.

Ne pas regarder en arrière.

L'heure était venue pour Levi de tout recommencer.

Au cours des douze années qu'il avait passées à New York, Levi avait été confronté à toutes sortes de problèmes et difficultés pendant qu'il se constituait son réseau de relations, mais il avait systématiquement démontré qu'il était de taille à faire face à pratiquement n'importe quelle situation. Parfois, il s'était retrouvé confronté à des personnes bien décidées à recourir à la violence pour l'empêcher d'obtenir ce dont il avait besoin. Et bien souvent, il avait dû se battre pour l'emporter.

Après ces combats, il éprouvait un sentiment… extraordinaire. La sensation d'extase que lui procurait le fait de surmonter un obstacle physique était incomparable. Il se sentait plus intensément vivant que jamais. Le travail du fixeur était un jeu mental. Bien préparé, il n'avait pratiquement jamais besoin de sortir ses mains de ses poches. Mais quand la confrontation devenait inévitable, il ne retenait jamais ses coups.

Bien sûr, il ne s'en tirait pas toujours sans dommage. En une occasion, ces frictions lui avaient valu un bras cassé. Mais Levi relevait toujours les défis et ne reculait jamais. Sa bibliothèque regorgeait d'ouvrages sur les prouesses de la combativité japonaise. C'est dans cette source qu'il avait besoin de s'immerger, pour connaître à nouveau cette énergie qui insuffle la vie.

D'où sa venue Okinawa.

Son premier défi consistait à apprendre la langue. Il passa les trois premières semaines à essayer de trouver un karatéka qui accepterait de prendre chez lui un Américain comme étudiant. En dépit du fait qu'il était bien évidemment disposé à payer pour les cours et l'hébergement, il n'essuya que des refus. Les avertissements du sénateur au sujet des préventions des insulaires envers les Américains se vérifiaient.

Levi se décida donc à quitter Kadena pour rejoindre Tokyo. Et c'est là qu'il fit la connaissance de monsieur Saito, un Japonais dans la cinquantaine, ami du commandant de la base aérienne de Yokota.

Pendant que Saito conduisait prudemment dans les rues encombrées de Tokyo, Levi lui exposa ce qu'il cherchait. Saito l'écouta attentivement, le front ridé, les sourcils froncés.

— Je connais un endroit de ce genre. On y enseigne quelque chose qui s'appelle le Kyokushinkai, un nom que l'on pourrait traduire à peu près par « la vérité ultime ». Mais je ne serais pas tranquille pour vous si vous alliez là-bas.

— Du moment que vous pensez que ce sont des maîtres dans leur style et qu'ils accepteraient que j'étudie auprès d'eux, pourquoi je devrais m'inquiéter ?

Saito ralentit pour s'engager dans une rue étroite.

— Le dojo a la réputation d'être extrêmement strict avec ses élèves. Vous pourriez être blessé. C'est très…

— Parfait, le coupa Levi, le visage sombre et déterminé. C'est exactement ce que je cherche.

La voiture s'arrêta devant la façade d'un immeuble sur laquelle une grande enseigne montrait des silhouettes de jeunes danseuses en tutu exécutant des pirouettes. Les deux hommes se dirigèrent vers l'entrée. Levi était sur le point d'interroger Saito sur la raison sociale du lieu quand ce dernier l'invita d'un signe à le suivre de l'autre côté du bâtiment.

Quelques instants plus tard, Levi se tenait face à un Japonais au visage marmoréen vêtu d'un impeccable kimono. Pendant que Saito expliquait à ce monsieur le détail de l'étrange requête de l'Américain, celui-ci examinait la salle autour de lui. Devant une vingtaine de pratiquants agenouillés en cercle, deux combattants se livraient à un assaut d'entraînement âprement disputé. Les coups de poing étaient bloqués, les coups de pied parés et les deux adversaires violemment projetés au sol.

Levi sentit une main lui tapoter le bras.

— Oui ? dit-il en se retournant.

D'un geste, Saito désigna l'homme avec qui il venait de s'entretenir.

— Voici sensei Yasuda, dit-il en gratifiant ce dernier d'une courte inclinaison du buste. C'est l'un des instructeurs de ce dojo. Votre demande lui semble pour le moins inhabituelle, mais il pense que votre histoire est de nature à convaincre son maître. Il accepte donc de vous accueillir, mais vous devrez suivre les cours avec le plus grand sérieux, faute de quoi vous serez immédiatement renvoyé.

Levi hocha la tête.

— Autre chose, ajouta Saito. En tant que « *gaijin* », vous devrez payer deux fois plus cher que les autres.

— *Gaijin* ? demanda Levi.

Saito resta immobile un instant, une expression pensive sur les traits.

— C'est un mot utilisé pour désigner une personne étrangère. C'est ainsi qu'on appelle les non-Japonais.

Levi se tourna vers l'instructeur et s'inclina.

— Sensei, *doi suru*.

Levi pensait avoir dit « j'accepte », mais Saito s'empressa de rectifier son propos avec un petit gloussement amusé.

— Malgré tout, vous avez une bonne prononciation pour un *gaijin*.

Impassible, l'instructeur poussa un petit soupir offusqué, puis détourna la tête pour appeler.

— Tomiko !

Une jeune femme parmi les spectateurs du combat bondit sur ses pieds pour se précipiter.

Sensei Yasuda lui donna quelques instructions en japonais tout en désignant Levi d'un coup de menton.

Saito s'inclina devant Levi.

— J'ai été enchanté de faire votre connaissance, Yoder-san. Je vous souhaite le meilleur.

Et sur ces mots, il tourna les talons pour se diriger vers la porte.

La jeune femme pointa un index impérieux sur les pieds de Levi.

— Ôter chaussures tout de suite ! aboya-t-elle dans un anglais approximatif.

Pendant qu'il dénouait ses lacets, le petit bout de femme alla prendre un kimono sur une table.

— Habiller là-bas ! cria-t-elle en lui lançant la tenue.

Après s'être déchaussé, Levi ramassa le kimono et courut derrière le paravent pliant qu'elle lui avait indiqué. Son cœur battait à tout rompre dans sa poitrine. En lui, l'excitation de la découverte le disputait à l'anxiété induite par l'incertitude.

Tout d'abord, il fut l'un des observateurs qui suivaient les combats des autres. Par moments, l'instructeur criait des instructions, que Tomiko lui traduisait.

Puis vint son tour.

Au moment où il se leva pour s'avancer au milieu du cercle, il sut qu'il allait se faire botter le cul. Mais à chaque coup qu'il encaissait, chaque fois qu'il se retrouvait au sol, un peu de savoir lui venait.

Un jour, quelqu'un lui avait dit qu'il était plus facile d'apprendre à faire quelque chose en commettant des erreurs en s'efforçant de la réaliser, plutôt qu'en observant la démonstration correcte pour accomplir cette chose. Si c'était vrai, alors il avait beaucoup appris ce premier jour. Il avait été frappé avec les pieds et les mains et secoué dans tous les sens par au moins la moitié de la classe, pour ne rien dire des leçons d'humilité qui lui avaient été infligées…

Tomiko avait été sa dernière adversaire – et la pire comme il n'avait pas tardé à le constater.

Sans quitter des yeux la jeune femme au teint pâle, Levi se passa la langue sur la lèvre supérieure où perlait une goutte de sueur. Bien difficile de lui donner un âge. Elle pouvait avoir vingt ans – ou le double. Elle devait faire un mètre cinquante à tout casser et il pesait au moins deux fois son poids. En dépit de son manque d'entraînement, Levi était assez confiant pour cette passe d'armes. Face aux autres, il s'en était mieux sorti qu'il ne l'espérait. À l'occasion, il avait même réussi à porter quelques coups convaincants. Et comme il était plus grand et plus costaud que la plupart des autres, il pouvait encaisser sans courir le risque d'une grave blessure.

— Attaquer ! gronda Tomiko en jetant un regard chargé de défi à Levi.

Elle commença à tourner autour de lui, sans esquisser le moindre geste un peu vif. Levi nota qu'elle se déplaçait un peu comme une danseuse. *Non... Un chat plutôt.* Un félin qui aurait été en train de jouer avec lui.

Tout en roulant des épaules, Levi adopta une posture calquée sur celle des autres combattants, puis bondit vers l'avant avec la ferme intention de toucher sa cible d'un coup de pied. Sans attendre d'être touchée, Tomiko esquiva d'un pas de côté, avant de se laisser tomber au sol pour balayer la jambe d'appui de son audacieux adversaire.

Levi atterrit lourdement sur le dos, les poumons instantanément vidés de leur air. En hâte, il se remit debout, plus ou moins maladroitement. De minuscules taches de lumière dansaient devant des yeux, tandis qu'il s'efforçait de reprendre son souffle.

Cette fois-ci, il opta pour la prudence, guettant une ouverture tout en tournant précautionneusement autour de son adversaire.

À une vitesse fulgurante, Tomiko jaillit à son tour, lançant son pied droit devant pour un impact qui promettait d'être dévastateur au niveau de l'entrejambe.

L'espace d'une microseconde, le temps parut se ralentir. Levi plongea sur le côté, roulant sur lui-même, esquivant le coup d'un rien.

Les yeux de Tomiko s'agrandirent légèrement.

Était-ce une marque d'étonnement ?

La minuscule jeune femme revint à la charge. Levi parvint à bloquer la brutale extension de son coup de pied frontal. Mais, avant même qu'il n'ait eu le temps de savourer cette toute petite victoire, elle enchaîna par un coup de poing retourné sorti de nulle part.

L'instant suivant, Levi était affalé sur la natte de bambou, la bouche en sang, la lèvre fendue et une incisive branlante.

Ainsi prit fin leur combat.

Après cela, Levi transpira un grand moment pendant les katas pratiqués de façon synchrone par le groupe tout entier. À chaque mouvement, il essayait de reproduire ce que faisait les autres, mais immanquablement l'un des instructeurs fondait sur lui pour l'agonir de remontrances débitées en japonais, dont il saisissait la teneur sans même qu'on ait à les traduire. Chaque fois, on corrigeait sa position jusqu'à ce qu'il l'exécute correctement.

Puis vinrent les exercices de renforcement musculaire, dont certains poussèrent Levi à l'extrême limite de ses capacités. Plus grand et plus massif que les autres, il lui fallait déployer une énergie considérable pour tenir les postures qu'on lui demandait d'exécuter. Les muscles de ses jambes étaient en feu. Dents serrées, il ignorait la douleur, même quand les instructeurs circulaient dans les rangs en les poussant et les tirant pour leur faire perdre l'équilibre.

Quand le soleil disparut derrière l'horizon, Levi prit conscience qu'il avait survécu à sa première journée au dojo. Un intense sentiment de soulagement déferla sur lui.

Il avait survécu et il était toujours vivant.

Les élèves prenaient leur repas en commun dans un réfectoire. Le menu du soir était composé de riz, d'un poisson grillé – de l'anguille, peut-être bien – et d'un grand bol de légumes marinés. Pendant que Levi dévorait, les autres bavardaient en japonais autour de lui. Comme Tomiko ne restait pas au dojo, Levi n'avait personne pour lui traduire la teneur des conversations. Concentré sur la nourriture, il écoutait d'une oreille distraite les sonorités de la langue encore nouvelle pour lui.

Une fois le repas fini, il participa au rangement et au nettoyage avec les autres élèves, avant de s'éloigner vers l'arrière du dojo en faisant de son mieux pour dissimuler combien il était perclus de douleur et de fatigue. Suivant l'exemple des autres, il retira son kimono et s'aspergea le visage et le corps au robinet, avant d'enfiler la tenue propre qui lui avait été remise. Dans la salle de derrière, quelques élèves se couchaient déjà sur leurs nattes de bois. Avec un bâillement étouffé, Levi s'empressa de les imiter à l'endroit qui lui avait été assigné.

Tandis qu'il contemplait le plafond, les élancements dans tout son corps venaient lui rappeler qu'il avait repoussé ses limites physiques bien au-delà de ce à quoi il était accoutumé.

Une question s'insinua alors dans son esprit. Cette douleur était-elle la marque d'une affirmation de la vie, ou bien son châtiment pour être encore vivant alors que Mary n'était plus ?

Sa première journée dans ce triste dojo avait été une leçon apprise dans la douleur. Le lendemain matin, Levi s'attendait donc à être tout courbaturé, couvert de bleus et incapable de mettre un pied devant l'autre.

Or, à son réveil, il se redressa sur sa couche et s'étira en ne ressentant guère qu'une infime raideur dans ses muscles. Même allongé sur une simple natte de bambou pour la première fois de sa vie ne l'avait pas empêché de faire une faire une véritable nuit de bébé. Il se passa la langue sur les lèvres et sentit que la coupure que lui avait infligée Tomiko avait pratiquement disparu.

Il se leva d'un bond, puis roula sa natte pour la ranger à sa place. Slalomant entre les cinq ou six élèves encore endormis, il sortit du dortoir. Depuis le seuil de la grande salle du dojo, il aperçut Tomiko en train de s'étirer en compagnie de quelques-uns des principaux instructeurs. Il y avait aussi un autre homme qu'il n'avait pas encore vu.

Levi salua en s'inclinant et attaqua lui aussi les étirements. Sensei Yasuda leva la tête, le visage impassible et dit quelques mots en japonais.

Tomiko traduisit.

— Sensei Yasuda veut savoir pourquoi tu ne te dors pas comme les autres.

Jambes tendues, Levi attrapa ses orteils.

— Je suis reposé et je ne voulais pas risquer de manquer un cours.

Tomiko traduisit à l'intention de Yasuda. Le visage du maître ne montra rien, mais il hocha presque imperceptiblement la tête.

Le nouveau venu fit une remarque en japonais, en gratifiant Levi d'un petit sourire amusé.

— Maître Oyama espère que tu continueras à faire preuve d'une attitude aussi excellente, traduisit Tomiko. Il dit que seule une concentration intense te purgera de ce qui te hante. Il veillera à ce que tu sois poussé le plus possible à partir de maintenant.

Levi ne savait pas quoi répondre. Il inclina la tête à l'intention de maître Oyama, tout en se demandant où il avait bien pu mettre les pieds.

CHAPITRE TROIS

À l'entrée de la salle de conférence du siège de la CIA à Langley, Madison fut accueillie par un homme vêtu d'un costume sombre, le nez chaussé de lunettes. Un genre de Harry Potter devenu adulte. La pièce aux murs lambrissés fleurait bon le cuir et l'huile de citron utilisée pour lustrer le mobilier.

— Asseyez-vous, mademoiselle Lewis, dit-il après lui avoir serré la main.

Elle jeta un coup d'œil au badge accroché au revers de son interlocuteur.

— Monsieur Walker, c'est bien ça ? Je ne suis pas sûre de comprendre ce que je fais ici. Il y a deux jours, j'ai reçu un appel du service de la gestion du personnel m'informant qu'on procédait à l'actualisation de mon habilitation et que tout était normal. Et puis ce matin, on me dit qu'il y a un problème. J'avoue que je ne saisis pas très bien.

— Mademoiselle Lewis, nous procédons actuellement au traitement de votre dossier SF86. Nous avons simplement quelques questions à voir avec vous pour tout finaliser.

Madison s'assit d'un côté de la table. Walker prit place en face d'elle et feuilleta rapidement quelques dossiers kraft. Elle s'efforçait de ne rien montrer de son inquiétude. C'était la deuxième fois qu'elle postulait à la CIA. La première avait eu lieu peu de temps après sa mission de nuit en mer Noire, mais elle n'en avait jamais eu aucun écho. Cette fois-ci, les choses avaient progressé. Elle avait déjà subi une batterie de tests médicaux et psychologiques, plus un passage au détecteur de mensonges. À cet instant, face à cet agent aux lunettes rondes, elle mesura à quel point elle voulait ce boulot.

Walker tira un dossier de la pile et l'ouvrit. L'expression sur son visage se fit moins avenante.

— Mademoiselle Lewis, vous êtes née à Okinawa. Pouvez-vous m'exposer une nouvelle fois votre parcours jusqu'ici ?

— Eh bien, je suis lieutenant de vaisseau de la marine, spécialiste de la neutralisation des explosifs et munitions, actuellement en dispo...

— Stop, dit Walker en relevant la tête de ses papiers. Parlez-moi de votre enfance à Okinawa. Comment êtes-vous arrivée ici depuis là-bas ?

— Oh..., dit Madison, un peu interloquée par la question. En toute honnêteté, je ne sais pas grand-chose de mes parents. Mon père était un militaire américain, mort des suites d'un accident pendant un entraîne-ment. Ma mère était une citoyenne japonaise. Comme elle n'avait pas les moyens de m'élever seule, j'ai atterri dans un orphelinat.

— Votre mère n'avait pas une famille qui aurait pu subvenir à votre éducation ? demanda Walker.

— Je suppose que oui, mais... Mon père était un Afro-Améri-cain... À l'évidence, je n'étais pas comme les autres enfants... J'ima-gine qu'ils ne voulaient pas d'une enfant métisse... Toujours est-il que j'ai fini à l'orphelinat...

— Et comment vous sentez-vous par rapport à ça ? Qu'est-ce que cela vous fait que votre famille n'ait pas voulu de vous à cause de la couleur de votre peau ?

Madison se raidit.

— Vous êtes sérieux ? C'est quoi cette question ?

Le Harry Potter adulte et en costume eut un petit haussement d'épaules, puis inclina la tête sur le côté.

— Et donc ? Vous ressentez quoi ?

— Je ne sais pas. Je suppose que j'ai appris à vivre avec.

— Comment ?

Madison fit une moue en soufflant ostensiblement, mais son esprit remontait le temps, vingt ans en arrière. Des images lui revinrent du petit orphelinat de Kadena, sombre et miteux. Et elle se souvint combien elle haïssait les autres enfants.

— Je me suis battue. Beaucoup et souvent. J'ai appris à me défendre. Mais plus encore, j'ai fini par en apprendre plus sur l'homme qui était mon père. Et un jour, j'ai décidé d'aller visiter la base aérienne pour voir s'il y avait encore là-bas des gens qui l'avaient connu.

— Vous aviez quel âge ?

— J'avais sept ans quand j'ai rencontré le major Brown pour la première fois. C'était un collègue de mon père. Il se souvenait avoir entendu dire que la Japonaise qu'il fréquentait était enceinte. Je crois pouvoir dire que le major Brown a contribué à changer ma vie. Il a fait en sorte que je puisse entrer en contact avec ma mamie aux États-Unis, la mère de mon père.

— Et comment était la vie avec votre grand-mère ?

Madison ne parvint pas à contenir un immense sourire à l'évocation de son aïeule.

— Elle était géniale. Pourquoi ?

— Comment était votre vie aux États-Unis par rapport à Okinawa ?

— C'était un peu la galère, répondit Madison.

— Ah bon ? Comment ça ?

Elle secoua la tête en poussant un soupir.

— Pensez à la situation. Ma première langue était le japonais. Je parlais à peine l'anglais. Et je n'avais pas plus de motifs de bien m'entendre avec les enfants d'ici qu'avec ceux d'Okinawa.

— Pourquoi ? Quel était le problème ?

Madison fronça les sourcils. Ce type commençait vraiment à lui taper sur les nerfs. Elle prit une profonde inspiration, avant de laisser doucement filer l'air entre ses lèvres serrées.

— Voyez les choses telles qu'elles sont : je suis à moitié asiatique, à moitié noire. Et ça se voit. J'ai la peau trop foncée pour être asiatique et j'ai les traits trop asiatiques pour être noire. Les autres enfants ne savaient pas dans quelle case me mettre.

— Et votre famille américaine ? Comment vous voyait-elle ?

— Ils sont tous géniaux. Personne ne s'est jamais soucié de savoir à quoi je ressemblais. Je…

Elle se tut un instant, submergée par une vague d'émotions. Elle dut puiser au plus profond d'elle-même pour ne rien montrer de ce qu'elle éprouvait.

— Je les aime et ils m'aiment. C'est tout ce qui importe.

Walker passa à une autre page de son dossier.

— Vous avez fait un très beau parcours au sein de la Navy. D'excellents résultats dans votre formation à la neutralisation des explosifs et munitions, plusieurs missions remarquables sous l'égide du Commandement des opérations spéciales, avec notamment quelques plongées assez techniques. Et si je m'en réfère à vos états de service, il ne s'en faut plus que d'une mission pour que vous soyez éligible à une promotion au grade de capitaine de corvette. Pourquoi voulez-vous rejoindre la CIA ? Entendons-nous bien, l'Agence centrale de renseignement n'a rien contre la perspective d'engager plus de femmes, mais au vu de votre parcours jusque-là, vous êtes certainement en mesure de gravir les échelons et d'être propulsée capitaine de frégate d'ici quelques années. Vous êtes consciente que cela ferait de vous l'une des rares femmes capitaine de frégate spécialiste des explosifs et munitions au sein de la Navy. Vous y avez songé ?

— Vous plaisantez ? rétorqua Madison en proie à une bouffée d'indignation. Je ne suis l'alibi de personne, monsieur Walker. Je ne suis pas là pour représenter la diversité. Soit j'ai les qualités pour le poste, soit je ne fais pas l'affaire. Point barre. Le fait que je sois une femme ou tout autre chose n'entre pas en ligne de compte.

Walker accueillit son éclat avec la plus parfaite impassibilité.

— Vraiment ?

— Y'a plutôt intérêt !

En entendant l'écho de ses paroles rebondir contre les lambris aux murs, Madison se rendit compte qu'elle venait de crier. Un frisson lui parcourut l'échine. Elle relâcha ses poings serrés et posa ses mains à plat sur ses genoux.

— Alors, expliquez-moi pourquoi vous voulez intégrer l'Agence centrale de renseignement ? insista Walker.

— Je veux contribuer encore plus à faire changer les choses.

— Parce que vous ne vous sentez pas à votre place ? À cause du fait que votre mère vous a abandonnée ?

Les yeux ronds, elle resta à la fixer, suffoquée. Ses joues devenaient brûlantes. Pile au moment où elle allait lui dire d'aller se faire foutre, elle comprit subitement ce qui se passait.

Il la cherchait délibérément. Pour la mettre à l'épreuve. C'était un test.

Elle secoua la tête et répondit d'une voix parfaitement calme.

— Je me sens parfaitement à ma place, mais peut-être bien que j'ai envie de prouver que je peux contribuer à changer les choses.

— Comment ça ?

— Si quelqu'un comme moi, une orpheline qui a dû se battre pour tout peut apporter quelque chose à son pays… Eh bien, n'est-ce pas ce qu'on appelle le « rêve américain » ? Je suppose que je veux rejoindre la CIA pour la même raison que vous ou n'importe qui d'autre.

— Vous voulez devenir un exemple à suivre ?

— Non… Enfin, si, bien sûr, mais ce n'est pas mon objectif majeur. Je pense que je peux faire plus pour mon pays ici, qu'en étant une spécialiste des explosifs et munitions.

— Vous êtes donc une patriote ?

Madison laissa s'épanouir un petit sourire sur ses lèvres.

— C'est un défaut.

Walker rajusta ses lunettes de Harry Potter sur son nez et sourit.

— Non. Pas du tout.

À un peu plus de neuf cent vingt mètres au-dessus du niveau de la mer, Levi inspirait profondément l'air vif et frais, accroupi sur la souche instable d'une pruche tombée à terre.

Pendant des années, il avait reçu l'enseignement des instructeurs du dojo. Puis, quand il avait surpassé ce qu'ils étaient capables de lui enseigner, maître Oyama avait pris le relais.

Levi n'avait pas tardé à découvrir que l'habileté et la vitesse de ses anciens professeurs n'étaient rien par rapport à celles d'Oyama. Dans le monde des arts martiaux au Japon, il était l'un des tout meilleurs. Une véritable légende. Pour Levi, ce fut presque comme si tout recommençait depuis le premier jour. Le souvenir brûlant des tensions et des douleurs de ces premiers cours restait gravé dans sa mémoire.

Pendant que son corps trouvait tout naturellement son équilibre sur son perchoir incertain, Levi laissa son esprit dériver vers ces temps déjà enfuis.

Quand Oyama indiqua enfin d'un geste la fin de l'exercice, Levi se laissa tomber par terre, le visage inondé de sueur. Ses muscles étaient en feu d'avoir été soumis si longtemps à un effort ininterrompu.

— J'ai l'impression qu'un incendie s'est emparé de tout mon corps, grogna-t-il en japonais.

Le maître fit claquer sa langue en hochant doucement la tête avec solennité.

— C'est bien. Le feu qui te brûle est comme celui dans lequel le forgeron d'armes plonge ses lames pour purger l'acier de ses impuretés. Pour surmonter ce qui t'a amené à moi, tu dois toi aussi te purger.

N'oublie jamais ce qui t'a fait venir ici, mais ne le laisse pas te retenir et t'empêcher d'avancer. Que ces souvenirs alimentent le feu. C'est la seule solution.

Ce n'est qu'en entendant ces mots de maître Oyama, des années après son arrivée au dojo, que Levi comprit qu'il s'était lancé à corps perdu dans l'entraînement non pas pour guérir, mais pour se punir. Depuis tout ce temps, la mort de Mary était un joug qui entravait son âme.

À partir de ce jour, quelque chose changea en lui. D'une certaine façon, il apprit à transformer ses sentiments de douleur et de culpabilité en énergie pour aller de l'avant. Il avait enfin compris que l'autodestruction dans laquelle il se complaisait n'était en aucun cas une solution – même après une tragédie telle que la disparition de Mary. Ses interactions avec le monde autour de lui, mais aussi avec ses ressentis et son univers intérieur ne seraient plus jamais les mêmes.

Il passa encore deux années auprès d'Oyama. Dans ses enseignements, le maître évoquait le concept du « ki », le flux d'énergie naturelle. La première fois qu'il en avait parlé, Levi avait cru que ce n'était qu'une de ces croyances comme il y en a tant en Asie, pittoresques mais dénuées de tout fondement. Mais au fil du temps, Levi avait découvert que la réalité n'était pas celle-ci.

Que le souvenir de Mary l'ait fait accéder à une réserve d'énergie profondément enfouie, ou qu'il s'agisse de tout autre chose, toujours est-il qu'en fermant les yeux pour étendre sa conscience et ses sens au-delà de la clairière, Levi parvenait à présent à capter des choses normalement au-delà de la portée de son ouïe. C'était presque comme s'il ressentait les vibrations par le sol du cerf foulant le l'humus jonché des feuilles de l'automne, à une quarantaine de mètres sur sa droite. Dans le même temps, il savait qu'un oiseau se lissait les plumes, perché sur une branche une quinzaine de mètres au-dessus de lui.

Levi perçut un bruit de pas un peu plus bas dans la pente, sur le chemin menant à sa retraite forestière. Au rythme spécifique des pas, il reconnut celle qui arrivait, sans même la voir.

Sans un bruit, Levi descendit de la souche et se releva. Un petit sourire flottait sur ses lèvres. Les mains en porte-voix autour de sa bouche, il cria en japonais.

— Tomiko, je sais que tu es là !

Les pas de la jeune femme s'arrêtèrent un instant, avant de repartir un peu plus vite. Quelques instants plus tard, elle débouchait sur la crête, dans une tenue de marche aux couleurs chatoyantes. Elle avait conservé son apparence fraîche et un peu juvénile, même si quelques rides marquaient désormais sa peau quasiment parfaite.

D'un geste, Levi l'invita à poursuivre vers le cœur de la clairière où il avait établi son campement pour le moins rustique.

— Assieds-toi, dit-il en tapotant un rondin de bois.

Après s'être installée, Tomiko le considéra un moment, une lueur d'incrédulité dans les yeux.

— Tu ne ressembles définitivement plus au *gaijin* incertain que tu étais.

Levi s'assit par terre en tailleur.

— Pourquoi dis-tu cela ? demanda-t-il en levant vers elle son visage souriant.

Tomiko laissa son regard errer sur la clairière, puis leva les yeux vers les hautes frondaisons, une trentaine de mètres au-dessus du sol. Elle rendit son sourire à Levi et secoua doucement la tête.

— Tu as l'air chez toi ici, dans la forêt d'Aokigahara, mais maître Oyama m'a dit que tu allais partir. C'est vrai ?

Levi prit une profonde inspiration. Une odeur d'humus, à laquelle se mêlaient les notes résineuses des conifères, lui emplit les narines. Puis il opina doucement du chef.

— Aokigahara, la « mer d'arbres », est un endroit magnifique. Je me suis habitué à son étreinte réconfortante bien plus que je ne l'aurais pensé, mais ma place n'est pas ici. Mon esprit s'agite. Il faut que je poursuive mon chemin. L'heure est venue, dit-il en poussant un soupir, le regard tourné vers les profondeurs insondables du sous-bois. Je ne sais pas au juste où mes pas vont me mener, mais je tiens à te remercier pour la bienveillance de tes enseignements.

Une main devant la bouche, Tomiko laissa fuser un petit rire.

— Tes souvenirs diffèrent un peu des miens, Yoder-san.

Puis elle inclina la tête sur le côté, une expression de curiosité sur le visage.

— Quel est ton prénom ? Après toutes ces années, tu ne me l'as jamais dit.

— Lazarus est le prénom que mes parents m'ont donné.

— Lazarus. Qu'est-ce que cela signifie ?

Levi écarquilla les yeux, surpris par la question. Puis il réfléchit un instant en esquissant une petite moue.

— En règle générale, les prénoms anglais ne signifient pas grand-chose, mais le mien a effectivement une histoire. Quand je suis né, ma mère m'a dit qu'elle avait eu peur que je sois mort. Je suis venu au monde sans crier. Et sans respirer. Ils avaient beau s'escrimer, rien n'y faisait. Je restais silencieux. C'est au moment où ils étaient sur le point de renoncer que j'ai finalement pousser mon premier cri. Pour mes parents, c'étaient comme si j'étais revenu d'entre les morts. Dans la bible chrétienne, il est dit que Jésus a ramené quelqu'un à la vie – un homme nommé Lazare. Mes parents étaient très pieux. Le choix de mon prénom s'est imposé de lui-même.

— Lazarus..., répéta doucement Tomiko comme pour en éprouver la sonorité sur sa langue. C'est une très belle histoire. Et un très joli nom.

Et sur ces mots, elle ouvrit son sac à dos pour en tirer un objet d'une trentaine de centimètres, enveloppé dans une étoffe. Elle le présenta à Levi, posé sur ses deux mains.

— C'est un présent de maître Oyama, dit-elle en s'inclinant. Un cadeau d'adieu qu'il souhaite te remettre.

Levi se leva d'un bond sur la pointe des pieds et inclina la tête en recevant le paquet. Puis il se rassit à genoux, dans la position *seiza*. Il soupesait l'objet entre ses mains, essayant d'imaginer ce que son maître avait voulu lui offrir.

— Ouvre. C'est pour tes voyages.

Saisi par la curiosité, Levi défit la ficelle et écarta délicatement les pans du tissu vert. Sous la dernière couche, il découvrit une dague somptueuse. Un sabre court. Un *tantō*.

Levi tira la lame de son fourreau de bois. Elle était parfaitement équilibrée. Pendant des années, il s'était entraîné avec de pâles imitations de cette arme. Celle qu'il tenait dans sa main était incomparable. C'était une authentique lame faite pour le combat.

Tomiko sourit.

— Qu'il te garde en sûreté sur ton chemin.

Levi marchait vers le sud sur la route venant de Douchanbé, une ville de l'ancienne Union soviétique. Non loin de la zone désolée à la frontière entre le Tadjikistan et l'Afghanistan, il réussit à négocier quelques vêtements traditionnels pour remplacer les quasi-haillons qu'il portait depuis qu'il était ressorti de l'Outback australien.

En se confondant avec le terrain, sa nouvelle tenue se révéla bien utile dans cette région où tout était d'une teinte beige moucheté. Le pantalon était très ample et serré aux chevilles, et la chemise très longue et sans col. Relativement légère, elle restait agréablement fraîche dans un air ambiant venant flirter avec les quarante degrés Celsius.

Sa tête était coiffée d'un couvre-chef rond à l'aspect spongieux, qui n'était pas sans rappeler un béret, à la petite nuance près qu'il ne se portait comme celui de couleur verte des Forces spéciales américaines. Le bord était roulé sur lui-même pour s'adapter au tour de tête, de sorte qu'il épousait confortablement le crâne de Levi.

Il n'était pas sûr d'avoir bien fait de se faufiler en Afghanistan. Il avait exploré les zones plus sauvages de l'Australie, la Chine et la Russie. Il ne savait même plus combien de temps s'était écoulé depuis son départ du Japon… Et pourtant, jamais au cours de ses pérégrinations il n'avait ressenti pareille angoisse que celle qui émanait des gens d'ici.

Çà et là, il apercevait l'éclat métallique d'une arme de guerre dissimulée sous une tunique bouffante.

Un vent chaud balayait la terre brûlée. À l'approche des faubourgs de Mazâr-e Charîf, une grande ville du nord de l'Afghanistan, des senteurs de cuir, de cannelle et d'autres épices commencèrent à lui arriver par bouffées.

Le marché ressemblait fort à ceux que Levi avait déjà vus dans d'autres régions du monde. Sur la piste poussiéreuse, les étals qui n'étaient pas édifiés sur un chariot mobile n'étaient souvent qu'un assemblage de chutes de contreplaqué tant bien que mal maintenues entre elles par des clous ou de la corde. Les clients marchandaient bruyamment avec les vendeurs, qui eux-mêmes luttaient pied à pied pour imposer leurs prix.

Levi poussa un soupir de soulagement en constatant qu'il comprenait ce que disaient les gens. Mary lui avait appris le persan, et même si les Afghans parlaient la version orientale, le dari, les deux langues étaient fondamentalement les mêmes. Seuls les accents variaient quelque peu.

À côté d'une échoppe proposant des vêtements d'homme, un grand miroir en pied était dressé. En passant, Levi aperçut son reflet. Cela faisait bien longtemps qu'il ne s'était plus vu. Ses yeux bleus contrastaient singulièrement avec le noir de ses cheveux. Alors qu'il vivait dehors depuis des années, exposé aux éléments, son teint était resté relativement clair, mais c'était surtout sa barbe sombre qu'on voyait. Depuis le premier jour, Mary avait toujours détesté cet ornement pileux qui lui rappelait par trop les hommes de l'Iran qu'elle avait quitté. Tout le temps qu'avait duré leur vie commune, il avait donc pris l'habitude de se raser. À présent, l'homme qui lui faisait face dans le miroir n'avait plus rien à voir avec celui dont il avait gardé le souvenir.

— Tu n'es plus ce gamin amish parti de la ferme il y a de cela des années, murmura-t-il pour lui-même en *pennsilfaanisch*, l'allemand de Pennsylvanie, la langue dans laquelle il avait grandi.

À cet instant, il y eut un fracas métallique derrière lui. En se retournant, il vit une femme couverte de la tête aux pieds dans une burqa noire qui prononçait quelques paroles inintelligibles. Une demi-douzaine de boîtes de conserve étaient tombées par terre de son cabas trop rempli. Toujours marmottant, elle entreprit de ramasser ses provisions qui roulaient dans toutes les directions.

Sans réfléchir, Levi ramassa l'une des boîtes venue s'arrêter à ces pieds. Il s'approcha de la femme et lui tendit le petit récipient de métal.

— Tenez, dit-il dans un persan hésitant.

Derrière la fine grille de tissu, il vit les yeux de la femme s'arrondirent démesurément. Dans son dos, le brouhaha du marché s'interrompit brusquement pour céder la place à un lourd silence.

Un Afghan qui marchait à côté de la femme se mit à hurler en dari.

— Espèce ce porc ! Comment oses-tu ?

La femme recula à toute vitesse. Déjà, trois autres hommes approchaient. Deux étaient armés de couteaux.

Tout à coup, Levi prit conscience qu'il venait sans doute de commettre un énorme impair. Et qu'il allait payer pour cela. En sang versé.

Le corps instantanément en alerte, il laissa tomber la boîte de conserve et recula pour prendre du champ. Le bras d'un homme grand

et puissant s'enroula autour de son cou par derrière pour un étrangle-
ment. Sans même songer un instant à ce qu'il faisait, il saisit le poignet
de son agresseur de sa main gauche, haussa son épaule droite comme il
l'avait pratiqué des milliers fois pendant des années, puis se dégagea
vers l'avant en pivotant, la tête rentrée dans les épaules. Sur la torsion,
quelque chose craqua sèchement dans le poignet. L'homme derrière lui
poussa un hurlement.

À l'extrémité de son champ de vision, Levi capta un éclat métallique. D'instinct, il esquiva le coup que lui portait un autre homme
avec une lame d'au moins trente centimètres.

Comme le couteau filait vers son visage, il balaya le pied le plus
avancé de son assaillant, l'envoyant au sol à plat dos, le souffle coupé.

Levi enchaîna par un coup de coude dans le visage d'un troisième
attaquant. Sous l'impact, la pommette émit un craquement.

Tout à coup, le lourd staccato de bottes de combat martelant le sol
rocheux emplit l'air. Des voix américaines criaient des ordres en
diverses langues.

— Mains en l'air ! Lâchez vos armes !

En quelques secondes, Levi et les hommes qui s'en prenaient à lui
se retrouvèrent cernés par une dizaine de soldats, fusils d'assaut
pointés sur eux.

Levi leva les mains et se mit à protester en anglais.

— Ces types m'ont attaqué…

On ne le laissa pas aller plus loin. Ses bras furent brutalement tirés
en arrière. Le soldat qui lui entravait les poignets avec des brides plastiques lui murmura à l'oreille.

— Reste tranquille. On va régler ça.

Un autre soldat s'agenouilla à côté du colosse afghan que Levi
avait mis hors combat d'un coup de coude. L'homme gisait au sol, les
bras en croix.

— Capitaine Sanderson, on dirait que celui-ci a pris un coup de
masse sur le côté droit du visage. Il va falloir le montrer à un chirurgien. Quant à l'autre…, poursuivit le soldat en désignant l'Afghan au
poignet brisé qui jetait des regards noirs à Levi. Son bras est cassé. Il
va devoir passer une radio.

Le capitaine jeta un regard en coin en direction de Levi, puis fronça les sourcils en braillant un ordre par-dessus son épaule.

— Sanchez, donne un coup de main à Therien pour charger le grand costaud sur un brancard. Puis on embarque tout le monde pour aller débrouiller l'affaire loin du marché. Jensen, essaie de joindre les secouristes du Croissant rouge. On va avoir besoin d'eux.

Dix minutes plus tard et quelques kilomètres plus loin, les mains toujours attachées dans le dos, Levi se tenait accroupi, adossé à un bâtiment de pierre déserté, aux abords d'un village sans nom. Il arrondit les épaules dans l'espoir d'alléger un peu les tensions dans son dos. En vain. À ce stade, il aurait déjà pu se libérer, mais les soldats lui avaient pris ses couteaux. Le mieux qu'il avait à faire était donc de tirer sur ses liens en grimaçant de douleur tandis que le plastique lui mordait les poignets.

Les soldats étaient toujours avec lui, mais Levi ne savait pas au juste ce qu'étaient leurs intentions. Ils avaient l'air de maîtriser leur sujet, mais on ne sait jamais.

L'un des soldats passa près de lui, son arme pointée. Il sondait les abords, guettant le moindre signe. Deux ou trois mètres plus loin, l'opérateur radio discutait à voix basse avec le capitaine.

— Capitaine, il n'y a aucun secouriste à proximité. Et ce gros Pachtoune va avoir besoin d'un sacré boulot sur la face. Sa joue fait la taille d'un pamplemousse et il a du sang qui coule d'une oreille. Ça paraît mal engagé pour lui.

— Quelqu'un a encore des bonbons ? demanda un autre soldat, un doigt pointé vers le lointain. Il y a le gamin qui revient.

Les yeux plissés, Levi observa le jeune garçon qui avançait à une centaine de mètres de leur position. Un frisson inquiet passa sur sa peau, comme une mise en garde. Il y avait quelque chose d'étrange dans la démarche de l'adolescent. *Il est blessé ?* Un reflet luisait dans une anfractuosité derrière lui. Une porte entrebâillée dans la façade d'une petite construction de pierre. *Non, on nous observe...*

En scrutant attentivement les abords, Levi vit un volet de bois s'entrouvrir rapidement avant de se refermer.

Un sentiment de panique montait dans la poitrine de Levi. Il se mit debout en criant pour alerter le soldat parti avec un petit sac de friandises.

— Attention ! Le gosse transporte quelque chose…

Un éclair aveuglant jaillit de l'endroit où se tenait le garçon. Une onde de choc repoussa violemment Levi contre le mur derrière lui.

Au milieu des nuages de fumées, des combattants afghans jaillirent de tous les bâtiments à la ronde. Des coups de feu claquèrent. Le fracas du chaos autour de lui emplissait les oreilles de Levi. Les soldats hurlaient pour couvrir les détonations de leurs armes automatiques.

À peine avait-il eu le temps de se ressaisir que le combat était déjà fini.

Tandis que le bourdonnement strident dans sa tête s'atténuait quelque peu et que la fumée se dissipait lentement, Levi entendit l'opérateur radio qui hurlait dans son micro.

— Leader Rosebud Cinq à toutes les stations, besoin assistance immédiate, parlez.

La radio crépita, puis une voix grave résonna dans le haut-parleur.

— Ici Hawkeye Treize, Leader Rosebud Cinq, à vous.

— Hawkeye Treize, demande « evasan », à vous.

— Transmettez, Rosebud Cinq, à vous.

— Ligne Une, LZ Flapper 42S UF 31763 63246… Break.

— Ligne Deux, HF 231.45 UHF 114.1 Leader Rosebud Cinq.

— Ligne Trois…

Une voix juste derrière lui attira l'attention de Levi.

— Hé, faites voir ça un peu.

L'un des soldats américains lui essuya le côté du visage à l'aide d'une poignée de tampons de gaze.

Levi sentit son cœur manquer un battement en découvrant tout le sang sur les compresses blanches. Avait-il été touché ?

Le soldat lui inclina doucement la tête d'une main pour lui passer son autre main gantée de latex sur le crâne.

— On dirait bien que vous avez été entaillé par un éclat de la ceinture explosive du gamin. Mais je ne sens aucune plaie à la plaie à la palpation et l'hémorragie s'est apparemment arrêtée d'elle-même.

— Est-ce que vous pourriez m'enlever ces trucs, demanda Levi en montrant ses poignets entravés. Ce n'est pas moi qui ai déclenché la bagarre. Ces types m'ont attaqué.

— Therien, appela une voix rocailleuse derrière eux. Va voir les autres. Je m'occupe de lui.

C'était le capitaine. Son visage couvert de suie et de poussière affichait une expression indéchiffrable.

— J'envoie un fumigène ! hurla l'un des soldats en lançant son projectile en direction d'une zone broussailleuse.

Presque immédiatement, un énorme panache rouge commença à monter dans l'air.

— Alors, dit le capitaine, c'est quoi l'histoire ? Tu es un type d'une autre unité qui a déserté ? Abandonné son poste ?

— Non, répondit Levi en secouant la tête. Je suis juste un type en vadrouille. Je me balade… J'explore le monde…

— Arrête tes conneries ! Aucun Américain normalement sain d'esprit… Tu es bien américain ?

Levi confirma d'un hochement de tête.

— Alors tu me prends vraiment pour une bille ? dit le capitaine. Tu es de quelle unité ? D'une manière ou d'une autre, je finirai par le savoir avec tes empreintes.

— Sérieusement, je ne suis pas militaire. Je ne me suis jamais engagé de toute ma vie. Mince, j'ai grandi dans une famille de fermiers amish dans la campagne de Pennsylvanie.

Levi vit le doute et le soupçon sur le visage du capitaine et décida de lui raconter toute son histoire. Il lui expliqua donc combien il se sentait perdu depuis la mort de Mary, puis lui parla des lieux qu'il avait visités au gré de ses errances de par le monde.

— C'est le plus gros tas de bouse que j'aie jamais entendu, s'exclama Sanderson. J'ai vu ce qui t'est arrivé. J'ai vu ce qui s'est passé. Pourquoi donc est-ce que tu t'es approché d'une de ces filles ? C'est le premier truc à savoir sur ces types. S'approcher d'une de leurs filles, lui parler… Pour eux, c'est comme si tu la violais.

— Je ne m'en étais pas rendu compte. Mais je ne pouvais pas non plus les laisser me découper comme une dinde de Thanksgiving. Même si j'ai commis une erreur stupide, vous ne pouvez pas me reprocher de m'être défendu.

Le capitaine émit un gloussement et lui indiqua d'un geste de se tourner.

Levi s'exécuta et Sanderson coupa les brides plastiques qui lui entravaient les poignets. Levi se remit face à l'officier.

— Merci, dit-il en bougeant ses épaules engourdies et douloureuses.

— Non, merci à toi. J'aurais dû voir que le gamin avait une ceinture explosive. Tu as sauvé des vies. Mais dis-moi si tu es un Amish, comment est-ce que tu as pu repérer un truc pareil ?

Levi resta un instant à scruter les traits du capitaine, un trentenaire avec des yeux si bleus qu'ils faisaient penser à ceux d'un husky.

— Il marchait de travers, comme s'il avait un boitillement ou bien qu'il était déséquilibré. Et puis, j'ai vu qu'il était observé. Et nous aussi. J'ai additionné deux et deux, rien de plus.

— Ouais, les talibans sont encore dans les parages, dit Sanderson en désignant d'un coup de tête la ligne de corps gisant aux abords du village. Bon, même si je pense tu es complètement taré, je crois qu'on peut te faire confiance et tes laisser tes armes.

— Merci, capitaine.

D'un grand geste, l'officier envoya un soldat chercher les couteaux confisqués, puis tendit sa main à serrer.

— Le coin n'est vraiment pas sûr. Si tu veux, je peux te prendre à bord de l'hélico comme blessé, mais il y aura des questions. Beaucoup de questions.

Levi serra la main offerte.

— Non merci. J'apprécie votre offre, mais je crois que je vais rebrousser chemin et retourner là d'où je viens. Je suis peut-être un peu fou de me balader au sud, mais je ne suis pas idiot.

Le soldat revenait avec la brassée de poignards et autres lames.

— Il peut les récupérer, dit Sanderson en désignant Levi.

Ravi de récupérer son arsenal, Levi les fit rapidement disparaître dans les replis de ses vêtements.

Le capitaine secoua la tête avec un petit sourire en coin.

— Aucun doute, tu sais te défendre. J'ai vu ce que tu as fait…

Il laissa sa dernière phrase flotter un instant, comme pour signifier quelque chose que Levi ne saisissait pas.

— C'est quoi ton nom ? demanda encore Sanderson.

— Lazarus Yoder, mais tout le monde m'appelle Levi.

Sanderson lui assena une tape amicale sur l'épaule.

— Enchanté d'avoir fait ta connaissance, Lazarus. Et maintenant, file d'ici avant que d'autres talibans décident de sortir de leurs trous.

Sur un ultime salut du bras, Levi s'éloigna en petites foulées, cap au nord. Alors qu'il contournait le nuage de fumée rouge toujours stagnant, un bruit sourd dans l'air l'avertit de l'arrivée des hélicos.

Le petit vent qui soufflait sur le Gange charriait avec lui des relents de moisi et de décomposition, des odeurs de cendres, mais aussi les notes boisées et fruitées des fleurs dispersées tout autour. Une quinzaine de mètres en retrait des centaines de personnes rassemblées devant le bûcher funéraire, Levi se sentait comme asséché, vidé de toute faculté à éprouver la moindre émotion.

Il portait la tenue traditionnelle de lin blanc que le gourou Sinjali lui avait donnée. Le père de celui-ci venait de mourir à l'âge incroyable de cent six ans. Son fils, l'homme avec lequel Levi s'était lié d'amitié et auprès de qui il avait étudié ces six derniers mois, avait largement franchi la barre des quatre-vingts ans, mais démontrait la vitalité d'un homme de la moitié de cet âge.

Tandis que les flammes dévoraient les chairs du vieillard défunt, Levi ne pouvait pas s'empêcher de penser que c'est lui qui aurait dû être livré au feu. Le cancer aurait dû le dévorer des années plus tôt. Et pourtant, il était là, bien vivant, seul. Et parfaitement insensible – après des années de chagrin à faire le deuil de sa femme.

Il savait qu'un don lui avait été accordé. Celui de la vie. Mais comme il lui était difficile à présent de trouver assez de courage pour laisser ses émotions se réveiller en lui. Pendant des années, il avait lutté pour contenir l'insupportable peine qui pouvait l'écraser, puis l'effort l'avait exténué. Privé d'un élan vital.

Son errance arrivait peut-être à son terme. Sans doute était-il temps pour lui d'affronter les démons du passé et de rentrer chez lui.

Chez lui ? Mais où ?

Levi était l'un des rares non-Italiens adoubé au sein de la mafia. Même à l'époque où il allait par les rues avec ses comparses, jamais il n'avait été comme les autres. Lui exécrait le racket. En même temps, il n'ignorait pas que c'était un mal inévitable. Et le mieux qu'il pouvait faire, c'était de le contenir autant que possible.

Prenons l'exemple du « *pizzo* », dans lequel les commerçants étaient sommés de payer pour obtenir une protection, faute de quoi des accidents pouvaient leur arriver. Levi savait pertinemment que si la famille pour laquelle il œuvrait n'exerçait pas cette forme d'extorsion, d'autres s'en chargeraient. Et à coup sûr de façon beaucoup plus désagréable. Ce n'était finalement qu'un moindre mal.

Levi n'était pas un homme de main. Non, il était un homme qui faisait en sorte que les choses se réalisent. Et rien ne lui faisait plus plaisir que de parvenir à un résultat que tout le monde jugeait impossible.

C'était ainsi qu'il était devenu « fixeur ». Il gérait les situations que personne n'aurait pensé gérables. Et par la grâce de ce talent, il s'était imposé comme l'une des sources de revenus les plus rentables pour la famille. Qu'il s'agisse d'obtenir une information impossible à trouver, de mettre la main sur quelqu'un qui ne voulait pas être débusqué, ou d'identifier ceux dont la loyauté envers la famille n'était pas infaillible, il était l'homme qu'il fallait. Personne ne pouvait rivaliser avec lui. Il n'enfreignait presque jamais la loi, mais il ne se leurrait pas. Il savait que ce mode de vie n'avait rien d'angélique.

Jamais il ne se sentait aussi pleinement lui-même que lorsqu'il venait en aide à ceux qui ne savaient pas se protéger. Quand il prenait la défense de victimes brutalisées, ou bien quand il faisait payer leur dû à ceux qui avaient fait du tort à d'autres. Il se voyait comme un redresseur de torts, voire – dans l'esprit des enseignements du gourou Sinjali – comme un être veillant sur l'équilibre karmique des uns et des autres.

Son regard revint se poser sur le feu, au cœur duquel le squelette du corps calciné commençait à tomber en morceaux.

Le gourou Sinjali s'approcha du bûcher, une longue tige de bambou à la main. Tout en brandissant son bâton au-dessus des restes de son père, il prononça quelques paroles dont Levi ne saisit que quelques bribes. Tout à coup, le vieux maître abattit son gourdin sur le crâne du défunt, l'ouvrant en deux d'un seul coup.

Une onde passa sur la foule, dont le chagrin parut se dissiper. Seuls ou par deux, les gens s'en allèrent. Personne ne regarda en arrière.

Le gourou avait expliqué le « rite du crâne » à Levi, une pratique hindouiste permettant de libérer l'âme de son corps. D'après la croyance, au départ de l'âme, le corps n'était plus qu'un réceptacle vide.

Une main se posa sur l'épaule de Levi.

— Ton esprit est toujours tourmenté.

Levi se retourna pour se retrouver face au gourou Sinjali.

— Tout va bien, répondit-il dans un hindi encore un peu maladroit. Je prie pour le repos de l'âme de votre père.

D'un petit geste, le vieil homme écarta négligemment la remarque.

— Ce n'est pas de mon père dont nous parlons, dit-il sur un ton de psalmodie.

Il posa ses deux mains sur les épaules de Levi pour le fixer intensément pendant une bonne dizaine de secondes.

— Tu ressembles énormément à quelqu'un que j'ai connu autrefois. Tu es entêté, tu es sceptique et tu vis dans le passé. Rien de tout cela ne peut t'aider à atteindre la paix. Tu dois trouver quelqu'un qui t'aide à comprendre ce que tu es.

Levi inclina la tête sur un côté.

— Je crois que je comprends qui je suis.

Le gourou se mit à rire, en produisant un petit sifflement grinçant.

— Il y a une différence de nature entre le « qui » et le « quoi ». Mais sachant quelle mule obstinée tu peux être, il te faudra longtemps pour comprendre ça. Il est temps que tu te mettes en quête d'un vrai gourou. Quelqu'un qui saura mieux que moi ce que tu es.

Le vieux maître entraîna Levi à l'écart des cendres toujours fumantes.

— Amar Van est dans le nord. Je te montrerai le chemin pour aller le trouver. Et je prierai Vishnou pour que tu voyages sans encombre.

Levi scruta les traits ridés du gourou Sinjali, un homme qu'il avait appris à respecter pour sa sagesse et la justesse de ses jugements.

Est-ce possible que j'en sache si peu sur ce que je suis et qui je suis ? Si c'est le cas, il me faudra sûrement bien plus que des prières à une divinité de l'hindouisme.

~

Une bise aigre se glissait par un trou béant dans le mur est du temple bouddhiste abandonné. Malgré les feuilles sèches et les fétus de paille tourbillonnant autour de lui, Levi restait parfaitement immobile dans la position du lotus au milieu de la cour. Les yeux clos, il méditait.

En esprit, il revivait ses voyages. Il avait été en Indonésie, en Australie, dans la plupart des régions de l'Inde, dans quelques coins de la Russie et en Chine. Chaque fois qu'il s'était posé quelque part, venait immanquablement le moment où quelque chose en lui le poussait à repartir une fois de plus. Chaque fois, ces explorations venaient lui confirmer que c'était au contact des plus humbles qu'il avait appris le plus.

Les enseignements de maître Oyama n'avaient été qu'un point de départ.

Après Oyama, il y avait eu Mawukura, l'aborigène qui avait initié Levi aux beautés et aux dangers de sa terre australienne. Après Mawukura, il y avait eu maître Han, un praticien de la médecine traditionnelle chinoise, puis le gourou Sinjali, qui lui avait enseigné l'art de la méditation.

À chaque endroit, auprès de chacun de ses maîtres, Levi avait absorbé des connaissances en vivant comme tous les gens autour.

À présent qu'il était au Népal, il se sentait quelque peu différent. Il n'aurait su dire précisément si ce changement émanait de quelque chose en lui ou s'il était le fruit du monde alentour. Toujours est-il que cette mue était bel et bien là.

Tandis qu'il traversait les villages les plus reculés, auxquels aucun nom n'était seulement donné, il entendait parler d'un moine nommé Amar Van. Celui-là même que le gourou Sinjali avait évoqué. Levi n'avait pas la moindre idée de ce que pouvait bien signifier son nom en népalais, mais en hindi son sens était sans équivoque : « celui qui est immortel ».

Et tous ceux qui connaissaient cet Amar Van le tenaient à l'évidence en très haute estime. Selon la description qu'on en donnait, il était estropié, mais plus sage que le plus ancien des moines. Plus Levi en entendait à son sujet et plus l'aura de cet homme l'attirait.

C'était la recherche de cet Amar Van qui avait conduit Levi dans ce temple déserté.

L'immense structure de pierre avait dû être construite des siècles auparavant. Au fil du temps, son mur d'enceinte s'était effondré. Par un trou dans le toit, Levi pouvait contempler l'azur immaculé du ciel.

Pourtant, dans ce lieu décrépit et glacé, Levi sentait monter en lui une ardeur, un élan comme il n'en avait plus connu depuis longtemps. C'était comme si le flux de colère et de culpabilité qui avait nourri son irrépressible besoin d'errance s'était à tout à coup tari. Des images de la vie pastorale laissée derrière lui dans la campagne de la Pennsylvanie surgirent dans son esprit. C'était sa première maison. Le premier foyer qu'il avait connu et vers lequel il voulait retourner.

Tout à coup, il ouvrit les yeux en entendant des bruits de pas à l'extérieur. Un instant plus tard, un moine vêtu d'une robe safran se glissait dans la salle par l'ouverture dans le mur effondré.

— Maître Levi, dit le moine en s'inclinant. Je dois m'excuser. J'ai vérifié auprès des autres et « Amar Van » n'a pas été vu sur ce sommet depuis des mois. Je vais m'enquérir auprès des villages un peu plus loin pour voir s'ils ont d'autres nouvelles.

Levi sentit s'installer en lui un sentiment de paix, comme si quelque chose en lui s'était subitement déclenché.

L'heure était enfin venue.

Levi étira ses bras vers le ciel en inspirant profondément. D'un petit bond souple, il se mit debout.

— Ne vous en faites pas, dit-il. Sans doute était-il écrit que nous ne nous verrions pas. Je crois que le moment est venu pour moi de m'en retourner chez moi.

— En Amérique ? s'exclama le moine en haussant les sourcils.

Levi confirma d'un hochement de tête. Il s'était écoulé tellement de temps depuis qu'il était parti. Pour tout dire, il ne se souvenait même plus depuis quand il n'avait eu d'argent sur lui, ni même de passeport ou de tout autre papier d'identité.

— Vous savez où se trouve l'ambassade américaine ?

— Je suis désolé, répondit le moine en fronçant le nez. Je l'ignore. Peut-être que quelqu'un saura au village de Jiri. J'ai entendu dire qu'ils ont l'électricité maintenant.

Levi plaça ses mains jointes devant son front, doigts pointés vers le ciel. Puis il s'inclina devant son interlocuteur.

— Je vous remercie pour votre aide.

— Jiri se trouve…

De l'index, le moine montrait la direction du nord-est, mais Levi était déjà sorti du temple. Coudes au corps, il trottinait en direction de Jiri.

Manifestement, Jiri n'était plus tout à fait le modeste village décrit par le moine. À présent, la bourgade ressemblait plus à une petite ville. Cette évolution s'expliquait sans doute par sa position proche d'un point de départ vers les sommets himalayens. Certes un peu plus tranquille que bien d'autres visités par Levi au cours de ses voyages, son marché approvisionnait de toute évidence autant les locaux que les touristes de passage. À voir partout les écriteaux aux couleurs vives, on devinait que cette localité au pied de la chaîne himalayenne connaissait un développement florissant.

En revanche, pour Levi qui s'était habitué aux étendues sauvages, les constructions alentour, dont certaines comptaient plusieurs étages, avaient quelque chose d'étrange.

La soirée touchait à sa fin quand Levi pénétra dans un établissement surmonté d'une enseigne lumineuse en néon représentant une chope, accueilli par une âcre bouffée de fumées de cigarettes et de relents de bière. L'homme derrière le comptoir lui lança une phrase en népalais – une langue que Levi ne maîtrisait pas.

— Vous parlez mandarin ? demanda-t-il dans le dialecte chinois le plus commun.

Le barman fronça les sourcils, mais l'un des consommateurs intervint.

— Moi, je le parle. Vous avez besoin d'aide.

Levi entendit à peine, tout à coup subjugué par un objet comme il n'en avait encore jamais vu.

Derrière le bar, accroché en haut du mur il y avait un immense téléviseur couleur, à peine plus épais qu'un carton de pizza. Levi se souvenait avoir vu des publicités pour des « écrans plasma » au début de ses voyages, mais jamais encore il ne lui avait été donné d'en contempler un de ses yeux.

Un calendrier accroché au mur indiquait l'année en cours. Levi sentit sa mâchoire se décrocher en mesurant qu'il avait erré à la surface du monde pendant plus de dix années.

Les pensées se bousculaient dans son esprit. Sans même s'en rendre compte, il parla à voix haute pour lui-même.

— Si on trouve une télévision comme ça dans un endroit aussi paumé qu'ici, qu'est-ce qui a bien pu se passer ailleurs dans le monde pendant que j'étais parti ?

CHAPITRE QUATRE

Un nuage de vapeur jaillit du tonneau d'eau en sifflant quand Levi y laissa tomber le morceau d'acier chauffé au rouge. Par la porte ouverte de la grange, une petite brise apportait les odeurs de la terre fraîchement retournée, ainsi que les mille bruits de sa famille et du monde des Amish s'adonnant aux travaux de la ferme. Ces sensations sonores et olfactives apportaient à Levi un profond sentiment de bien-être.

D'un revers de la main, il essuya la sueur sur son front, puis se pencha sur la surface de l'eau.

Dans son reflet mouvant, il distingua d'abord sa barbe noire. L'image lui fit penser à Mary. Il avait vécu avec une culpabilité dévorante pendant des années, mais au fond de son cœur, il savait que l'heure était venue à présent de se tourner vers l'avenir.

Deux semaines seulement s'étaient écoulées depuis son retour dans son monde d'origine, un temps qu'il avait entièrement consacré aux plaisirs bucoliques et paisibles de la nature. Ici, la vie était restée la même, inchangée, à l'image de la communauté dont il était issu. Bien sûr, certains membres étaient partis, et ceux que Levi avait connus dans son enfance étaient devenus des adultes qui avaient fondé des familles à leur tour. Son père était décédé et sa mère avait pris de l'âge, mais oh ! comme elle avait été heureuse de le voir après tant d'années.

La communauté semblait quelque peu déconcertée par sa soudaine réapparition, mais à son étonnement soulagé, tout le monde l'accepta sans poser trop de questions. Et c'était tant mieux, puisqu'il n'avait pratiquement aucune réponse à leur apporter. Même s'il avait tenté de leur expliquer, ils n'auraient pas compris ce qu'avait été sa vie après la ferme. Mais plus encore, ils n'auraient rien entendu à sa rencontre avec la mort et son inexplicable retour à la santé et à la vie. C'est pour cette raison qu'il avait demandé à tous de l'appeler Levi Yoder, plutôt que Lazarus. Son nom de baptême évoquait par trop la résurrection.

— Frère Levi, frère Levi ! braillait Jebediah en déboulant hors d'haleine dans la grange de son père. Frère Levi, un « Anglais » est venu ! C'était le facteur. Et il a laissé quelque chose pour toi, précisa encore le petit garçon de huit ans, en allemand de Pennsylvanie.

Levi plongea la tête dans le tonneau, puis essora sa barbe et s'essuya le visage. *En dehors de la communauté, qui sait seulement que j'existe encore ?*

— Il a laissé quelque chose ?

Le petit blondinet excité comme une puce confirma d'un vigoureux hochement de tête en agitant une enveloppe toujours fermée.

— Même qu'il l'a apportée dans une voiture !

Après s'être essuyé les mains sur son pantalon, Levi prit l'enveloppe et vit qu'elle venait de sa banque. À l'aide de la dague que maître Oyama lui avait offerte des années plus tôt, il ouvrit le pli et prit connaissance du billet qu'elle contenait.

Monsieur Yoder,

Il semblerait que le compte inactif que vous détenez dans notre établissement pose un certain nombre de complications.

Merci de bien vouloir passer à mon bureau dès que possible afin que je puisse vous exposer la situation telle qu'elle m'a été présentée par le service des archives.

Levi se tourna vers le petit Jebediah. Debout sur la pointe des pieds, une expression de grande curiosité sur sa frimousse, il essayait de déchiffrer le contenu de la lettre.

— Tu sais si quelqu'un doit aller en ville bientôt ? demanda Levi.

Le garçonnet hocha frénétiquement la tête.

— Je viens de voir Elijah en train d'atteler la calèche pour aller livrer du fromage au marché de Lancaster. Tu veux que je lui demande de t'attendre ?

Levi s'approcha de la forge et prit une pelle.

— Oui, s'il te plaît. Préviens-le que je couvre le feu et que j'arrive.

Tandis que Jebediah filait de toute la vitesse de ses petites jambes, Levi se demandait à quel genre de « complications » il devait s'attendre à la banque.

Sur le banc, Levi prit place à côté d'Elijah, qui agita les rênes pour donner le signal du départ. Leur carriole ouverte s'ébranla sur la route, lourdement chargée de plusieurs centaines de kilos de fromages et autres produits destinés au marché central. Levi laissa filer un soupir chargé de mélancolie. Il revoyait le garçon qu'il était à l'âge d'Elijah. L'adolescence est l'âge où les jeunes Amish prennent de grandes décisions pour leur vie.

Levi avait toujours été un véritable cauchemar pour ses parents. Souvent, il partait vagabonder au-delà des fermes pour voir ce que la ville voisine avait à offrir. Plusieurs fois, il avait convaincu d'autres garçons de sécher les corvées de l'après-midi, d'emprunter une calèche et d'aller assister à un match de football américain dans un lycée voisin. Aussi, personne n'avait été véritablement surpris quand il avait pris la décision de quitter la communauté. Pour tout dire, ceux qui se souvenaient encore de lui avaient très certainement été choqués de leur voir revenir.

Levi se tourna vers le jeune homme.

— Tu as dix-sept ans, Elijah, c'est bien ça ? Qu'est-ce que tu comptes faire plus tard ?

— Livrer ces fromages et les paniers de courges, je suppose, répondit Elijah en s'essuyant le nez d'un revers de main.

Levi se mit à rire.

— Non, je veux dire, à l'avenir ?

Elijah grata les premiers poils qui lui poussaient au menton et parut méditer la question un instant.

— Eh bien, j'ai dix-sept ans, alors je vais bientôt me marier. Et avec l'aide de Dieu, j'économiserai suffisamment pour m'acheter une terre, répondit-il, avant de se tourner vers Levi, une expression indéchiffrable sur les traits. Et toi, j'ai entendu dire que tu avais longtemps vécu avec les Anglais. Qu'est-ce que tu comptes faire maintenant ?

La question prit Levi de court. *Qu'est-ce que je veux faire ?* s'interrogea-t-il, sourcils froncés.

— C'est vrai, j'ai passé beaucoup de temps avec les Anglais. J'imagine que je ne sais toujours pas ce que je vais faire. Il faut que j'y réfléchisse.

Ils arrivèrent aux abords de la ville. Les roues de la carriole produisaient un bruit différent sur la route. Le silence s'était fait entre eux. Alors qu'ils avançaient à l'intérieur de la ville, Levi se demandait s'il avait été bien avisé de suivre son instinct et de revenir en pays amish. Bien sûr, il était ici chez lui, mais l'ambiance n'avait rien à voir avec celle de lieux comme New York ou Tokyo — et de loin. Il essaya de s'imaginer passer ici le reste de ses jours et, à cette pensée, il sentit son estomac se nouer. Revenir à son ancienne vie n'était apparemment pas la solution.

Mais où aller alors ?

Elijah tira sur les rênes et pointa du doigt un immeuble sur le côté droit de la rue.

— C'est ici que tu vas, n'est-ce pas ?

Levi hocha la tête, puis serra la main d'Elijah.

— Bonne chance pour le marché et merci pour le transport.

Levi s'assit sur une chaise de cuir brun à dossier rigide dans le bureau du directeur de la banque. Il régnait dans la pièce une température fraîche au point d'en être inconfortable.

L'homme referma la porte et alla s'installer derrière son bureau.

Son visage ridé esquissa une petite moue. Puis il se racla la gorge et affricha une expression plus avenante.

— Je suis heureux que vous soyez venu nous voir, monsieur Yoder. Il est toujours préférable de traiter ces affaires en face à face. En toute honnêteté, en quarante années dans la banque, je n'ai jamais eu à m'occuper d'un cas comme le vôtre. Vous mesurez, je suppose, que pour notre établissement, vous avez littéralement disparu de la surface de la terre il y a plus de dix ans ?

Levi avait déjà eu une conversation de cet ordre avec le personnel de l'ambassade américaine au Népal. Pendant plusieurs journées, il avait eu à subir un feu roulant de questions sur ses pérégrinations et les raisons pour lesquelles il n'avait ni renouvelé son passeport, ni sollicité le moindre visa. À coup sûr, ce n'était pas tous les jours qu'un citoyen américain parti vadrouiller dans d'autres pays pendant plus de dix années, et ce sans le moindre papier d'identité, décidait tout à coup de réapparaître.

— Oui, monsieur Cornbluthe, je me rends bien compte que mon absence a été un peu longue, mais je suis de retour à présent. Et j'entends reprendre les choses là où je les ai laissées.

Dans le silence qui suivit sa tirade, Levi s'adossa contre le dossier de sa chaise sans quitter des yeux son interlocuteur.

— Quel est le problème ? demanda-t-il.

Le directeur ouvrit un dossier kraft, d'où il tira une feuille qu'il posa à plat devant Levi en la tournant vers lui.

— Monsieur Yoder, ceci est une copie du dernier relevé de votre compte, transmis par notre service des archives. Comme vous pouvez le constater, au moment de votre dernière transaction, votre compte présentait un solde positif de 267 384,05 dollars. Au cours des trois années suivantes, des versements trimestriels ont été effectués par un fonds fiduciaire, le *Yoder Development Trust*…

— Oui, le coupa Levi. J'avais pris des dispositions pour que des dividendes soient régulièrement versés à l'intention de mon épouse. Mais elle est décédée.

À cet instant, Levi posa son index sur une ligne du document montrant une longue succession de chiffres.

— Qu'est-ce que c'est que ça ? Une erreur ?

Le dénommé Cornbluthe secoua la tête.

— Je suppose que non puisque l'opération figure dans nos archives. Mais effectivement, trois ans après le début des versements des dividendes, un dépôt de près de trois millions de dollars a été effectué. Ensuite, plus rien... Avant votre arrivée, j'ai effectué quelques recherches sans trouver aucune référence à ce *Yoder Development Trust*. Serait-il possible que ce fonds fiduciaire ait été dissout, et que le dernier versement corresponde en quelque sorte au solde de clôture ? demanda-t-il en haussant les sourcils en une mimique interrogative.

— Je n'en ai pas la moindre idée, répondit Levi, entièrement focalisé sur la dernière entrée du document, autrement préoccupante à ses yeux. Dites-moi, pourquoi mon compte affiche-t-il un solde nul ? Je n'ai jamais effectué cette opération, dit-il en montrant le retrait qui avait vidé le compte et le laissait donc totalement démuni et ruiné.

Le directeur Cornbluthe passa un doigt à l'intérieur du col de sa chemise. Du dossier posé sur son bureau, il tira un autre document et se râcla une nouvelle fois la gorge.

— Euh…, vous connaissez la loi de l'État de New York relative aux avoirs en déshérence, monsieur Yoder ?

Levi secoua la tête. Sa bouche s'était subitement asséchée. Ses mains serraient les accoudoirs de son siège.

La mine grave, le directeur fit doucement glisser vers son client une copie du texte législatif.

— Apparemment, dit-il en soupirant, un responsable de l'État de New York, où votre compte avait été ouvert, a lancé une procédure pour faire reconnaître le caractère inactif de votre compte et demandé le reversement des fonds à l'État. Peu après le dernier versement, notre banque a reçu un avis de déshérence des sommes inscrites à votre crédit.

Le sieur Cornbluthe posa la pointe de son index sur un paragraphe du document.

— C'est la section 4b qui s'est appliquée, je le crains, expliqua-t-il d'une voix sourde.

Levi parcourut les lignes indiquées.

Loi de l'État de New York relative aux avoirs en déshérence - Section 1406-4B

La demande de restitution d'avoirs reconnus en déshérence peut être effectuée uniquement par une personne physique, une entité coassociée, une association non constituée en personne morale, ou une entreprise n'ayant pas eu connaissance de la procédure de déshérence, et à condition que ladite demande soit effectuée auprès de la cour suprême de l'État de New York dans un délai de cinq ans après la décision statuant l'état de déshérence.

Levi avait déjà eu à consulter des textes juridiques. Il saisit sans peine l'idée générale de ce jargon.

— Donc, l'État de New York voulait mon argent. Une procédure a été ouverte, puis un juge a prononcé la clôture et la banque a donné mes avoirs à l'État. Ensuite, j'avais cinq ans pour réclamer la restitution, dit Levi en fixant le directeur d'un regard glacial. Or, comme les cinq années sont plus qu'écoulées, je joue de malchance. C'est comme ça que vous voyez les choses également ?

— Ou… oui, j'en ai peur. Mais je ne suis pas juriste, répondit Cornbluthe d'une voix crispée. Tout ce que je sais, c'est que la banque ne peut absolument rien faire. Nos mains sont liées.

Levi sentit un grand vide se creuser en lui. Il était comme assommé. Les yeux fixes, il regardait un point dans le vide, très loin devant lui, bien au-delà de son interlocuteur. Jusqu'alors, il avait compté sur ces fonds pour financer les prochaines étapes de son existence – quelles qu'elles soient. À présent, la donne n'était plus la même…

Une vague d'amère frustration déferla sur lui. Il aurait voulu pouvoir rejeter la faute sur quelqu'un d'autre, mais en réalité, il ne pouvait s'en prendre qu'à lui-même. C'était lui et nul autre qui avait choisi d'aller se perdre de par le monde. Et lui encore qui récoltait maintenant ce qu'il avait si inconsidérément semé.

— Il faut que je reparte de zéro, marmonna-t-il pour lui-même.

— Pardon ? bafouilla Cornbluthe.

Levi se leva.

— Je peux prendre ça ? demanda-t-il en désignant son relevé de banque fatidique.

— Bien sûr…

— Merci, murmura Levi en franchissant la porte, son document à la main.

~

Affalée sur sa chaise, Madison écoutait dans son casque les bavardages que deux femmes échangeaient en russe à toute vitesse. L'une d'elles était l'épouse d'un mafieux, et l'autre la sœur de la première.

« *Masha, comment va la petite ? Elle a toujours de la fièvre ?* »

« *Malheureusement, oui. Et elle est agitée, tu n'imagines même pas.* »

Madison émit un grognement. Elle avait passé sa journée à écouter des conversations comme celle-ci, en provenance des centaines de lignes russes placées sur écoute.

Elle avait réussi. Elle était enfin devenue une agente à part entière de la CIA, mais le chemin avait été bien plus long qu'elle ne l'avait imaginé. Pendant dix-huit mois, elle avait suivi le programme de formation à l'action clandestine de la CIA, où elle avait appris toutes les ficelles et les finesses des opérations sous couverture, avant d'enchaîner sur une autre formation intensive de neuf mois à la langue de Tolstoï, étayée par les connaissances pratiques acquises en russe au cours de son passage dans la Navy.

À présent, même si elle travaillait au sein de la direction des Opérations, l'une des rares instances spécialisées dans les opérations clandestines, Madison n'avait pas tardé à se rendre compte que le monde du renseignement comportait bien plus de tâches à exécuter que les activités à haut risque qu'une accroc à l'adrénaline comme elle appelait de ses vœux.

Comme collecter du renseignement humain à partir de communications sous surveillance.

Un petit sourire blasé vint flotter sur les lèvres de Madison. La conversation était passée des soins infantiles aux aléas de la vie sexuelle de l'épouse du mafieux.

— Ma vie passionnante de demoiselle du téléphone, gloussa-t-elle quand l'appel prit fin.

Après avoir cliqué sur l'onglet « Remarques », elle écrivit la mention : « ROHUM – Néant », pour indiquer que cet appel ne contenait aucun « renseignement d'origine humaine ».

Une main légère frappa à la porte de son bureau. Madison se retourna et vit une jeune femme blonde sur le seuil.

— Salut, Maddie, tu es partante pour un tennis après le boulot ? Toi et moi en double contre Dennis et son cousin – celui qui est canon comme tout.

— Salut, Jen, répondit Madison en jetant un coup d'œil sur l'horloge murale qui indiquait quinze heures. Ça me dit bien, mais j'ai encore tout un paquet d'appels à passer en revue. On peut se retrouver à six heures ?

— Ça marche, répondit l'agente blonde. Et sinon, tu as des choses intéressantes ? demanda-t-elle en montrant d'un geste l'ordinateur de Madison.

— Tu parles, répondit Maddie. Rien que du très classique. Un mafieux russe saoul qui en menace un autre à cause d'un braquage raté. Mais si tu veux, je peux te décrire en détail la liaison torride que l'épouse d'un autre mafieux entretient avec son coiffeur, loin d'être aussi gay qu'il y paraît. C'est fascinant, tu peux me croire.

Jen sourit en hochant la tête avec un air entendu.

— Je sais que tu détestes être coincée dans ce bureau, mais un jour nos vœux se réaliseront et on sera au contact de ces fumiers. Cela dit, tu t'attendais à quoi quand la hiérarchie a investi tout cet argent du ministère de la Défense pour ta formation en russe ?

Tout en faisant tournoyer son stylo entre ses doigts, Madison haussa les épaules.

— La jeune recrue sait qu'il faut apprendre le métier et faire ses preuves. Mais un jour, je l'aurai ma grande aventure.

L'ordinateur émit un « bip ». Un nouvel appel venait de prendre sa place dans la file d'attente de Madison.

— Bon, je te laisse, dit Jen. Je repasserai plus tard pour voir où tu en es.

Madison agita la main en revenant à son écran. Le dernier message entrant était assorti d'un point d'exclamation rouge indiquant qu'il provenait d'une source prioritaire – autrement dit dont les données pouvaient déboucher sur une action judiciaire ou une opération concrète.

Elle cliqua dessus et se laissa aller contre le dossier, un bloc-notes sur les genoux. Une voix masculine rocailleuse s'exprimait en russe.

« *Katarina... Je t'ai envoyé l'adresse. La cible s'appelle Lazarus Yoder.* »

Une voix féminine répondit, froide et distante. Elle donnait presque le sentiment de s'ennuyer.

« *Tu es sûr qu'il est là-bas ? Les deux dernières fois que Vladimir m'a envoyée après ce type, il s'était déjà envolé.* »

« *Il est là. Je t'ai transmis la photo prise à l'ambassade américaine de Katmandou. Il est arrivé aux États-Unis à l'aéroport de Los Angeles, d'où il s'est immédiatement envolé pour Philadelphie. Là, il a pris un taxi jusqu'à la ferme de ses parents à Lancaster, en Pennsylvanie. L'un de nos contacts est passé devant chez lui il y a moins de huit heures pour confirmer sa présence.* »

Madison écrivait à toute vitesse.

« *D'accord,* » dit la femme. « *On vient d'atterrir. Je devrais être sur place dans trois heures environ. Je repartirai immédiatement après. Est-ce que Vladimir veut un souvenir ?* »

Un souvenir ? Madison sentit un frisson glacé lui remonter le long de la colonne vertébrale. Elle imaginait une oreille ou un doigt tranché.

« *Non, rien de ce genre. Assure-toi seulement de ne laisser aucune trace. Et pour l'amour de Dieu, ne fais rien de stupide, comme un excès de vitesse. On n'a pas besoin de...* »

« *Je sais ce que je fais, Dmitri. Préviens Vladimir que son problème est entre de bonnes mains.* »

La communication s'arrêtait là. Madison se pencha en avant pour appuyer sur une touche de son téléphone.

La voix calme de son responsable se fit entendre dans le haut-parleur.

— Oui, Maddie ? Que se passe-t-il ?

Elle achevait de noter les derniers détails de ce qu'elle venait d'entendre. Son cœur s'était singulièrement accéléré.

— John, nous venons d'intercepter une communication sur l'une de nos lignes prioritaires. Apparemment, un dénommé Vladimir vient de commander une frappe sur une cible. Sur le sol américain.

— Holà, vous êtes sûre ? À quelle heure ce coup de fil a-t-il été passé ?

— Pour moi, ça évoque incontestablement une frappe, répondit-elle en cliquant sur le lien « Détails » de l'appel, avant de jeter un coup d'œil à l'horloge. Apparemment, la communication a eu lieu voici une vingtaine de minutes. La tueuse est une certaine Katarina. Elle vient juste d'atterrir.

— Est-ce que…

— On a un traceur sur le téléphone portable qu'elle utilise. Elle passe par un signal militaire russe pour lequel on a un décodeur. D'après les coordonnées GPS, elle est à New York.

— D'accord, Maddie. Envoyez-moi le numéro de cet appel dans la base vocale, avec une traduction exacte de la conversation. Le plus vite possible.

— Je m'en occupe, répondit Madison, les yeux toujours rivés sur ses notes. Ils n'ont pas donné d'adresse, mais la cible est un certain Lazarus Yoder, dans la ferme de ses parents… quelque part à Lancaster, en Pennsylvanie.

— Beau boulot, Maddie. Faites-moi cette traduction et j'envoie du monde en Pennsylvanie.

~

Des senteurs d'automne flottaient dans l'air, mais l'été n'avait pas encore dit son dernier mot. D'un pas lourd et lent, Levi traversait péniblement un champ laissé en jachère. D'un revers, il essuya la sueur sur son front. Son esprit tournait à plein régime, remâchant indéfiniment les nouvelles qu'il venait de recevoir.

— Tout… Tout ce pour quoi j'ai travaillé… Envolé…

L'idée de devoir tout recommencer était incontestablement difficile à avaler, mais elle le perturbait infiniment moins que la pensée du temps passé. Plus de dix années s'étaient écoulées depuis son départ de New York. Les choses avaient dû changer, inévitablement. De nouvelles alliances avaient été nouées, les amis s'étaient éloignés… Est-ce que ses contacts étaient toujours d'actualité ?

Tout à coup, il fut arraché à ses réflexions par des cris d'oiseaux. Un plus loin sur le chemin de la ferme de sa famille, à quelque cinq cents mètres, une dizaine de corbeaux tournoyaient au-dessus d'un champ de tabac, se posant et décollant bruyamment.

Levi allongea le pas. Son rythme cardiaque s'était accéléré. Instinctivement, il se courba, pour avancer avec le haut du corps masqué par les plants de tabac.

Comme il arrivait à proximité des corvidés toujours croassant, il se figea tous sens aux aguets. Son nez reniflait l'air.

Du sang.

D'un repli à l'intérieur de sa veste, il tira une lame et reprit sa progression sur la pointe des pieds.

Sans jamais se tromper, il remontait la piste de l'odeur métallique reconnaissable entre toutes. Il inspirait profondément, attentif à rester invisible sous le couvert.

L'air était saturé de l'effroyable senteur quand il tomba sur le corps.

Celui d'un enfant.

Saisi par l'effroi, il s'avança et s'accroupit. Son souffle resta bloqué dans sa gorge.

Il reconnaissait ces cheveux blonds, ces grands yeux ouverts encore emplis de surprise.

Jebediah !

La gorge du garçon était tranchée d'une oreille à l'autre.

Une flamme de fureur totale embrasa Levi de la tête aux pieds.

Tassé sur le sol, il contourna le corps de Jebediah pour avancer en direction des bâtiments.

Sa main étreignit encore plus fort le manche de sa dague quand il franchit le dernier rideau de plants de tabac. Un autre corps gisait à trois mètres à peine de l'entrée de la grange où Levi travaillait quelques heures plus tôt encore.

C'était l'un des fils du voisin, dont Levi ignorait le nom. Lui aussi avait la gorge tranchée. Une grande flaque de sang s'était formée autour de lui.

Levi scruta les alentours dans toutes les directions, guettant le moindre mouvement. Il n'en repéra aucun.

Qui a pu faire une chose pareille ?

Le crime était une notion pratiquement inconnue au sein de la communauté amish.

Il sentait son sang battre dans ses oreilles. Méticuleusement, il examinait le terrain autour du corps. Quand il découvrit une empreinte de pas à côté de la flaque sombre en train de coaguler, une colère terrible s'empara de lui.

Aucun cordonnier amish n'avait fabriqué la chaussure qui avait laissé cette trace. Les meurtres horribles étaient l'œuvre de quelqu'un venu de l'extérieur.

La partie avant de l'empreinte était plus profondément enfoncée dans le sol. L'homme était donc en mouvement.

Levi huma l'air, tous ses sens à l'affût. Il sentit des picotements sur sa peau. Les poils se hérissèrent sur ses avant-bras. Son odorat avait décelé une senteur de lavande. Or, la saison était trop avancée pour que les lavandes soient en pleine floraison. Il remonta la piste de la fragrance. Très vite, il découvrit d'autres traces de pas qui s'éloignaient de la grange.

Les enseignements du pisteur aborigène, auprès de qui il avait passé plusieurs saisons en Australie, se révélaient bien utiles à présent. Finalement, traquer un meurtrier revenait peu ou proux à poursuivre un gibier.

Les traces confirmaient la présence et la fuite d'un homme. Les brins d'herbe piétinés et le sol écrasé en dessous lui suffisaient à reconstituer le fil des déplacements de l'intrus. Il s'élança. L'image du visage de Jebediah, stupéfait et figé dans la mort, hantait son esprit.

À cet instant, il entendit le hurlement des sirènes.

Il s'immobilisa. Du regard, il remontait les traces de pas sur l'allée de gravier quand trois véhicules de la police du comté de Lancaster s'immobilisèrent brutalement à une cinquantaine de mètres devant lui.

Un agent plongea derrière l'abri de sa portière ouverte et se mit à crier.

— Lâche ton arme ! Lève les mains au-dessus de ta tête !

Les yeux de Levi décryptaient les marques dans le gravier, glissant jusqu'aux empreintes des pneus sur la piste, d'où un véhicule avait filé. Du doigt, il montra la route qui s'en allait vers le nord.

— Quelqu'un a assassiné deux personnes ici. Puis apparemment il est parti en voiture dans cette direction.

— Lâche ton arme ! Tout de suite ! hurla un autre agent dans un porte-voix.

Levi laissa sa dague tomber au sol et mit les mains en l'air. Deux policiers, arme au poing, s'approchèrent de lui.

— Vous ne poursuivez pas la voiture ? L'assassin est en train de s'enfuir !

L'un des agents conserva son arme pointée sur la poitrine de Levi, tandis que l'autre remettait la sienne dans son holster. Puis il tira les bras de Levi en arrière pour lui passer les menottes dans le dos. D'autres sirènes hurlaient dans le lointain.

Levi enfonçait son pied dans le gravier sous le coup de la rage et de la frustration.

— Pourquoi est-ce que vous m'arrêtez ? Je viens de découvrir deux corps. Et les traces de celui qui a fait ça partent en direction de cette route. Qu'est-ce que vous ne comprenez pas ?

L'un des policiers marcha vers lui d'un lent en tirant un petit carnet à spirales de sa poche.

— Monsieur, on nous a signalé qu'un meurtre avait été commis ici même. Et à notre arrivée, on vous a trouvé avec une arme à la main. Pour l'instant, vous n'êtes pas en état d'arrestation, mais on vous entrave pour votre sécurité – et la nôtre. Vous avez dit qu'il y avait eu deux meurtres ?

Levi tira sur ses poignets, contenant à grand-peine une envie furieuse de pousser un cri.

D'autres policiers arrivaient. À cet instant, l'un des voisins arriva en courant.

— Sainte mère de Dieu, Jebediah ! cria-t-il en allemand de Pennsylvanie.

— Là-bas, au bord du champ de tabac, il y a un petit garçon. Mort, dit Levi. Il s'appelait Jebediah.

Sa gorge était nouée. Il cligna des paupières pour évacuer les larmes de colère qui lui brûlaient les yeux.

Le policier ne se départait pas de son attitude pleine d'une raide autorité.

— Connaissez-vous un certain Lazarus Yoder ? Et si oui, quand l'avez-vous vu pour la dernière fois ?

Les yeux ronds, Levi fixait le visage impénétrable de l'agent.

— Bien sûr que je le connais. C'est moi Lazarus Yoder.

Cette fois-ci, la mine de son interlocuteur s'assombrit.

— D'accord… Dans ce cas, monsieur Yoder, vous êtes en état d'arrestation.

Levi se redressa, l'échine subitement raide.

— Pour quelle raison ? demanda-t-il en jetant un regard noir au policier.

Les deux agents tirèrent Levi vers la voiture la plus proche.

— Monsieur Yoder, des informations nous ont été communiquées selon lesquelles un certain Lazarus Yoder serait devenu fou et se serait mis à massacrer toute sa famille…

— C'est n'importe quoi ! s'exclama Levi en plantant ses talons dans le sol.

Les policiers raffermirent leurs prises pour le hâler sans ménagement.

— Qui m'accuse ? demanda Levi tandis qu'on le poussait sur la banquette arrière.

Les hommes en uniforme claquèrent la portière sans lui répondre. L'un d'eux fit le tour pour aller prendre place derrière le volant.

Levi revint à la charge, parlant entre ses dents serrées.

— Je sais que ce que je dis n'a aucune importance, mais est-ce que vous pouvez au moins me dire qui m'accuse ?

Tout en manœuvrant, le conducteur croisa le regard de Levi dans le rétroviseur.

— Un appel anonyme. C'est tout ce que je sais.

Levi se creusait les méninges. Quelle relation de son passé pouvait bien avoir tenté de le piéger ?

Bien sûr, ses activités à New York lui avaient valu son lot d'ennemis, mais parmi eux il n'en voyait pas un seul qui aurait été jusqu'à monter un tel traquenard – surtout après autant d'années.

Ses épaules s'affaissèrent. Il laissa son crâne partir en arrière contre l'appui-tête. Un sentiment de défaite l'envahissait.

En dépit de son éducation amish, Levi ne s'était jamais senti particulièrement proche du divin. Pourtant, pendant que la voiture de police fonçait la route, il ferma les yeux et se mit à prier.

CHAPITRE CINQ

— Bravo, Dennis ! Bien joué !

Madison échangea un « check », poing contre poing, avec son collègue, par ailleurs agent de première catégorie au sein de l'agence.

Dennis approchait de la quarantaine. Quelques fils gris commençaient tout juste à apparaître dans ses cheveux noirs, au niveau des tempes. Il était athlétique, beau garçon et adorable comme tout. Définitivement le type d'homme fait pour capter toute l'attention de Madison. Malheureusement pour elle, il était gay.

Il lui sourit, puis s'essuya le visage à l'aide de sa serviette.

— Lewis, tu devrais venir plus souvent. Il faut que tu peaufines ton service. Pour le reste, jeune fille, ton smash est un véritable boulet de canon.

Jen arrivait en petites foulées.

— Hé, c'est ma partenaire de double. N'essaie pas de me la voler.

Elle passa un bras derrière les épaules de Madison pour l'entraîner vers le banc sur lequel étaient posés leurs sacs de sport.

— C'était sympa, dit Madison en attrapant sa serviette. Il faudrait que je vienne plus souvent, ajouta-t-elle en se laissant aller contre le dossier et en étendant les jambes devant elle. J'ai sacrément besoin de me remuer.

— Tu parles, répliqua Jen avec un petit geste de la main. Tu es une vraie gazelle. Je ne t'ai même pas vue essoufflée une seule fois.

Pour sa part, Jen était taillée en force, mais Madison se rappela qu'elle finissait systématiquement hors d'haleine quand les échanges s'éternisaient un peu.

Dennis les appela depuis l'autre côté du court.

— Les filles, ça vous dit de remettre ça jeudi prochain ?

Jen se tourna vers Madison.

— Toi qui disais avoir besoin d'exercice...

Pour Madison, pas besoin d'y réfléchir à deux fois. De toute façon, ce n'était pas comme si elle avait eu une vie sociale débordante.

— Si vous êtes partants, jeudi soir c'est bon pour moi.

— Pour moi aussi, ça devrait le faire, cria Jen par-dessus son épaule. On en reparle mercredi pour confirmer.

Dennis ramassa ses affaires et salua d'un geste de la main. À ses côtés, son jeune cousin retirait son polo plein de sueur.

Jen poussa Madison du coude en émettant un ronronnement.

— Maddie, regarde-moi ces abdos ! Qu'est-ce que je ne donnerais pas pour...

— Jen ! Il vient juste de finir la fac. À ton âge, tu pourrais...

— Lui apprendre deux ou trois trucs, la coupa Jen en riant.

Madison ne put contenir un sourire. Elles avaient toutes deux la trentaine, mais Jen flirtait immodérément avec tous les hommes à son goût, quel que soit leur âge. À l'opposé, Madison n'avait fréquenté personne depuis son départ de la Navy. Alors certes, elle aurait volontiers accueilli quelqu'un dans sa vie, mais les hommes dix ans plus jeunes ne figuraient pas à son menu.

Elle attrapa au fond de son sac son téléphone qui s'était mis à sonner.

— Allo ?

— Maddie, c'est John Maddox. Vous pouvez parler ?

Elle se leva d'un bond pour s'éloigner du banc. C'était la première fois qu'elle recevait un appel de son chef sur sa ligne privée.

— Oui, oui, je vous écoute. Que se passe-t-il ?

— Désolé de vous déranger, mais il y a eu quelques développements dans l'affaire que vous m'avez signalée aujourd'hui. Je mets sur pied une équipe pour travailler dessus… et c'est à peu près tout ce que je peux dire sur une ligne non sécurisée. C'est pour le moins urgent. Est-ce que vous pouvez venir ce soir ? Tout de suite, par exemple ?

Madison sentit passer sur elle un frisson d'excitation.

— Je suis en tenue de tennis et en sueur, mais je peux être là dans un quart d'heure, répondit-elle en retournant au banc pour récupérer son sac.

— C'est parfait. Presque tout le monde est déjà là. On vous attend.

Madison se tourna vers Jen, un sourire irrépressible plaqué sur son visage.

— Il faut que j'aille bosser, dit-elle en articulant silencieusement.

Jen lui rendit son sourire en agitant les doigts pour la saluer.

Madison courut vers le parking.

— J'arrive à ma voiture, dit-elle dans le combiné.

— Parfait. À tout de suite.

Debout devant la porte de la salle de conférence, Madison arborait une moue interloquée. Le lecteur refusait de reconnaître son badge.

— Merde…, murmura-t-elle en frottant les deux faces de sa carte sur sa jupe de tennis avant de procéder à une nouvelle tentative.

La DEL sur le boîtier clignota plusieurs fois, avant d'émettre un petit bruit et de lui refuser l'accès.

Au comble de l'agacement, Madison arracha sa carte du lecteur en soufflant.

Téléphone en main, elle était sur le point de vérifier une nouvelle fois qu'elle ne s'était pas trompée de numéro de salle quand un autre agent arriva. Il posa la main sur la porte et poussa doucement.

— Vous voulez entrer ? demanda-t-il.

— Hein ? Mais qu'est-ce qui se passe ? s'exclama Madison en désignant le lecteur de badge.

— Oh, ça, répliqua l'agent avec un petit sourire. Il est HS. Un réparateur doit passer.

— Argh ! marmonna Madison, suprêmement mortifiée.

Elle pénétra dans la pièce d'un pas rageur, ce qui lui valut des regards qui ne firent rien pour arranger les choses. Dans cet environnement, elle commençait à se sentir un petit peu plus que mal à l'aise dans sa jupette ultra-courte.

— Ah, Lewis, vous voilà ! dit Maddox depuis l'autre bout de la pièce. Alors c'est parfait. Installez-vous, on va commencer.

Madison s'assit sur la chaise la plus proche. Tout à coup, elle se rendit compte qu'elle ne s'était jamais trouvée dans une salle de conférence en compagnie d'autant d'agents.

De fait, une dizaine de personnes avaient pris place autour de la longue table de chêne, dont une bonne moitié qu'elle n'avait jamais ne serait-ce qu'aperçue. Un écran descendait du plafond derrière Maddox. On y voyait affiché en grand un fond d'écran d'ordinateur – sur lequel un chaton jouait avec une pelote de laine rose.

La seule personne debout était John Maddox, le supérieur hiérarchique de Madison, dans la petite cinquantaine. Extrêmement nerveux et agité, il s'adressait à l'assistance en arpentant la salle comme un lion en cage.

— Bon, il y a peu de chances que vous vous connaissiez les uns les autres, mais ce n'est pas un problème. Je m'appelle John Maddox, je suis chef de service et c'est moi qui serai votre interlocuteur pour tout ce qui a trait à cette affaire. Autrement dit, rien ne doit sortir de cette pièce. Et vous n'échangez aucune donnée entre vous ailleurs que dans une pièce fermée telle que celle-ci. Les partages d'informations se font uniquement à destination des personnes directement concernées. Et c'est moi, et moi seul, qui dirai qui est concerné et par quoi. C'est compris ?

Toutes les personnes présentes hochèrent la tête.

— Parfait. Vous avez tous reçu copie de la transcription transmise par l'agente Lewis, dit-il en désignant Madison. Il s'agit d'un incident sur le sol américain, dont l'origine se trouve à l'extérieur de nos frontières, ayant entraîné le décès de citoyens américains.

Malgré elle, Madison se raidit sur sa chaise.

Maddox pointa son index sur l'agent qui avait ouvert la porte pour Madison.

— Anderson, faites un topo à l'équipe sur ce que l'on sait jusqu'à présent.

— Oui, monsieur, répondit Anderson avec un hochement de tête. Comme vous le savez tous, un suspect a atterri à l'aéroport de La Guardia, en fin de matinée aujourd'hui. Nous avons pu établir que cette personne est arrivée à bord d'un jet privé, un Gulfstream G550 appartenant à une entité saoudienne, l'entreprise *Al-Maseer*, dont nous avons tout lieu de croire qu'il s'agit d'une société-écran. Nous poursuivons nos recherches pour découvrir l'identité de son véritable propriétaire. Par ailleurs, j'ai réussi à récupérer les images des caméras d'un hangar voisin du tarmac réservé aux jets privés…

Anderson pianota sur le clavier de son portable et une image un peu floue apparut sur le grand écran de la salle. On y voyait une femme descendant la passerelle d'un avion aux lignes effilées.

Madison examina le cliché, remarquant la chevelure rousse de la voyageuse. À coup sûr, cette couleur n'était pas naturelle. Trop intense. Trop éclatante. *Peut-être une perruque ?* Avec ses lunettes noires et son long trench-coat serré à la taille qui lui tombait jusqu'aux chevilles, elle avait tout d'une caricature d'espionne russe.

— Comme vous pouvez vous en rendre compte, la prise de vue n'est pas très nette. Avec la distance, on n'a pas assez d'éléments pour une reconnaissance faciale, poursuivit Anderson en tapotant une fois encore sur son clavier.

Une nouvelle image s'afficha. On y voyait une grosse berline noire garée au pied de la passerelle.

— On a le modèle et la marque de la voiture, ainsi qu'une partie de la plaque d'immatriculation. À partir de ces éléments, on a pu la repérer quand elle a emprunté l'autoroute *New Jersey Turnpike*. Mais la voiture ne mène nulle part. C'est un véhicule de courtoisie mis à la disposition d'*Al-Maseer* par le prestataire privé qui loue des hangars à La Guardia. Et malheureusement, cette femme – quelle que soit son identité – est arrivée à destination avant nous. Je suppose que la cible qu'elle visait n'était pas sur place. Les corps de deux garçons ont été retrouvés. Le premier, Jebediah Yoder, avait huit ans. Sa gorge présentait de profondes lacérations de part en part. Les principaux vaisseaux et artères étaient sectionnés.

Les mains de Madison étreignirent les accoudoirs de sa chaise. *Un enfant de huit ans ? Massacré !* Elle sentit une bouffée de colère monter en elle, au point qu'elle n'entendit même pas ce qu'Anderson disait au sujet de la seconde victime.

— Mais notre tueuse ne s'est pas arrêtée là, poursuivit-il. Nous avons intercepté un appel émanant de son téléphone satellite à destination du service de police du comté de Lancaster. Elle a utilisé un brouilleur pour travestir sa voix et attribué les meurtres à un certain Lazarus Yoder. Ce dernier a été appréhendé par la police et incarcéré à la prison du comté.

Maddox s'arrêta tout à coup pour pointer son index sur deux agents à côté de lui.

— Smith et Rollins, demandez aux bureaux du renseignement des services de police de la ville de New York et de Lancaster tout ce qu'ils peuvent avoir sur ce Lazarus Yoder. On verra s'il en sort quelque chose.

Puis il se tourna vers un autre groupe d'agents à l'autre extrémité de la table.

— Hsiung, Calloway et Radcliffe, contactez le FBI et les autorités portuaires. Il faut absolument que ce zinc reste au sol. Mais par pitié, arrangez-vous pour que ces trous de balle ne transforment pas le hangar en forteresse. La dame n'hésite pas à buter des mômes. Je suis prêt à parier qu'elle a tout un tas d'options pour fuir si on lui donne des motifs d'avoir la trouille. Continuez de la pister via son téléphone satellite. Pour l'instant, c'est notre piste numéro un.

Maddox se tourna ensuite vers Madison. Elle sentit son cœur bondir dans sa poitrine.

— Lewis, dit-il, je veux que vous meniez quelques recherches. Trouvez-moi tout ce que vous pouvez sur ce Lazarus Yoder. Épluchez tous nos dossiers et voyez avec le FBI. Trouvez ce que les Russes peuvent lui vouloir. Pour ce qu'on en sait, il n'était pas forcément question de l'éliminer. Peut-être qu'ils voulaient seulement l'écarter, se débarrasser de lui. Pourquoi le piéger comme ça ? Il nous manque un élément.

Maddox leva les yeux vers l'horloge murale et frappa dans ses mains.

— Il est vingt heures. On a fait le tour des points à voir pour aujourd'hui. Pour tout question, vous passez par moi. Directement et sans attendre, dit-il en faisant courir son regard sur toute l'équipe assemblée. La nuit va être longue. Des questions ?

Seul un grand silence répondit à son interrogation.

— Parfait, reprit Maddox en pointant la porte. Pour ceux qui ont une mission, la vérité est dehors. Allez la chercher ! Les autres, vous restez ici.

— Un surveillant viendra te chercher demain matin. Il te conduira à l'unité d'admission pour la visite médicale et ton affectation.

C'étaient les derniers mots que le garde avait prononcés en faisant entrer Levi dans la cellule de détention provisoire.

Levi avait subi une fouille complète. Tout ce qu'il avait sur lui avait été dûment inventorié et mis de côté. Puis on l'avait placé en cellule et les heures s'étaient lentement écoulées. À présent, vêtu de la tenue bleue des détenus et sous la garde d'un surveillant, il arpentait la zone au rez-de-chaussée de la maison d'arrêt du comté de Lancaster. Dans cet espace mal éclairé flottait une entêtante odeur de détergent, à laquelle se mêlaient des relents de sueur et d'urine.

Levi avait passé une bonne partie de sa vie d'adulte à tutoyer les limites de la loi, mais il avait toujours su s'arrêter à temps et ne pas commettre les actes qui lui auraient valu d'atterrir dans un endroit tel que celui-ci. Cela étant, en tant qu'associé de personnes ayant abondamment fréquenté les établissements pénitentiaires, il avait entendu des tas d'histoires. Et là, pendant qu'il traversait le bloc, leurs récits et leurs conseils lui revenaient d'un coup.

« Quoi qu'il arrive, ne montre jamais la moindre faiblesse. Tu te ferais bouffer tout cru... »

« Évite les skinheads. C'est un ramassis des baltringues. Du genre à te planter un surin dès que tu as le dos tourné. »

« Reste avec les tiens. »

Au retour, les bras chargés d'une paire de draps et d'une couverture, il passa devant les cellules le dos bien droit, ces cent quatre-vingt-cinq centimètres dûment déployés. Tout en examinant attentivement les lieux, il échafaudait déjà des stratégies, au cas où les choses tourneraient mal.

Des rangées de cellules s'étiraient sur les quatre côtés du bloc, autour de la zone commune placée au centre. Là, une vingtaine de chaises étaient alignées au cordeau – probablement visées au sol – devant plusieurs téléviseurs encagés dans des boîtiers métalliques installés en hauteur sur des colonnes. Pour l'essentiel, cette aire commune était surtout un espace vide.

Le garde s'arrêta devant une cellule et leva un bras. La porte de métal s'écarta.

— C'est ici.

Puis il plaça sa grosse main sur l'épaule de Levi et le poussa à l'intérieur. Avec un bourdonnement, le dispositif de fermeture parfaitement invisible fit coulisser la grille aux barreaux d'acier derrière lui.

D'une longueur de deux mètres cinquante sur deux mètres de large, la cellule comportait sur la gauche un bloc sanitaire en métal, avec toilette et lavabo intégrés, et une couchette elle aussi métallique sur la droite, complétée par un matelas en caoutchouc.

Après y avoir déposé son couchage, Levi s'assit en tailleur sur le lit et ferma les yeux, le dos contre le mur de parpaings.

Des tas d'émotions se bousculaient en lui. Il avait été faussement accusé. Sa peur de l'incarcération se transformait en colère. Et puis, l'image des enfants assassinés lui revint tout à coup et la tristesse le submergea.

Au fil de ses voyages et de ses expériences, Levi avait appris les techniques de méditation, auprès du gourou Sinjali. Les yeux clos, il les mit en pratique pour faire le vide dans son esprit, laissant s'en aller toutes les pensées et images de la journée.

Un calme apaisant se fit en lui. Et ses sens s'étirèrent dans toutes les directions.

Il concentra son attention sur l'environnement autour de lui.

Des cellules voisines lui parvenait le souffle régulier des autres détenus. À la lisière la plus extrême de son audition, il percevait des petits bruits qu'il savait être des chuchotis dans la nuit. Des échanges interdits après l'extinction des feux.

Et puis, il y avait les remugles de toutes sortes, qui lui rappelaient toute la crasse de l'endroit. Le matelas sur lequel il était assis était encore tout imprégné du fumet de l'occupant précédent. Une senteur métallique flottait dans l'air. *Du cuivre ? La plomberie ? Du sang ?* Il n'aurait su dire.

Les tensions s'en allaient de son corps.

Il devait être minuit quand on l'avait mis en cellule. À présent, il avait presque l'impression de sentir le soleil se lever au-dessus de l'horizon. Puis il y eut un déclic, un bruit électronique, et la grille de sa cellule s'ouvrit en coulissant, comme toutes celles alentour à cet étage.

Il ouvrit les yeux. Le matin était là.

Levi se leva d'un bond et s'étira. Des détenus erraient dans la zone commune. L'un d'eux jeta un regard furtif dans sa direction, avant de détourner rapidement la tête. Un autre marchait droit vers l'entrée de sa cellule.

Levi n'avait rien oublié des conseils prodigués. Il fixa résolument le mastodonte qui s'amenait. Une bonne demi-tête plus grand que lui, le colosse avait en plus l'avantage d'une cinquantaine de kilos de muscles. Deux longues cicatrices zébraient le côté droit de son visage surmonté d'un crâne rasé. Ses oreilles en chou-fleur indiquaient qu'il avait déjà inscrit plus d'un combat à son actif. *Peut-être un ancien catcheur ?*

Le regard de l'homme glissa de Levi jusqu'au lit qui n'avait pas été fait. Un petit sourire passa sur ses lèvres.

Deux autres vinrent le rejoindre. Une pointe d'anxiété vint titiller Levi. Son cœur s'accéléra.

Valait-il mieux rester à l'intérieur d'un espace confiné ou sortir ?

L'un des arrivants murmura quelque chose à l'intention de ses acolytes, suffisamment fort pour que Levi entende.

— Ça va être du gâteau.

Il s'était exprimé en russe.

— Tu veux quoi ? demanda Levi en anglais, d'une voix calme et avec une note de défi dans le ton.

Le titan lui jeta un regard noir.

— Toi nouveau ici, répliqua-t-il avec un accent russe à couper au couteau. Nous cadeau bienvenue pour toi.

Deux nouveaux arrivants se joignirent encore à la troupe. Cinq hommes au total. L'un d'eux partit d'un grand rire, avant de lâcher une saillie, toujours en russe.

— Alors comme ça, Vladimir veut qu'on s'occupe de lui ? Il est tout mignon.

Levi sentit l'adrénaline se déverser dans son sang. Il s'avança vers la porte, obstruée par les cent cinquante kilos du gorille au crâne luisant.

— Casse-toi ! gronda-t-il.

Le regard du monstre s'étrécit.

— Je vais te défoncer, grogna-t-il en russe.

Sans attendre que les Russes prennent l'initiative, Levi envoya un coup de pied frontal dévastateur en plein dans le plexus solaire du colosse, vidant d'un coup tout l'air de ses poumons.

Comme l'homme se pliait en deux, Levi lui saisit l'arrière de la tête pour la plaquer vers son genou qui remontait à toute vitesse.

Le craquement des os du visage résonna dans la pièce minuscule. Du sang chaud se répandit sur le pantalon de Levi.

Un.

Immédiatement, les quatre autres se précipitèrent à l'intérieur de la cellule. L'espace d'un instant, le temps parut se ralentir.

Le premier d'entre eux tendit le bras, un rasoir coupe-chou fabriqué en prison à la main. Levi saisit le poignet de l'agresseur et imprima une clé sur l'articulation. Le visage de l'homme se tordit en une grimace de douleur et la lame tomba au sol.

Tout en lui bloquant le poignet d'une main, Levi frappa de l'autre, d'un coup sec de la paume sur l'arrière du coude. Les tendons cédèrent sous l'impact. Le bras plia dans le mauvais sens.

Avec un hurlement, l'homme recula et s'affala sur le corps du gorille.

Deux.

Une sensation de brûlure lui déchira le flanc par derrière. En un geste instinctif, Levi pivota sur sa gauche, ripostant par un coup de poing retourné asséné du revers de la main. Son agresseur reçut la tête des métacarpiens de son poing serré en plein sur le côté du menton.

Sonné, il chuta d'un bloc en arrière en battant l'air avec ses bras. L'arrière de son crâne percuta le rebord des toilettes en acier, avec un craquement assez écœurant.

Trois.

Levi ne put contenir un sourire en notant l'appréhension subitement apparue sur le visage des deux derniers.

Il feinta en direction de celui à sa gauche, mais frappa à droite, balayant d'un coup de pied circulaire les jambes du quatrième.

Des lampes rouges se mirent à clignoter, tandis que retentissait une sirène d'alarme.

Sans s'arrêter une seconde, Levi enchaîna par un second coup de pied au visage de l'homme tombé à terre, avant de pivoter sur lui-même à une vitesse fulgurante pour percuter du coude la pommette du dernier assaillant.

Quatre et cinq.

Levi passa sa main gauche sur son flanc droit. Sa paume revint toute empoissée de son propre sang.

L'adrénaline refluait quand des gardes en tenue anti-émeute péné-trèrent en force dans la cellule, repoussant Levi contre le mur du fond.

— Putain de merde, murmura l'un d'eux.

Le visage plaqué contre les parpaings, Levi parvint tout de même à crier.

— Ces types m'ont attaqué ! J'ai pris un coup de rasoir !

— John, dit le plus gradé des gardes, il y a un mort à terre. Vous deux, enchaîna-t-il en se retournant vers d'autres collègues, emmenez ce type à l'infirmerie. Il saigne de partout.

Deux surveillants saisirent Levi chacun par un bras pour l'emmener hors de la cellule, en enjambant soigneusement les corps jonchant le sol.

— Je ne sais pas ce que tu as fait pour énerver les Popovs, dit l'un des gardes, mais ce qui est sûr, c'est qu'on n'a pas fini de faire des rapports.

Avec tout le côté du torse en feu, Levi n'avait certainement aucune envie de le contredire. De surcroît, il était bien trop occupé à fouiller ses souvenirs pour tenter de comprendre ce qu'il avait bien pu faire pour s'attirer ainsi la colère de ses codétenus russes.

Cette fois-ci, quand Madison introduisit son badge dans le lecteur, une DEL verte s'alluma et la porte de la salle de conférence se déverrouilla avec un petit claquement. La réunion ne devait commencer que cinq minutes plus tard, mais Jen était déjà installée à la table.

— Salut, ma belle, dit Madison. Toi aussi tu as été invitée à la fête ?

— Ouaip.

Sur le grand écran, une vidéo montrait un homme en train d'exécuter un « kata », un enchaînement de techniques utilisé dans les arts martiaux pour aiguiser la concentration et simuler des séquences de combat. Pratiquante depuis sa plus tendre enfance, Madison connaissait bien cet exercice, mais les mouvements qu'elle découvrait dénotaient une fluidité et une légèreté portées à un niveau qu'elle n'avait encore jamais vu.

Elle s'assit à côté de Jen, totalement hypnotisée par les images.

— Arrête, dit-elle en donnant un petit coup de coude à son amie. On dirait que tes yeux vont te sortir de la tête.

Jen accorda son attention à Madison une fraction de seconde, avant de revenir au barbu sur l'écran.

— Oh, mon Dieu, ce type me fait le même effet qu'à Sandy dans la chanson *Summer Nights*.

— Mais qu'est-ce tu racontes ? Tu parles d'Olivia Newton-Jones dans *Grease* ?

— Oui, tu sais… Quand elle dit : « *He ran by me, got me all damp* »… « Il est passé à côté de moi, j'ai fini toute mouillée »…

— Jen ! souffla Madison en assénant une petite tape sur l'épaule de son ami. Quelle perverse tu fais ! Et d'ailleurs, ce n'est pas du tout le sens des paroles.

— Chut… Regarde-le…

Madison se concentra sur les traits de l'homme.

— Oh merde, je le reconnais, dit-elle. C'est Yoder ! J'ai reçu la photo de son passeport.

— Il m'a l'air tout à fait succulent.

Madison sourit malgré elle devant l'inépuisable enthousiasme de son amie pour le sexe opposé. Yoder était torse nu, avec un long panse-ment posé sur son flanc droit. Son corps taillé à la perfection était admirablement proportionné. Et de ce qu'elle pouvait voir de son visage, il était bau garçon. Extrêmement séduisant. Le genre de type sur lequel Jen fondrait instantanément – et que Madison n'aurait jamais le cran d'approcher. Au demeurant, ce type était une cible pour la mafia russe. Un joli fruit à l'extérieur, peut-être, mais tout pourri à l'in-térieur, sûrement.

La porte de la salle de conférence s'ouvrit, livrant passage à John Maddox et un autre homme – un agent au visage impénétrable que Madison avait déjà aperçu, mais avec qui elle n'avait jamais échangé un mot.

— Bon, attaqua Maddox en s'asseyant devant l'écran, au boulot. J'ai une autre réunion juste après celle-ci. Agente Lancaster, à vous la parole. Qu'est-il advenu de notre tueuse ?

Sans même jeter un œil à ses notes, Jen se tourna vers Maddox pour se lancer dans son exposé.

— C'est toujours une inconnue, on ne l'a pas identifiée. Elle n'a laissé aucun élément, aucune trace identifiable sur la scène de crime. Comme elle est arrivée par La Guardia, on espérait qu'elle reparte par le même chemin. On a donc alerté le FBI et les autorités portuaires, mais notre tueuse a pris un chemin détourné. Et au lieu de faire trois heures de voiture jusqu'à New York, elle est allée tout droit jusqu'à Philadelphie où l'attendait un jet privé prêt à décoller. On le sait grâce au localisateur GPS sur son téléphone satellite, mais avant qu'on ait eu le temps de mobiliser un effectif pour l'intercepter, elle avait décollé à bord d'un Bombardier Global 6000.

Maddox se laissa aller contre le dossier de sa chaise, sourcils froncés.

— On sait à qui appartient ce zinc ? Ce n'est pas le modèle courant. Il y en a bien pour cinquante millions de dollars la pièce.

— En fait, ce modèle cote plutôt dans les soixante millions, précisa Jen. Tout comme le Gulfstream à bord duquel elle est arrivée à New York. Quant au propriétaire de ce Bombardier, c'est le même que pour l'autre : l'entreprise saoudienne *Al-Maseer*, dont on sait à présent que c'est bel et bien une société-écran. Son adresse correspond à celle d'un bâtiment officiel à Riyad. Concrètement, il est peu probable que le gouvernement saoudien s'acoquine avec des éléments de la mafia russe pour descendre des citoyens américains, mais on continue de remonter cette piste.

— Ils avaient déposé un plan de vol ?

— Oui, mais il a pu être modifié en vol. Pour l'heure, la tueuse semble mener tout droit à Moscou.

— Merci, agente Lancaster. Et maintenant, intéressons-nous à la cible, dit Maddox en désignant l'écran d'un geste du pouce. Ce que vous voyez là est la dernière vidéo en date de Lazarus Yoder. Elle a été tournée voici une heure à l'infirmerie de la prison. Agente Lewis, qu'est-ce que vous avez sur ce Yoder ?

Comme la vidéo derrière Maddox avait tendance à la déconcentrer, Madison fit son topo le nez plongé dans ses notes.

— Je vais commencer par le commencement. D'après les données des services des impôts, il avait le statut de travailleur indépendant. Nous n'avons aucun élément permettant de savoir d'où provenait véritablement son revenu, mais toujours est-il qu'il déclarait annuellement environ quatre-vingt mille dollars…

— Ce qui veut dire qu'il se faisait au moins le triple, observa Maddox sur un ton ironique.

— Le FBI n'a absolument rien sur lui, poursuivit Madison, et de ce que j'ai pu trouver, il n'a jamais eu ne serait-ce qu'une contravention pour mauvais stationnement. Il y a une douzaine d'années, sa femme est morte dans un accident de voiture. Et c'est à partir de là que les choses se compliquent. Parce qu'au cours des douze années suivantes, on ne trouve absolument aucune trace de lui. Rien. Pour tout dire, il a été déclaré mort par l'État de New York et tous ses avoirs ont été reversés au trésor public. Et puis, il y a quelques semaines, il a refait surface à notre ambassade au Népal. Il voulait un passeport pour rentrer au pays. Ses empreintes correspondaient et, autant qu'on sache, il est retourné vivre sur la ferme de ses parents.

— Et c'est là qu'on entre en scène, intervint Maddox.

— C'est à peu près ça, dit Madison avec un hochement de tête. Dans tous les dossiers que j'ai pu consulter, je n'ai absolument rien trouvé qui le relie à la Russie. Son épouse était une réfugiée iranienne entrée aux États-Unis avec un visa humanitaire.

Maddox se pencha en avant, les coudes posés sur la table.

— Il a forcément des liens avec la mafia russe, sinon pourquoi est-ce qu'ils seraient aussi déterminés à l'éliminer ? Agente Lancaster, est-ce que vous avez trouvé quelque chose au sujet de l'incident dans la prison ? demanda-t-il en désignant d'un signe de tête la vidéo sur l'écran derrière lui.

— Ouais… et c'est complètement dingue. J'ai réussi à reconstituer l'enchaînement des faits à partir des registres d'écrou et des comptes rendus des surveillants. En gros, il a été coffré hier soir et « accidentellement » incarcéré avec les autres détenus, avant même d'avoir été entendu. De toute évidence, il a été victime d'un coup fourré organisé par quelqu'un à l'intérieur. Je vérifie auprès du Centre de données de l'Utah pour voir si on a une trace des appels ou des messages électroniques à destination du personnel à l'intérieur de la prison, mais bien sûr tout n'est pas enregistré… Toujours est-il qu'à peine le soleil levé, une bande de Russes, tous suspects de liens avec la mafia russe, ont attaqué monsieur Yoder. Malheureusement pour eux, les choses ne se sont pas passées comme ils l'espéraient.

— D'où le pansement ? demanda Madison.

— Exactement. Au petit matin, les cinq types ont tenté d'écrabouiller Yoder dans sa cellule. L'un d'eux est mort, un autre est dans le coma et n'en sortira peut-être pas. Quant aux trois autres, ils présentent tout un assortiment de fractures diverses.

Madison sentit le sang se retirer de son visage. Elle releva la tête pour examiner Lazarus Yoder en train d'enchaîner les mouvements sur l'écran. L'expression sur ses traits semblait presque sereine. Comment pouvait-il rester aussi focalisé juste après avoir tué quelqu'un à mains nues ? Bien sûr, c'était de la légitime défense, mais quand même…

— Autre chose ? demanda Maddox.

— Les Russes n'ont pas dit grand-chose avant de l'attaquer, mais Yoder a signalé que l'un des Russes aurait dit qu'un certain Vladimir voulait qu'on s'occupe de lui.

Malgré lui, Maddox plissa légèrement les yeux.

— En tout état de cause, conclut Jen, l'un des assaillants a réussi à lui entailler le flanc, ce qui lui vaut d'être à l'infirmerie plutôt qu'à l'isolement.

Maddox se retourna pour regarder les mouvements félins de Levi sur l'écran.

— Lewis, vous qui pratiquez les arts martiaux, qu'est-ce que vous pouvez nous en dire ?

Madison resta un instant à l'observer sans rien répondre.

— Il maîtrise plusieurs formes de techniques… et il est vraiment bon. Moi, je ne pratique que le karaté, mais ce qu'il fait… Certains de ses mouvements proviennent du Wing Chun, une forme de kung fu. Je vois aussi des influences du karaté… Mais certains de ses enchaînements… je ne sais pas.

— Compte tenu de ce qui s'est passé, il est clair que ce type sait se battre…

— Non, ce type, c'est…

Madison regardait le prisonnier passer du niveau bas au niveau haut comme s'il flottait dans l'air, étirant son corps dans une variété de gestes, d'un revers de poing à un coup de pied stylisé. Ses mouvements s'enchaînaient sans le moindre effort, comme si la gravité n'agissait pas sur lui.

— C'est un maître, reprit-elle. Un maître absolu dans son art, quel qu'il soit. Je pratique le karaté depuis l'enfance. Je suis ceinture noire troisième dan, mais je n'en suis qu'au stade où l'on pourrait raisonnablement me considérer comme une *sensei* – une professeure. Lui, ce n'est pas seulement qu'il connaît les mouvements, c'est qu'il maîtrise leur essence. C'est comme s'il… comme s'il les vivait. Tout ce que je sais, c'est que je ne voudrais pas avoir à l'affronter. Certainement pas sans un flingue et de très loin.

Maddox hocha la tête.

— Au vu de l'estafilade pour laquelle il a été soigné, il n'a pas l'air en trop mauvaise forme. Il faut qu'on fasse en sorte que les choses restent ainsi.

Le regard de Madison vint se poser sur son supérieur. *Il veut faire transférer Yoder ?*

— Agente Lancaster, je suppose que tout ce que vous venez dire est déjà dans ma messagerie ?

— Ouaip.

— Parfait. Je vais passer quelques coups de fil. On sait que ce type est enfermé pour un crime avec lequel il n'a rien à voir, mais on ne peut pas compromettre notre investigation. Je vais appeler l'un de mes contacts au sein de l'*US Marshals Service*. Les Russes ont sacrément envie de mettre la main sur ce type. Et j'ai dans l'idée que ce Yoder sait pourquoi.

Maddox se tourna alors vers l'agent arrivé avec lui.

— Jenkins, vous allez vous envoler pour la Pennsylvanie. Là-bas, vous prendrez contact avec un marshal et vous l'accompagnerez à la prison. Je veux que vous suiviez ce type comme son ombre. Je veux savoir qui il voit, où il va et tout ce qui s'ensuit. Compris ?

— Je m'en occupe, répondit Jenkins avec un hochement de tête.

Puis Maddox reporta son attention sur Madison.

— Lewis, je vais prendre des dispositions avec mes contacts dans la prison. Quand ce Yoder sortira, il sera équipé de toute une batterie de traceurs et de balises. Je veux que vous le gardiez à l'œil en permanence. Vous serez le renfort électronique de Jenkins. S'il perd Yoder de vue, il aura besoin d'un coup de main pour recoller au peloton. Vous en êtes ?

— Absolument, répondit Madison en faisant un gros effort pour dissimuler combien elle était surexcitée.

— Très bien, ce sera tout pour l'instant. Ce type est notre piste numéro un et pas uniquement pour l'affaire de la tueuse. Alors pas question de le perdre. Je vais devoir lâcher quelques crédits pour activer tous ces leviers, alors on ne merde pas. Et maintenant, en route. Lewis, je vous ferai suivre les identifiants des traceurs dès que je les aurai.

À peine Maddox et Jenkins sortis de la pièce, Jen donna un petit coup de coude à Madison.

— J'aurais préféré que Maddox m'envoie moi plutôt que Jenkins, murmura-t-elle.

Madison sourit à son amie, mais ses pensées étaient déjà ailleurs. Elle avait eu l'occasion de surveiller toutes sortes de vermines à travers le monde, sans jamais se poser de questions sur leur dangerosité. Mais ce Yoder...

Elle revoyait son visage et son maintien empreints de sérénité. Tout homme en mesure de tuer quelqu'un et d'afficher un tel calme quelques heures après... devait être capable de tout.

Elle se demanda si elle pourrait être à la hauteur d'une mission telle que celle confiée à Jenkins. Un frisson lui parcourut l'échine.

Pas sûr...

CHAPITRE SIX

Madison coupa le son de la télé à l'aide de la télécommande en se laissant aller en arrière dans le divan de Jen, puis porta son téléphone portable à son oreille.

— Bonjour, mamie, comment tu vas ?

— Oh, ma chérie, je suis tellement contente de t'entendre. Je ne t'appelle pas trop tard au moins ?

— Non, c'est bon, mamie. Mais n'oublie pas qu'on a trois heures de plus ici.

— Oh mon Dieu ! Ça veut dire qu'il est presque une heure du matin là-bas ! Ma chérie, je suis désolée. C'est juste que je n'ai pas vu passer la journée, et comme nous n'avions pas encore eu l'occasion de bavarder cette semaine…

— Ne t'inquiète pas, tout va bien. De toute façon, je suis chez Jen. On regarde la télé.

— C'est la jeune femme avec laquelle tu travailles… Je ne me souviens plus. Où est-ce que tu m'as dit que tu travaillais déjà ?

— Oui, c'est ça, on travaille au même endroit. Dans un groupe de réflexion. On mène des recherches dans le domaine de la politique étrangère, ce genre de choses.

Madison éprouvait quelques scrupules à mentir à sa grand-mère, mais c'était plus simple pour tout le monde si sa « mamie » voyait en elle un genre de conseillère politique.

— Alors, tu te fais bien à la vie à Washington ? Tu fréquentes quelqu'un ? Loin de moi l'idée d'être indiscrète, mais ça me fait du souci que je pense que tu es là-bas, toute seule, sans aucune famille auprès de toi.

Madison leva les yeux au ciel en laissant l'arrière de son crâne venir s'appuyer contre le rebord du dossier.

— Tout va bien, je t'assure. Et puis, il m'arrive de sortir, de temps en temps. Enfin, rien de sérieux pour l'instant. Et toi, comment tu vas ? Et comment vont oncle George et tante Esther ? Et les enfants ?

— Oh, tout le monde va bien. Mais dis-moi, tu sais à quel moment tu es susceptible de venir nous voir ? C'est que tu nous manque*s*.

Depuis la cuisine, Jen attira l'attention de Madison d'un signe de la main. Puis elle désigna une bouteille d'amaretto, avant d'esquisser le geste de boire. Madison sourit et confirma d'un hochement de tête.

— Je ne sais pas, mamie. En ce moment, j'ai beaucoup de travail. Avec un peu de chance, j'aurai du temps pendant les vacances, mais je ne peux rien te promettre.

— Ma chérie, je m'inquiète pour toi, c'est tout…

— Je sais. Mais crois-moi, tout va bien… Bon, Jen et moi on allait regarder un film. On se rappelle bientôt ?

— Bien sûr. Passe une bonne soirée avec ton amie… Et tu sais… Je comprendrais très bien si cette amie était un peu plus que ça. Je veux dire… si les garçons n'étaient pas ce que tu…

— Mamie ! s'exclama Madison en se redressant. Je t'ai déjà dit, la question n'était pas là.

— D'accord, d'accord. Je veux seulement que tu saches que cela ne me poserait pas de problème. Enfin, ce ne serait peut-être pas simple au début, mais je comprendrais. Ton cousin Freddy… est comme ça… Et son mari est un homme merveilleux.

— Mamie, tu peux me croire. Je n'ai absolument rien contre les hommes.

Jen arrivait avec deux *Amaretto Sour* servis dans des verres en cristal. Un sourire hilare lui barrait le visage d'une oreille à l'autre.

Madison dut se détourner pour ne pas exploser de rire.

— Très bien… Tu salueras ton amie pour moi. Tu m'appelles la semaine prochaine. Je t'aime, ma chérie.

— Moi aussi je t'aime, mamie. Je t'appellerai.

— Je t'embrasse.

Madison coupa la communication et prit en riant le verre que lui tendait Jen.

— Laisse-moi deviner, dit Jen. Ta grand-mère t'a demandé si tu étais lesbienne ?

Madison prit une gorgée et confirma d'un hochement de tête.

Jen s'assit à côté d'elle et remit le son de la télé.

— J'ai le même problème avec mon père, dit-elle. Je te jure, j'ai l'impression qu'avoir trente ans et être célibataire ça rentre direct dans la catégorie « crimes et délits ».

— On dirait bien qu'on a toutes les deux des parents du genre traditionnels… Et ma mamie l'est encore plus que la moyenne.

Le bouquet satellite de Jen proposait des chaînes russes. Les deux collègues suivaient présentement la retransmission en direct d'un débat politique entre deux candidats, organisé dans le cadre des prochaines élections en Russie.

— Qui c'est celui-là ? demanda Madison en pointant sur l'écran le chauve qui s'époumonaient en russe.

— Vladimir Koraloff. Celui qui n'a pratiquement aucune chance d'être élu. Il appartient aux Patriotes de Russie, un groupe de gauche cinglé dissident du Parti communiste.

Somme toute assez séduisant en dépit de la cicatrice ornant sa joue, le second débatteur paraissait au bord de l'explosion.

— Et l'autre, c'est Porchenko, c'est bien ça ?

— Ouaip, répondit Jen. Vladimir Porchenko, un vrai connard. En matière de relations internationales, il ferait passer Poutine pour un émule de Gandhi. Lui aussi est un ancien du KKGB, bien décidé à rendre à la Mère Russie toute sa gloire d'antan.

Madison secoua la tête.

— Je ne sais pas comment tu fais pour t'y retrouver dans la politique russe. Ils ont tous l'air complètement fous.

— C'est un peu comme une série, un *soap-opera*. Pas très différent de la politique américaine au fond. Il faut juste suivre le fil de l'histoire à mesure qu'elle se déroule. Pour l'essentiel, ils ne racontent tous que des conneries, mais bien souvent, c'est à ce qu'ils ne disent pas qu'il faut prêter attention. Par exemple, poursuivit Jen en désignant Porchenko qui venait juste de prendre la parole, écoute-le bien. Au département d'État, ils sont tous inquiets à la perspective qu'il puisse s'emparer du pouvoir.

L'homme aux cheveux noirs hurlait dans son micro en martelant le pupitre de son poing.

« Le président actuel et tous ses petits toutous de la Douma ne voient pas ce qu'ils ont sous le nez ! Ces porcs d'Américains ne respectent pas les traités START de réduction des armements stratégiques ! Or, ces accords sont stratégiques uniquement si toutes les parties tiennent leurs engagements. Seulement, les Américains ne sont pas fiables. On ne peut pas leur faire confiance. Ils refusent la présence d'observateurs indépendants. Et nous, on devrait les croire sur parole ? Non, je ne crois pas ! Nous devons investir à nouveau dans notre défense, sans quoi nous deviendrons leurs petits toutous, comme le reste du monde. »

— Ouais, un vrai rayon de soleil, murmura Madison.

— Reconnais une chose, dit Jen en pointant son verre en direction de l'écran, on ne fait pas mieux pour un vendredi soir : deux bombasses canons qui prennent un verre toutes seules en écoutant des Russes tarés entre deux âges en train de se hurler dessus.

Madison éclata de rire et leva son verre. Les deux jeunes femmes trinquèrent.

— Je connais des tas d'endroits bien pire qu'ici.

— Je ne comprends pas, dit Levi aux deux robustes gardes qui l'escortaient le long d'un couloir brillamment éclairé. Pourquoi est-ce que vous ne pouvez pas me dire qui je vais rencontrer ?

En dépit de la fraîcheur ambiante, une goutte de sueur lui coulait le long du cou. Une sourde angoisse le tenaillait. Ses poignets et ses chevilles étaient entravés. Les chaînes à ses pieds lui permettaient seulement de faire de tout petits pas, dans un bruit métallique infernal. Et pour couronner le tout, son escorte refusait obstinément de répondre à ses questions.

Ils franchirent plusieurs postes de contrôle. Cette partie de la prison était plutôt tranquille, aux antipodes du tapage et du vacarme du côté des détenus.

Peut-être qu'ils m'emmènent à ma comparution ?

Trois jours s'étaient écoulés depuis l'attaque dans sa cellule. Et pendant tout ce temps, Levi avait été maintenu à l'isolement à l'infirmerie. Son flanc droit le démangeait – souvenir des quatre-vingt-dix points de suture qu'on lui avait posés pour refermer l'entaille de quarante-cinq centimètres. Et puis, quand les gardes l'avaient sorti de là, ils l'avaient bridé comme un rôti sans accepter de lui dire où ils l'emmenaient et pour quelle raison.

— C'est l'audience pour ma caution ?

On lui avait annoncé qu'il verrait un juge le lendemain de son arrestation, mais on lui avait dit tellement de choses qui ne s'étaient pas concrétisées. De toute façon, même s'il obtenait une libération sous caution, il n'avait plus d'argent pour la payer. Et il ne pouvait pas exactement compter sur sa famille pour lui avancer les fonds. Pour ce qu'il en savait, les siens étaient tous convaincus qu'il avait tué deux enfants.

Les deux surveillants s'arrêtèrent devant une porte, l'ouvrirent, puis lui firent signe d'entrer.

Levi prit une profonde inspiration, avant de laisser filer l'air tout doucement. Et il franchit le seuil.

Un homme de haute taille, vêtu d'un pull noir et d'un coupe-vent orné du logo des « US Marshals » était assis de l'autre côté d'une table.

— Je vous en prie, monsieur Yoder, dit-il en fixant Levi. Prenez place.

Levi s'assit sur l'unique autre chaise.

— Qu'est-ce que tout cela signifie ?

Le marshal se leva et fit le tour de la table en tirant un trousseau de clés de sa poche.

— Monsieur Yoder, je crains qu'il n'y ait eu une méprise. Nous avons recueilli des éléments indiscutables qui vous exonèrent de tout soupçon. Je suis là pour vous escorter hors de cet établissement, dit-il en déverrouillant les fers à ses chevilles.

Levi en resta sans voix.

Ce n'est pas possible..., se dit-il.

Il s'était déjà plus ou moins convaincu qu'il allait devoir endurer un long séjour en prison pour un acte qu'il n'avait pas commis.

Le marshal retira les menottes aux poignets de Levi.

— Malheureusement, les irrégularités qui entachent votre incarcération, puis l'attaque dont vous été victime ne sont pas de mon ressort. Je ne peux rien faire pour y remédier. Mais sachez tout de même que l'État n'entend pas intenter la moindre action contre vous au sujet de l'incident survenu dans votre cellule. En revanche, les autres détenus impliqués feront l'objet d'une procédure et leurs peines seront très probablement alourdies.

La porte de la pièce s'ouvrit et un surveillant vint déposer un paquet sur la table. C'était un sac en plastique transparent, sur lequel était apposée une étiquette autocollante jaune avec le nom de Levi écrit dessus, contenant ses vêtements et toutes ses affaires.

— Donc, dit Levi une fois le garde reparti, je suis libre ?

Le marshal jeta les menottes sur la table.

— Oui. Vous pouvez vous changer.

Levi commença à se défaire de sa tenue carcérale.

— Je suis autorisé à vous procurer un billet de bus ou de train pour à peu près n'importe quelle destination dans la région, reprit le marshal. Et si vous voulez, je peux vous conduire moi-même jusqu'à la ferme de votre famille.

Des images de la scène sanglante surgirent dans l'esprit de Levi.

— On a trouvé ceux qui ont fait ça ? demanda-t-il.

— Je ne crois pas. Les seules informations qu'on m'a transmises, c'est que vous avez été blanchi et que les dispositions ont été prises pour votre libération.

D'un mouvement d'épaules, Levi enfila sa veste noire, en faisant de son mieux pour ignorer la douloureuse sensation des points de suture.

— Et donc… Vous voulez que je vous ramène chez vous ?

Occupé à enfiler ses chaussures, Levi secoua la tête. Si des tueurs étaient à sa poursuite, pas question d'exposer les siens à ce danger.

— Non merci. J'ai déjà attiré assez d'ennuis comme ça à ma famille. Est-ce que vous pouvez me prendre un billet pour New York ?

— Pourquoi New York ?

— C'est loin de chez moi et c'est une ville que je connais bien, répondit Levi en tapotant les pans de son manteau. Euh…, reprit-il sourcils froncés, j'avais plusieurs couteaux sur moi quand la police m'a arrêté, dont un auquel je tiens tout particulièrement. Savez-vous où ils pourraient être ?

— J'ai bien peur que non, répondit le marshal. Mais je peux voir avec l'agent qui vous a arrêté, si vous voulez.

La pensé de ce flic mettant au clou le *tantō* dont il ne s'était jamais séparé depuis le Japon lui fit grincer les dents.

— Oui, s'il vous plaît. Je détesterais que… Il m'accompagne depuis si longtemps.

— Je vais m'en occuper, dit le marshal en sortant une enveloppe de son coupe-vent. Tenez, vous trouverez là-dedans de quoi acheter votre billet de train – et probablement quelques repas.

Levi jeta un coup d'œil à l'intérieur. Elle contenait cinq billets de cent dollars. Il la glissa dans sa poche.

— Vous êtes prêt ? demanda le marshal.

Levi pencha la tête sur le côté. Ses vertèbres émirent un craquement sonore. Il prit une profonde inspiration, qu'il expira lentement.

— Je n'ai jamais été aussi prêt.

Le marshal ouvrit une seconde porte de l'autre côté de la pièce.

— Alors allons-y. Je vous laisserai à la gare du service Amtrak. De là, vous devriez pouvoir prendre un train pour la gare de *Grand Central*, ou n'importe quelle autre destination.

Quelques minutes plus tard, Levi se tenait de l'autre côté de la porte de l'établissement pénitentiaire du comté Lancaster. Il inspira une grande bouffée d'air frais, un sourire sur le visage.

La liberté…

~

Levi avait trois heures à consacrer à la réflexion dans le train entre Lancaster et Newark. Et réfléchir ne faisait que porter sa colère et sa frustration à leur comble.

Quelqu'un avait tué ses voisins. Quelqu'un avait tué des enfants. Quelqu'un l'avait piégé pour que ces crimes lui soient imputés. Et ce même quelqu'un avait tenté de le faire tuer ensuite.

Et ce quelqu'un était russe.

Levi avait la certitude de n'avoir jamais croisé la route d'un membre de la mafia russe.

S'il s'était agi d'un Italien… Il aurait pu y avoir quelque chose. Mais des Russes ?

En tout cas, qui que ce soit, il ne plaisantait pas. Mais Levi non plus…

Pendant qu'il attendait son tour à la gare de Newark, un plan commença à germer dans son esprit.

Arrivé au guichet, il tendit à l'employée un billet de dix dollars.

— World Trade Center, annonça-t-il.

La machine devant lui cracha un ticket. Levi récupéra sa monnaie et partit en direction du quai.

Il n'avait pratiquement par un rond devant lui. Et cela faisait plus de dix ans qu'il n'avait pas parlé à l'une ou l'autre de ses connaissances à New York.

C'était comme s'il avait dix-huit ans à nouveau et qu'il devait repartir de zéro. Enfin, pas tout à fait de zéro…

Il connaissait les dessous de la ville.

Un monde dans lequel il allait replonger tête la première.

~

L'après-midi touchait à sa fin quand Levi arriva enfin à New York. Le décor et les bruits si familiers lui procurèrent un sentiment de réconfort.

C'était sa ville.

Les klaxons des voitures, Columbus Park, les mille senteurs de Chinatown le long de Bayard Street. Oui, il revenait chez lui.

Comme il tournait à gauche dans Mulberry Street, quelque chose capta son attention à l'extrémité de son champ de vision.

Au coin de la rue, il s'arrêta en regardant nonchalamment autour de lui, comme s'il avait été en train d'attendre son tour pour traverser.

Un petit groupe de Chinois tous âgés discutaillaient vivement entre eux. Mais ce n'étaient pas eux qui avaient mis Levi en alerte. Non, c'était l'homme juste derrière, concentré en apparence sur la lecture de son journal.

Il portait un blouson des *Yankees* et une casquette de baseball – une tenue somme toute commune dans ce quartier, mais que Levi avait déjà vue portée par un homme monté dans le train peu après lui à Lancaster.

Coïncidence ?

D'un pas tranquille, Levi remonta Mulberry Street. Puis il traversa Canal Street en accélérant l'allure, avant de plonger dans un boui-boui mal éclairé où l'on servait des plats chinois à emporter.

Debout devant le grand tableau, Levi fit mine de se plonger dans un examen attentif du menu, mais en réalité il ne quittait pas la rue des yeux.

— Bonjour monsieur, vous désirez ?

À en juger par son accent, le vieillard derrière le comptoir était un Chinois immigré de la première génération.

— Est-ce qu'il y a une sortie par derrière ? demanda Levi dans un mandarin parfaitement courant.

Le vieil homme haussa les sourcils et hocha la tête.

— Il y a un problème ? demanda-t-il dans sa langue maternelle, une note inquiète dans la voix.

Tout à coup gêné de son excès de paranoïa, Levi se sentit idiot. Il secoua la tête et sourit.

— Non, ce n'est rien. Je repasserai plus tard. Je vous remercie.

Levi quitta le petit établissement. De retour dans Mulberry Street, il examina les lieux à la ronde, sans rien remarquer de suspect.

Mais cinq minutes à peine s'étaient écoulées qu'il revoyait le même homme.

En tant que fixeur, Levi avait passé des années à observer les gens, à traquer des cibles, à débusquer ceux qui ne voulaient surtout pas qu'on les découvre. Il avait appris à repérer ceux qui cherchaient à passer inaperçus dans la foule. C'est son radar intérieur – fruit de toute cette expérience – qui l'avait mis en alerte.

L'homme s'était débarrassé de sa veste des *Yankees. Non, en fait il l'a retournée et il a retiré sa casquette.* Toujours est-il que c'était bien le même. Levi n'avait pas le moindre doute.

Levi se glissa dans un passage entre deux bâtiments, longea une grande benne à ordures et s'accroupit juste derrière.

Le cœur battant, il concentra toute son attention sur la rue.

Des bruits de pas. Quelqu'un approchait, ralentissait, s'avançant tout doucement dans la ruelle.

Levi entendait le souffle de l'homme de l'autre côté de la benne. Il avait presque l'impression de percevoir son regard tentant de percer les ombres au fond du passage.

— Merde, marmonna celui qui le filait.

Puis, d'un coup, l'homme s'élança vers l'extrémité de la venelle, croyant sans doute voler aux trousses de sa proie.

Au passage, Levi crocheta souplement le pied de l'homme, le rattrapant par son revers pour lui éviter de se fracasser le crâne sur le béton. Dans le même geste, il plongea la main à l'intérieur du blouson de l'homme, pour le délester de l'arme glissée dans son holster d'épaule.

Levi fit jouer la culasse, éjectant une balle et chambrant la suivante. Il maniait l'arme avec aisance et précision. Puis il la pointa droit sur l'homme devant lui.

— Pourquoi est-ce que tu me suis ?

L'inconnu dans la trentaine avait les yeux écarquillés par l'inquiétude.

— Je ne…

— Conneries, le coupa Levi en affirmant sa prise sur l'arme, l'index crispé sur la détente, le canon pointé sur le front de l'homme. Tu as pris ma roue en Pennsylvanie, tu as changé de train comme moi à Newark, et tu viens d'entrer dans cette ruelle dont je sais qu'elle finit en cul-de-sac. Tu es qui ? Et pourquoi tu me suis ?

Allongé sur le béton trempé, les mains levés, il tenait ses lèvres obstinément serrées.

— C'est toi qui as-tué deux enfants innocents, gronda Levi, le regard étréci. Hein, c'est toi ? Et maintenant, tu veux finir ce que tu as commencé ?

— Non.

Levi s'accroupit et planta le canon du pistolet dans le ventre de l'homme.

— Tu bouges, je t'arrache le foie. Et je te jure, c'est une mort affreusement douloureuse.

De sa main libre, il palpa les jambes de son prisonnier et récupéra un revolver à canon court glissé dans un holster de cheville. D'un même mouvement sec, il déverrouilla le barillet et le fit basculer sur le côté. Six balles tombèrent au sol.

Il balança l'arme plus loin dans la ruelle et poursuivit sa fouille. Il sentit un portefeuille dans la poche arrière et enfonça le canon plus profondément dans l'estomac de l'inconnu.

— Donne-moi ton portefeuille.

L'homme obtempéra, abaissant sa main droite tout doucement jusqu'à l'arrière de son pantalon.

À l'intérieur du porte-cartes, il y avait plusieurs cartes de crédit, quelques billets et un permis de conduire délivré par l'État de Virginie.

— Très bien, Don Jenkins, dit Levi en jetant le portefeuille par terre. Je ne sais pas qui tu es, mais je vais te donner un bon conseil. Arrête de me suivre… Tu as remarqué, poursuivit-il en baissant la voix, j'ai été assez aimable pour te rattraper quand tu as glissé. Tu te serais ouvert le crâne sur le béton. Les accidents arrivent, tu sais. Alors ne traîne pas dans les ruelles et tout ira bien.

Il appuya encore plus fort l'automatique dans le ventre de Jenkins, au point de lui arracher une grimace.

— Compris ?

Jenkins hocha la tête.

En quelques gestes enchaînés à toute vitesse, Levi éjecta le chargeur et manœuvra la culasse pour éjecter la munition de la chambre. Puis il bascula le chargeur dans la benne et jeta l'arme vidée tout au fond de la ruelle.

Sans même un dernier regard pour l'homme toujours à terre, Levi s'éloigna d'un pas vif.

Levi regardait constamment par-dessus son épaule, en se demandant si cette impression tenace d'être observé en permanence allait le quitter un jour. Il remonta Mulberry Street entre Grand Street et Broome Street, cap vers le lieu qui avait été son port d'attache pendant tant d'années. C'était là qu'il avait rencontré la plupart de ses connaissances, noué des contacts et établi sa réputation en tant que fixeur.

L'air était empli des senteurs de *Little Italy* – les arômes des pizzas tout juste sorties du four, les odeurs du basilic et de l'air. Des parfums familiers qui lui faisaient le pas léger et lui mettaient le cœur en joie.

Dans ce vieux quartier, bien des choses n'avaient pas changé. Les immeubles, avec des restaurants au rez-de-chaussée et des appartements au-dessus, étaient tels que dans ses souvenirs. Mais à mesure qu'il avançait, la tristesse et le désarroi s'emparèrent de lui.

Le repaire de ses jeunes années n'existait plus, transformé en marché italien. Il sentit son esprit chanceler. À peine arrivé, il devait déjà complètement repenser la stratégie qu'il avait arrêtée. Incrédule, il se demandait comment certaines choses qui avaient tant compté pour lui avaient ainsi pu être annihiler en l'espace d'une dizaine d'années seulement.

— Levi ?... Levi, c'est toi ?

Levi leva la tête. Une femme aux cheveux gris était penchée à la fenêtre d'un appartement au-dessus d'une boulangerie italienne à l'enseigne « Chez Nonna ».

— Nonna Romano ?

— Mon Dieu ! s'exclama-t-elle avec son accent italien. Tu es revenu ! Attends ! Ne bouge pas, j'arrive.

Levi sourit en voyant s'allumer les lumières de la boulangerie, puis arriver la vieille dame qu'il avait toujours vue comme la grand-mère du quartier. Elle avança en se dandinant jusqu'à la porte, accompagnée de deux teckels qui jappaient.

Elle tira les verrous, ouvrit la porte et l'invita d'un geste à entrer.

— Entre, entre. J'ai des cookies au limoncello, ceux que tu aimes tant.

Levi embrassa la vieille dame sur les deux joues. Les chiens poussaient des petits glapissements en agitant leur queue si furieusement que le mouvement menaçait de les culbuter.

Nonna lui sourit.

— Tu es quand même plus joli garçon sans toute cette broussaille, dit-elle en lui grattouillant la barbe.

Levi rit de bon cœur en allant s'asseoir sur un tabouret devant le comptoir.

— Je vais voir ce que je peux faire pour cette barbe, dit-il. Mais dites-moi, poursuivit-il en désignant du pouce le nouveau marché. Qu'est devenu le club ? Et Vinnie, il est toujours par ici ?

Nonna passa de l'autre côté du comptoir et disposa sur une assiette un assortiment de biscuits parsemés de sucre glace, qu'elle fit doucement glisser vers son invité.

— Tiens. Ils sont frais de ce matin.

Levi mordit dans l'un des petits gâteaux et le puissant arôme du citron le fit revenir des années en arrière, à son adolescence, à l'époque de son arrivée à New York. Les cookies de Nonna avaient alors été la première chose qu'il avait mangée. Après tout ce temps, ils l'étaient une fois encore.

— Alors, qu'est-ce qui te ramène par ici ? demanda Nonna. J'aurais cru que tu serais allé dans l'*Uptown Manhattan* avec les autres, dans les beaux quartiers. Tu as besoin de quelque chose ?

Comme la vieille dame ne pouvait plus tenir assise sur un tabouret, Levi emporta son assiette à l'une des tables dans un coin de la boulangerie, puis tira une chaise pour l'inviter à s'installer.

— En fait, je suis parti un grand moment, Nonna. Mais là, je reviens… Et je voulais voir si les anciens du club étaient toujours dans les parages.

— Oh, Levi, cela doit faire très longtemps que tu es parti. Il y a cinq ans environ que le club a été fermé. Et Don Bianchi et les autres sont tous partis plus haut.

— Don Bianchi ? répéta Levi avec un sourire. Pour de bon ? Le petit Vinnie avec qui je jouais au *stickball* dans la rue est devenu Don Bianchi ?

Nonna émit un petit rire perlé.

— Je me souviens de vous, gamins, toujours à rire et faire les quatre cents coups. Mais le temps a passé. Aujourd'hui, Vincenzo passe de temps en temps. C'est un gentil garçon, dit-elle avec un sourire, les yeux dans le vague. Il demande toujours des cannolis, ses gâteaux préférés. Ceux avec des éclats de chocolat dessus.

— Alors comme ça, il s'est installé dans l'Uptown ? dit Levi en regardant par la vitrine le soir qui tombait sur la rue. Il y a des choses dont il faudrait que je lui parle.

La vieille dame tapota doucement la main de Levi.

— Bien sûr. Don Bianchi réside sur Park Avenue à présent, dans l'*Upper East Side*. L'immeuble s'appelle « *Helmsley Arms* ».

Elle lui serra encore doucement la main, puis se leva, emportant l'assiette de cookies.

— Je te mets tout ça dans un sac. Je vois bien que tu es pressé. Mais je suis très heureuse de t'avoir vu.

Un sourire béat sur les lèvres, Levi regardait la vieille dame en train de lui préparer tout un assortiment de douceurs.

— Merci, Nonna. Je repasserai vous voir et on pourra discuter.

Il pensait à l'homme qui l'avait suivi depuis la Pennsylvanie. Tout en ce Jenkins donnait à penser que c'était un flic, mais Levi n'était pas pleinement convaincu. Comment avait-il réussi à le filer dans une ville aussi animée que New York ? Certes, il n'avait pas l'accent russe, mais cela ne signifiait pas pour autant qu'il ne travaillait pas pour ce camp-là.

Nonna déposa un grand sac devant lui.

— Je t'ai ajouté quelques surprises et j'ai mis des cannolis pour le Don.

— Encore mille mercis, Nonna. Vous êtes la meilleure.

Levi se pencha pour déposer un baiser sonore sur ses deux joues, puis répéta ses remerciements tandis qu'elle l'escortait jusqu'à la porte.

Les réverbères s'allumèrent pile comme il sortait sur le trottoir. Levi réfléchissait déjà au parcours qu'il allait suivre, mais avant d'aller chez Vinnie, il avait une course à faire.

Avec un peu de chance, Gerard était toujours ouvert à cette heure-ci…

CHAPITRE SEPT

— D'après les traceurs, il est à Manhattan, annonça Madison. À pied, selon toute vraisemblance. Quelque part aux abords de Chinatown.

Maddox se pencha sur son bureau pour griffonner quelque chose sur son bloc-notes.

— D'accord… Restez sur lui. Et pour la tueuse, il y a du nouveau ?

— Oui. Nous avons plusieurs pings confirmés au moment de son arrivée dans la ville de Tcheliabinsk, à quatre-vingts kilomètres du versant oriental des monts Oural, juste à l'entrée occidentale de la Sibérie. C'est là qu'une météorite a explosé en 2013. Vous vous souvenez, quand on a vu toutes ces vidéos de fenêtres en mille morceaux ?

— Intéressant…, murmura Maddox en se laissant aller contre le dossier de sa chaise, une expression pensive sur les traits. Et elle est toujours là-bas ?

— Non. On a suivi le signal de son téléphone en direction du sud-ouest. À en juger par sa vitesse de déplacement et la topographie de la région, elle a dû emprunter un genre de véhicule tout-terrain. On a perdu le signal quand elle est entrée dans le massif montagneux. La dernière émission nous est parvenue d'un endroit juste à côté du mont Iamantaou.

Pour toute réponse, Maddox haussa légèrement les sourcils, avant de rajouter quelques notes dans son carnet.

— Vous le savez sans doute déjà, poursuivit Madison, mais des rumeurs évoquent depuis longtemps l'existence d'un bunker militaire souterrain dans cette zone. C'est tout de même une destination un peu étrange pour quelqu'un qui travaille pour la mafia russe...

À cet instant, le téléphone de Maddox se mit à sonner.

— Maddox, dit-il en prenant la communication.

Il resta un certain temps à écouter ce que son correspondant lui disait. Lentement, les traits de son visage s'affaissèrent.

— Merde ! s'exclama-t-il. Un instant, je vous mets sur haut-parleur. L'Agente Lewis est à côté de moi, ajouta-t-il en appuyant sur le bouton de commande. Allez-y, Jenkins, répétez ce que vous venez de me dire.

La voix de Jenkins jaillit du haut-parleur.

— Ce type, Yoder, m'a grillé et nous avons eu un petit face-à-face. Il s'est engouffré dans une ruelle et j'ai cru qu'il prenait un raccourci. Mais quand j'y suis entré à mon tour, il m'attendait. Je suis tombé dans l'embuscade et j'ai fini avec mon arme de service pointée sur mon front.

Bouche bée, Madison fixait l'appareil posé sur le bureau.

— Et après ça, je suppose que vous avez perdu sa trace ? demanda Maddox.

— Affirmatif...

— Pas de dégâts ? Vous allez bien ?

— Oui, oui, ça va. Mais je suis sûr qu'il ne plaisantait pas en me parlant d'accidents qui pourraient arriver si je continuais à le suivre. J'étais fait comme un rat. Il aurait pu me...

— Jenkins, vous avez été repéré, c'est tout. Inutile d'insister. Rentrez au bercail et j'enverrai quelqu'un d'autre.

— Monsieur, je pourrais peut-être... Non, effectivement... Je comprends...

Madison éprouvait presque de la peine pour son collègue. Au son de sa voix, il paraissait bien abattu.

— Ne vous tracassez pas, reprit Maddox. À l'évidence, ce type est dans son élément. Il a un savoir-faire qu'on n'avait pas anticipé. Revenez qu'on fasse un débriefing complet pour étoffer son profil. J'ai un plan de secours. Et dans l'intervalle, Lewis le suit électroniquement.

— Oui, monsieur. Je prendrai le premier train demain matin et je viendrai vous faire mon rapport.

— Alors à demain, répondit Maddox, avant de couper la communication en se tournant vers Madison. Ce Yoder, vous ne le quittez pas des yeux.

Madison referma son carnet et se leva.

— En complément des traceurs dont on l'a équipé, je vais me brancher sur le système de caméras de surveillance du service de police de la ville de New York, pour voir si on peut le suivre en visuel dans la rue.

— Tout ce que vous voulez, mais ne le perdez pas.

En regagnant son bureau, Madison repensait à tout ce que Jenkins avait enduré. Un frisson lui parcourut l'échine. En dehors des exercices lors de ses formations à Camp Peary, jamais elle ne s'était retrouvée avec une arme pointée sur elle.

Rien que d'y penser, elle en avait la nausée.

À voix basse, elle se réprimanda pour sa frilosité.

— Ça fait partie du boulot, Maddie. Secoue-toi un peu.

Levi éprouva un véritable soulagement en apercevant l'enseigne « Chez Gerard », un vieux bar un peu miteux qui avait été un de ses repaires des années plus tôt. Au moins, ce lieu-là était toujours debout et à sa place. Le tintement métallique d'une clochette l'accueillit quand il ouvrit la porte.

Une poignée de clients seulement occupaient les lieux. C'était le genre d'endroits où la foule n'arrivait guère avant vingt heures.

— Salut mec, installe-toi, je suis à toi tout de suite.

Levi sourit en entendant cette voix familière. Il avança jusqu'au bar et vint s'asseoir sur un tabouret pile devant l'homme qui l'avait accueilli – un Noir dans la petite trentaine, présentement occupé à briquer le comptoir. À l'autre bout, une jeune Hispanique servait des verres en discutant avec quelques consommateurs.

— Une eau minérale gazeuse, s'il te plaît, commanda Levi.

L'homme releva la tête, la mine agacée… Puis il vit Levi et resta figé, la bouche ouverte. Lentement, un sourire immense s'épanouit sur son visage.

— Merde alors… Levi ? C'est bien toi ? dit-il en tendant la main par-dessus le bar pour toucher l'épaule du nouvel arrivé. Mais d'où tu sors comme ça ? demanda-t-il en riant. Sapé comme un rabbin avec la barbe et tout ?

Levi secoua la tête avec un petit reniflement.

— Je suis content de te voir, Denny. Mais moi, un rabbin ? Il y a un truc qui ne va pas chez toi ? Pour un enfant de New York, je pensais que tu saurais faire la différence entre un rabbin et un Amish.

— Quoi, tu es amish ? Sans déconner ! Et comment ça se fait que je ne le savais pas ?

— Ton père le savait, mais j'imagine qu'à l'époque où tu as commencé à traîner par ici, je m'étais déjà rasé et civilisé… À ce propos, ton père est dans le coin ?

Denny secoua la tête en servant à Levi son eau minérale.

— Nan… Il a pris sa retraite en Floride.

Un sentiment d'inquiétude naquit dans la poitrine de Levi.

— La dernière fois que j'ai eu de tes nouvelles, tu étais au MIT en train de finir ton doctorat. Comment ça se fait que tu aies atterri ici ?

— J'ai pris la relève quand mon père a pris sa retraite.

Levi poussa un soupir.

— Tu as pris la relève dans tous les domaines ?

Denny inclina la tête sur le côté, tandis qu'un sourire espiègle s'épanouissait sur son visage.

— Tu es de retour aux affaires ?

— Tu as un papier et un crayon ?

Denny arracha la première page du carnet de prise de commandes posé sur le bar, puis la tendit à Levi avec un crayon.

Levi se mit à griffonner sur la feuille.

« Je crois que j'ai un micro sur moi. Tu peux me passer au détecteur ? »

Les yeux de Denny s'arrondirent comme des soucoupes. Il se tourna vers sa barmaid.

— Carmen, je passe derrière un instant. Tu gères ici ?

— Bien sûr, Denny, pas de problème.

Denny fit passer Levi dans une arrière-salle, dissimulée derrière un rideau de perles. L'un des murs était orné d'une fresque en carrelage représentant une scène de plage, composée de carreaux de moins de trois centimètres de côté chacun. Denny appuya sur un certain nombre d'entre eux dans un ordre précis, pour composer une combinaison, et l'embrasure d'une porte apparut en découpe dans le mur. Les deux hommes passèrent dans une salle contiguë et Denny referma derrière lui.

Des néons clignotèrent, puis la lumière des plafonniers révéla un véritable petit entrepôt rempli d'étagères chargées d'équipements électroniques de toutes sortes.

— Nom de Zeus ! Tu as haussé le niveau de Gerard dans les grandes largeurs…

Denny éclata de rire et prit un objet qui ressemblait comme deux gouttes d'eau à une matraque.

— Mon père m'a appris tout ce que j'avais besoin de savoir, mais il était de la vieille école. Au fil des ans, j'ai ajouté quelques trucs de mon cru. J'ai élargi la focale, dit-il en pointant son bâton sur Levi. Lève les bras et voyons voir ce que tu as.

Denny promena l'espèce de baguette sombre tout le long du corps de Levi. Au niveau du cou, elle émit un petit couinement sonore. Denny poursuivit son exploration méthodique, passant plusieurs fois sur toutes les zones, devant comme derrière. L'ustensile produisit un deuxième son, un peu moins fort, au niveau du ventre, puis un troisième au niveau des pieds.

— C'est un genre de détecteur de métaux, lança Levi sur le ton de la plaisanterie.

— Pas du tout. C'est un analyseur de distorsion harmonique multi-fréquences. Réalisé par moi-même. C'est très simple en fait… Il balaie très rapidement toute une série de fréquences d'un signal sonore périodique pour repérer les distorsions. Généralement, cela traduit la présence d'un émetteur ou d'un micro.

— Très bien… Je suis d'accord avec tout ce que tu dis.

Denny ceignit son front d'une lampe frontale.

— Envoie-moi tes chaussures, ton pantalon, ta veste… Et puis merde, déshabille-toi et va t'asseoir là-bas près de l'établi.

Levi fit ce que son ami lui demandait. Denny balada son ustensile sur l'ensemble des vêtements, en mettant soigneusement de côté tous ceux qui déclenchaient un bruit. Peu après, il ouvrit la chaussure gauche de Levi à l'aide d'un couteau de poche, pour en retirer ce que ressemblait fort à un petit circuit imprimé relié à des fils.

— Mais qu'est-ce qu'on a là ? dit-il en ouvrant une petite boîte fabriquée à l'aide d'une résille de cuivre pour y déposer le fruit de son exploration.

La baguette sonna encore une fois sur la chemise. Denny opéra une incision au niveau du col.

— Donc, quelqu'un m'avait collé des mouchards pour me pister ?

— Ouaip, répondit Denny en extrayant un autre micro à l'aide d'une pince à bec. C'était le numéro deux.

— Tu penses que ça pourrait être les flics qui m'ont mis ça ?

— Les flics ? demanda Denny en levant les yeux vers son ami. Mon père disait toujours que ton code consistait précisément à ne jamais attirer l'attention des autorités.

Levi haussa les épaules.

— Les choses sont devenues compliquées.

— J'imagine, répliqua Denny en découpant la ceinture de Levi pour en retirer un troisième mouchard. Mais…, poursuivit-il en agitant le dispositif électronique sous le nez de Levi. Les flics ne font pas ça.

Il lâcha sa prise dans la petite boîte emmaillotée dans son treillis de cuivre.

— C'était le numéro trois. Je n'ai pas la moindre idée d'où peuvent venir ces petites bêtes. Il faudra que je les emporte chez moi pour les étudier.

— Et comment tu vas faire ça sans qu'elles n'attirent sur toi l'attention de ceux qui me pistent ?

Denny agita une dernière fois la baguette sur le reste des vêtements, puis désigna la petite boîte d'un coup de menton.

— Cette chose est une cage de Faraday miniature. Elle bloque les champs électromagnétiques et inhibe toutes les transmissions.

— Oui, mais pour les examiner, il faudra bien que tu les sortes de la boîte. Et là, tu te feras repérer.

Denny laissa filer un petit rire.

— Mais non… Je ferai ça à l'intérieur d'une grande cage de Faraday qui a la taille d'une pièce.

— Quoi ? Tu as une cage de Faraday chez toi ?

— Comme tout le monde, non ?

Levi leva les yeux au ciel.

— Malheureusement, reprit Denny, j'ai l'impression que ton pantalon et ta chemise ne te seront plus très utiles. Mais tu peux peut-être jeter un œil dans les vêtements que mon père a laissés, ajouta-t-il en prenant un carton sur une étagère. Pour la taille, ça devrait t'aller. Comme il n'y avait rien dans ton manteau, tu peux le garder. Et sinon, je vais recoller ta chaussure.

— Merci, Denny. Tu me diras ce que je te dois.

— Rien du tout, répondit Denny avec un sourire. Simplement, repasse me voir quand tu auras besoin de quelque chose de pointu dans l'électronique ou le piratage. Je serai là…

— Le piratage ? dit Levi en fouillant dans le carton à la recherche d'une tenue potable. C'est un truc que Gerard n'a jamais fait.

— C'est vrai, mais mon père n'a jamais été embauché pour craquer des systèmes de sécurité de classe mondiale. La vieille école, comme je te disais. Mais moi, j'ai fait mes études avec quelques-uns des meilleurs hackeurs du monde. Ils passent leur vie dans cette zone grise dont le commun des mortels n'a jamais entendu parler.

Levi exhiba une chemisette hawaïenne aux couleurs éclatantes et secoua la tête.

— Dis donc, Gerard ne fait pas dans la subtilité.

Denny tourna la tête, projetant le faisceau de sa lampe dans la direction de Levi.

— Ah, ah, gloussa-t-il. Mon père ne porte plus que ça à présent. J'imagine que ça passe mieux sur une plage, mais ça ne te va pas mal.

— Tu ne serais pas un peu daltonien ? répliqua-t-il Levi avec une pointe d'acrimonie.

Néanmoins, il enfila ce qu'on lui proposait et mit son manteau par-dessus, histoire de rester un tant soit peu discret. Au moins, tout était à sa taille.

Occupé à rafistoler la chaussure de Levi, Denny s'interrompit soudain.

— Tiens, j'y pense tout à coup. Tu n'es pas chargé… Comment ça se fait que tu n'as rien sur toi ?

— C'est une longue histoire, répondit Levi en poussant un soupir. J'avais quelques lames de toute beauté, mais on me les a volées. Et je n'ai pas encore eu le temps de me rééquiper.

— Des couteaux ? Alors, j'ai peut-être quelque chose pour toi.

Denny acheva la réfection de la semelle, puis laissa un sourire malicieux s'épanouir sur ses lèvres.

— Ce n'est pas mon style, mais un crétin a un jour tenté de me braquer avec un de ces trucs. Je vais te montrer, poursuivit-il en disparaissant entre deux étagères, pour en ressortir un instant plus tard avec une brassée de couteaux de lancer. C'est de la vraie camelote, mais c'est mieux que rien.

Levi prit l'une des lames par son manche cordé et en évalua le poids en la posant à plat sur sa paume.

— Quelle daube. Aucun équilibre, dit-il en inspectant les motifs sur la lame. Peuh ! enchaîna-t-il avec un ricanement, ce n'est pas un vrai Damas. Un abruti a peint directement sur l'acier pour faire croire à une lame forgée.

— Hé, répliqua Denny avec un haussement d'épaules, pas la peine de me faire l'article. Ce n'est pas comme si j'essayais de te les vendre. Si tu les veux en attendant de t'équiper avec quelque chose digne de ce nom, tu peux les prendre. En tout cas, moi, je n'en ai pas besoin.

— Excuse-moi, mes mots ont dépassé ma pensée, répondit Levi en tenant discrètement le bouquet de lames contre lui. Merci, mec, ajouta-t-il en donnant de son bras libre l'accolade à Denny. Sincèrement. Par rapport aux couteaux que je m'étais fabriqués moi-même et à celui qu'on m'a offert quand je vivais au Japon, ces lames ne valent rien, mais elles peuvent toujours servir. Encore merci.

— Tu as vécu au Japon ?

— C'est une longue histoire, répondit Levi en passant un bras autour de l'épaule de son ami. Mais ce ne sera pas pour ce soir. Il faut que j'aille quelque part.

À présent qu'il savait ne plus être suivi à distance, circuler dans les rues se révélait beaucoup moins stressant pour Levi. En descendant du bus sur Park Avenue, il prit la direction de la 86ème rue. Il connaissait bien le quartier de l'*Upper East Side* de Manhattan, mais il n'y avait jamais eu beaucoup de contacts. Une décennie plus tard, ceux-ci s'étaient forcément raréfiés.

Il était un peu plus de vingt-et-une heures quand il arriva devant un majestueux bâtiment ancien, avec une entrée flanquée de part et d'autre d'une colonne en marbre. Gravés dans la pierre et dorés à la feuille, les mots « *Helmsley Arms* » surmontaient des doubles portes de plus de trois mètres de haut, dont les vantaux semblaient être de verre, mais à travers lesquels Levi ne distinguait rien.

Il passa le sac de pâtisseries de Nonna dans son autre main et prit une profonde inspiration.

— Quand il faut y aller…, murmura-t-il pour lui-même.

Il gravit la volée de marches du perron et tira sur l'énorme poignée métallique. Le lourd panneau pivota sur lui-même sans un bruit.

Le hall d'entrée était d'une netteté immaculée, tout en marbre sur six mètres de long, avec une rangée d'ascenseurs tout au fond.

Levi trottina jusqu'au panneau d'appel comportant toute une rangée de boutons à côté desquels étaient inscrits des noms. Mais avant même qu'il n'ait eu le temps de repérer celui de Vinnie, une porte s'ouvrit de l'autre côté du hall et deux types taillés comme des armoires à glace sortirent d'une pièce pour fondre sur lui.

— Monsieur ! appela l'un d'eux. On peut vous aider ?

Aucun doute possible, son accent venait tout droit de *Little Italy*. Malgré l'expression somme toute polie, il y avait dans son ton un petit quelque chose indéniablement agressif

Levi se retourna, un grand sourire sur les traits. Les deux tout-en-muscles portaient des costumes ostensiblement hors de prix, un rien trop serrés au niveau des pectoraux. Et à en juger par la bosse visible sur le côté de Bourrin numéro un, il transportait un calibre dans un holster d'épaule.

— Je viens rendre visite un ami.

— Monsieur, nous sommes le service de sécurité. Qui est votre ami ?

— Vincenzo Bianchi.

Avec un grand sourire, Bourrin numéro deux demanda d'un geste à Levi de lever les bras. Ce faisant, il lui exposa incidemment le pistolet dans son holster de ceinture dissimulé sous sa veste.

— Il faut que je vous fouille, dit-il.

Levi déposa le sac de gâteaux sur une table sous le panneau d'appel et prit la posture qui lui était demandée.

Le mastard passa ses mains sur le manteau de Levi et découvrit le jeu de couteaux de lancer. Sans attendre qu'on le lui demande, Levi sortit ses lames pour les remettre.

L'homme les balança à côté du sac de pâtisseries, puis reprit sa palpation. Au moins, il se révélait minutieux. Levi mit à profit ce temps mort pour étudier la liste des noms sur le panneau d'appel de l'ascenseur.

— Pas de portefeuille, pas de papiers d'identité ?

— Non, je voyage léger, répondit Levi.

— Allez, dit Bourrin numéro un d'un ton sec en désignant la porte. Barre-toi ! Il n'y a personne de ce nom-là ici.

Les deux cerbères échangèrent un sourire entendu. À l'évidence, c'était un bobard. Ils s'amusaient aux dépens de Levi.

— Je suppose que c'est pour ça qu'il y a un bouton « DVB » ? Don

Vincenzo Bianchi…

Le rictus moqueur et satisfait de Bourrin numéro un se mua en regard noir.

— C'est bon, on t'a assez vu. Casse-toi d'ici.

— Et mes affaires ? dit Levi en montrant ses couteaux et ses gâteaux.

— Ce ne sont plus tes affaires, gronda Bourrin numéro deux en sortant son arme pour la pointer sur le visage de Levi.

D'un geste aussi soudain que fulgurant, Levi tordit le poignet de l'homme tout en lui balayant les pieds, saisissant au vol l'arme à la seconde où elle s'échappait de sa main.

Le choc de la tête sur le sol de marbre résonna dans tout le hall.

Avant que Bourrin numéro Un n'ait le temps de réagir, Levi l'avait mis dans sa ligne de mire.

— Tu lèves les mains, sinon promis, je te fais un trou supplémentaire dans la viande.

L'homme considéra son collègue immobile par terre. Les muscles de ses mâchoires se contractèrent. Lentement, il obtempéra.

Levi plaça la pointe du canon sur la gorge de l'homme à sa merci.

— Mec, je n'ai même besoin de tirer pour te tuer, murmura-t-il de la plus menaçante des façons. Le canon est posé sur ton espace suprasternal. Si je pousse, j'écrase ta trachée. Et toi, tu suffoques et tu meurs. Je l'ai déjà vu faire plusieurs fois. Ce n'est pas très joli. Reste calme et tout ira bien.

Levi glissa sa main à l'intérieur de la veste de l'homme pour récupérer le Beretta neuf millimètres dans son holster d'épaule.

Puis il recula d'un pas et appuya simultanément sur le levier et le verrou de démontage. La culasse jaillit vers l'avant et Levi jeta le Beretta au sol en plusieurs morceaux.

— Qu'est-ce que…

Levi l'interrompit en désignant le panneau d'appel avec l'arme de l'autre Bourrin.

— Appelle Don Bianchi. Lui et moi, on est de vieux amis.

Le garde hésitait. Levi raffermit sa prise sur la crosse tout en maintenant la distance.

— Écoute, reprit-il, je sais que tu ne fais que ton boulot, mais crois-moi, appeler le Don c'est ce que tu as de mieux à faire. Tout doucement et sans faire le malin.

L'homme hocha la tête et appuya sur le bouton.

D'un haut-parleur intégré sortit la voix d'un homme.

— Qu'est-ce qui se passe ?

— Monsieur Minnelli, nous avons quelqu'un ici qui veut parler au Don.

— Oh, qu'est-ce qui vous prend les gars ?

Levi intervint d'une voix forte depuis l'autre côté du hall.

— Frankie ? C'est toi ?

— Ouais, c'est qui ?

— Je te donne un indice. C'est moi qui t'ai branché sur ta première copine…

Il y eut un instant de silence.

— Putain, sans déconner… Levi ? C'est toi ?

— Oui, c'est moi… Dis à ce *stunad* que je suis réglo. Il faut que je parle à Vinnie.

Là-haut, Frankie plaça sans doute une main sur le combiné, mais le son étouffé de sa voix resta audible dans le haut-parleur.

— Vinnie, tu ne devineras jamais qui est là.

Il y eut pratiquement une minute de silence, puis une nouvelle voix prit le relais.

— Levi, c'est vraiment toi ?

— En chair et en os. J'aime bien ta nouvelle piaule. Tu as fait du chemin pendant que j'avais le dos tourné.

— Bordel, c'est vraiment toi. Mais t'étais où pendant… Non, attends… Tony ! Laisse-le monter.

Le garde jeta un regard en direction de son collègue toujours inconscient. Il semblait sur le point de se sentir mal lui-même.

— Euh… Don Bianchi. Tony est… euh…

— Vinnie, reprit Levi, ces deux *momos* que tu as mis à l'entrée… Je suis sûr ce que ce sont de braves garçons, mais ils ont encore des choses à apprendre. Je suis désolé, hein, mais ce Tony, là… Il a essayé de la jouer brutale et maintenant… Il fait une petite sieste.

— Putain, Johnnie ! Qu'est-ce que vous avez foutu ?

Bourrin numéro un se trémoussait d'un pied sur l'autre.

— Je suis désolé, Don... Tony est dans les vapes depuis cinq bonnes minutes... Et ce type a mis mon flingue en morceaux comme si c'était un jouet...

— Je te jure, si t'étais pas le beau-frère de ma cousine...

Levi intervint dans la conversation.

— Vinnie, c'est bon...

— Non, ce n'est pas bon ! J'envoie du monde pour ramasser Tony. Johnnie, tu escortes le fixeur jusque chez moi.

— Vinnie, encore une chose, dit Levi. Faudra peut-être faire passer une radio à ton gusse. Il me semble bien avoir entendu un truc craquer dans son poignet.

Un rire énorme éclata dans le haut-parleur.

— T'as pas changé, toi.

— Tu sais comment je suis, Vinnie, répondit Levi avec un petit haussement d'épaules. Je boxe en contre...

La communication s'interrompit et les portes de l'ascenseur s'ouvrirent. Trois hommes sanglés dans des costumes s'avancèrent dans le hall. Ils considérèrent un instant le fameux Tony toujours vautré, avant de se tourner vers Levi.

— On va s'en occuper, monsieur, dit l'un d'eux.

D'un signe, Johnnie invita Levi à se diriger vers la cabine ouverte.

— Après vous, monsieur, dit-il avec comme un tremblement dans la voix.

— La vache, tu es le même qu'il y a vingt ans !

Levi tapota la joue de son ami en riant.

— Tu as plutôt bonne mine, toi aussi.

Les deux hommes se donnèrent l'accolade en s'embrassant sur les joues.

Levi laissa son regard errer sur le vaste salon au mobilier de bois richement ouvragé, sur les murs ornés de peintures somptueuses et sur la Vénus de Milo toute en marbre, qui aurait été digne de figurer dans un musée. Il émit un petit sifflement appréciateur.

— Cet endroit n'a pas l'air mal non plus.

— Cet endroit ? dit Vinnie en écartant le compliment d'un geste de la main. C'est une taule de la famille.

Il invita Levi à le suivre vers les fauteuils devant la flambée dans l'âtre.

— Alors, ça fait combien de temps ? Onze ans… Douze ?

— C'est ça. Douze années, répondit Levi en venant examiner les photos sur le manteau de la cheminée.

L'une d'elles fit instantanément remonter en lui d'heureux souvenirs. On y voyait Vinnie, Levi et Mary, ainsi que la petite amie de Vinnie de l'époque, tous joyeux sur la plage de Jennings Beach. Deux baisers avaient été déposés sur la photo, laissant chacun une trace de rouge à lèvres : une au-dessus de la tête de Levi, l'autre au-dessus de celle de Vinnie.

— Oh là là, dit Levi, on était si jeune à l'époque. Et qu'est-t-elle devenue cette blonde canon accrochée à ton bras ? Comment s'appelait-elle déjà ?

— Tu parles de Phyllis ? Eh bien, je l'ai épousée un an après que tu as disparu sans rien dire à personne.

Levi s'installa dans un profond fauteuil en cuir.

— Oui, je suis désolé de m'être volatilisé comme ça. Mais je suis vraiment heureux de te revoir.

Vinnie prit place en face de lui, puis se pencha en avant en désignant la photo.

— Tu as disparu peu après la mort de Mary, n'est-ce pas ?

Levi confirma d'un hochement de tête, les lèvres serrées.

Le Don tapota le genou de Levi et poussa un soupir.

— Je suis désolé. C'était une femme bien.

— Oui, c'est ce qu'elle était… Il m'a fallu un certain temps pour faire mon deuil. Je sais que j'ai en quelque sorte disparu de la surface de la terre, mais je suis de retour à présent.

— Tu voudrais revenir aux affaires ? demanda Vinnie en haussant un sourcil.

— Pour tout dire, je ne sais pas encore. En fait, je suis venu te voir. J'ai un ou deux services à te demander. Dont un grand service.

Levi jeta un coup d'œil en direction des deux hommes qui montaient la garde à l'entrée du salon.

Vinnie se tourna vers eux et claqua des doigts.

— Charlie, Frankie, laissez-nous seul. Je vous appelle si j'ai besoin de vous.

Les deux hommes quittèrent la pièce en fermant les portes derrière eux.

— Tout ce que je peux faire pour toi sera un plaisir pour moi, dit Vinnie sur un ton devenu grave. Demande-moi.

— Je te suis reconnaissant, Vinnie, répondit Levi en se massant le flanc, à l'endroit où les points de suture le rendaient fou. Je vais commencer par le commencement… Après la mort de Mary, je suis parti errer de par le monde, comme un clochard. Au sens propre. J'étais perdu et j'avais besoin de me retrouver, expliqua-t-il avec un soupir, remué par les émotions qui se bousculaient en lui. Sans doute que je me sentais coupable parce que, au fond de moi, j'avais l'impression que Mary s'était peut-être suicidée à cause du cancer qui me condamnait… Toujours est-il que c'est là que j'ai été toutes ces années, partout dans le monde. Mais j'ai finalement décidé de rentrer. Et pour tout dire, je suis même retourné chez les miens pour leur rendre visite. Tu imagines ?

— D'où cette barbe, dit Vinnie avec un sourire.

— En partie. En fait, je n'ai plus jamais eu de rasoir depuis que j'ai quitté les États-Unis.

D'un hochement de tête, Vinnie invita Levi à poursuivre son récit.

— Après mon retour, il ne m'a pas fallu longtemps pour découvrir que l'État de New York avait fait main basse sur tous mes avoirs. En en toute légalité. J'ai des copies de tous les documents officiels, mais je me demandais si l'un de tes contacts dans les hautes sphères pourrait jeter un œil dans l'histoire. Voir ce qui s'est vraiment passé. Normalement, ils n'auraient jamais dû pouvoir siphonner mes fonds sans un certificat de décès. Mais apparemment, ils ont réussi…

— Merde, tu veux dire ta maison et…

— La maison, le compte en banque et même la fiducie que j'avais constituée pour Mary. Il y avait trois millions de dollars.

— Merde, ils t'ont vraiment rincé, dit Vinnie, un peu éberlué. Je vais voir ce que je peux trouver, même si, bien évidemment, je ne peux rien te promettre.

— Je te remercie, mais il y a encore autre chose… Peut-être un peu plus politique.

— Plus politique que ces enfoirés de politiciens de New York ? rétorqua Vinnie. Je demande à voir.

— Tu me connais, je suis plutôt prudent. Je me tiens à carreau, j'évite les histoires qui peuvent mener trop loin et dégénérer. Et puis, je ne suis pas du genre à me faire des ennemis. Mais d'une façon ou d'une autre, je ne sais pas comment, j'ai attiré l'attention de quelqu'un… Imagine-toi un peu, le jour même où j'ai appris que je n'avais plus rien. Alors que je rentrai de la banque, je suis tombé sur deux enfants assassinés, à la ferme de mes parents. Égorgés d'une oreille à l'autre.

Vinnie sentit sa mâchoire se décrocher.

— Et quelques minutes plus tard, les flics ont débarqué, m'ont alpagué et mis au trou. J'étais suspect. Quelqu'un leur avait soufflé mon nom en disant que j'étais le meurtrier.

— Sans déconner, marmonna Vinnie en se laissant aller contre le dossier, la mine assombrie.

— Je crois bien que j'étais déjà dans le pétrin, parce qu'on m'a mis avec tous les détenus juste après l'incarcération, et une bande de Russes ont tenté de me tuer dans ma cellule.

— Des Russes ? Tu es sûr ?

— Catégorique. Ils ont parlé d'un certain Vladimir qui leur aurait demander de s'occuper de moi. Mais sur ma vie, je ne comprends pas pourquoi quelqu'un dans la mafia russe pourrait m'en vouloir. Du coup, je me demandais si tu connais quelqu'un qui pourrait connaître quelqu'un ?

Vinnie se passa la main sur une joue.

— Les Russes, murmura-t-il avec une grimace, comme si le mot lui laissait un mauvais goût dans la bouche. Je peux charger quelqu'un d'aller voir ce qui se trame de ce côté-là. On ne fait pas beaucoup d'affaires avec eux, si tu vois ce que je veux dire, mais il nous arrive de causer. Je vais faire ce que je peux pour voir s'il y a un contrat. Et si oui, qui l'a demandé.

— Je te remercie vraiment.

Il y avait comme une tension un peu embarrassée dans l'air. D'un geste, le Don évacua une poussière imaginaire sur son pantalon.

— D'accord… Tu m'as donc demandé plusieurs choses. À présent, c'est moi qui en ai quelques-unes à te demander… Tu ne ressembles à rien, enchaîna-t-il en désignant la tenue de Levi. Est-ce que tu comptes reprendre avec la famille ?

Avant que Levi ne puisse parler, Vinnie l'interrompit d'un geste impérieux de la main.

— Attends avant de répondre. J'aurais bien besoin d'un adulte pour dresser quelques-uns de mes *momos*. Ce sont de bons garçons, mais ils ont le sang chaud. Un peu de discipline ne leur ferait pas de mal. Il y a un truc chez toi qui aide les autres à rester calmes. Cette influence leur serait bénéfique, expliqua Vinnie avec un petit sourire en coin. D'une certaine façon, c'est toi qui m'as appris à penser avant d'agir. Je ne suis pas très bon en première ligne. Au fond de moi, je suis toujours ce petit Sicilien de dix-huit ans, tout feu tout flamme, que tu as rencontré sur Mulberry Street. Aujourd'hui, je suis bien plus à ma place côté négociations.

Levi scruta le visage de son ami. Vinnie était on ne peut plus sincère avec lui. Et ni l'un ni l'autre n'avait jamais trahi leur confiance mutuelle.

— En toute honnêteté, je ne suis pas absolument certain d'avoir envie de retourner dans le bain. Pour de bon, je viens juste d'arriver à New York. Aujourd'hui même.

— Puisque tu viens de débarquer, pourquoi est-ce que tu ne resterais pas ici ? dit Vinnie en se penchant en avant pour regarder Levi droit dans les yeux. Tu me rendrais un service personnel en restant.

— Vinnie, c'est magnifique ici, mais je n'ai pas vraiment les moyens de…

— Quoi ? Mais tu m'insultes… Pour toi, c'est la maison qui régale.

Un cadeau ? Levi ne pouvait pas se permettre d'accepter un tel geste. Il était sur le point de discuter quand Vinnie lui brûla la priorité.

— Laisse-moi faire ça pour toi, dit-il en agitant l'index. Tu n'as rien à décider. Pour un ami, je fais ça. Combien de fois tu m'as sauvé la vie ? Le moins que je puisse faire, c'est t'aider quand tu en as besoin.

Levi hocha la tête. Il serra les mains de son ami et sentit monter en lui un élan chaleureux.

— Alors c'est réglé, clama Vinnie en se levant d'un bond pour se mettre à hurler en direction de la porte. Frankie ! Ramène un peu ton cul par ici !

Les doubles portes s'ouvrirent à la volée et deux hommes s'avancèrent, une expression crispée sur leurs traits.

Levi se leva à son tour et Vinnie passa un bras autour de ses épaules.

— Allez, va virer mon bon à rien de cousin de la suite du troisième étage…

— Vinnie, protesta Levi, je ne veux pas que quelqu'un soit viré à cause de moi !

Le Don éclata de rire et esquissa une feinte de direct au creux du ventre de Levi.

— Je plaisante, espèce de *mamaluke*, dit-il en riant, avant de se tourner vers Frankie. Va demander à Lola de préparer une des suites disponibles. Levi va s'installer avec nous.

— Super nouvelle, dit Frankie en gratifiant Levi d'un large sourire.

Et sur ces mots, il sortit de la pièce d'un pas rapide.

Charlie – un spécimen plus en graisse qu'en muscle – se râcla la gorge.

— Don Bianchi, Tony Montelaro attend à l'extérieur. Vous voulez le voir ?

Vinnie hocha la tête. Charlie passa la tête par l'embrasure et fit signe à quelqu'un de l'autre côté.

Levi contint un sourire en voyant Bourrin numéro deux entrer dans la pièce, son bras gauche en écharpe.

Les yeux baissés, il entama une tirade sur un ton un peu rigide, comme s'il avait appris par cœur ce qu'il devait dire.

— Don Bianchi, je suis désolé de ce qui…

— Je ne veux rien entendre ! gronda Vinnie en désignant Levi du pouce. Ce type m'a sauvé la vie et toi tu t'en es pris à lui. Tu crois vraiment que j'ai envie d'entendre ce que tu as à me dire ?

Levi s'approcha de Vinnie et posa une main sur son épaule.

— Laisse-moi m'en occuper, si tu veux bien ?

Vinnie jeta un regard à Levi, puis hocha la tête avant de pointer son index sur Tony.

— Tony, tu as intérêt à écouter chacun des mots que prononce cet homme. Sinon, je te promets que tu le regretteras.

Tony semblait encore plus au supplice de voir Levi s'approcher de lui.

— Je suis désolé pour ça, dit Levi en montrant le poignet du jeune colosse. Il est cassé ?

Le pousseur de fonte cligna des yeux. À l'évidence, il ne savait pas trop comment répondre.

— Non, dit-il finalement. Démis seulement. Le toubib l'a remis en place. Il m'a dit que dans un mois ce serait bon.

Levi devait lever la tête pour le regarder dans les yeux. Il faisait bien dix centimètres de plus et une trentaine de kilos.

— Écoute, ce qui s'est passé en bas, ce n'était pas contre toi. Tu comprends ?

Tony hocha la tête, raide et sur le qui-vive.

— Tu te souviens quand tu as sorti ton flingue pour me le foutre sous le nez ? Eh bien, la prochaine fois, ne fais pas ça si le type est à portée, expliqua Levi en pointant l'index sur Tony puis sur lui-même. Sois réaliste. Tu es énorme. Du strict point de vue de la puissance et de la force, tu aurais pu me casser en deux, pas vrai ?

Tony hocha à nouveau la tête, le torse légèrement dilaté.

— Mais je parie que tu n'as même pas vu ce qui s'est passé quand je t'ai couché pour une petite sieste.

L'expression perplexe sur le visage de Tony confirma les dires de Levi.

— Ton problème, c'est que tu as trop l'habitude de pouvoir utiliser ta force. Tu deviens présomptueux, poursuivit Levi en tapotant les pectoraux de Tony, un sourire sur les lèvres. Bien sûr, l'allure… l'attitude, c'est une bonne chose. J'aime voir une attitude qui en impose. Parfois, ça peut t'éviter d'avoir à faire des choses que tu ne voudrais pas faire. Mais « présomptueux », c'est un autre mot pour dire « imprudent ». Dès que tu es trop sûr de toi, dès que tu penses avoir le contrôle, il y a un type comme moi qui rapplique…

Occupé à se servir un verre, Vinnie lâcha un petit ricanement.

— Je parie un million de dollars, poursuivit Levi, que tu n'aurais jamais pensé qu'un clodo comme moi, sapé comme je suis, pouvait te mettre à terre. Mais il ne faut pas que tu t'en veuilles. L'un de mes trucs les plus efficaces, c'est de ne pas avoir l'air dangereux. Tu vois, ajouta-t-il en se penchant vers Tony pour le fixer au fond des yeux, les apparences sont parfois trompeuses.

Assis sur le comptoir, Vinnie pointa sur son garde le verre rempli d'un liquide ambré qu'il tenait à la main.

— Tony, même au top de ta forme, Levi balaierait le sol avec toi.

Le visage de Tony s'assombrit.

Levi jeta à son ami un regard qui semblait dire : « Tu ne m'aides pas en disant ça ».

Levi connaissait la psyché du mafieux italien typique. Chacun d'eux suivait un code personnel, mais tous avaient en commun un ego surdimensionné. Pour mettre hors de lui l'un de ses types, il suffisait de le faire se sentir comme une sous-merde.

Levi s'éclaircit la voix.

— Écoute, ce que le Don a dit n'est pas une critique contre toi. C'est juste qu'il y a un certain nombre de choses dans lesquelles j'excelle. Mais coup de bol, on est du même côté, dit-il en assénant une petite tape amicale sur l'épaule de Tony. Tu as tout ce qui faut pour devenir un type véritablement dangereux. Si tu m'écoutes, je t'apprendrai à réfléchir dans les situations de stress et à utiliser plus efficacement ce que Dieu t'a donné. Je t'entraînerai pour que tu saches faire la différence entre « présomptueux » et « confiant ». Pour l'instant, tu as sans doute compris que pointer une arme sur le visage de quelqu'un n'est pas la plus judicieuse des initiatives, ajouta Levi en montrant le poignet blessé. Évite les erreurs et tu y arriveras.

Vinnie but une longue gorgée de son verre.

— Tony, tu as vraiment du bol que notre ami ne soit pas rancunier, dit-il en désignant Levi. Je te présente le fixeur de la famille, qui est aussi mon *consigliere*. Il est resté parti pendant longtemps, mais il est de retour. À partir de maintenant, tu suis son exemple et tu fais ce qu'il te dit. Compris ?

— Oui, Don Bianchi, répondit Tony, avant de se tourner vers Levi. Monsieur, comment dois-je vous appeler ?

Levi jeta un regard à Vinnie, qui avait fort opportunément décidé d'oublier que son ami n'avait pas formellement accepté de reprendre du service au sein de la famille.

— Appelle-moi « Levi », dit-il en se tournant vers Tony avec un soupir. C'est plus simple.

Vinnie bondit du comptoir et congédia Tony d'un geste.

— Allez, tire-toi. Va te reposer.

Tony quitta la pièce.

Le Don s'approcha de Levi.

— J'ai vu ton coup d'œil tout à l'heure. Mais fais-moi confiance, je ne vais pas t'attirer des ennuis. On ne fait plus de business ici. C'est un endroit pour la famille.

Ce qui concrètement signifiait que l'immeuble tout entier était un établissement géré par la mafia.

Levi posa une main sur la nuque de Vinnie et le secoua en un geste joueur et taquin.

— Tu sais que je suis loyal, mais il y a un détail que tu dois bien comprendre. Je vais devoir enquêter sur un certain nombre de choses qui n'auront peut-être rien à voir avec la famille. Il faut que tu le comprennes bien, Vinnie.

— Alors, tu seras avec nous à mi-temps, répliqua Vinnie avec un petit sourire.

Levi éclata de rire et serra son ami contre lui d'un bras passé sur l'épaule.

— D'accord, j'en suis… Mais à mi-temps.

CHAPITRE HUIT

Madison retira le casque de ses oreilles en voyant son supérieur entrer dans son bureau. Il s'assit sur la chaise visiteur et s'adressa à elle sur un ton dénué de la moindre émotion.

— Donc, on a perdu le signal de Yoder ?

— Malheureusement, il semblerait bien que oui, répondit-elle en tirant un document papier de son tiroir pour le placer devant lui. Selon les conditions météo, il arrive qu'on ait des blancs dans la transmission, mais là, on n'a plus rien du tout depuis hier soir.

— Et il était où quand les émissions ont cessé ?

Madison passa à la dernière page et fit glisser l'ongle de son index jusqu'en bas de la liste d'une longue série de coordonnées GPS.

— Il était toujours à Manhattan. Le signal rebondissait de-ci de-là, mais il était quelque part aux abords de Bowery et Delancey Street.

— Little Italy ?

— Ouaip, répliqua Madison en tripotant son casque audio passé autour de son cou. À ce sujet, j'étais précisément en train d'écouter un appel reçu sur un numéro prioritaire. J'ai l'impression qu'il s'agit de notre type. C'est en anglais.

Maddox haussa les sourcils.

— Vraiment ? Eh bien, écoutons ça.

Madison retira le jack de son casque et lança d'un clic la lecture de l'enregistrement.

« Da ? » dit une voix à l'accent russe prononcé.

« Dmitri »

Ce deuxième interlocuteur était à l'évidence américain – et son accent new-yorkais.

« Oui. Ça fait longtemps. »

« Vous avez reçu le mail que je vous ai envoyé ? »

« Je connais pas le nom, mais je vais chercher et je vous rappelle. »

« Et… si jamais il y a un contrat… nous prendrions comme un service qu'il soit annulé. »

« Je comprends. Mais pourquoi cet homme ? C'est un ami à vous ? »

« Il est protégé. Dmitri, regardez ce que vous trouvez et prévenez-moi. D'accord ? »

« Il est important pour votre famille ? »

« Oui. »

« D'accord. Je regarde et je rappelle. »

« Super. »

La communication s'arrêtait là. Maddox resta un instant à tapoter le bureau du bout de ses doigts.

— Vous pensez qu'il s'agit de notre type ?

Madison fit une petite moue.

— C'est un petit peu tiré par les cheveux, mais si on y regarde de près, on a quelqu'un à l'accent italo-américain typique de New York qui appelle un type dont on sait qu'il appartient à la mafia russe. Dans leur échange, ils font attention à ce qu'ils disent et poussent la prudence jusqu'à communiquer par mail le nom de celui dont ils parlent. L'Italien parle d'un « contrat », ce qui pour moi désigne une personne dont la tête est mise à prix. Et il demande que cette personne, quelle qu'elle soit, soit libéré de ce contrat.

Madison se tut un instant, puis haussa les épaules.

— Cela pourrait certainement être Yoder dont ils parlent, reprit-elle, mais difficile de savoir. Et plus difficile encore d'imaginer un fermier amish lié à la mafia italienne. Mais de la même manière, je n'aurais jamais dit qu'un type comme ça puisse devenir une cible de la mafia russe.

Un petit sourire facétieux s'épanouit sur le visage de Maddox.

— Vous avez raison, difficile d'avoir la moindre certitude, dit-il en tirant de sa poche intérieure une feuille pliée en quatre. J'ai demandé à la NSA de pister un certain nombre de mots-clés dans diverses affaires. Regardez…

Madison déplia la feuille. C'était une sortie imprimée d'un courrier électronique.

— Je vois que l'adresse de l'expéditeur est caviardée, dit-elle. Je suppose qu'elle est anonymisée parce qu'il s'agit d'une source sur le territoire national. En revanche, le destinataire est une adresse « point gov, point ru ». Autrement dit, une entité officielle en Russie. Et… oh putain !

Elle avait senti sa mâchoire se décrocher en découvrant le corps du message, composé de deux mots seulement.

« Lazarus Yoder. »

Son chef affichait une expression infiniment satisfaite.

— Maddie, j'ai l'impression que notre affaire connaît des développements plutôt intéressants.

— Attendez…, dit Madison, l'esprit en surchauffe. Si un contact de la mafia russe sur le territoire de la Russie reçoit des messages à une adresse officielle relevant de l'appareil d'État… alors, cela veut dire que la mafia et le gouvernement russe ne jouent pas nécessairement dans des camps adverses.

— Les lignes sont définitivement brouillées, confirma Maddox en agitant ses doigts sur le bureau. Je vais faire remonter quelques-uns de ces éléments pour obtenir des mandats afin d'élargir les écoutes. On verra ce qu'on peut obtenir… Sinon, enchaîna-t-il en pointant son index sur Madison, est-ce qu'on a quelque chose sur la tueuse ?

— Oui. J'ai procédé à un contrôle il y a une vingtaine de minutes et il se trouve que son signal a réapparu. Vous le croirez si vous voulez, mais il vient du Népal à présent.

— Ah bon ? murmura Maddox en s'abîmant un instant dans ses

pensées. Je crois que j'ai une idée, reprit-il finalement. Mais je ne suis pas certain qu'elle vous plaise…

~

Levi n'avait même plus le souvenir de la dernière fois où il avait aussi bien dormi. Mais avait-il seulement eu l'occasion auparavant de goûter au confort d'un matelas incluant une couche de quinze centimètres de mousse à mémoire de forme pour le soutenir du sommet du crâne jusqu'au bout des pieds ?

Jamais.

Il avait coupé l'alarme du réveil une demi-heure plus tôt, mais était resté au lit pour savourer le plaisir de cet incomparable moelleux. Presque deux cents mètres au huitième étage d'un immeuble sur Park Avenue entièrement rénové. Il avait encore du mal à se faire à l'idée que c'était lui qui vivait là.

La porte de l'appartement émit un petit bip sonore et le verrou se désengagea de la gâche. Levi se redressa dans son lit et le luxueux matelas s'adapta sous son séant.

Deux bruits de pas résonnèrent à l'intérieur de l'appartement, mais seule la silhouette de Frankie parut sur le seuil de la chambre. Sa main vint appuyer sur un bouton encastré dans le mur.

— Debout là-dedans.

Un petit moteur vrombit discrètement, ouvrant les rideaux pour laisser la lumière du jour entrer à flots dans la chambre. Surpris, Levi cligna des yeux.

La veille, Frankie avait conduit Levi au PC de sécurité pour enregistrer ses empreintes digitales dans la base. Mais il ne l'avait pas prévenu que ses propres empreintes pouvaient elles aussi commander l'ouverture de l'appartement.

— Laisse-moi deviner, dit Levi. Les doigts de n'importe qui peuvent ouvrir cette porte ?

Un grand sourire sur les lèvres, Frankie regarda au dehors par la fenêtre qui allait du sol au plafond.

— Non. C'est simplement qu'en tant que chef de la sécurité, j'ai accès partout, expliqua-t-il en appelant d'un geste l'autre personne restée dans le salon. Monsieur Wu, appela-t-il, la lumière sera meilleure ici.

Vêtu en tout et pour tout de son boxer, Levi repoussa les couvertures et se leva d'un bond décidé.

— Monsieur Wu ? demanda-t-il.

Un vieil Asiatique apparut aux côtés de Frankie, un sac en cuir à la main, un mètre ruban autour du cou.

— Voici monsieur Wu, annonça Frankie. Il va prendre tes mesures pour te confectionner quelques tenues décentes.

Levi s'étira et les points de suture le long de ses côtes se rappelèrent à son bon souvenir.

— Dites-moi, monsieur Wu, dit-il en se tournant vers son visiteur en train de fourrager dans son sac posé sur le lit. Auriez-vous une petite pince et une paire de ciseaux dans vos affaires ?

Le petit bonhomme leva vers lui son visage ridé, la mine étonnée.

— Oui, bien sûr... Mais je n'en ai pas besoin pour l'instant.

— Je peux vous les emprunter un moment ?

L'homme de l'art replongea dans son fourbi. Son souffle difficile résonnait dans la pièce. Puis il déposa une paire de longs ciseaux et une pince à fil sur les draps.

— Parfait, dit Levi en s'en emparant.

Il alla se poster devant le miroir de la commode, en se mettant un peu de profil.

— Qu'est-ce que tu fais ? demanda Frankie.

L'angle n'était pas parfait, mais Levi parvint tirer sur l'un des points à l'aide de la pince, puis à couper le fil avant de le retirer tout doucement de sa peau. Hormis les deux trous minuscules, la blessure semblait parfaitement guérie.

Le tailleur marmonna quelque chose en mandarin – « il est fou », si Levi avait bien entendu –, puis s'approcha.

— Laissez-moi faire avant de vous blesser.

Levi lui remit les petits ustensiles et Wu entreprit l'ablation des quatre-vingt-neuf points restants.

Frankie secoua la tête.

— Et sinon, tu as bien dormi ?

— Qu'est-ce que je peux dire ? répondit Levi en regardant la rue par la fenêtre. J'ai dormi comme quelqu'un qui occupe un appartement au huitième étage sur Park Avenue.

— Très bien, avant de te laisser explorer tranquillement les lieux, il faut que je t'explique quelques trucs. Vinnie impose certaines règles aux personnes qui séjournent ici. Sur le plan vestimentaire tout d'abord…

— D'où la présence de monsieur Wu ?

— Exactement. On veut que tout le monde ici maintiennent les apparences pour mieux se fondre dans le décor. Pour l'instant, ton frigo est vide, mais Lola va t'appeler sous peu pour voir ce que tu souhaites manger et t'approvisionner en conséquence. Comme tu es affilié à la famille, tu peux demander ce que tu veux. Pour certains *momos* qui séjournent ici en résidence payante, les choix sont limités à une certaine liste.

— C'était précisément une question que je me posais, dit Levi en jetant un coup d'œil par la porte sur le salon voisin, décoré avec goût et meublé de canapés en cuir italien. Comment vous faites pour vous offrir un endroit pareil ? Je suppose que tout l'immeuble est à la famille ?

Frankie gratifia Levi d'un petit sourire en coin.

— Crois-le ou non, mais on se fait une bonne marge sur cet endroit. On a deux cents appartements ici, mais trente seulement aussi spacieux que celui-ci. Les autres sont plus petits et destinés à des associés qui ont les moyens de payer le loyer, mais qui veulent surtout bénéficier d'un accès facilité à certaines choses.

— Et tu me dirais combien ça coûte ?

— Eh bien, les membres à part entière ont un tarif spécial, mais pour les autres, c'est deux cent cinquante mille dollars de droit d'entrée, puis quinze mille par mois.

— Un beau petit gâteau. Et les gens paient ça ?

— Tu n'imagines même pas. Il y a une liste d'attente. C'est pour le statut. Ça attire.

— Joli, dit Levi avec un petit sifflement appréciateur.

Monsieur Wu retira le dernier point.

— Voilà, j'ai fini de jouer au docteur. Maintenant, je vais pouvoir faire mon vrai métier.

Levi s'observa dans le miroir.

— Impressionnant, dit-il en frottant la mince ligne rosâtre, ultime vestige de sa plaie.

Monsieur Wu prit son maître ruban en mains et demanda d'un signe à Levi de lever les bras.

Pendant que le vieux tailleur opérait, Frankie sortit de sa poche intérieure un paquet de la taille d'une brique.

— Une avance sur ton salaire…, dit-il en le déposant sur la table de nuit.

— Attends, dit Levi. Je n'ai encore rien fait. Je ne demande pas la charité !

D'un geste, Frankie évacua les réticences de Levi.

— Ne fais pas ton *stunad*. Tu crois que Vinnie a perdu la boule et se met à balancer des billets de cent à droite et à gauche ? Il voit ça comme un investissement sur des opérations à venir. Et puis, il faudra bien que tu paies monsieur Wu et aussi que tu t'équipes. Un calibre et d'autres bricoles. Il va falloir un peu de temps pour qu'on puisse te doter de papiers d'identité et d'un compte à la banque. Contrairement à ce qui se passait avant, les revenus de la famille sont réglos pour l'essentiel. Maintenant, on peut même toucher des virements et avoir un comptable. Mais d'ici là, je te suggère d'utiliser le coffre qui se trouve dans ton dressing. Ah oui, encore une chose. J'ai relevé tes empreintes et lancé un petit contrôle auprès du NICS. Avec l'aide de quelques-uns de nos amis, tu devrais pouvoir obtenir assez facilement un permis de port d'arme dissimulée. Et avec un peu de paperasse supplémentaire, on pourra l'étendre dans quarante-cinq États. Bon, bien sûr, il faudra un peu de temps à cause des flics. Il faut toujours qu'ils traînent. Quoiqu'il en soit, évite de sortir chargé tant qu'on n'a pas réglé ça, *capiche* ?

Gagné par l'émotion, Levi sentit sa gorge se nouer. Il mesurait sa chance d'avoir ces types qui prenaient soin de lui, même après toutes ces années. *Une vraie famille…*

Monsieur Wu remit le mètre ruban autour de son cou et se mit à griffonner dans un carnet.

— Je vais m'y mettre tout de suite. Vous aurez vos deux premiers costumes demain soir.

— Waouh, c'est rapide.

— Ne te laisse pas avoir, dit Frankie. Monsieur Wu a toute une bande de lutins chinois qui bossent H24 enfermés dans son atelier.

— Pas de lutins chez nous, rétorqua le vieil homme avec un sourire espiègle. Les Chinois utilisent seulement des mogwais. Bien plus fiables.

— Ouais, eh bien ne filez pas à manger à ces petits salauds après minuit, grogna Frankie. J'ai vu ce que ça donne dans *Gremlins*

Monsieur Wu grommela une phrase en mandarin. « Films d'Hollywood stupides. » Puis il prit dans son sac un catalogue de chaussures pour le déposer sur le lit.

— Vous avez besoin de chaussures je suppose, monsieur Yoder. Jetez un œil. Quand je viendrai pour les costumes, j'apporterai quelques modèles de celles qui vous plaisent pour vous les faire essayer.

— Merci, monsieur Wu, dit Levi, avant de se tourner vers Frankie. Dis donc, tu sais si Esther est toujours en activité ?

— Esther ?

— Tu sais, une vieille dame juive un peu forte. Elle tient un magasin d'articles de sport.

— Ah, elle…, répondit Frankie en reconnaissant la description. Ouais, madame Rosen est toujours dans le quartier. Tu as besoin de quelque chose ?

— Je vais passer la voir. Je cherche un truc un peu particulier.

Un carillon tintinnabula quand Levi ouvrit la porte du magasin à l'enseigne *Rosen – Articles de sport*. Une voix féminine arriva de quelque part dans l'arrière-boutique.

— J'arrive tout de suite.

L'intérieur avait bien changé depuis sa dernière visite.

Disparus les grands présentoirs croulant sous les vêtements, tous différents au fil des saisons. À la place, on trouvait désormais des rayons de toutes sortes d'équipements, d'archerie ou d'haltérophilie entre autres multiples choses. Avec près de cinq cents mètres carrés au sol, le magasin était bien plus grand que la plupart de ses voisins du vieux quartier.

À un comptoir, un adolescent boutonneux scannait les articles d'une cliente, dont le tout jeune enfant s'amusait à faire rebondir sa balle de basket toute neuve.

Une nouvelle tirade de la voix féminine parvint jusqu'à Levi.

— Mais quel *meshuggener* tu fais ! Arrête de pleurnicher et emporte les ordures jusqu'à la benne comme je te l'ai demandé ce matin !

Un grand sourire sur les lèvres, Levi remonta la piste de cette voix familière vers les tréfonds de la boutique.

Les mains sur les hanches, une petite dame courte et massive, ses cheveux gris coiffés en chignon, surveillait un autre adolescent boutonneux – frère jumeau de celui à la caisse – en train de se démener pour faire sortir un grand bac-poubelle par la porte de derrière.

— C'est votre petit-fils ? demanda Levi.

— Parce que vous croyez que je m'embarrasserais d'un tel numéro s'il n'y avait pas les liens du sang ? répliqua-t-elle du tac au tac.

Puis il y eut un instant de silence et elle regarda par-dessus son épaule à qui elle s'adressait.

— Oh mon Dieu ! s'exclama-t-elle en découvrant Levi.

Esther se précipita sur lui pour l'étreindre entre ses bras en se balançant de gauche et de droite, tout en marmonnant en rafale des choses en yiddish, que Levi ne comprenait pas.

— Je suis content de vous voir, Esther.

La vieille dame se recula pour le regarder, puis lui tapota ses joues rasées de frais.

— Je suis tellement heureuse de te revoir. J'avais entendu dire que tu étais de retour.

— Ah bon ? Comment ça ?

Esther inclina la tête sur le côté – ce qui ne fit que donner encore un peu plus de volume à son double menton.

— Qu'est-ce que tu crois ? On me dit des choses. Je sais ce qui se passe...

— Laissez-moi deviner : vous avez parlé avec Nonna Romano.

— Comment tu sais ? demanda-t-elle, les yeux écarquillés.

— J'ai vu un sac de la pâtisserie de Nonna, expliqua Levi en désignant l'avant du magasin d'un geste du pouce. Sur l'étagère derrière le comptoir. Et quand une *nonna* italienne rencontre une *bubbe* juive... Eh bien, il y a peu d'évènements qui ne sont pas abordés dans leur discussion...

— Tu ne serais pas en train de m'accuser de colporter des potins ? dit Esther un sourcil haussé, accompagné d'un coup d'œil aimable à Levi.

— Tenez, dit-il en lui tendant un petit sac en papier. Je vous ai apporté quelque chose.

Esther y jeta un œil.

— Oh, le vilain garçon, roucoula-t-elle. Des donuts glaçage chocolat de chez Entenmann... Maintenant, je sais que tu veux me demander quelque chose.

— À dire vrai, j'étais intéressé par...

— Un instant ! dit Esther en brandissant une main impérieuse, avant de se tourner vers l'avant du magasin pour crier à pleins poumons. Ira ! Moishe et toi vous accueillez les clients et vous les conseillez si besoin ! Si quelqu'un veut me voir, dites-lui d'attendre ! Je serai derrière !

Puis elle revint à Levi et lui fit signe de la suivre.

Ils repassèrent dans l'arrière-boutique, où le petit-fils rapportait la poubelle à présent vide, puis Esther conduisit Levi jusqu'à un bureau dans un coin d'une petite réserve. Elle se laissa tomber dans le fauteuil en invitant Levi à prendre place sur la chaise à côté d'elle.

— *Nu*, dis-moi ce que tu cherches ? demanda Esther. Je sais que les armes automatiques à sélecteur de tir n'étaient pas trop ton truc, mais ce serait manquer à mes obligations si je ne t'informais pas que je peux te faire une excellente proposition pour un lot de MP5 sur lequel je viens de tomber. Silencieux intégré, crosse rétractable, sélecteur trois positions. Je sais que Heckler & Koch est une marque allemande, mais il faut bien reconnaître que ces salauds de Nazis savent y faire.

— Nazis ? Je ne crois pas que les Allemands d'aujourd'hui…

— Écoute, ce n'est pas parce qu'ils ne se disent pas nazis qu'ils ne le sont pas. Donc, tu penses que tu en prendrais combien ?

Levi sentit un sourire lui monter aux lèvres. Esther n'avait absolument pas changé. Pour elle, il y avait toujours des Nazis derrière chaque buisson, aucun dessert au monde auquel elle aurait pu résister, et aucun instant à perdre pour conclure une vente. Cela faisait partie de son charme.

— Vous ne le croirez jamais, répondit Levi, mais ce n'est pas une arme que je cherche.

— Ah bon ? Mais qu'est-ce qu'il te faut alors ? Des explosifs ? Je n'ai plus de C-4 en stock, mais j'ai entendu parler de charges de démolition M112 qui cherchent un client. Je peux envoyer quelqu'un tâter le terrain si tu veux.

— Non merci. En fait, je me demandais si vous aviez des gilets pare-balles ? De bonne qualité ?

Esther hocha la tête.

— Bien sûr que j'en ai. Qu'est-ce que tu veux ? Flexible ? Solide ?

— Quelque chose que je puisse porter sous mes vêtements.

— Eh bien, j'ai un très joli type IIIA qui peut arrêter du .44 Magnum, s'enthousiasma Esther en lui tapotant la main. Oh, si ça t'intéresse, j'ai aussi quelque chose de tout nouveau. Un gilet qui assure une protection balistique, mais aussi contre les armes tranchantes et contondantes. En plus des couches de Kevlar, il intègre des fibres en titane-or, un alliage tout nouveau. C'est plus léger que la maille acier et quatre fois plus résistant. Ça vient juste de sortir, mais c'est suffisamment fin pour être porté sous les habits. Et il y a une doublure intérieure en veau qui le rend très confortable. Une petite chose cependant, il me faudrait tes mensurations… C'est de la confection sur mesure…

— Et ça coûte combien ? demanda Levi.

— Combien ? s'étrangla Esther en portant une main sur sa poitrine. Mais quelle importance le prix quand il s'agit de protéger ta vie ?

Les yeux plissés, la tête penchée sur un côté, Levi considéra un instant l'intraitable femme d'affaires. Une quinzaine de secondes s'égrenèrent dans le silence. Puis elle poussa un lourd soupir et griffonna un chiffre sur un bout de papier qu'elle fit glisser vers lui.

Levi s'étouffa presque en découvrant le chiffre qu'elle avait écrit.

— Je suis désolé, dit-il, mais si vous aviez quelque chose d'un peu différent, mais aussi efficace. Du genre à la moitié du prix. Là, ce n'est pas dans mes moyens.

— Il y va de ta vie, *bubbaleh*, répliqua-t-elle. Hé, reprit-elle en fronçant les sourcils, cette idée m'est insupportable.

Elle reprit le bout de papier, écrivit un nouveau prix et le repoussa vers lui.

— Je ne veux pas avoir ta mort sur la conscience. Je préfère encore te faire cadeau de ma marge.

Levi contint le sourire qui lui venait. Étonnamment, son premier prix avait à peu près été divisé par deux. Pour autant, Levi n'aurait pas été surpris que Esther se fasse encore un sacré bonus.

— Marché conclu.

Esther sourit et ils se serrèrent la main.

— Est-ce qu'il te faut autre chose ?

— Oui, répondit Levi en tirant l'un des couteaux de Denny d'une sangle dissimulée à l'intérieur de l'anorak qu'il venait d'acheter. J'aurais besoin de quelque chose pour remplacer ce truc, dit-il en posant la lame sur le bureau.

Esther souleva l'objet en le tenant entre le pouce et l'index, la mine dégoûtée.

— Qu'est-ce que c'est que ce gadget en solde ? Ne me dis pas que tu utilises un truc pareil.

— C'est pour ça que je suis ici. J'ai besoin de quelque chose digne de ce nom, répondit Levi en prenant une feuille blanche. Je vais vous dessiner ce que je cherche.

Esther lui tendit un crayon et il traça sur le papier ce qu'il avait en tête.

— Pour l'équilibre, je veux que le centre de gravité soit ici, dit-il en montrant une position de la pointe du crayon. Et le manche gainé de paracorde. Pour la lame, je veux de l'acier damassé, à teneur en carbone élevée, un acier 420 par exemple.

Esther émit un petit ricanement et secoua la tête.

— C'est un couteau pour quoi faire ? Éplucher les pommes ou se battre ?

— Je veux qu'il soit équilibré pour le lancer, mais je suppose que je pourrais me battre avec. À peu près tout ce que vous pouvez imaginer. Et petite précision : j'en voudrais quatre.

Elle examina attentivement le dessin avec une petite moue.

— Si j'étais toi, je ne choisirais pas l'acier 420. J'ai des clients qui se sont plaints d'éclats dans l'acier au contact de surfaces dures. Il vaudrait peut-être mieux un acier carbone 1055 bien trempé, pour une dureté exceptionnelle. Non, attends… Je crois que le nouvel acier japonais YXR7 serait encore mieux. C'est un acier à matrice extrêmement résistant grâce à l'absence de grands carbures primaires.

Levi ne put retenir un sourire devant l'étendue des connaissances techniques de cette petite grand-mère juive. Qui aurait pu croire que cette vénérable vieille dame dans son magasin d'articles de sport faisait en fait dans la vente d'armes à relativement grande échelle ?

— Finalement, si tu apprends à bien les entretenir, je crois que le YXR7 ou le 1055 feront aussi bien l'affaire l'un que l'autre, même si le premier est à mon avis supérieur au second. J'ai un ami sur la côte ouest qui forge à la main des lames de ce type depuis plus de quarante ans. Il maîtrise ces nouveaux procédés. Je peux l'appeler, mais il faudra sans doute compter plusieurs semaines.

— C'est bon, dit Levi avec un hochement de tête. Je vais suivre vos recommandations. Et pour le prix ?

Esther se leva et lui intima d'un geste de la suivre.

— Retournons devant. Ira et Moishe seuls plus de dix minutes, ça me fait peur. Avant même que j'aie le temps de m'inquiéter, ils sont capables de brûler entièrement le magasin. Quant au prix… Je vais d'abord appeler mon ami dans l'État de Washington pour voir s'il peut s'en occuper dans un délai raisonnable. Dans sa spécialité, c'est le meilleur que je connaisse. Quand il m'aura donné une date, on pourra parler du prix.

— Je vous fais confiance, Esther. Vous me donnerez la facture, mais ayez pitié de moi sur le prix. Je suis seulement en train de revenir aux affaires.

— *Bubbaleh*, dit Esther en lui tapotant l'épaule. Je serai juste avec toi, comme toujours.

Le carillon de la porte d'entrée retentit et un grand Asiatique entra. Il portait une chemise à col boutonné, dont les manches longues étaient retroussées sur ses avant-bras tatoués. Dans sa main droite, il tenait un sac. Et l'auriculaire de sa main gauche était sectionné au niveau de la première phalange.

Un yakuza, se dit Levi.

Au Japon, il avait déjà vu des membres du syndicat du crime, mais jamais il n'avait entendu dire que certains s'étaient établis aux États, et encore moins dans *Little Italy*.

— Hiro, dit Esther en agitant la main à l'intention du nouveau client. Je suis à vous tout de suite.

Le *yakuza* hocha la tête et sortit quelque chose de son sac pour le poser sur le comptoir. Levi sentit s'atténuer sa tension intérieure. Ce n'était qu'un petit panier orné de rubans colorés contenant une pile de mochis – une douceur japonaise à base de riz gluant.

—Ils sont à la pâte de haricots rouges ? demanda Esther.

Hiro confirma d'un sourire.

— Oh, les garçons, gémit-elle plaintivement. Vous allez me faire mourir.

Levi prit une gorgée de son eau minérale gazeuse. L'après-midi venait de commencer et il n'y avait que deux autres clients dans le bar, installés de l'autre côté. Levi venait de dresser à Denny un rapide inventaire de ses récentes pérégrinations.

— Donc, tu ne sais absolument pas qui t'a collé ça ? demanda Denny.

Levi secoua la tête.

— Pas encore, mais j'aimerais beaucoup savoir. Ça me donnerait au moins une piste sur laquelle me concentrer. Sans ça, je passe mon temps à repenser à ma vie et à me demander ce que je vais en faire.

— Écoute, dit Denny en essuyant un verre tout en regardant dans la rue, si je peux faire quelque chose pour toi, demande-moi.

— Je ne vois pas pour l'instant, mais il y a des gens qui cherchent pour moi. En tout cas, si je trouve un truc sur lequel tu pourrais te pencher, crois-moi, je n'hésiterai pas à te solliciter.

Denny se pencha par-dessus le bar.

— À propos de sollicitation, murmura-t-il, je regardais dehors pendant que tu parlais et il y a une gonzesse qui est passée trois fois devant. Et à chaque fois, elle a regardé dans notre direction. Or, quelque chose me dit que ce n'est pas à moi qu'elle s'intéressait.

Levi se retourna. Debout devant la vitrine se tenait une grande femme mince. Vêtue d'un ensemble veste-pantalon anthracite qui mettait bien valeur sa jolie silhouette, tout en conservant l'allure d'une tenue de ville, elle était absorbée dans l'examen de son téléphone. Ses longs cheveux noirs lui tombaient au milieu du dos. Quelque chose dans son allure, sa chevelure, son teint caramel et peut-être même ses yeux aussi lui rappelait les filles qu'il avait vues en Polynésie, mais en plus fine et délicate.

— Elle ? demanda Levi.

— Ouaip. Et elle n'est pas de par ici, je peux te le dire. Elle doit être hawaïenne ou quelque chose comme ça.

Elle remisa son téléphone dans son sac, poussa la porte du bar, marcha droit sur Levi et lui remit une épaisse enveloppe tirée de son sac.

— Monsieur Yoder, je travaille pour un service de messagerie et je suis chargée de vous remettre ceci.

Levi sentit ses cheveux se dresser sur sa tête.

— Excusez-moi, mais je ne crois pas vous avoir déjà vue. Et pourtant, j'ai une mémoire d'éléphant. Comment savez-vous que je suis la personne que vous cherchez ?

L'expression lisse de la jeune femme parut se troubler fugacement.

Une marque d'inquiétude ?

Elle sourit.

— Eh bien, on m'a montré une photo de vous avec la barbe. Comme vous êtes rasé, je n'étais pas absolument certaine que ce soit vous. Mais difficile de se tromper sur vos yeux bleus.

Levi lui rendit son sourire.

— Je suppose que je dois me sentir flatté, dit-il en désignant le bar de l'index. Posez ça là. Je regarderai plus tard.

La femme posa l'enveloppe sur le comptoir et sortit un téléphone de son sac, toujours emballé dans sa boîte.

— Je dois également vous remettre cet appareil. C'est un téléphone prépayé pour l'international. D'après ce qu'on m'a dit, la lettre dans l'enveloppe vous explique ce que vous devez en faire.

Levi tira un billet de vingt dollars de sa poche et le lui tendit. Elle déclina d'un petit geste et sourit.

— Désolée, mais je ne peux pas.

— Pourquoi ?

— C'est contraire à la politique de la maison.

— Alors tant pis, dit Levi en remettant le billet dans sa poche. Est-ce que je dois signer quelque chose ?

Elle déposa le téléphone à côté de l'enveloppe et tourna les talons.

— Non, répondit-elle par-dessus son épaule. Je devais seulement vous livrer le pli et le téléphone.

— Attendez, encore une dernière chose. Comment vous saviez pouvoir me trouver ici ?

Elle jeta un coup d'œil à sa montre.

— Désolée, mais j'ai une autre livraison et je suis déjà en retard.

Et sur ces mots, elle ouvrit la porte et sortit.

— Bizarre, dit Denny.

— Plutôt.

Levi se laissa aller en arrière contre le bar, le regard fixé sur la porte. Aucun service de messagerie au monde n'aurait pu le trouver ici – à moins de l'avoir placé sur écoute pour le suivre à la trace.

— Denny, est-ce que tu as le matos pour relever des empreintes ?

— Tu veux dire des empreintes sur ce qu'elle t'a livré ? Oui, j'ai ça. Je reviens tout de suite.

Levi pivota sur lui-même pour examiner ce qu'elle avait laissé sur le comptoir. L'enveloppe était d'un blanc immaculé, sans absolument rien d'écrit dessus. Le téléphone était dans la boîte du fabricant, toujours hermétiquement close, sans aucune inscription hormis la marque et les modalités applicables à la carte prépayée.

L'espace d'un instant, il fut tenté de partir sur les traces de l'inconnue, mais son sixième sens lui soufflait qu'elle devait déjà être très loin.

Denny reparut avec un petit coffret, les mains gantées de latex. Il ouvrit son étui et entreprit de saupoudrer l'enveloppe d'une fine poudre noire.

— Est-ce que tu as pu remonter la piste des mouchards ? demanda Levi.

— Oui et non. Ce sont définitivement des dispositifs fournis par le gouvernement, mais assez génériques. Donc, il est difficile de savoir quel service ou quelle agence les utilise.

À l'aide de ce qui ressemblait fort à un pinceau, Denny évacua délicatement une partie de poudre. Deux empreintes digitales parfaitement nettes apparurent sur l'enveloppe.

— Joli, dit Levi.

Avec un morceau de ruban adhésif, Denny transféra une copie de chaque empreinte sur un petit carré de papier blanc.

— Les empreintes sont très nettes. Tu veux que j'essaie de trouver l'identité correspondante ?

— Oui, au cas où, répondit Levi. Je suppose que c'est une flic, ou une agente fédérale, ou quelque chose de ce genre. J'en saurai plus dès que tu auras ouvert l'enveloppe pour moi.

Denny leva les yeux au ciel.

— Et pourquoi c'est moi qui me tape le sale boulot ?

— Parce que tu es meilleur que moi dans ce domaine.

— Voilà… Au moins tu reconnais mes mérites.

Après avoir transféré les deux empreintes – plus une troisième récupérée au verso de l'enveloppe –, il ouvrit prudemment le courrier à l'aide d'un canif. Il en retira une photo et une lettre pliée. Aussitôt, il les saupoudra, toujours en quête d'éventuelles empreintes.

Sur la photo, on voyait une femme vêtue d'un trench-coat noir en train de descendre d'un avion. Elle portait des lunettes noires gigantesques et sa chevelure était d'un roux flamboyant.

— Deux empreintes de plus sur la lettre, annonça Denny en les transférant sur d'autres petits carrés de papier. J'ai l'impression que ces empreintes sont différentes de celles de la fille. Il plaça ses cinq relevés d'empreinte à l'intérieur de sa boîte. Je vais aller les scanner pendant c'est encore calme ici. J'ai un copain de la fac qui pourra les comparer avec la base de données du FBI. J'en ai pour au moins deux heures. Si ça ne donne rien, je creuserai un peu. Je dois pouvoir trouver quelqu'un qui a accès aux fichiers des agents gouvernementaux. Si cette fille est une flic ou une agente fédérale, on devrait pouvoir le savoir.

— Merci, dit Levi en montrant la lettre toujours à moitié pliée. Je peux la toucher maintenant ?

Denny confirma d'un hochement de tête.

— Ouaip, vas-y. J'ai ce qu'il me faut, répondit-il en repartant avec sa boîte sous le bras.

— Levi, tu veux quelque chose ? demanda Carmen depuis l'autre bout du comptoir.

Il secoua la tête en la gratifiant d'un sourire. Puis il prit la lettre et la déplia. À la lecture des lignes dactylographiées, il sentit un frisson lui parcourir l'échine.

Vous trouverez ci-joint un cliché d'une caméra de surveillance montrant la personne responsable de la mort de Jebediah Yoder et de Jacob Miller.

La dernière position connue de cette personne est dans le district de Dolkha, rattaché à la zone Janakpur dans le nord-est du Népal, à environ deux cents kilomètres à l'est de Katmandou.

Un vol aller-retour a été réservé à votre nom, au départ de l'aéroport JFK, demain matin. Les détails du vol sont précisés en page deux.

Le téléphone ci-joint recevra des coordonnées GPS mises à jour à l'arrivée au Népal, accompagnées de données supplémentaires.

La décision vous appartient.

〜

— Putain de merde, murmura Levi pour lui-même.

Il passa à la deuxième page détaillant le plan de vol. Départ de JFK, escale à Abu Dabi, arrivée au Népal. Dix-sept heures de vol au total.

Un incendie s'était allumé au creux de son ventre. La rage brûlait en lui. Il ne pensait pas avoir une vision phallocentrée du monde, bien au contraire, mais il avait tout de même du mal à imaginer qu'une femme puisse ouvrir la gorge d'un enfant de huit ans simplement pour parvenir jusqu'à lui.

Mais avant tout, pourquoi lui communiquer cette information ? Qu'attendaient-ils de lui ?

Il concentra son attention sur le téléphone. À coup sûr, il intégrait un dispositif de traçage. Mais à ce stade, cela avait-il encore la moindre importance ?

Quand Denny revint, Levi désigna la lettre ouverte d'un signe de tête, les sourcils levés. D'un geste de la main, il l'invita à prendre connaissance de son contenu.

Denny la lut, puis leva un visage interrogateur vers son ami.

— Et donc ? Qu'est-ce que tu comptes faire ?

— Si j'étais sage, je la déchirerais et l'oublierais. Ça ressemble quand même furieusement à un traquenard.

Mais pouvait-il faire comme si de rien n'était. L'image des deux petits corps gisant dans la poussière hantait son esprit. Il sentait la tension monter au fond de lui.

Il prit un morceau de papier et un crayon sur le bar.

« Je peux t'emprunter ta cage de Faraday ? S'il y a un mouchard dans ce téléphone, je n'ai pas envie de les conduire jusque chez moi. »

Denny jeta un regard suspicieux sur l'appareil toujours dans son emballage, puis fit un geste pouce levé. Il repartit dans son antre pour en revenir un instant plus tard avec deux boîtes, dont une un peu plus grande que l'autre. Après avoir placé le téléphone dans la plus petite, composée d'un treillis de cuivre, il inséra celle-ci dans la seconde, qui ressemblait un peu à une glacière. Il rabattit le couvercle d'un geste sec et tendit le tout à Levi.

— Je suis peut-être un peu parano, mais si jamais cette chose était capable d'enregistrer les sons, elle est maintenant dans un environnement insonorisé. Elle ne peut plus rien transmettre, mais mieux, elle ne peut plus rien entendre et l'enregistrer pour le transférer plus tard.

— Tu veux que je te redépose ces boîtes en allant à l'aéroport ?

— Le bar ferme à quatre heures du mat'. Si tu me dis que tu passes à six, je resterai debout, répondit Denny avec un sourire. J'en conclus donc que tu y vas ?

Levi sauta de son tabouret et but ce qui restait d'eau dans son verre.

— Eh bien, j'ai toujours un visa en cours de validité pour entrer au Népal, puisque j'y étais encore il y a quinze jours. Je vais appeler la compagnie aérienne et vérifier les détails. Si tout est conforme… Je suppose que j'ai déjà fait des choses beaucoup plus stupides dans ma vie.

Penché par-dessus le comptoir, Denny salua son ami d'un check, poing contre poing.

— Fais gaffe à toi, mec. Si je trouve quelque chose sur les empreintes avant demain matin, tu veux que je t'appelle ?

— Ouais. Si c'est un coup monté, j'aimerais autant savoir qui je dois étrangler.

CHAPITRE NEUF

Installées dans la salle de conférence, Madison et Jen attendaient Maddox. Son ordinateur portable était déjà raccordé au projecteur. Sur le grand écran, deux photos de Lazarus Yoder étaient affichées.

— Ce ne serait pas Yoder sans la barbe ? demanda Jen. Est-ce que tu sais d'où viennent ces images ?

— J'ai pris celle de gauche, celle où il est assis à un bar. Pour l'autre, aucune idée. On dirait qu'il passe un contrôle de sécurité dans un aéroport. Et c'est sûrement récent puisqu'il n'a plus sa barbe.

— Tu l'as pris en surveillance ? demanda Jen, les yeux écarquillés. Tu es sérieuse ?

— Maddox m'avait chargée de lui apporter quelque chose.

Jen inclina la tête sur le côté en avançant la lèvre inférieure.

— Alors dis-moi, à quoi il ressemble ? Est-ce qu'il est aussi canon dans la vraie vie ?

— Tu ne serais pas un peu monomaniaque ?

— Allez… Avoue quand même que c'est l'un des plus beaux visages que tu aies jamais vus.

Madison haussa les épaules.

— Oui, il n'est pas désagréable à regarder… Mais il y a quelque chose chez lui…

Le regard perçant des yeux bleus de Yoder continuait de la hanter. Elle avait eu l'impression qu'il était capable de voir en elle, au plus profond.

— Mon esprit me jouait des tours, sûrement, poursuivit Madison, mais j'ai vraiment eu le sentiment qu'il avait un radar à conneries surpuissant et qu'il m'a calculée à la seconde où je suis entrée dans ce bar. Je ne sais pas… Il dégage une vibration de danger.

La porte de la salle émit un bip et Maddox entra pour venir s'asseoir devant son ordinateur.

— Bonjour, mesdames. On a beaucoup de choses à voir, annonça-t-il en montrant l'écran du pouce. On parlera de ce monsieur Yoder dans un instant, mais commençons par le commencement. Je vous ai demandé de venir parce que j'ai élargi vos accréditations à toutes les deux afin que vous puissiez travailler sur un projet sensible dont le nom de code est « *Arrow* ». Comme il se doit, le niveau de contrôle est très élevé, mais vos noms ont été ajoutés à la liste des accès autorisés. À compter de ce matin, vous devriez pouvoir consulter les fichiers Arrow. Voici les grandes lignes de l'affaire.

Maddox s'accorda une respiration, puis entama son exposé.

— Depuis un certain temps, l'Agence suit les activités d'un chef de la mafia russe connu sous le nom de « Vladimir ». On ne connaît ni le son de sa voix, ni même son nom de famille. Toutes ses relations veillent scrupuleusement à le désigner uniquement par son prénom. Pour ce qu'on sait, Vladimir n'est peut-être même pas son patronyme, mais simplement un nom de code. Toujours est-il que le nom « Vladimir » revient régulièrement, avec des références au site du mont Iamantaou, dans la chaîne de l'Oural.

— C'est là où s'est rendue la tueuse de Yoder.

— Tout à fait, agente Lewis. Et si on ajoute à ça l'évocation du mystérieux Vladimir dans plusieurs transcriptions audio antérieures, ce Levi Yoder et ses liens avec la mafia russe deviennent tout à coup beaucoup plus intéressants. D'où votre accréditation sur le projet Arrow. Mais permettez que je reparte du début. Le 10 mars 1956, un B-47 de l'US Air Force a disparu quelque part en Méditerranée. Très peu de gens savent qu'une charge nucléaire avait été chargée dans la soute de cet appareil à la base aérienne MacDill. Deux bombes nucléaires Mark 15, représentant une puissance combinée de 3,4 mégatonnes de TNT. Jusqu'à récemment, l'appareil et son chargement étaient considérés comme disparus.

À cette évocation, Madison se souvint d'un moment de sa vie, un peu plus de cinq ans auparavant. *Cela ne peut quand même pas être le même incident ?*

Maddox pointa son index sur elle comme s'il lisait directement dans ses pensées.

— Effectivement, agente Lewis. Il y a quelques jours à peine, j'ai appris que vous avez apporté votre aide à l'Agence, lorsque vous serviez encore dans la Navy, dans le repérage et l'exploration du B-47 disparu. C'est grâce à cette mission que nous avons découvert que les bombes nucléaires avaient été prélevées de l'épave. Sur la base des renseignements que nous avons pu recueillir par la suite, nous estimons que ces bombes sont aujourd'hui en possession de la mafia russe.

— Au nom du ciel ! s'exclama Jen. Mais qu'ils veulent en faire de ces bombes nucléaires ? Les vendre au marché noir ?

— Cette mission vise précisément à réunir des renseignements sur l'endroit où se peuvent trouver nos actifs disparus et, si possible, comprendre qui se cache derrière ce vol, ainsi que la nature de leurs motivations.

Madison se pencha en avant, les coudes sur la table.

— Quel est le rapport avec le mont Iamantaou ? J'ai fait quelques recherches et, apparemment, cet endroit abriterait un centre de recherche nucléaire datant de l'ère soviétique, ainsi qu'un bunker en cas de conflit atomique.

— C'est exact, dit Maddox avec un hochement de tête. Mais d'après les renseignements que nous avons pu glaner, il semblerait que des éléments du gouvernement russe soient actuellement en train de réactiver un système qu'ils appelaient « Périmètre » ou « Main morte ». Et nous avons des raisons de penser que le déploiement opérationnel de ce système pourrait être opéré à partir d'une base militaire sur le mont Iamantaou.

— Et que fait ce système Main morte ? demanda Jen.

— Le principe est très simple. Dans l'éventualité d'une élimination des dirigeants ou d'une perte des communications avec les silos des missiles nucléaires, les Soviets voulaient qu'un système soit en mesure de déclencher automatiquement une frappe de représailles faisant suite à une première frappe à l'intérieur des frontières soviétiques.

— Oh merde, murmura Madison.

La jeune femme sentit sa peau se hérisser sur ses bras.

— Vous ne pensez quand même pas que quelqu'un pourrait faire exploser une charge nucléaire dans son propre pays pour déclencher la Troisième Guerre mondiale ? demanda-t-elle.

— C'est là tout le problème, répondit Maddox en esquissant une moue, lèvres serrées. Au mieux, on ne peut que tenter de deviner ce qui se passe et ce que sont les motivations des uns et des autres. Raison pour laquelle, il nous faut accroître nos sources de renseignement. Cela étant, on a soumis le peu de données dont on dispose à nos spécialistes des jeux de guerre et ils sont arrivés à un scénario qui fait froid dans le dos. En deux mots, un membre de la mafia russe pourrait utiliser nos propres armes pour déclencher une riposte automatique du système de défense russe, qu'on estime actuellement à un peu plus de huit cent cinquante missiles nucléaires intercontinentaux capables de toucher n'importe quel point du territoire américain. Le ministre de la Défense est informé de ce scénario et il en a présenté les grandes lignes au président.

Maddox se pencha pour marteler la table de son index, histoire de donner du poids à ses paroles.

— Agente Lewis, agente Lancaster, la situation est on ne peut plus sérieuse. Mission nous a été donnée de creuser cette question en mobilisant toutes les ressources à notre disposition.

Jen se redressa sur sa chaise.

— Est-ce qu'on a essayé de parler au gouvernement russe ? Sincèrement, pourquoi est-ce que quelqu'un voudrait commettre ce que suggèrent ces brillants stratèges ? C'est de la démence.

Maddox laissa filer un soupir.

— C'est compliqué. D'après ce que l'on sait, les Russes sont confrontés à l'émergence de factions internes en conflit les unes avec les autres. Certaines veulent renouer avec le passé et raviver l'Union soviétique, tandis que d'autres cherchent authentiquement à réinventer la Russie pour en faire une société capitaliste moderne. Et d'autres encore ont pour unique objectif de transformer les États-Unis en un désert nucléaire. Ils savent qu'une ou deux bombes ne peuvent pas parvenir à ce résultat, mais s'ils parviennent à donner corps à un scénario dans lequel l'arsenal russe tout entier est lancé contre nous d'un seul coup…

Un lourd silence s'abattit sur la pièce, dans lequel les paroles de Maddox résonnaient encore de façon menaçante. Jen paraissait sur le point d'exploser.

— Agente Lancaster, poursuivit Maddox, je veux que vous consacriez la semaine qui vient à lire l'intégralité des fichiers Arrow. Familiarisez-vous avec tout ce que l'on sait sur le climat politique et les acteurs impliqués. Je vais prendre des dispositions pour que vous rejoigniez notre ambassade en Russie dans dix jours, sous couverture diplomatique. Nous avons d'autres agents déjà en place, mais je pense que votre présence pourra être un atout supplémentaire.

Le visage de Jen avait conservé toute sa gravité.

— Il s'agira pour moi de frayer avec les apparatchiks de la Douma et du Conseil de la Fédération, de me mêler à eux.

Maddox confirma d'un hochement de tête.

— Avant votre départ, je vous demanderai d'établir un plan d'action que vous me soumettrez. Je ferai mon possible pour appuyer votre action depuis ici, mais une fois sur place, vous agirez de façon clandestine, sous couvert de votre statut d'employée de l'ambassade. On passe aux choses sérieuses. Vous vous sentez prête ?

— Absolument.

— Parfait. Nous aurons besoin de toutes les remontées possibles en provenance directe du terrain, conclut Maddox avant de se tourner vers Madison. Agente Lewis, enchaîna-t-il en désignant du pouce les images de Lazarus Yoder sur l'écran. Quelle impression vous a fait ce monsieur Yoder ?

— Il est intelligent. Très intelligent. Et prudent. Il n'a pas voulu prendre le paquet que je lui tendais. Il m'a demandé de le déposer sur le bar.

— À l'évidence, il a fini par l'ouvrir. La photo de droite a été prise tôt ce matin à l'aéroport JFK. Agente Lewis, je veux que vous gardiez ce Yoder à l'œil, ainsi que la tueuse après laquelle on l'a lancé. Le téléphone que vous lui avez remis est équipé d'un dispositif de pistage. À l'issue de cette réunion, je communiquerai les informations de traçage, mais Yoder ne sera pas de retour au sol avant demain.

— Vous avez envoyé Yoder sur les traces de la tueuse ? demanda Madison en inclinant la tête sur le côté, un peu interloquée. Et s'il la tue ?

— C'est un risque calculé, convint Maddox. Ceci dit, nos profileurs estiment que Yoder, une fois qu'on lui a donné des instructions, s'efforcera de rester dans les clous. De plus, je le crois suffisamment malin pour comprendre que s'il la tue, on le balancera et c'est lui qui portera le chapeau. Je ne sais pas à quoi ressemblent les prisons népalaises, mais les chinoises sont plutôt désagréables.

— Puis-je vous demander ce qu'il est chargé de faire ?

— À son arrivée à destination, nous lui communiquerons les coordonnées GPS de la localisation de la tueuse. Et nous lui demanderons de remonter sa piste, puis de l'immobiliser. Ensuite, à l'aide du téléphone que nous lui avons fourni, il pourra activer un signal d'appel pour demander une extraction.

À en juger par l'expression sur ses traits, Jen était aussi stupéfaite que Madison.

— Nous tiendrons un hélicoptère Blackhawk prêt à partir, poursuivit Maddox, avec une équipe pour les récupérer tous les deux. Quand nous aurons mis la main sur la tueuse, nous verrons ce que nous pourrons tirer d'elle, et Yoder sera autorisé à revenir aux États-Unis dans le cadre d'un engagement sur parole. Pour autant qu'on sache, cette tueuse est une comparse directement liée à ce Vladimir. En nous assurant de sa personne, on parviendra peut-être à forcer ce dossier.

Il laissa filer un instant de silence.

— Avez-vous des questions ? demanda-t-il.

— Non, aucune, répondit Jen en secouant la tête.

Les yeux levés vers les photos de Lazarus Yoder, Madison ressentait comme une pointe de culpabilité. Ils allaient se servir de lui, l'utiliser pour leurs propres desseins, et tout cela semblait tout de même un peu injuste.

Elle se tourna vers Maddox et secoua la tête.

— Aucune question pour moi non plus.

— Très bien, dit Maddox en se levant. Ce sera tout pour l'instant. Plongez-vous dans les dossiers Arrow. Il faudra que vous les connaissiez par cœur, à l'endroit comme à l'envers.

Tout en marchant vers son bureau, Madison ne parvenait pas à se départir d'un sentiment de déloyauté qui la dérangeait. Yoder n'avait pas demandé à se retrouver impliqué dans cette histoire. Et pourtant, elle-même avait joué un rôle pour l'y précipiter.

Le cœur serré, elle fit de son mieux pour ignorer l'amertume qui lui piquait le fond de la gorge.

～

Au bas des escaliers après la porte des arrivées à l'aéroport international Tribhuvan de Katmandou, Levi se retrouva devant une mêlée furieuse et un brin suffocante d'hommes et de femmes de tous âges s'empoignant pour accéder aux meilleures positions autour du tapis roulant à bagages.

En se frayant un passage dans la masse compacte, il comprit ce que devait ressentir le dentifrice à l'expulsion du tube. Heureusement, il n'avait enregistré aucun bagage en soute. En tout et pour tout, il n'avait emporté que son petit sac à dos en cabine, avec une veste et un quelques vêtements de rechange.

Il traversa la zone de retrait des bagages et sortit du grand hall. Dehors, un vent frais dispersait les âcres vapeurs de diesel en provenance du coin des taxis, les rendant un peu plus tolérables. Instantanément, une nuée de négociateurs s'agglutinèrent autour de lui, chacun hurlant son meilleur prix pour une course jusqu'à la ville. Sans tenir compte de leurs cris, Levi sortit de sa poche le téléphone que la jeune femme lui avait remis et l'ouvrit d'un mouvement sec.

Au bout d'une minute passée à chercher du réseau, il finit par avoir une barre de signal affichée sur son écran. Et, dans la foulée, il reçut toute une série de messages.

Bonjour, monsieur Yoder, bon retour au Népal.

Les dernières coordonnées GPS mises à jour de la cible ont été transférées sur ce téléphone. Lancez l'appli sur l'écran d'accueil et elle sera la boussole qui vous guidera à sa dernière position connue. Bien évidemment, cette position n'est pas absolue. Vous devrez encore localiser la cible en vous fondant sur la photo transmise.

Une fois que vous l'aurez repérée, appuyez simultanément sur les deux boutons de réglage du volume du son (+ et -).

Une équipe d'extraction arrivera dans l'heure pour vous transportez, la cible et vous, jusqu'à une installation sous contrôle américain. À partir de là, vous pourrez retourner là d'où vous arrivez. Quant à la cible, elle sera traduite en justice.

Levi nota l'expression « bon retour », qui laissait clairement entendre que ceux à l'origine de ce texte n'ignoraient rien de son précédent séjour au Népal.

Et comment pourrait-il en être autrement. C'était la CIA.

Avant le départ de Levi, Denny avait réussi à identifier les propriétaires des deux empreintes digitales. La femme qui lui avait apporté le message et le paquet était une ancienne spécialiste de la neutralisation des explosifs et munitions de la Navy, présentement devenue analyste pour la CIA. Denny avait mené une fouille exhaustive, récupérant même son dossier militaire. Quant à l'empreinte sur la missive, elle appartenait à un agent de longue date nommé John Maddox.

En dépit de toutes les fadaises qu'on pouvait voir à la télé en matière d'espionnage, Levi savait que la CIA n'était rien d'autre qu'une antenne d'investigation du gouvernement, spécialisée dans la collecte de renseignement en dehors des États-Unis. Mais du coup, pourquoi cette organisation avait-elle décidé de l'impliquer lui ? Pourquoi n'avait-elle pas envoyé un de ses agents s'occuper de cette femme ?

Peut-être pensait-on là-bas qu'il aurait une motivation particulière à mener à bien cette opération, attendu que ladite femme avait tué des membres de sa famille et tout fait pour lui imputer le crime. De ce point de vue-là, ils n'avaient sans doute pas tort. Un petit sourire en coin lui monta aux lèvres tandis qu'il s'éloignait du bâtiment de l'aéroport. De fait, il avait très envie de mettre la main sur cette garce.

Pour autant, un scrupule demeurait au fond de son esprit. Il ne pouvait pas savoir avec certitude si c'était bien elle qui avait tué les enfants. Il faudrait qu'il sache sans l'ombre d'un doute avant de la livrer aux loups.

Il lança l'appli de localisation sur son téléphone et une boussole s'afficha sur l'écran. Elle tourna sur elle-même un instant, puis se fixa sur la direction de l'est en indiquant une distance de deux cent vingt kilomètres.

D'un geste, Levi héla un taxi et trois hommes se précipitèrent sur lui en criant à qui mieux mieux.

— Taxi, *sir* ! Six cents roupies !

— Ici, cinq cents roupies !

— Moi, cinq cents, *sir* !

Levi leva une main d'un geste impérieux.

— Doucement ! dit-il en appuyant sur un bouton de l'appli pour afficher une carte routière.

La cible était juste à l'extérieur d'une petite ville dans laquelle il était passé quelques semaines plus tôt seulement.

— Je vais à Jiri.

Deux des chauffèrent tournèrent les talons avec des gestes de dédain. Le dernier n'avait pas bougé. Son visage chiffonné trahissait une intense réflexion intérieure. Quand il reprit la parole, ce fut d'une voix qui avait perdu tout son enthousiasme.

— Trente-cinq mille roupies, *sir*. Ma meilleure offre.

Par-dessus son épaule, Levi jeta un regard en direction de la cohorte de taxis à la sortie de la zone de retrait des bagages.

— Trente mille roupies, *sir*. Pas en dessous.

Levi regarda le Népalais droit dans les yeux.

— Vingt-cinq mille roupies, dit-il sur un ton définitif. Pas une roupie de plus.

L'homme plaqua ses mains sur sa poitrine comme s'il était victime d'une crise cardiaque. Levi resta impassible.

Prenant conscience de l'inanité de sa feinte, l'homme laissa retomber ses épaules.

— D'accord. Vingt-cinq mille roupies. Départ tout de suite.

Levi sourit

À l'entrée du marché de Jiri, Levi remit son téléphone dans sa poche. Cela faisait un bail que cette maudite chose avait perdu tout signal. Or, sans une synchronisation GPS fiable, l'application de traçage perdait toute son utilité.

Niché au pied de la chaîne himalayenne, le petit bourg de Jiri offrait un certain nombre d'installations et d'équipements dignes de villes plus grandes : un petit hôtel décrépit, un marché bigarré et même une banque. Parfois, des écotouristes y séjournaient, manière de goûter aux joies de la randonnée en milieu rural aux abords des plus hauts sommets.

Même si la ville chatoyait de couleurs éclatantes, et que des bouffées de curry emplissaient l'air en provenance des étals des vendeurs, le marché était calme et paisible. La foule n'était pas agressive, les marchands ne vantaient pas leurs produits en hurlant à tue-tête, et le bruit strident des cris d'enfants, généralement omniprésents, se faisait ici plutôt discret.

Cette quiétude insolite le mit sur le qui-vive.

Il s'approcha du stand d'un marchand de fruits. Les écriteaux étant le plus souvent rédigés en devanagari, l'écriture en usage en Inde, il choisit de s'exprimer en hindi.

— Vous parlez hindi ? demanda-t-il.

Dans la toute petite trentaine, le négociant aux dents largement écartées détailla Levi de la tête aux pieds.

— Mon hindi est épouvantable, répondit-il en anglais avec un fort accent britannique. Parlez-vous anglais ?

Levi émit en gloussement en montrant à l'homme la photo de la mystérieuse rousse.

— Oui, je cherche une femme. Une étrangère. Elle est peut-être en ville, ou bien elle y est passée ces jours derniers. Par le plus grand des hasards, auriez-vous vu quelqu'un qui lui ressemble ?

L'homme examina le cliché, puis secoua la tête.

— Non, désolé, mon pote. J'arrive tout juste de la capitale où je suis allé m'approvisionner. Je ne peux pas t'aider.

— D'accord. Merci quand même.

Tous ses sens aux aguets, Levi poursuivit sa déambulation à l'intérieur du marché, demandant de temps à autre aux passants s'ils avaient vu une femme ressemblant à celle sur la photo. En réponse, il n'obtenait que des regards confus et des signes de tête négatifs. Pendant deux heures, il parcourut la petite bourgade en quête de l'insaisissable créature, quand finalement il tomba sur un début de piste.

C'est un jeune homme fleurant bon la bière au sortir d'un bar, de toute évidence adepte du tourisme vert, qui lui parla en anglais avec un accent espagnol à couper au couteau.

— Près du point de départ pour le camp de base de l'Everest, dit-il en montrant la direction du sud-est. J'ai vu une femme qui lui ressemble. Ça pourrait bien être elle. Elle a un sac à dos bleu.

— Merci.

D'un bon pas, Levi franchit quelque cinq cents mètres jusqu'à un emplacement où quelques étals proposaient des marchandises, non loin du début du sentier vers les sommets himalayens. Presque immédiatement, il aperçut une femme avec sur le dos un sac bleu. Svelte, d'une taille d'environ un mètre soixante-cinq, elle portait une tenue de randonneuse. Mais quand elle se retourna, Levi se rendit compte que ses cheveux étaient blonds et qu'elle avait dépassé la soixantaine depuis longtemps.

Ce n'était pas la personne qu'il recherchait.

Avec un soupir de frustration, il s'éloigna de la petite foule sur le chemin de randonnée et laissa son regard errer sur les quelques éventaires le long de la bordure est de la bourgade.

Une jeune femme aux cheveux noirs attira son attention. Elle venait de faire l'emplette d'un petit sac de feuilles de thé. Il s'approcha d'elle.

À cet instant, elle repoussa une lourde boucle de sa chevelure noire qui lui tombait sur le devant du visage. Leurs regards se croisèrent et il resta tétanisé sur place.

Les yeux couleur café de la jeune femme pétillèrent. Un sourire s'épanouit sur son visage hâlé.

Levi avait l'impression que le sol était devenu instable sous ses pieds. C'était comme si le temps s'était arrêté. Non… C'était plutôt comme si le temps ne signifiait plus rien. Levi fixait la sublime apparition. Un fantôme revenu de douze années en arrière.

Son cœur battait à tout rompre dans sa poitrine. L'intérieur de ses mains était devenu moite. À grand-peine, il croassa quelques mots en persan.

— Comment est-ce possible ?

La jeune femme debout devant lui à cinq mètres à peine était le portrait vivant de Mary.

Pourtant, il avait vu de ses yeux le cercueil porté en terre de sa femme adorée. *Ce n'est pas possible.*

Avec un sourire que Levi connaissait si bien, et qui menaçait de faire fondre son cœur, elle s'approcha de lui, la main tendue.

— Bonjour, je m'appelle Katarina. Votre visage me dit quelque chose. Est-ce qu'on se connaît ?

Elle avait parlé en persan. La langue de l'Iran. La langue maternelle de Mary.

Levi prit une profonde inspiration, puis expira très lentement. *Ce n'est pas Mary.*

Il y avait de minuscules différences entre elles. Le nez de Mary était un peu plus droit. Les lèvres de cette femme plus pulpeuses.

Il lui serra la main.

— Excusez-moi. Je m'appelle Levi.

Il n'avait guère eu l'occasion de parler persan au cours de la dernière décennie écoulée. Les mots ne lui venaient pas aussi facilement qu'il aurait voulu.

— Vous ressemblez tellement à quelqu'un que j'ai connu, ajouta-t-il.

Le rire de Katarina cascada autour de lui. Une nouvelle fois, elle écarta la mèche qui lui tombait devant les yeux.

— Eh bien, j'espère que ce n'est pas une mauvaise chose. Vous êtes touriste ?

— Vous ressemblez à ma femme, dit Levi sans même avoir réfléchi à ce qu'il disait, l'esprit complètement chamboulé devant ce double de Mary. Elle est morte, il y a longtemps, ajouta-t-il.

Katarina posa une main sur son bras.

— Je suis désolée, dit-elle en laissant son regard glisser vers la main gauche de Levi. Vous êtes remarié ?

Il secoua la tête. Ses joues étaient devenues brûlantes.

— Non… Je suis ici pour quelques jours. Je me disais que je pourrais explorer un peu la région.

Katarina glissa un bras autour de celui de Levi en le serrant un peu contre elle.

— Et que diriez-vous qu'on l'explore ensemble ? Je n'aurais jamais imaginé rencontrer ici quelqu'un qui parle ma langue.

Pendant un instant, Levi lutta pour se ressaisir. Il avait une tâche à accomplir.

Elle leva vers lui des yeux emplis d'espoir. Il n'arrivait pas à concevoir qu'une autre femme puisse autant ressembler à Mary. C'était impossible… Et pourtant, elle était là, devant lui. Il n'avait jamais rencontré aucun parent de Mary. Se pouvait-il que Katarina soit de la même famille ?

— D'accord, dit-il enfin. Partons en exploration. Vous pensiez à un endroit en particulier ?

Elle se mit en marche, l'entraînant avec elle en direction d'un sentier qui montait doucement.

— On m'a parlé de ruines. Un très vieux temple bouddhiste, pas très loin d'ici. Ça grimpe un peu, si ça vous va. Je viens d'acheter du thé persan. On pourra peut-être prendre le thé là-haut, dans le temple ?

Levi connaissait ce temple. Il y avait passé la nuit, seul dans ce lieu isolé, accroché au flanc d'une montagne. Son visage était en feu. Une gêne étrange lui venait d'imaginer passer du temps avec cette femme dans cet endroit. Sans personne autour.

— Bien sûr, allons-y, dit-il avec un sourire.

Levi était allongé sur les dalles fissurées du temple abandonné. Un vent frais soufflait dans le bâtiment en ruine. Des ombres dansaient follement quand une bourrasque venait tourbillonner autour du petit feu de camp allumé dans la cour, dispersant à la ronde des aiguilles de pin séchées. Mais en dépit de la fraîcheur, il avait chaud avec le corps nu de Katarina lové contre le sien, sa cuisse droite l'enveloppant comme une couverture.

Il se pencha sur elle, s'enivrant du parfum de lavande de ses cheveux – celui de son shampoing sans doute.

Elle remua, leva les yeux vers le visage de Levi et lui sourit.

— C'était vraiment très bien, dit sa séductrice en arquant son cou pour déposer un baiser sur sa bouche.

— Oui, répondit Levi en lui retournant son sourire.

Katarina fit doucement courir la pointe de ses ongles sur son torse nu. Celui de son index était irrégulier. Elle l'avait cassé pendant qu'ils faisaient l'amour.

Quand les doigts de Katarina s'égarèrent sous la taille de Levi, il se tortilla. Les griffures sur son dos lui rappelaient à quel point les dernières heures avaient été tumultueuses. Jamais il n'avait connu une expérience pareille avec Mary. Ce n'était pas meilleur, simplement très différent.

— Alors, Levi, à présent qu'on a fait plus ample connaissance, dis m'en un peu plus sur toi. Qui est l'homme avec lequel je suis ?

Il rit doucement et déposa un baiser sur le sommet de son crâne.

— C'est assez compliqué. Je suis américain – si tu ne l'avais pas deviné à mon accent.

Elle se redressa sur un coude pour le regarder, nullement perturbée par leur nudité.

— Oui, j'avais saisi ce détail.

Levi avait toujours eu du mal à décrire ce qu'il faisait dans la vie. À Mary, il n'avait jamais raconté toute la vérité – sans jamais lui mentir non plus.

— Je règle les problèmes des autres.

— Comme un plombier ? dit Katarina en souriant.

— Non, pas vraiment. Parfois, les gens ont des problèmes que personne ne peut résoudre. Alors ils font appel à moi.

Du bout de ses doigts, elle parcourait nonchalamment le flanc de Levi.

— Intéressant. De toute évidence, tu as d'autres talents encore que ceux que je connais, dit-elle en laissant filer un petit rire rauque. Tu es musulman ?

— Non. Disons que j'ai été élevé dans une famille chrétienne, mais je ne suis pas très religieux. Ma famille est amish. Donc, autant dire que je suis à peu près l'inverse de ce qu'ils sont. J'essaie simplement de faire ce que je crois juste.

— Amish…, murmura Katarina avec un air pensif. Est-ce que Levi est un nom amish normal ?

— Mon véritable prénom est Lazarus. Mais j'utilise Levi depuis que je suis parti de la maison.

L'espace d'un instant, les yeux de Katarina devinrent vitreux, comme si elle était sur le point de verser une larme.

— Qu'est-ce qui ne va pas ?

Un frisson l'agita.

— Rien, répondit-elle en secouant la tête

Elle le gratifia d'un sourire rassurant en lui tapotant la poitrine. Puis elle se redressa et récupéra ses vêtements épars.

— Il commence à faire froid et l'heure tourne. On pourrait se préparer un thé avant d'éteindre le feu et de redescendre.

Pendant que Levi se rhabillait à son tour, elle alla prendre dans son sac une petite bouilloire, une bouteille d'eau et le sac de feuilles de thé acheté à un marchand. Quand Levi acheva de lacer ses chaussures de marche, elle était déjà en train de servir deux mugs fumants.

Levi s'approcha d'elle et posa une main au milieu de son dos. Elle tressaillit et renversa l'une des grandes tasses. Un juron lui échappa.

— Pardon, dit-il. Je ne voulais pas t'effrayer.

Katarina lui tendit le mug intact et alla se resservir avec ce qui restait dans la bouilloire.

L'arôme du thé était différent de tout ce que Levi connaissait. Il y décelait une petite note amère évocatrice d'une senteur qu'il n'arrivait pas à identifier clairement.

Katarina leva sa tasse.

— Santé.

Levi entrechoqua son mug avec celui de la jeune femme.

— Aux nouveaux amis.

Le thé était brûlant, mais elle l'avala d'un trait. Levi souffla sur son breuvage, sous le regard attentif de Katarina. Puis il but la décoction amère, en faisant de son mieux pour retenir la grimace qui lui venait. Non seulement ce thé était d'une âcreté terrible, mais une petite feuille était venue se loger au fond de sa gorge.

Un bras passé autour du cou de Levi, elle attira son visage à elle pour un rapide baiser.

— La nature m'appelle un instant, dit-elle. Mais je reviens vite et on pourra retourner en ville.

Puis elle s'éloigna et disparut presque immédiatement. Les crissements de ses chaussures sur le pierrier à l'extérieur du temple allèrent s'amenuisant, avalés par les ultimes crépitements de leur feu mourant.

En attendant son retour, Levi s'assit près du foyer. Il ressentait des picotements sur la peau. Tout à coup, il fut comme pris d'un vertige. La tête lui tournait. Ses yeux s'agitaient dans ses orbites, au rythme des dernières flammes. La nausée lui tordit le ventre. Son cœur battait à tout rompre. Des gouttes d'une sueur corrosive et cuisante perlèrent sur son front.

J'ai de la fièvre ?

Il s'éloigna du feu en rampant, puis s'effondra sur les dalles. Immobile, il attendit que le monde cesse de basculer en tous sens.

Le frais du sol lui procurait une sensation bienfaisante.

La léthargie s'emparait de lui. Ses bras et ses jambes semblaient peser une tonne. Même ses paupières devenaient lourdes.

Quand ses yeux se fermèrent, le monde cessa de tournoyer follement, mais son cœur cognait sourdement dans ses oreilles. Le fracas était assourdissant, comme un énorme tambour lézardant sa conscience.

Le rythme se ralentit. Les battements s'espaçaient.

Ses sens s'étaient engourdis. Levi errait à la lisière du néant. Il ne savait plus distinguer ce qui était réel de ce qui ne l'était pas. Puis il entendit des pas.

Des doigts glacés se posèrent sur le côté de son cou. Il reconnut le parfum de la lavande.

La voix de Katarina vint jusqu'à lui à travers les ténèbres. Elle murmurait quelque chose en russe.

— Vladimir te passe le bonjour.

CHAPITRE DIX

Un épais filet d'un liquide aigre coula dans la bouche de Levi, puis à l'intérieur de sa gorge.

En un réflexe involontaire, il déglutit et l'avala.

Peu après, des spasmes lui retournèrent l'estomac. Il se redressa en position assise et vomit ce qu'il venait d'ingérer, plus tout ce que contenait son estomac.

— Je suis quand même étonné que tu l'aies bu, dit une voix masculine, dont les échos résonnaient à l'intérieur du temple. Tu as quand même bien dû sentir le poison.

À quatre pattes, Levi était toujours secoué de haut-le-cœur.

— En toute sincérité, je suis surpris qu'elle ne t'ait pas tranché la gorge, juste pour être sûre de ne pas t'avoir loupé. Si j'étais un assassin, c'est que j'aurais fait. Tranquillou…

Le souvenir de Katarina lui revint d'un coup… L'intensité presque désespérée avec laquelle ils avaient fait l'amour, le thé amer, puis ses dernières paroles… Levi s'essuya la bouche, puis se tourna vers la voix dans les ombres.

— Qui êtes-vous ?

Un homme s'avança, mais dans la pénombre, bien difficile de distinguer plus que sa silhouette. Vêtu d'une robe de moine bouddhiste, il parlait anglais avec un accent étrange – presque britannique, mais pas tout à fait.

— Je crois savoir que tu me cherchais… et voici que j'apparais, pile au moment voulu.

L'estomac de Levi gargouillait, des éclairs de douleur irradiaient de son ventre et ses membres pesaient toujours des tonnes, mais il se tourna tout de même pour mieux voir le moine qui approchait.

Ce dernier portait un bandeau sur l'œil droit et, à en juger par le pilon de bois qui dépassait sous sa robe, il avait dû également perdre une jambe au cours de son existence.

— Désolé, votre sainteté, mais je ne me souviens pas de vous, dit Levi, avant de cracher pour tenter de se débarrasser du goût amer dans sa bouche. Vous m'avez fait avaler quelque chose qui fait vomir ?

— Effectivement. Du jus de *carapichea ipecacuanha*, une racine originaire de ton continent, mais à laquelle je trouve une certaine utilité, répondit-il en posant une main sur le côté du visage de Levi. Mon garçon, tu as une chance incroyable que je sois arrivé à temps. Cette femme…, poursuivit-il avec un air renfrogné. Elle t'a administré tellement de poison que tu aurais pu mourir dix fois si tu n'étais pas celui que tu es. Et si je n'étais pas venu t'aider à te débarrasser de ce qui restait dans ton corps, même toi tu serais mort. Pourquoi est-ce que tu l'as bu ? Même moi je le sentais depuis l'endroit d'où je vous observais.

Levi sentit son esprit chanceler. Katarina avait tenté de le tuer. Et ses dernières paroles avaient évoqué Vladimir…

— Quel idiot je fais, dit-il en se redressant.

Il secoua la tête. Il se sentait nauséeux et infiniment furieux après lui-même.

— Et merci, reprit-il. Je suis désolé, mais… ma mémoire me joue des tours. Je ne me souviens absolument pas qui vous êtes.

— Sottises, gloussa le moine en s'asseyant, une jambe repliée sous lui et l'autre – celle en bois – tendue devant lui. Il y a un mois environ, on m'a prévenu qu'un voyageur américain me cherchait. À ce moment-là, je ne savais pas au juste pourquoi tu voulais me rencontrer, mais à présent que nous avons fait connaissance, je dirais que c'est la chance qui, aujourd'hui, nous a rassemblés au même endroit. Je t'ai observé. Toi et moi sommes unis par le destin, bien plus que tu ne peux le comprendre je pense. Les moines m'appellent Amar Van. Peut-être que ce nom te dit quelque chose ?

Levi resta bouche bée. Une poignée de semaines seulement s'étaient écoulées depuis la fin de son errance, mais il avait l'impression que c'était dans une autre vie.

— Mais oui, c'est vrai, dit-il avec un sourire, en dépit du fait qu'il croyait bien sentir sur lui le souffle de la mort. C'est en Inde que j'ai entendu votre nom. L'un des gourous que je connaissais me parlait de vous avec la plus grande révérence. Il m'a dit que je devais solliciter vos conseils. Je dois bien avouer que je me sens un peu idiot à présent, mais je vagabondais de par le monde à cette époque, sans but, sans savoir où était ma place. Depuis, je crois que j'ai trouvé ma voie.

Le moine secoua la tête.

— Se faire tuer par une femme, certes très jolie mais maléfique, ce n'est pas trouver sa voie.

Il examina Levi de son œil valide. Par le toit défoncé, les lueurs des étoiles venaient se refléter sur le crâne et le visage lisses du moine, lui conférant ce faisant une apparence presque fantomatique. On lui donnait la cinquantaine, mais à en juger par son maintien et la vigueur de sa voix, on pouvait le croire plus jeune.

— Comment s'appelait ton gourou ?

— Sinjali. Il est originaire d'un petit village dans le nord de l'Inde.

— Abhiram Sinjali ?

— Oui.

— Je l'ai connu enfant, assis aux pieds de son grand-père. Il a vu en toi ce que je vois aujourd'hui. C'est pour ça qu'il t'a envoyé à moi. Judicieux conseil de sa part, et judicieuse démarche de la tienne puisque nous nous rencontrons aujourd'hui. Je suis sûr que tu as des questions, surtout au vu de ta situation. Je t'écoute.

Situation ? Se faire presque tuer par quelqu'un avec qui on avait partagé une telle proximité, voilà ce qu'il appelait une « situation » ?

Levi fronça les sourcils, tandis que les paroles du moine cheminaient dans son esprit. Le gourou avait plus de quatre-vingts ans. Comment Amar Van pouvait-il l'avoir connu enfant ?

— Vous avez connu le grand-père d'Abhiram Sinjali ?

— Oui, répondit le moine avec un chaleureux sourire, comme s'il devinait les pensées de Levi.

— Mais le gourou dont je parle à plus de quatre-vingts ans. Cela ne peut pas être la même personne.

— Qui sait ? répondit le moine en bougeant légèrement pour être plus commodément installé. Permets-moi de t'expliquer un certain nombre de choses sur qui tu es. Pour l'heure, mes paroles n'auront sans doute aucun sens pour toi, mais avec le temps, tu finiras par les apprécier à leur juste mesure. Tout d'abord, j'entends des choses que bien peu perçoivent. Mais je parierais que ta vision et ton ouïe sont supérieures celles de la plupart des gens. Même chose pour ton odorat. Qu'un oiseau se lisse les plumes dans un arbre ou qu'un animal ait laissé son odeur dans une forêt, tu découvriras que nous ne faisons qu'un avec notre environnement. De même, je suis sûr que tes réflexes sont également plus rapides que ceux des autres. Tu as probablement commencé à prendre conscience de ces différences. Tu as déjà vécu des instants où le temps et le monde semblent aller moins vite qu'à la normale ?

Levi confirma d'un hochement de tête.

— Les coups de froid et les autres maladies classiques, poursuivit le moine, tu ne connais pas. Tu as une santé de fer. Tu guéris très vite des petites blessures. Hormis dans les cas d'empoisonnements, précisa-t-il encore en désignant l'endroit où Levi avait vomi, tu es largement immunisé contre les maux divers. Pour autant, ne te trompe pas. Si tu es très résistant à toutes ces choses, tu n'es pas invincible.

Le moine souleva le bandeau qui lui couvrait l'œil, révélant une orbite vide dont les paupières avaient été cousues.

— De même, tu n'es pas immunisé contre les dommages définitifs. Ce que tu perds ne repousse pas, dit-il en tapotant la prothèse de bois fixée au moignon de sa jambe. Ta mémoire est quasiment infaillible. Au début, je suis sûr qu'elle te paraît naturelle, mais si tu y réfléchis, tu verras qu'elle sort de l'ordinaire. Si tu essaies, tu verras que tu peux pratiquement à coup sûr te souvenir de détails très précis. Par exemple, le menu d'un restaurant où tu es passé voilà des années. J'en suis capable, et je suis certain que toi aussi.

Il laissa filer un instant de silence.

— Au fil du temps, tu découvriras les facettes de ce don que tu as reçu – à moins qu'il ne s'agisse d'une malédiction. Au fond, peu importe. Dans tous les cas, c'est un fardeau qu'il faut porter long-temps. Je vis avec depuis un temps plus long encore que tu ne peux l'imaginer. Mais je ne peux expliquer ni comment ni pourquoi les choses sont ainsi. J'ai vu des médecins. Ils n'ont aucune explication. Ils adoreraient pouvoir l'étudier, mais je ne pense pas que la science médicale d'aujourd'hui soit en mesure d'apporter des éclaircissements. Cette chose que nous avons en commun rend certains aspects de nos vies terriblement difficiles. Ceux que nous aimons vieillissent et meurent. Tous...

L'expression sur le visage du moine s'assombrit. Ses lèvres n'étaient plus qu'une ligne toute fine, presque invisible.

— C'est incontestablement la partie la plus difficile de cet état que nous partageons.

Levi réfléchit à ce que son visiteur venait de dire. Certaines de ses paroles n'avaient aucun sens, mais d'autres étaient toutes proches de la vérité.

— Amar Van, dit Levi. Cela signifie « celui qui est immortel » en hindi. C'est cela que vous prétendez être ? Immortel ?

— Non. On peut incontestablement être tué. Le poison que cette femme t'a inoculé aurait très bien pu parvenir à ce résultat. D'ailleurs, en l'état, tu vas te sentir mal pendant des semaines, voire des mois, jusqu'à ce que ton corps se régénère suffisamment pour évacuer et remplacer les cellules endommagées.

Le moine se pencha en avant et tapota le genou de Levi.

— Écoute, je vais te raconter mon histoire. Comme je suis le plus ancien dans cette situation qui est la nôtre, je me sens responsable de toi. Je n'ai pas la moindre idée de la façon dont tu as pu recevoir cette chose, mais je sais qu'elle est là. Je la sens sur toi. C'est un peu comme un animal qui reconnaît un congénère en percevant son odeur dans l'air. C'est comme ça que j'ai su ce que tu étais. Je vais t'expliquer tout ce que je sais, mais au début, je t'assure que tu croiras que je suis fou.

Tandis que son estomac grondait de douleur et qu'une irrépressible léthargie sapait ses forces, Levi se redressa en faisant son possible pour se concentrer sur le récit du vieil homme.

— Je m'appelle Narmer et mon histoire commence à une autre époque, dans un endroit que tu appelles l'Égypte…

L'aube arrivait presque quand Levi entra en titubant dans la petite ville népalaise de Jiri. Il avait passé la plus grande partie de la nuit dans la montagne à écouter un fou lui parler des temps antiques comme s'il les avait vécus lui-même.

Dans son état, Levi n'avait eu d'autre choix que d'endurer l'improbable récit fantasmagorique et halluciné. Mais, à mesure que les heures passaient, il avait peu à peu récupéré suffisamment de forces pour enfin parvenir à se lever. Finalement, quand le moine avait achevé son histoire, les jambes de Levi étaient suffisamment solides pour le porter jusqu'au bas de la montagne, un pas après l'autre

C'était la soif de vengeance qui le faisait aller de l'avant. La vengeance et la fureur. Pour ne pas permettre à la CIA de le suivre plus longtemps, il avait fracassé le téléphone contre les pierres du temple. Dans son esprit, il voyait le visage de Katarina et il était furieux après lui-même. *Comment ai-je pu penser qu'elle ressemblait à Mary ?*

Cette femme avait tenté de le tuer. De connaître ainsi sa véritable nature, il n'était pas difficile de la croire capable d'avoir tué aussi les deux enfants innocents à la ferme de ses parents.

Oui, il entendait bien se venger. D'elle, mais aussi de ce Vladimir.

Au fond de sa poche, il sentait sous ses doigts le morceau d'ongle qu'il avait retrouvé sur une dalle du temple. Il espérait de tout cœur qu'il lui permettrait d'obtenir un échantillon de son ADN. Ensuite, il la retrouverait… Puis il traquerait Vladimir.

Levi leva la main en avisant un taxi. Sans laisser au chauffeur le temps de dire quoi que ce soit, il montra la direction de l'ouest.

— L'aéroport de Katmandou.

— Oui, monsieur, répondit l'homme en s'approchant pour ouvrir la portière côté passager.

À cet instant, il découvrit le visage de Levi et une lueur d'inquiétude parut dans ses yeux.

— Vous vous sentez bien, monsieur ? demanda-t-il en prenant son client par le bras.

Levi dut puiser au plus profond de sa volonté pour s'empêcher de tanguer et chanceler pitoyablement.

— Je vais bien. Conduisez-moi à l'aéroport.

Avec l'aide du chauffeur, il avança d'un pas tremblant jusqu'à la portière ouverte, prit appui contre le montant et se laissa tomber sur la banquette arrière.

Le chauffeur se mit au volant.

— Trente-cinq mille roupies jusqu'à l'aéroport de Katmandou. D'accord ?

Levi lassa sa tête partir en arrière contre le dossier.

— D'accord, répondit-il, trop épuisé pour marchander.

— C'est parti.

La voiture s'ébranla et Levi ferma les yeux, plongeant instantanément dans l'inconscience.

Madison faisait défiler la liste des connexions au système GPS interceptées au cours des dernières trente-six heures. Sur ce laps de temps, ils n'avaient plus rien eu de Yoder ou de la tueuse.

Le ventre noué, elle remonta jusqu'au dernier contact connu pour ces deux signaux et saisi les coordonnées GPS.

— Lazarus, où es-tu ? murmura-t-elle.

Pour tous les deux, la trace avait été perdu quelque part entre la capitale népalaise et le bourg de Jiri.

Accablée par un sentiment d'impuissance, elle remit en place ses écouteurs et revint à son interminable liste d'appels. D'un œil aiguisé, elle la survola pour voir si quelque chose de nouveau était arrivé pendant sa pause-déjeuner.

Quatre nouvelles interceptions. D'un clic, elle lança la première.

« Misha, tu as des nouvelles de Karl ? Il est tard et il n'est pas rentré… »

Elle passa à l'appel suivant, laissant le précédent sur sa liste des « choses à faire ».

« Dmitri, dis-lui que c'est fait. »

Madison se redressa d'un coup en reconnaissant la voix. Elle avait écouté le précédent appel de la tueuse au moins une dizaine de fois. À présent, elle pourrait identifier son timbre n'importe où.

« Pourquoi tu appelles depuis ce numéro ? C'est sûr ? »

« J'ai eu un problème. Je crois que mon téléphone était tracé. Je m'en suis débarrassée. »

« D'accord. On va le remplacer. Qu'est-ce qui est fait ? Tu as trouvé le moine ? »

« Non, pas lui. Yoder. Son cas est réglé. »

Madison sentit sa mâchoire se décrocher. Son souffle resta bloqué dans sa gorge.

« Bien joué. Vladimir sera content. Et celui que tu devais chercher ? »

« Je ne l'ai pas trouvé. Mais après Yoder, je ne voulais pas courir le risque de traîner dans les parages. Au cas où quelqu'un trouverait son corps. »

« D'accord. Tu rentres ? »

« Je suis en route. J'arriverai ce soir. »

« Je le lui dirai. »

L'appel s'arrêtait là. Madison arracha son casque et le lança sur le bureau. Elle se renversa contre le dossier de sa chaise, submergée par un sentiment de culpabilité.

— Son cas est réglé, murmura Madison, les yeux subitement embués.

Quelques jours plus tôt, Lazarus se tenait devant elle, vivant et en bonne santé. Elle aurait pu tendre la main et le toucher. *Et maintenant…*

— Il a été tué, poursuivit-elle d'une voix sourde sans s'adresser à quiconque.

À cause de nous.

À cause de moi.

D'un revers de la main, elle essuya une larme qui coulait sur sa joue, puis inspira profondément pour raffermir sa volonté. De l'index, elle appuya sur le numéro abrégé de la ligne de Maddox.

— Oui, Maddie. Que se passe-t-il ?

— Je crois qu'on vient de perdre un actif au Népal. Et j'ai bien peur qu'on ait perdu notre traceur sur la tueuse.

— Merde. J'arrive.

Madison raccrocha et se moucha.

Ce n'était pas la première fois qu'elle avait à traiter la mort de quelqu'un, mais c'était la première fois qu'elle avait une telle réaction émotionnelle à un évènement dans le cadre de son travail.

Elle se tamponna soigneusement les yeux. Elle ne voulait pas qu'il la voie commotionnée et la larme à l'œil.

— Il avait des liens avec la mafia. Ces choses arrivent à ces gens-là, dit-elle à voix haute.

C'était la plus exacte vérité, mais elle ne s'en sentit pas mieux pour autant.

Elle avait l'impression que quelque chose était mort en elle, emporté en même temps que l'homme aux yeux bleus.

Le vol jusqu'à l'aéroport de Los Angeles fut un véritable calvaire. Le poison était toujours à l'œuvre dans l'organisme de Levi. Ayant remarqué sa mine hâve et son pas chancelant au sortir des toilettes, une hôtesse avait pris l'initiative de demander un fauteuil à la porte de l'avion.

Bien sûr, il s'était récrié – par orgueil, obstination ou simple stupidité –, mais rétrospectivement, il se félicitait qu'elle ne l'ait pas écouté, heureux de ne pas avoir à traverser à pied l'immense édifice. Il était dans un sale état. Il n'avait d'autre choix que de voir la vérité en face et faire avec.

Accessoirement, ce fauteuil roulant se révéla fort utile à plusieurs titres. En effet, Levi ne tarda pas à découvrir que les gens ainsi véhiculés franchissaient les contrôles beaucoup plus rapidement que les autres. Au demeurant, il lui fallut tout de même deux bonnes heures pour enfin prendre place à bord d'un taxi.

Il demanda au chauffeur de le conduire au service des urgences de l'hôpital le plus proche.

Quelques minutes après son arrivée, on l'avait déshabillé pour lui faire enfiler une blouse de patient avant de le coucher sous des couvertures bien chaudes. Pendant un certain temps, il alterna les périodes de veille et de d'inconscience, avant de sombrer pour de bon sous l'effet massif du poison.

Quand il s'éveilla, après ce qui lui semblait n'avoir duré qu'un instant, quelqu'un était occupé à poser une perfusion sur son bras droit et à le raccorder à toute une batterie de systèmes de surveillance des patients. Une infirmière suspendit deux poches d'un liquide transparent à un pied de perfusion. L'un des équipements émettait un petit bip réconfortant à chacun des battements de son cœur.

Un médecin entra dans la pièce, une feuille à la main.

— Monsieur Yoder, je suis heureux que vous ayez eu la bonne idée de venir directement nous voir. Je suis le docteur Keller, le médecin de garde. Permettez-moi de vous dire que c'est un miracle que vous soyez vivant. À l'heure qu'il est, vous devriez être mort. Je ne comprends même pas comment vous avez pu encaisser un vol transpacifique et survivre avec tout ce que contient votre organisme.

Levi éprouva une sensation de chaleur au niveau de son bras, là où la perfusion déversait le liquide dans sa veine.

— Qu'est-ce qui cloche chez moi ?

Le médecin se pencha sur sa feuille.

— Vous souffrez d'une grave intoxication au cyanure. Pour y remédier, poursuivit-il en pointant son stylo en direction de la perfusion, nous vous injectons tout un tas de choses qui devraient considérablement vous aider. Je vous ai administré du Cyanokit, une solution à base de hydroxocobalamine, ainsi que du Nithiodote, une autre solution à base de thiosulfate de sodium et de nitrite de sodium. Tout cela devrait aider votre organisme à métaboliser le cyanure sous une forme que vous pourrez évacuer dans vos urines. J'y ai ajouté un antiémétique qui devrait atténuer les nausées dont vous vous êtes plaint. Enfin, comme vous êtes extrêmement déshydraté, on vous administre une solution physiologique pour fluidifier tout ça.

— Et il faudra combien de temps avant que je me sente un peu moins comme quelqu'un qui devrait être mort ?

Le docteur Keller ne put contenir un gloussement.

— Au vu de vos analyses, je n'arrive toujours pas à croire que vous ne soyez pas mort. Lorsque ce premier traitement sera passé, on vous refera une prise de sang, pour voir l'évolution. Une infirmière va venir vous poser un cathéter. Je vous garde cette nuit en observation, mais j'espère que vous irez rapidement mieux. Dans un jour ou deux peut-être. Tout dépendra de vos analyses de sang.

La pièce tournait légèrement autour de lui. Levi reposa sa tête sur l'oreiller. D'un geste du bras, il montra ses vêtements, posés en tas sur une chaise.

— Je voudrais m'assurer…

Une violente nausée le saisit et il dut serrer les dents.

— Monsieur Yoder, intervint le médecin, ne vous inquiétez pas pour vos affaires. Les infirmières mettront tout dans un sac qui sera apporté dans votre chambre. Je m'occupe de votre admission et on se revoit dans deux heures, d'accord ?

De sa vie, jamais Levi ne s'était senti aussi faible.

— Merci, murmura-t-il en fermant les yeux.

Des images des dernières semaines passaient dans son esprit. Les corps de deux enfants innocents dans une mare de sang. Katarina trinquant à sa santé.

Le moine délirant lui disant qu'il était plus que ce qu'il paraissait être.

La silhouette sans visage d'un homme qu'il n'avait jamais vu. Vladimir.

Cet homme qui voulait la mort de Levi, pour une raison dont ce dernier ignorait tout.

Tout à coup, son esprit chancela à la pensée que Vladimir pourrait avoir des gens à lui dans cet hôpital, prêts à achever ce que Katarina n'avait pas réussi à accomplir.

Est-ce que je vais survivre à tout ça ? se demanda Levi tandis que le monde s'engouffrait dans les ténèbres et que sa conscience le quittait.

CHAPITRE ONZE

Au sortir de la douche, Levi se sécha, se ceignit les reins d'une grande serviette-éponge et s'approcha du miroir de la salle de bains. Deux semaines s'étaient écoulées depuis son empoisonnement et, si les nausées avaient disparu, il se sentait toujours relativement faible. Il avait perdu sept kilos.

Vinnie n'était pas à New York quand Levi était rentré du Népal, mais quand il était finalement passé voir son ami malade à son appartement, pas plus tard que la veille, jamais il n'aurait accepté que son offre soit déclinée. En l'occurrence, Vinnie avait pris rendez-vous pour Levi chez un médecin. Et la visite devait avoir lieu deux heures plus tard.

« À l'heure qu'il est, vous devriez être mort. »

Les mots du médecin de garde des urgences de Los Angeles résonnaient encore à ses oreilles. Et des scènes de cette nuit au Népal surgissaient dans son esprit. Le visage de Katarina le hantait, tout comme leurs étreintes torrides, le toast porté à sa « santé » et son empoisonnement.

Il s'était fait avoir comme un bleu.

Il avait bien senti quelque chose dans son mug de thé, mais il n'en avait pas tenu compte. *J'aurais dû savoir.*

Et puis, il y avait eu les paroles du moine fou, celui qui prétendait être plus vieux que le monde lui-même. « *Ceux que nous aimons vieillissent et meurent. Tous...* »

Penché sur le lavabo, Levi examina son visage de près. Ses traits étaient un peu émaciés à cause de la perte de poids – non pas décharnés, mais on voyait qu'il avait été malade. En revanche, ses yeux étincelaient dans la lumière de la salle de bains. À l'âge de quarante-deux ans, ses cheveux noirs ne montraient aucun signe de vouloir blanchir. Il n'avait ni pattes d'oie, ni poches sous les yeux.

Il leva son bras droit pour examiner son flanc récemment entaillé par un Russe. La ligne rosâtre à l'endroit de l'estafilade avait totalement disparu, sans laisser la moindre trace, la plus infime cicatrice.

Tu guéris très vite des petites blessures. C'étaient également des paroles du moine.

Levi secoua la tête, puis s'éloigna du miroir pour aller s'habiller.

Son téléphone coincé au creux de l'épaule, Levi contemplait les bourrasques de neige par la fenêtre.

— Salut, Lola. On dirait bien que je n'ai pas d'annuaire ici. Tu crois que tu pourrais m'appeler un taxi ? J'ai un rendez-vous médical à onze heures, au centre médical *Mont Sinaï*.

— Bien sûr, mon tout beau. Celui sur la Première avenue ?

— C'est ça.

Lola était la parfaite incarnation de l'adage selon lequel la voix ne correspond pas toujours au physique. De fait, son timbre était grinçant et désagréable, comme abîmé par une consommation excessive de tabac, alors qu'elle ne fumait pas. Or, c'était une sexagénaire joliment pulpeuse et toujours souriante, perpétuellement disposée à bavarder jusqu'à user les oreilles de ses interlocuteurs, pour peu que ceux-ci lui en laissent la possibilité.

— Je m'en occupe, dit-elle. Et je demanderai à l'un des garçons de te prévenir quand il sera là. Mais surtout, prends soin de toi, tu m'entends ?

— Je vais descendre. J'attendrai en bas.

— Ne réponds pas, petit effronté. Je t'ai dit d'attendre au chaud. Je ne veux pas savoir à quel point tu es costaud. Tu as été malade, point final. Et d'ailleurs, le taxi pourrait bien mettre un certain temps à arriver. Il a neigé ce matin et la circulation est une horreur. Donc, tu t'installes confortablement et tu attends. C'est compris ?

— Oui, maman, gloussa Levi.

Il connaissait Lola depuis l'époque du vieux quartier. Elle était la marraine de Frankie – ou peut-être même sa tante, il ne savait plus bien. Toujours est-il qu'à l'instar de toutes les femmes italiennes qu'il avait connues, elle avait son petit côté maternel, plus une autre facette qui l'aurait volontiers poussée à jeter une chaussure à celui qui aurait osé lui désobéir.

— C'est bien. Reste assis tranquille. Je t'enverrai quelqu'un quand le taxi sera là.

Levi fit jouer ses mains devant lui et remarqua la mince ligne blanche sur sa main droite – une cicatrice qu'il s'était faite dans son enfance en escaladant un toit. Contrairement à l'estafilade sur son flanc, cette marque-ci ne disparaissait pas.

Il ouvrit et referma son poing, examinant les muscles sur son avant-bras. Les tendons étaient nettement visibles, les veines saillantes.

Pendant son séjour au Japon, ses poings avaient martelé des milliers de fois des murs de tatamis empilés.

Des dizaines de milliers de fois.

Tard le soir, quand tout le monde dormait, il passait son désespoir et sa frustration sur ces paquets de nattes de bambou jusqu'à en avoir les poings en sang.

À présent, il ne voyait plus la moindre trace sur ses phalanges.

Comment est-ce possible ?

Pourquoi conservait-il des cicatrices visibles remontant à son enfance, alors que les plus récentes avaient disparu ? Plus rien sur ses poings. Plus rien sur son flanc.

Levi repensa à Amar Van, le moine.

Non, pas Amar Van. Ça, c'était le nom que lui donnaient les autres moines. *Il a dit qu'il s'appelle Narmer... Qu'est-ce que c'est que ce nom ? Narmer ?*

Ce n'était pas russe. Ni indien. Et ça ne venait pas non plus de l'Asie de l'Est.

Son regard vint se poser sur l'ordinateur posé sur le bureau. Il ne l'avait jamais allumé. Comme il avait passé les dix-huit premières années de sa vie sans électricité, pas étonnant qu'il ne soit pas devenu un grand fan de l'informatique. Mais là, il avait besoin de trouver une réponse.

Il se pencha sur la machine et appuya sur le bouton rouge.

L'ordinateur émit un bip et se mit à bruire doucement. Un logo apparut sur l'écran, pendant que le système accomplissait ce pour quoi il était programmé. Ce logo était très différent de ceux qu'il avait déjà vus par le passé.

S'agissait-il d'une nouvelle version de Windows ?

En réalité, il ne savait même pas ce que ces mots signifiaient.

Le logo disparut et l'écran se peupla de toutes sortes d'images minuscules. Puis, tout à coup, le mot « Google » apparut à côté d'une petite zone de saisie.

Levi considéra la souris d'un œil suspicieux. Il en avait déjà utilisé une à la bibliothèque publique de New York. À son arrivée dans la grande ville, c'était un lieu qui l'avait stupéfait. Jamais il n'avait imaginé qu'il puisse exister autant de livres. Et puis, peu à peu, les ordinateurs avaient supplanté les fiches catalographiques à l'ancienne, et c'est ainsi qu'il avait acquis ses maigres connaissances en informatique.

Levi posa sa main sur la souris et fit glisser la petite flèche sur l'écran jusqu'à la mention « Recherche Google ». Il cliqua dessus, tapa le mot « Narmer » dans la zone appropriée, puis appuya sur la touche « Entrée » du clavier.

Un nouvel écran apparut avec une liste de résultats correspondant à sa requête. Un truc qui s'appelait « Wikipédia » arrivait en tête. Il cliqua dessus.

L'écran se modifia à nouveau et Levi découvrit un texte.

Narmer est un roi de l'Égypte antique de la dynastie égyptienne zéro. Son identité suscite le débat, mais les égyptologues l'identifient généralement au pharaon Ménès, fondateur de la première dynastie et premier roi de l'Égypte unifiée.

Levi fronça les sourcils. Qui que ce moine puisse être, il s'affublait du nom d'un sacré pharaon.

Il fit défiler la page, absorbant rapidement les informations. Puis une illustration apparut et Levi en resta tétanisé. Il reconnaissait l'objet.

C'était une croix en or avec une boucle à son sommet. D'après la légende sous l'image, il s'agissait d'un « ânkh », également dénommé « croix ansée ».

Il prit rapidement connaissance du texte en dessous.

Les divinités égyptiennes étaient souvent représentées portant l'ânkh par son anneau. C'est aussi un idéogramme symbolisant la vie.

Il se revit dans la salle des coffres de la banque.

Avec des tumeurs dans tout le corps.

Les paroles du médecin du centre de recherche Sloane-Kettering résonnèrent dans son esprit. « *L'homme qui se trouve dans la salle d'attente est en parfaite santé.* »

Son flanc entaillé, à présent sans la moindre cicatrice.

Ses phalanges.

— Putain de merde !

Le téléphone sonna. Il attrapa le combiné.

— Oui ?

— C'est Tony. Votre taxi est là. Je vais veiller à ce qu'il vous attende. Venez quand vous êtes prêt.

— Merci, Tony. J'arrive tout de suite.

Il raccrocha. Ses yeux vinrent se poser une dernière fois sur la croix ansée dorée. Puis il éteignit l'ordinateur.

— C'est une foutue coïncidence, c'est tout, murmura-t-il pour lui-même avec un petit geste de dédain.

❧

Un peu avant onze heures, Levi se fit connaître à la réception du centre médical *Mont Sinaï*, sur la Première avenue. Avant même qu'il n'ait le temps de trouver un siège libre dans la salle d'attente bondée, une infirmière en blouse bleue appela son nom.

Il contourna un homme en chaise roulante, puis rejoignit l'infirmière blonde qui lui tenait la porte ouverte. Un sourire amusé flottait sur les lèvres.

— Vous avez l'air en forme pour un zombie, dit-elle.

Par un couloir dégagé, elle le mena jusqu'à une salle d'examen.

— Allez-y, installez-vous, dit-elle en lui montrant le fauteuil de prélèvement au centre de la pièce. Tendez le bras gauche. Il faut que je trouve une bonne veine.

— C'était pourquoi le « zombie » ? demanda Levi.

La jeune femme laissa filer un petit rire, les joues subitement rosies.

— Pardon, c'était une plaisanterie. C'est juste que quand le docteur Romano a reçu votre dossier médical de Los Angeles, il était à peu près sûr que n'étiez plus de ce monde.

Elle lui posa un garrot élastique en haut du bras, puis tapota de sa main gantée une veine au creux du coude. Après avoir passé une compresse alcoolisée, elle perça la peau d'un geste sûr pour y enfoncer l'aiguille montée sur un long tube étroit. Puis elle mit en place l'unité de prélèvement sur le tube.

Le sang de Levi jaillit.

Toujours avec dextérité, elle remplaça la première unité remplie par une nouvelle. Pendant que cette seconde se remplissait, elle retira le garrot à mi-parcours.

— Il faudra combien de temps pour avoir les résultats du labo ? demanda Levi.

L'infirmière retira la seconde unité et vint la déposer à côté de la première sur le comptoir. Ensuite, elle posa une compresse stérile au point de ponction, retira l'aiguille et maintint la compresse à l'aide d'un pansement.

— Ce ne sera pas long. Le médecin a demandé à les avoir tout de suite. J'apporte ces échantillons au labo et je reviens immédiatement pour prendre vos autres constantes.

Comme elle arrivait à la porte, Levi la rappela.

— Vous pensez qu'on pourrait contrôler vite fait ma vue et mon ouïe ?

— Bien sûr. Je reviens tout de suite.

— Très bien, dit l'infirmière, lisez les lettres sur le tableau.

La main gauche sur son œil gauche, Levi s'exécuta.

— P E Z O L C F T D.

— Quoi ? s'exclama la jeune femme en se tournant vers le tableau. Mais où vous voyez ça ?

— La ligne tout en bas, répondit Levi en la montrant du doigt.

L'infirmière se baissa, les yeux plissés.

— Mince…, dit-elle. C'est ça. Maintenant, changez d'œil et lisez la ligne la plus petite que vous distinguez.

Levi posa sa main droite sur son œil droit. Les lettres tout en bas étaient parfaitement nettes.

— P E Z O L C F T D.

L'infirmière secoua la tête en haussant les sourcils, puis se mit à griffonner quelque chose dans le dossier de Levi.

— Alors, j'ai combien ? Dix sur dix aux deux yeux ?

— Non, répondit la jeune femme sans relever la tête de sa feuille.

Petite, avec un corps tout en fermes rondeurs, elle affichait dans son joli minois un sourire des plus contagieux. Une bague en diamant ornait sa main gauche. Il émanait d'elle l'énergie positive et bonne enfant de quelqu'un qui aime rire.

Une personne aux antipodes de la créature qui disait s'appeler Katarina.

Mary était comme cette infirmière. Heureuse. Saine. Leurs vies ensemble étaient pleines de rires.

— Comment ça se fait que « non » soit la seule réponse que me donnent les femmes dans ma vie ? demanda Levi.

— Je n'en crois pas un mot, dit l'infirmière, les joues un peu empourprées. Vous n'êtes pas un dix sur dix à chaque œil. Essayez plutôt un vingt sur dix. Honnêtement, je ne sais pas s'il m'est déjà arrivé de tester quelqu'un avec une telle acuité. J'ai eu quelques enfants à vingt sur quinze, mais c'étaient des enfants, pas un adulte de quarante-deux ans. C'est très impressionnant.

— Et mon ouïe ? Ça donne quoi ?

— De ce côté-là aussi, vos résultats sont plutôt brillants, répondit l'infirmière en feuilletant ses papiers. On réalise beaucoup d'audiogrammes ici, pour les personnes âgées et les jeunes enfants essentiellement. En cas de déficit auditif, on note généralement une baisse dans les hautes fréquences. Vous savez, quand on vieillit, c'est normal que nos oreilles perdent de leur capacité auditive. Mais apparemment, ce n'est pas votre cas. Au contraire, vous êtes plutôt du genre qui peut entendre tomber une épingle.

— Donc… Je suis en forme ?

— On peut dire ça ! Vous avez une acuité visuelle de vingt sur dix, autrement dit, à vingt mètres vous voyez aussi nettement qu'une personne normale à dix mètres. Fondamentalement, votre vision est deux fois meilleure que celle de personnes dont on considère qu'elles ont une vue parfaite. Et votre ouïe est encore meilleure. Dans les hautes fréquences, vos résultats sont indécents. Il faudra que je demande si quelqu'un a déjà vu des résultats aussi bons que les vôtres. En tout cas, à votre place, je ne m'en ferai pas trop. Les prothèses auditives, ce n'est pas pour tout de suite, dit-elle avec un clin d'œil. Et de mon côté, j'éviterai de murmurer des secrets tant que vous êtes dans les murs. Vous seriez sans doute capable de les entendre.

Levi leva les yeux au ciel. L'infirmière reposa son dossier sur le comptoir et annonça qu'elle revenait sous peu.

La voix du moine résonna de nouveau à l'intérieur de sa tête. *« Je parierais que ta vision et ton ouïe sont supérieures celles de la plupart des gens. »*

— La ferme, grommela Levi.

Un homme en blouse blanche frappa à la porte entrouverte, puis entra.

— Bonjour, monsieur Yoder, je suis le docteur Romano, dit-il en serrant la main de Levi. Comment vous sentez-vous ? L'infirmière m'a dit que vous aviez des inquiétudes au sujet de votre vue et de votre ouïe.

Il prit le dossier de Levi et entreprit de le feuilleter.

— Je me trompais, répondit Levi en secouant la tête.

— Je préfère entendre ça… sans mauvais jeu de mots, dit le médecin avec un sourire.

L'infirmière arriva, une liasse de feuilles à la main.

— Les résultats du labo.

— Excellent, dit le docteur Romano en se penchant dessus. Eh bien… on dirait que vous allez plutôt bien. Un peu bas sur le fer, mais compte tenu de ce que vous venez de subir, ce n'est pas anormal.

— J'ai perdu sept kilos.

— Et sinon, dans l'ensemble, vous vous sentez comment ? Les nausées ont disparu ?

Levi confirma d'un hochement de tête.

— Je ne me sens plus nauséeux. Juste un peu plus fatigué peut-être.

— C'est probablement dû à votre anémie modérée, répondit le médecin en griffonnant quelques lignes dans le dossier avant de le refermer. Mais je crois surtout que là-haut, quelqu'un veille sur vous, monsieur Yoder. Vous avez récupéré remarquablement vite et bien. À présent que vous vous êtes débarrassé des nausées, je recommande de mettre l'accent sur votre alimentation. Accordez-vous trois vrais repas par jour. Privilégiez les légumes verts à feuilles sombres, les haricots, voire un bon steak. Suivez ces conseils et votre taux de fer reviendra à la normale et vous vous sentirez en pleine forme.

— C'est tout ? Mon organisme a éliminé le cyanure ?

— Oui, c'est tout. De mon point de vue, vous êtes un miraculé, mais sur la base de vos constantes et de votre analyse de sang, je crois que votre empoisonnement est – fort heureusement – derrière vous. Vous aviez d'autres questions.

— Non, je crois que c'est tout, répondit Levi en se levant pour aller serrer la main du thérapeute.

Le médecin lui sourit en inclinant légèrement la tête.

— Si l'occasion se présente, dites au Don Bianchi que Carmine Romano lui transmet ses respects.

— Je n'y manquerai pas.

Tout à coup, Levi comprit pourquoi il venait de voir le médecin du centre médical *Mont Sinaï* sans pratiquement avoir attendu. Être l'ami du Don présentait quelques avantages.

Dans le sous-sol de l'immeuble *Helmsley Arms*, où Levi se sentait à présent chez lui, une poignée d'associés de la famille s'entraînaient activement devant les grands miroirs ornant les murs du sol au plafond. Partout, des équipements dernier cri étaient disposés dans la salle, des vélos stationnaires aux tapis de course, en passant par des stations de musculation.

La plupart des hommes pratiquaient leurs exercices par rotation dans la zone des poids et haltères, tandis que Levi, au centre de la vaste salle, se tenait en position de garde face à un sac de frappe de soixante kilos, accroché par une chaîne au plafond. De gouttes de sueur perlaient sur son front tandis qu'il enchaînait des séries de coups de pied circulaires assénés en vifs mouvements fouettés. Les chocs de son tibia sur le cuir provoquaient des claquements secs aussi sonores que des détonations.

Un mois s'était écoulé depuis son retour du Népal et il n'avait toujours pas recouvré cent pour cent de ses capacités. D'ailleurs, il n'était pas non plus revenu à son poids de forme, mais il travaillait d'arrache-pied pour se refaire une santé.

Tony Montelaro – l'homme dont Levi avait luxé le poignet – reposa au sol les deux haltères de vingt kilos qu'il levait en cadence.

— Vous voulez que je le tienne ? proposa-t-il en désignant le sac.

Levi accepta d'un hochement de tête. Le colosse vint se placer derrière la masse inerte, qu'il immobilisa entre ses énormes mains.

À une cadence de plus en plus rapide, Levi se mit à envoyer des séries de coups de pied et de poing sur la cible devenue statique. Ses frappes devenaient plus sèches, plus intenses, au point que Tony devait s'arc-bouter pour résister à la charge.

Au bout de deux minutes de rafales incessantes, Levi conclut sa série par un coup de pied retourné qui fit reculer Tony de deux pas.

Le souffle un peu court, Levi récupérait en inspirant profondément. Ses muscles étaient douloureux. Il prit une serviette pour s'essuyer le visage. La chaleur de l'effort produisait en lui une sensation de bien-être qu'il n'avait plus éprouvée depuis longtemps.

— La vache !

Levi se retourna. Dans la salle, tout le monde s'était arrêté pour le regarder.

— Quoi ?

Tony émit un gloussement en se massant le torse.

— Je suis bien content de ne pas être ce foutu sac, répondit-il.

— Tu m'étonnes, renchérit un autre associé à cou de taureau. Je n'ai jamais vu un truc aussi flippant. Un vrai diable de Tasmanie.

Avec un sourire, Levi tapota l'épaule de Tony.

— Merci d'avoir tenu le sac, dit-il. Et ton poignet, ça va mieux ?

— Ouaip. Le toubib m'a dit d'y aller mollo, alors je reste à cent vingt kilos au développé couché.

À l'autre bout de la salle, la porte de l'ascenseur s'ouvrit. Frankie sortit de la cabine et attira l'attention de Levi d'un signe de la main.

Sur un dernier direct amical et taquin dans l'énorme bras de Tony, Levi rejoignit Frankie.

— Qu'est-ce qui se passe ?

— Allons parler dehors.

Une minute plus tard, les deux hommes étaient sur le trottoir devant l'immeuble.

— Frankie, dit Levi, ma tenue de sport n'est pas ce qu'on fait de mieux pour être dehors quand il fait quatre degrés. Pourquoi on vient parler ici ?

— Disons que je préfère…

Levi glissa ses mains sous ses aisselles et ils se mirent à marcher.

— Levi, reprit Frankie, on a retrouvé le fumier à l'origine de la récupération de tes finances par l'État de New York. Il est à la retraite, mais c'était l'un des patrons du service des impôts de l'État. Après s'être démerdé pour casser la fiducie que tu avais mise en place, ce salaud a récupéré ta maison pour un prix représentant une année de taxe foncière non versée. Ensuite, il l'a revendue en se faisant une marge énorme.

— Sans déconner ? Tu es sûr ?

— Certain. La signature du type est partout dans les dossiers.

Levi sentit une bouffée de chaleur monter en lui. Son visage s'empourpra de colère.

— Je veux son nom et son adresse. C'est une affaire personnelle. Je vais m'en occuper à ma façon. D'accord ?

— Je me doutais que tu dirais ça, répondit Frankie avec un sourire un peu sinistre. Quand j'en ai parlé à Vinnie, il a sauté au plafond. En tout cas, si tu as besoin, la famille mettra tous les soldats que tu veux à ta disposition.

— Merci, répondit Levi, l'esprit en pleine ébullition. Et au fait, reprit-il, rappelle-moi pourquoi tu voulais qu'on parle dehors. Qu'est-ce qui t'inquiète ?

— Tu étais encore convalescent alors je n'ai pas voulu t'embêter avec ça, répondit Frankie, la mine grave. Mais il y a une quinzaine de jours, j'ai commencé à avoir des doutes au sujet d'un des associés. Le genre pas franc du collier qui mise sur plusieurs écuries en même temps. J'ai mis sa piaule sur écoute et... disons qu'il a été sorti du jeu... Mais en faisant le ménage chez lui, j'ai trouvé un micro qui n'était pas à nous. Donc, en attendant de tout passer au peigne fin, je préfère éviter de parler affaires à l'intérieur.

Frankie n'avait rien formulé de façon explicite, mais Levi avait bien compris que le type « sorti du jeu » avait fini au fond d'une décharge, avec quelques tonnes de terre sur le ventre. C'était le prix à payer quand on travaillait pour une famille tout en collectant des informations pour la police. Ainsi vont les choses dans ce secteur d'activité...

C'était là que Levi traçait une ligne. Il ne trempait jamais dans la partie sordide des affaires de la famille. Il restait les pieds au sec. Il s'était toujours vu comme un genre de Tom Hagen dans le film *Le*

Parrain. Le *consigliere* de la famille. Celui qui garde la tête froide, élabore des stratégies et règle les problèmes dont la solution ne réside pas dans le recours à la force brute.

En revanche, deux traits majeurs le distinguaient du personnage de fiction. Premièrement, Levi n'était pas avocat. Et deuxièmement, Levi n'avait rien contre l'idée d'appliquer la loi à sa façon. Ce qu'il ne voulait pas, c'était franchir le Rubicon et se retrouver hors la loi.

Frankie et lui avaient fait le tour du pâté de maisons et revenaient vers l'immeuble *Helmsley Arms*. — Frankie, si ça t'intéresse, je connais quelqu'un qui peut te faire un nettoyage en profondeur de tout l'immeuble. À l'époque, je travaillais avec le père de ce type et il a toujours été réglo. Le fiston est fait du même bois, mais un cran au-dessus question technologie. Plus moderne, plus à la pointe. Je me porte garant de lui. Il connaît la musique.

Frankie frotta ses mains l'une contre l'autre, avant de les enfouir au fond de ses poches.

— J'allais précisément te demander si tu connaissais quelqu'un. Ouais, branche-moi sur lui. Et moi, je te donnerai le nom et l'adresse de ton type.

— Il vit à New York ?

— Non, il a un grand truc dans le Connecticut. Un putain de manoir bien planqué au vert, figure-toi.

— Alors il doit avoir le câble, dit Levi avec un petit sourire.

— J'imagine, répondit Frankie en lui jetant un regard en coin.

— On a quelqu'un qui bosse pour une compagnie du câble là-bas ? Frankie s'arrêta devant l'entrée de l'immeuble.

— Je pense qu'on pourrait trouver quelques amis. Pourquoi ?

— Je vais regarder l'adresse et je te dirai, répondit Levi, toujours souriant. J'ai quelques idées.

CHAPITRE DOUZE

Levi arrondit les épaules pour en chasser les tensions. Au volant, Angelo – l'un des hommes de Frankie – pilotait la voiture silencieuse dans les rues de Fairfield. La nuit était tombée sur ce quartier huppé, composé de domaines de plusieurs hectares avec vue sur le détroit de Long Island.

— C'est étrange à quel point cette chose ne fait aucun bruit, dit Levi.

— Une Tesla Model S toute neuve, s'exclama Angelo en tapotant le tableau de bord. J'adore cette bagnole. Non seulement je peux aller faire un travail sans produire le moindre bruit de moteur, mais je peux aussi enfoncer l'accélérateur et filer en moins de temps qu'il n'en faut pour le dire.

— Je n'imagine même pas ce qu'ils vont sortir le prochain coup.

Levi scrutait les abords, examinant les maisons, les éclairages, les voitures garées à l'extérieur, tous les éléments pouvant se révéler importants. À deux heures du matin, la plupart des habitations étaient plongées dans le noir. De ce côté de la route, aucune barrière ne délimitait les jardins des uns et des autres. Avec tout ce terrain autour d'eux, sans doute s'étaient-ils dit : « À quoi bon ? ».

Cette absence d'obstacle était une bonne chose.

— Arrêtons-nous là, dit Levi. Notre objectif est sur cette rue, à deux pâtés de maisons d'ici en direction du nord.

— Reçu, répondit Angelo en amenant la voiture sur le côté de la route, puis en la laissant courir encore sur son erre jusqu'à une zone d'ombre entre deux réverbères.

Les deux hommes sortirent souplement du véhicule. Levi eut un hochement de tête approbateur en voyant le chauffeur tout en nerfs refermer sa portière sans un bruit. Angelo était un soldat pour la famille. Il savait comment opérer dans la nuit.

Tandis qu'ils avançaient d'un pas tranquille en direction du domicile de la cible, Angelo se pencha vers Levi pour lui parler à voix basse.

— Monsieur Minnelli m'a dit de vous aider. Vous m'expliquez ce qu'on va faire ?

— Je vais donner des problèmes de câble à quelqu'un. Toi, tu feras le guet.

Levi prit une grande inspiration de l'air chargé de sel et sentit une vague d'énergie monter en lui. Il ne devait pas faire loin de zéro degré. Une odeur de fumée flottait dans l'air. Quelqu'un devait faire du feu dans une cheminée.

À l'approche de l'objectif, Levi ralentit l'allure. C'était une grande maison à plusieurs étages à un croisement avec une autre rue. Il y avait presque cinquante mètres de pelouse entre le trottoir et le boîtier métallique sur le côté de la maison.

Exactement comme indiqué par le type du câble.

Le regard de Levi remonta le long du mur, jusqu'au sous-face de l'avant-toit, puis glissa sur le côté jusqu'à un groupe de projecteurs. Satisfait, il retira son sac à dos, ouvrit la glissière et en sortit un ballon de football.

— Qu'est-ce que vous allez faire avec ça ? demanda Angelo.

— Regarde.

D'un shoot latéral, Levi envoya la balle en direction de la maison. Elle rebondit sur la pelouse plusieurs fois, avant de rouler en direction de la construction. Tout à coup, des puissantes lampes éclaboussèrent la façade ouest de la propriété d'une lumière blanche aux reflets violacés.

— Merde, des détecteurs de mouvement, marmonna Angelo.

Levi perçut la tension du jeune homme qui se trémoussait d'un pied sur l'autre.

— Chut, dit Levi en s'accroupissant.

Lentement, la balle perdit son élan et finit par s'arrêter. Une main en visière pour ne pas être aveuglé, Levi parvint à repérer le boîtier blanc installé sur le mur à l'aplomb des projecteurs. Le fameux détecteur.

De son sac à dos, il tira cette fois-ci un fusil de paintball et visa le petit émetteur de plastique positionné juste sous les lampes.

Lentement, il appuya sur la détente et, avec un bruit sec et sans doute trop sonore, la cartouche pressurisée de dioxyde de carbone projeta une petite bille de peinture à une vélocité de près de cent mètres à la seconde. Un petit claquement plastique retentit quelle elle atteignit sa cible.

Levi enchaîna rapidement deux autres tirs, recouvrant le capteur d'une épaisse couche noire et gluante. Chaque tir crispait un peu plus Angelo.

— Merde, pourquoi vous n'utilisez pas un .22LR avec un silencieux ? Ça ferait moins de bruit que ce truc et ce serait plus précis.

— Je dois revenir plus tard ici, répondit Levi dans un murmure. Si ce truc est relié à un système d'alarme à l'intérieur, il va s'affoler si le détecteur de mouvements tombe en rideau parce qu'il s'est pris une balle.

Angelo lui jeta un regard dubitatif.

— Et vous croyez que ça va suffire pour vous permettre de passer tranquille devant le détecteur ?

Un petit sourire vint flotter sur les lèvres de Levi.

— Les choses ne sont pas toujours ce qu'elles paraissent être. Disons que ces billes de peinture sont un peu spéciales. Avec un peu de chance, elles devraient brouiller les choses…

Les projecteurs s'éteignirent.

D'un geste, Levi intima le silence à son équipier. Puis il attendit dans le noir, tous ses sens aguets, guettant le moindre signe suspect. Tout était parfaitement tranquille. Même la petite brise s'était calmée. Levi n'entendait rien d'autre que les battements de son propre cœur.

Levi rangea son arme, puis tendit son sac à Angelo.

— Tu restes ici et tu montes la garde. Tu me préviens si ça bouge, à l'intérieur comme à l'extérieur de la maison, murmura-t-il. Cela ne devrait pas me prendre plus d'une ou deux minutes.

Angelo hocha la tête.

Avec une palpitation au creux du ventre, Levi s'élança. Il ne savait pas si son stratagème avait fonctionné. Esther lui avait garanti que la peinture dans les billes était bien plus épaisse que la normale et que les paillettes de métal qu'elle contenait allait déboussoler les technologies de détection des mouvements.

Mais avec ces choses-là, on ne pouvait jamais être sûr.

Une pince coupante dans une main, un jeu d'outils de crochetage dans l'autre, Levi traversa la pelouse d'un pas tranquille. Gelée par endroits, l'herbe crissait sous ses pieds.

En dépit de son allure décontractée, Levi était prêt à détaler à tout moment s'il le fallait. Mais il n'avait pas fait tout ce chemin pour être arrêté par un vulgaire capteur.

Les projecteurs ignorèrent sa présence. Un sourire s'épanouit sur ses lèvres.

Les billes de peinture avaient produit leur effet.

Levi s'agenouilla devant le boîtier métallique fixé sur le pignon latéral et orné d'un autocollant commercial de l'exploitant : *Frontier Communications*. Une simple serrure batteuse en assurait la fermeture. Sous sa houlette, n'importe quel gamin à l'école primaire aurait réussi à la forcer.

Il préleva un outil tenseur dans son petit paquetage et l'introduisit dans le cylindre de la serrure. Avant même qu'il n'ait le temps de prendre un outil palpeur, le barillet s'était mis à tourner.

Il ouvrit la porte du boîtier en contenant à grand-peine le rire qui lui venait.

Il trouva sans peine le point de raccordement du câble coaxial et dévissa l'une de l'autre les deux extrémités raccordées entre elle. Puis il referma soigneusement et récupéra son ballon de foot, avant de rejoindre Angelo d'un pas tranquille.

La première phase était achevée.

~

Sec et nerveux, le type bougeait sans cesse, tantôt à distance tantôt hors de portée, un grand couteau de cuisine à lame dentelée dans sa main droite.

Tout à coup, il se jeta en avant pour toucher Levi.

Levi bloqua la main armée de son avant-bras et saisit le bras de l'assaillant. Puis il exerça une vive pression à la base du poignet, tout en le pliant vers l'avant.

L'homme poussa un grognement. Le couteau tomba par terre.

Levi relâcha l'associé de la famille et reprit sa distance en deux bonds souples et légers.

— Merde, je sens plus mes doigts.

L'associé de la famille esquissa une grimace qui se voulait un sourire à l'intention de Levi, puis fit jouer son poignet pour retrouver ses sensations.

— Il y a un sacré paquet de nerfs à cet endroit, expliqua Levi. N'oubliez pas, enchaîna-t-il en se tournant vers la demi-douzaine de gaillards réunis dans la salle de sport de l'immeuble *Helmsley Arms*. On bloque et on exerce une torsion en faisant levier sur le bras et le poignet de l'assaillant. Et souvenez-vous également de bien observer la posture de votre adversaire, dit-il en faisant glisser son pied droit vers l'arrière. La jambe arrière correspond au bras avec lequel il va frapper.

Solidement campé sur ses appuis, Tony mit sa jambe droite en arrière puis esquissa dans le vide une frappe de la main gauche. Ensuite, il refit un essai avec la main droite.

— Merde alors, murmura-t-il en secouant la tête.

Assis par terre, Levi entama une séance d'étirements.

L'un des types s'exerça à pratiquer la technique de blocage que Levi venait de leur enseigner.

— Vous avez d'autres trucs à nous montrer ? demanda-t-il.

— Ouais. Mais on pourrait passer un deal. Vous vous entraînez entre vous à bloquer cette attaque au couteau. Et dès que vous la maîtrisez bien, je vous montre un autre truc… Ah, encore une chose, les *momos*. Vous ne vous entraînez pas avec un vrai couteau ! Je n'ai pas envie que monsieur Minnelli vienne me dire que vous vous êtes accidentellement poignardés les uns les autres. Prenez un bout de bois ou quelque chose comme ça.

Tony s'approcha du rack sur lequel étaient rangés les haltères, puis entreprit de travailler ses biceps avec deux charges de vingt kilos.

— Hé, Levi, vous permettez que je vous pose une question sur le business ?

L'expression embarrassée sur le visage de Tony n'échappa pas à Levi.

— Ça dépend. Demande toujours. Je ne te garantis pas que je répondrai.

— Eh bien, monsieur Minnelli nous a dit à tous de ne pas parler avec vous de certains boulots qu'on fait. Il dit que vous n'êtes pas concerné par cette partie des affaires. Alors je me demandais, qu'est-ce que ça fait au juste un fixeur ?

Tous les autres se tournèrent vers Levi et un grand silence se fit. Aucun de ces types n'était membre à part entière à l'époque où Levi était encore associé à la famille. Ils ne pouvaient pas connaître la nature de ses accords avec la famille Bianchi.

Levi inclina la tête sur le côté et fit craquer ses vertèbres.

— C'est une question qu'on peut poser. Je vais y répondre simplement. Voyez-moi comme le *consigliere* du Don, son conseiller. Je ne suis pas impliqué dans ce que vous faites, vous, mais je m'occupe des choses un peu particulières. J'arrange les situations qui ont besoin de l'être.

— Vous pouvez nous donner…

— Un instant, Carmine, dit Levi en levant un index impérieux. J'allais précisément vous donner un exemple, précisa-t-il encore avec un petit sourire. Parfois, la famille a besoin d'obtenir des informations que les muscles seuls ne permettent pas d'aller chercher. Je suis assez bon dans l'art d'accéder à des endroits où je n'ai aucune raison de me trouver et d'apprendre des choses que les autres ne peuvent pas connaître. Tout le monde ignore le vieillard en haillons au coin de la rue, qui pue la pisse et regarde passer les gens. Personne ne prête attention au serveur d'un très chic restaurant du quartier de Wall Street. Qui irait imaginer qu'il écoute des conversations qu'il n'est pas censé entendre ? Eh bien, j'ai été ce vieillard et ce serveur. Et bien d'autres choses encore. Je suis assez doué pour flairer les balances dans nos rangs ou obtenir des informations qui échappe à tout le monde. Je règle des problèmes dont la plupart d'entre vous ignorent l'existence. Et parfois, il m'arrive de contribuer à régler les problèmes de personnes qui ne peuvent tout simplement plus faire face. Des tas de choses horribles surviennent dans la rue, comme vous le savez tous. Parfois, je suis l'ange de la mort. D'autres fois, je suis simplement un ange.

Après sa longue tirade, Levi laissa errer son regard sur la petite assistance. Il avait l'attention générale. Certains hochaient la tête, le visage fermé.

— Est-ce que cela vous éclaire ? demanda-t-il.

Tony émit un gloussement.

— Vous pouvez me prévenir quand l'ange de la mort est dans les parages ? J'aimerais autant être ailleurs ce jour-là, si vous voyez ce que je veux dire.

Levi le gratifia d'un clin d'œil.

— Tiens-toi à carreau, suis les règles de la famille et tu ne devrais pas avoir à t'inquiéter de ce côté-là. Bon, enchaîna-t-il en jetant un coup d'œil à l'horloge, il faut que j'y aille.

Un peu plus tôt dans la journée, Denny l'avait appelé pour lui annoncer qu'il avait des informations pour lui. C'était un rendez-vous auquel il entendait être à l'heure.

Assis sur une chaise pliante à côté de la table de travail de Denny, Levi attendait que le petit génie de l'électronique ait fini de faire le tri dans un paquet d'enveloppes de FedEx. Machinalement, il consulta l'écran de son téléphone et fronça les sourcils.

— Tu n'as aucun signal ici ?

— Bien sûr que non, répondit Denny en tirant l'une des enveloppes de la pile pour la poser sur son bureau. Je ne pourrais pas mener à bien certaines opérations si je n'avais pas un lieu isolé de tous les signaux errants qui se baladent dans le monde.

Avec un haussement d'épaules, Levi glissa son appareil dans sa poche.

— J'ai ce que tu cherchais, dit Denny en ouvrant l'enveloppe.

Deux feuilles de papier se répandirent sur la table, ainsi qu'un petit sac en plastique muni d'une fermeture à glissière contenant un morceau d'ongle recouvert de vernis rouge.

— Avant toute chose, dit-il en poussant la rognure d'ongle en direction de Levi. Ce truc me fait froid dans le dos. Tu peux le récupérer.

Devant ce petit bout d'ongle de Katarina, Levi sentit ses cheveux se dresser sur sa tête. Sa rencontre avec elle avait été une véritable leçon à la fois sur les autres et sur lui-même. Il avait commis cette erreur à cause de la ressemblance de la jeune femme avec Mary – et parce qu'il avait laissé cette vulnérabilité obscurcir son jugement. C'était une erreur qui avait bien failli lui coûter la vie.

Il prit le petit sac pour le fourrer au fond d'une poche de son pantalon.

Denny posa une photo sur la table et montra une trace de rouge à lèvre dessus.

— Ils ont réussi à récupérer suffisamment d'ADN à partir de ce baiser que ta femme avait déposé sur le cliché. Je suis impressionné.

Levi avait emprunté cette photo à Vinnie. C'était celle qui ornait la cheminée du salon du Don. À sa connaissance, c'était probablement l'unique chose sur laquelle il pouvait avoir des chances de récupérer un peu de l'ADN de Mary. Pour le reste, il n'était pas prêt à faire exhumer le corps de sa femme pour confirmer ou invalider ses intuitions. Il sourit aux visages pleins de fraîcheur et de jeunesse qui le regardaient depuis cette journée ensoleillée, resurgie d'une autre vie. Un temps où les choses étaient infiniment moins compliquées.

— Bon, après pratiquement un mois d'attente, quels sont les résultats ? demanda Levi.

— Désolé de ce délai, mais le seul type digne de confiance que je connais était littéralement submergé, répondit Denny en prenant les deux feuilles pour en donner une à Levi. Il m'a envoyé le rapport en double exemplaire.

Pendant que Denny détaillait les aspects techniques de l'analyse, Levi examinait sa feuille. D'après l'en-tête, cette dernière avait été réalisée par une entreprise de biotechnologie basée à Boston. Sous la raison sociale figuraient toutes sortes de termes et de chiffres qui ne lui évoquaient rien de connu.

Denny lut à voix haute le résumé synthétisant les grandes lignes de la procédure.

— De la cuticule arrachée et de la trace labiale laissée sur la photographie, nous avons réussi à extraire de l'ADN en quantité suffisante pour procéder à une analyse génétique comparative. Il apparaît que les deux sujets sont des femmes originaires du Moyen-Orient. Les deux échantillons sont apparentés. Elles sont cousines au quatrième degré ou plus proches parentes encore.

Il reposa la feuille sur son bureau.

— Ce sont les résultats que tu espérais ? demanda-t-il.

Levi haussa les épaules.

— Honnêtement, j'avais fini par me dire que j'avais imaginé leur ressemblance. Mais si elles sont parentes, alors il se peut effectivement qu'elles se ressemblent beaucoup.

— C'est tout à fait possible, renchérit Denny en pointant une ligne sur le document. Ça dit : « ...cousines au quatrième degré ou plus proches parentes encore. » Qui sait, elles sont peut-être sœurs.

Levi se pencha en avant.

— Je peux faire appel à tes services pour une recherche ?

— Bien sûr. Tu penses à quoi ?

— Je voudrais trouver cette femme, ou du moins savoir où elle est et d'où elle vient. Tout ce que je sais d'elle, c'est qu'elle se fait appeler Katarina, mais ce n'est probablement pas son véritable nom. Elle doit avoir aux alentours de vingt-cinq ans. Elle parle persan, mais après y avoir beaucoup réfléchi, je ne crois pas que ce soit sa langue d'usage au quotidien. Quelque chose dans le rythme, dans son phrasé… Elle a dû apprendre cette langue dans son enfance, ce qui fait qu'elle la parle couramment, puis déménager par la suite, sans doute à l'adolescence, et ne plus guère l'utiliser. Un détail qui peut avoir son utilité : elle parle également russe. C'est peut-être une Iranienne qui s'est installée en Russie au moment de son adolescence.

Denny prenait des notes au verso de sa copie du rapport d'analyse génétique.

— Je vais voir ce que je peux faire. Et sinon, que peux-tu me dire sur Mary ? Nom de jeune fille, lieu de naissance, nom des parents, ce genre de choses. Je vais partir de ces éléments.

— Elle s'appelait Maryam Nassar, née en Iran. À Téhéran, je pense, mais sans aucune certitude. Je ne connais pas les noms de ses parents. Elle m'avait dit qu'ils étaient professeurs, mais j'ignore de quelle matière. Elle ne m'a jamais parlé de frères ou de sœurs, mais peut-être en avait-elle. Je ne sais pas.

— Très bien. Je vais voir ce que je peux trouver, mais je ne peux rien te promettre. Au Moyen-Orient, certains pays sont très informatisés, d'autres… beaucoup moins.

Levi se laissa aller contre le dossier de sa chaise en pianotant sur la table du bout des doigts.

— Denny, avant que je n'aborde l'autre sujet qui m'amène, je veux m'assurer qu'on est bien en phase toi et moi. Tu sais qui sont les gens avec qui je travaille, n'est-ce pas ?

Le visage de Denny prit une expression sérieuse. Il hocha la tête avec gravité.

— L'une des choses qui a le plus de valeur à leurs yeux, c'est la confiance. Ils doivent pouvoir se fier aux leurs. Si cette confiance est rompue… Disons que des choses regrettables surviennent. Il n'y a pas de seconde chance avec ces gens-là. Donc, enchaîna Levi en se penchant vers son ami, ma question est celle-ci : est-ce que je peux me fier à toi pour exécuter un travail pour eux dans le domaine de la sécurité, et est-ce que eux peuvent avoir confiance en toi, sachant les conséquences d'une éventuelle rupture de cette confiance ?

L'espace d'un instant, Levi vit passer sur les traits de Denny la même expression que celle qu'il voyait naguère sur ceux de Gerard Carter, le père de Denny, quand il lui posait une question si évidente qu'elle semblait confiner à l'absurde.

— Levi…, murmura Denny en désignant du pouce les étagères derrière lui remplies jusqu'au plafond d'équipements électroniques. Si la FCC, la commission fédérale des communications ou n'importe quelle agence gouvernementale apprenait que je détiens ne serait-ce que la moitié de ces choses, ils me foutraient dans un trou si profond que je ne reverrais plus la lumière du jour. Je ne sais pas ce que tu attends de moi, mais pour ce qui est de savoir si ma parole est fiable… Eh bien, disons que je préférerais avaler une bastos plutôt que de trahir la confiance de quelqu'un.

Levi sourit et ils échangèrent un check, poing contre poing.

— Je voulais seulement que les choses soient claires. Parce que jusqu'à présent, c'étaient juste des affaires entre toi et moi… Si mes associés entrent dans la course, tu n'es plus le fils de Gerard. Les choses deviennent sérieuses. Très sérieuses.

— Tu m'as dit que c'était un truc dans la sécurité ?

Levi hocha la tête.

— Je vais te mettre en contact avec quelqu'un. Il s'appelle Frank Minnelli. C'est l'un des…

— Je sais qui est monsieur Minnelli, le coupa Denny, tout sourire, en se passant la main dans sa coupe afro bien courte.

— Très bien. Je ne connais pas tous les détails, mais je crois qu'il a un problème de petites bêtes. Du genre électronique. Il aurait sans doute besoin d'un traitement radical dans tout un immeuble. Peut-être des nouveaux ordinateurs, je ne sais pas. En tout cas, ce n'est pas une mince affaire, si tu vois ce que je veux dire.

— J'apprécie vraiment ce que tu fais, Levi, dit Denny d'une voix subitement devenue sourde. Fais-moi confiance, je vais faire disparaître ce problème.

— Je n'en attends pas moins de toi, dit Levi en gratifiant son ami d'un petit sourire en coin. Ah, encore une chose. Un autre service.

— Je t'écoute.

— Bien, je vais essayer d'être simple et clair, dit Levi en se massant l'arrière de la nuque. Ce dont j'ai besoin ne se trouve probablement pas dans le commerce. Imagine une situation où tu es invité chez quelqu'un. Tu n'as pas beaucoup de temps et tu n'es pas vraiment spécialiste en informatique, mais tu veux rafler le plus possible d'informations contenues dans ses ordinateurs, puis repartir comme si de rien n'était. Tu me suis ?

— Quel genre d'informations ? Des mots de passe ? Des numéros de cartes de crédit ?

— Non, rien de tout ça, répondit Levi en secouant la tête. Je pense plutôt à des emails. Les flux de communications entrants et sortants avec le reste du monde.

— C'est du gâteau… Et tu voudrais laisser une porte dérobée derrière ?

— Je ne comprends même pas ce dont tu me parles.

— Tu sais, un programme, un genre de virus pour continuer à suivre les données qui s'échangent. Un genre de « double effet kiss cool » en quelque sorte.

— Franchement, je ne crois pas en avoir besoin. Je pense que les communications que je cherche se sont produites il y a déjà plusieurs années.

Denny se leva tout à coup en posant un index sur son front.

— Attends un instant, je crois que j'ai quelque chose qui devrait faire l'affaire.

Et sur ces mots, il passa entre ses étagères pour disparaître derrière un mur boîtes de toutes sortes.

Levi entendit le bruit d'un emballage déchiré. Quelques secondes plus tard, Denny revenait avec un petit dispositif de la taille d'un doigt.

— Je crois que c'est ça qui te faut. Je viens juste de le recevoir. C'est une version améliorée d'un joujou de hackers assez classique.

Pour Levi, cela ressemblait à une simple clé USB.

— Tiens, dit Denny en la remettant à Levi. Tu mets ça sur n'importe quel ordinateur et tu l'actives. Il lance automatiquement un programme qui scanne la machine à la recherche des fichiers .PST, plus toute une liste d'autres fichiers. Il utilise également la vulnérabilité « zero-day » dans Windows pour récupérer le reste de ce dont il a besoin. Avec un peu de chance, si des ouvertures de sessions automatiques sont programmées pour Gmail, Hotmail et ce genre de choses, alors on peut aussi récupérer ce genre d'informations.

Levi examina la petite babiole de plastique noir à l'aspect parfaitement innocent.

— Et combien de temps ça prend tout ça ?

— C'est de l'USB 3.0, ça va assez vite. Pour des messageries hors connexion du type Gmail, c'est quasiment instantané. Il prend juste les identifiants et les mots de passe utilisateur qu'il stocke dans sa mémoire. Pour les messages en local, ça dépend de la quantité de données. Ça peut aller de quelques secondes à quelques minutes. Il y a une diode bicolore à l'extrémité, dit-il en la montrant du doigt. Elle clignote en rouge pendant le transfert, puis devient verte quand c'est fini.

Levi prit l'objet sur la paume de sa main.

— Je le branche sur un ordi, j'attends que la petite lumière soit verte et c'est tout ?

— C'est ça. Ensuite, tu me rapportes cette petite chose et je t'aiderai à faire le tri et voir ce qui est remonté dans les filets.

— Et s'il a plusieurs ordinateurs ?

— La clé a une mémoire flash d'un téraoctet. Alors tu peux continuer à la brancher sur toutes les machines que tu trouves. Je doute qu'elle tombe à court d'espace. Elle ne copie que ce dont elle a impérativement besoin. Et les données sont sauvegardées dans des dossiers différents.

— Parfait. Ça coûte combien ?

Denny secoua la tête.

— Et si on voyait ça à la fin du mois. Selon ce que monsieur Minnelli aura à me confier, ce sera peut-être gratos.

Levi gloussa en percevant l'excitation dans la voix de Denny. Il était jeune encore, dans la petite trentaine, et bien décidé à faire ses preuves, à gagner ses galons et se tailler une réputation à l'égal de celle de son père – voire plus grande encore.

— Écoute, dit Levi, selon ce que donneront tes recherches sur cette

Katarina, je te demanderai peut-être de me préparer un petit paquetage technique, du même genre que ceux que ton père faisait pour moi autrefois.

— Alors tu replonges vraiment, s'exclama Denny, les yeux écarquillés. Le Fixeur est de retour ?

— Oui, c'est ce que je fais, répondit Levi avec un haussement d'épaules. Mais…

— Oh, mec ! Tu veux que je sois ton Q ?

— Mon quoi ?

— Mon père parlait toujours de toi comme d'un genre de 007. Et lui, il était ton fournisseur de gadgets. Tu vois, comme Q dans les films de James Bond.

Levi resta un instant à fixer Denny, avant d'éclater de rire.

— Quoi ? demanda Denny avec une indignation feinte. Q est le plus cool des personnages de tous les temps.

— Et tu sais que « Q », c'est pour « quartier-maître », on est d'accord ?

— Bien sûr, répliqua Denny avec un petit geste dédaigneux. En tout cas, maintenant que je sais que tu retournes au charbon, il y a des choses que je voulais faire et… Mais on en parlera plus tard. Je vais bosser dessus et je te montrerai quand j'aurai fini.

Levi se leva et serra la main de Denny.

— Je vais dire à Frank Minnelli de t'appeler, dit-il en glissant la clé USB dans sa poche. Tu me reverras dans la semaine au sujet de ce petit jouet. J'aurais besoin de toi pour faire le tri dans ce que j'aurai pêché.

— Je t'attends avec impatience.

Pas aussi grande que la mienne, se dit Levi. *J'ai hâte d'aller lui causer à ce véreux…*

CHAPITRE TREIZE

Madison lisait le dernier rapport Arrow reçu des agents opérant en Russie. C'était Jen qui en était l'auteur.

Je viens d'assister à une soirée privée dans la Tour de la Fédération. Beaucoup de politiciens, des prostituées de haut-vol, des représentants de l'élite économique étaient présents. Disons simplement qu'au vu de la teneur en silicone dans la pièce, je n'étais pas à mon avantage.

Madison dut mettre une main sous son nez pour ne pas exploser de rire. En lisant le rapport de Jen, on avait l'impression de l'entendre parler.

Vladimir Porchenko, un des leaders du parti Russie unie, était escorté d'une phalange de gardes du corps. Impossible de m'approcher, mais j'ai entendu des personnes qui parlaient du mont Kosvinsky. Quelque chose au sujet de la nécessité de le mettre en service. Par deux fois, j'ai entendu plus ou moins la même chose de la part de membres de la Douma.

J'ai mené quelques recherches complémentaires et il apparaît que les Russes nient l'existence de quoi que ce soit sur cette montagne. Pour tout dire, l'une des personnes que j'avais contactée à ce sujet a nié avec une telle vigueur qu'il y ait quoi que ce soit sur le mont

Kosvinsky, qu'elle a « laissé échapper » que le mont Iamantaou est l'endroit où sont menés les travaux en matière de recherche nucléaire.

J'ai laissé tomber l'angle Iamantaou, mais mon instinct me suggère que certaines factions des personnalités politiques en vue veulent que nous nous intéressions à cet endroit. J'ai le sentiment qu'il s'agit d'une feinte. Je suis toujours à Moscou et Iamantaou comme Kosvinsky sont au milieu de nulle part. Nous aurions besoin de ressources pour enquêter sur ces lieux spécifiques.

Je transmettrai un nouveau rapport dans sept jours.

Le téléphone de Madison se mit à sonner. Le nom « John Maddox » s'inscrivit sur l'écran de présentation du numéro. Elle décrocha.

— Allo ?

— Allo, Maddie, vous avez une minute ?

— Bien sûr.

— La situation évolue sur le projet Arrow. Il y a une bonne probabilité qu'une partie de notre équipe se rapproche de l'un de nos actifs portés disparus, voire des deux. En tant que plongeuse qualifiée et spécialiste de la neutralisation des explosifs et munitions, vous êtes à l'aise comment sur la partie explosifs et munitions ?

Madison se redressa sur sa chaise.

— J'ai été diplômée parmi les meilleurs de la promotion sur tous les volets de la formation.

— Parfait. Nos analystes spécialisés s'accordent à dire que la meilleure façon de gérer les capsules va consister à les démonter sur place pour retirer le cœur nucléaire. Autrement dit, il va falloir court-circuiter le mécanisme de déclenchement et tout ce qu'on peut trouver à l'intérieur. Et maintenant, si je vous disais que je songe à vous envoyer en mission de récupération sous couverture ?

Madison esquissa une grimace.

— John, je suis définitivement partante, mais je vais être honnête avec vous. Ma formation NRBC couvrait certes un large éventail d'ADM, mais je vais avoir besoin d'informations sur la Mark 15. Cette bombe n'était déjà plus fabriquée bien avant ma naissance. Il va me falloir des plans, des schémas…

— Bien sûr. J'ai pris des dispositions pour que vous suiviez une formation spéciale, à Fort Lee dans le New Jersey. Ils ont une maquette de la Mark 15 et quelqu'un qui peut vous la faire découvrir sous toutes les coutures. Mais il y a une chose qu'il faut que vous compreniez bien… Il s'agit d'une mission sous couverture non officielle. Vous savez ce que ça veut dire…

Dans le contexte d'une telle mission, l'agent agit en clandestin, sans pouvoir se prévaloir du moindre lien officiel avec le gouvernement de son pays. Si elle se faisait prendre, les autorités ne lui reconnaîtraient aucun statut.

— Je comprends.

Tout à coup, la voix de Maddox prit un timbre plus sourd, plus officiel… Plus grave.

— Vous acceptez donc d'aller suivre la formation et, dans l'éventualité où la mission obtient le feu vert, vous acceptez de partir sous couverture non officielle ?

— Oui, je l'accepte.

— Alors tenez-vous prête ce soir. Je vais prendre les dispositions voulues. Vous et un autre agent expert prendrez un vol à destination de Fort Lee. La formation ne devrait durer que deux ou trois jours. À ce moment-là, nous en saurons probablement plus sur la suite.

— Je vous suis reconnaissante de la confiance que vous me manifestez. Merci.

— Maddie, écoutez-moi. Je ne vous aurais pas confié cette mission si je ne vous savais pas capable de l'accomplir. Et maintenant, rentrez chez vous préparer vos affaires. Je vous appelle dans une paire d'heures.

Madison raccrocha. Elle sentit une énergie invisible crépiter sur sa peau. Sa première mission sous couverture et il s'agissait carrément d'aller désamorcer une bombe nucléaire. *Qui fait des choses pareilles ?*

Un grand sourire s'installa sur ses lèvres.

— Ça va être dément, murmura-t-elle.

~

Au cours de sa première visite dans la propriété de Fairfield, Connecticut, Levi avait déconnecté le câble de fibre optique. Son stratagème avait dû porter ses fruits car, ce matin-là, Levi reçut le coup qu'il attendait avec impatience.

Un Italien grand et gras, nommé Larry, passa le prendre avec son antique Toyota Tercel. Tassés dans le petit véhicule, ils se rendirent au travail de Larry, où ils prirent place à bord d'un fourgon floqué à l'enseigne *Frontier Communications*. Levi enfila l'uniforme de l'entreprise qui l'attendait à l'arrière, puis ils se mirent en route, cap au nord.

Quand Larry gara l'utilitaire devant la maison de six cents mètres carrés habitables, orientée plein sud face au détroit de Long Island, il avait tous les stigmates d'une intense nervosité. De grosses gouttes de sueur emperlaient son front.

L'espace d'un instant, Levi éprouva de la compassion pour lui. Qui pouvait savoir quel levier la famille avait sur lui ? Que lui avait-on dit ? Si ça se trouve, il coopérait uniquement parce qu'il avait été menacé. C'était un point que Levi n'avait aucune envie d'éclaircir.

— Larry, écoute-moi bien. On va juste faire une balade dans le parc. Cette baraque est équipée de la fibre, n'est-ce pas ? Pour la télé et pour internet ?

Larry confirma d'un hochement de tête. Pâle comme un linge, il semblait sur le point de s'évanouir. Levi claqua des doigts et fit un geste entre ses yeux et ceux de Larry.

— Concentre-toi, Larry. Tu vas aller tester les connexions dans le boîtier de raccordement. C'est exactement ce que tu ferais en temps normal, n'est-ce pas ?

— Ou...oui..., répondit l'homme en hochant frénétiquement la tête, au point d'en faire trembler son double menton de façon asynchrone avec le reste de sa tête.

— Très bien. Et pendant que tu feras ça, moi j'irai demander où sont les ordinateurs connectés à internet, pour tester leurs connexions. Là aussi, une procédure tout à fait normale. On est d'accord ?

De nouveau, Larry opina du chef.

— Parfait. Ensuite, je sortirai pour rétablir la connexion physique dans le boîtier. Et les choses se remettront à fonctionner normalement.

J'irai alors terminer mes essais de connexion des ordinateurs et on n'aura plus qu'à s'en aller. Tu me suis ?

— C'est tout ? demanda Larry, la mine dubitative.

— C'est tout, confirma Levi avec un sourire. Après, tu me déposeras à la station de métro où tu m'as pris et tout sera fini. C'est bon ?

Larry s'épongea le front.

— Ouais, répondit-il avec un petit sourire. C'est bon. Vous êtes prêt ?

— Oui, répondit Levi en ouvrant la portière du côté passager. Et maintenant, au boulot, enchaîna-t-il en touchant au fond de sa poche le gadget de Denny. Ce pauvre homme a besoin qu'on lui remette le câble.

Le bar était plein. Carmen grommela de mécontentement quand Denny emmena Levi dans la pièce derrière.

— Ça ne va pas faire trop de travail pour Carmen ? demanda Levi.

Denny évacua le sujet d'un petit geste de la main.

— Ce n'est rien. Elle est d'humeur ronchonne. Si elle a besoin d'aide, elle m'appellera ou elle demandera à sa sœur de venir. Elles habitent juste à côté.

Dans la réserve secrète, le petit génie de l'électronique enficha le dispositif USB dans un ordinateur portable et se mit à taper des commandes au clavier. Levi suivait par-dessus son épaule.

— Donc, dit Denny, j'imagine que mon petit joujou a fonctionné comme prévu ?

— Quasiment. Mon type avait trois ordinateurs. Deux étaient déjà allumés. Pour ceux-là, quand j'ai fourré ce truc dans la prise à l'arrière, la petite lumière rouge s'est allumée, puis est devenue verte peu après. C'est pour le troisième que je me suis inquiété. J'ai allumé la bécane et il a fallu un long moment pour que la lumière rouge s'allume. Quand ça s'est fait, c'est passé au vert rapidement après.

Les doigts de Denny semblaient voler sur le clavier.

— Bon, apparemment, il y a bien eu une interaction. Je vois trois dossiers, ce qui est une bonne chose. Je te demande un instant.

Une fenêtre apparut sur l'écran, avec une ligne de commande « C:\ ». Denny continua de parler tout en pianotant.

— Je fusionne les enregistrements récupérés sur les trois machines. Apparemment, il y a deux fichiers .PST. Autrement dit, ce type utilise Microsoft Outlook. J'ai un filtre pour ça, ainsi qu'un programme pour craquer les codes des mots de passe. Et sinon, on dirait bien qu'il y a un compte Gmail. Oh ! Et aussi un compte AOL… Je suis surpris qu'on en trouve encore… Donne-moi un instant, je vais utiliser un navigateur Tor pour fouiller dans Gmail et récupérer ce qui peut y être stocké. Ensuite, je ferai pareil avec AOL.

Levi ne saisissait que des bribes de ce que lui racontait son ami.

— C'est quoi un « navigateur Tor » ?

Les doigts de Denny poursuivaient leur ballet frénétique sur le clavier. D'autres fenêtres s'ouvraient. Des barres de téléchargement clignotaient sur l'écran.

— Et un « routeur oignon », tu vois ce que c'est ?

— Non.

— Avant toute chose, il faut savoir que le nom « Tor » est l'acronyme de « « *The Onion Router* ». Le « routeur oignon ». C'est parce que les oignons sont composés de couches superposées et que dans la communauté des hackers on enveloppe volontiers sous plusieurs couches de chiffrement. Avec un navigateur Tor, tu déballes une couche du codage d'un message pour voir où il doit aller, puis une autre couche, et ainsi de suite jusqu'au traitement complet du message. Mais peu importe, retiens juste qu'un navigateur Tor te permet d'envoyer et recevoir des trucs par le biais d'un réseau de ces routeurs oignons, ce qui empêche les autres de voir qui regarde tes trucs. Les hackers les utilisent, les types qui surfent sur le *dark web* les utilisent. Et même les journalistes, pour protéger leurs sources.

— Si je comprends bien, ça permet de préserver l'anonymat d'un ordinateur ? Personne ne peut savoir qui tu es, ni où tu te trouves ?

— Exactement, répondit Denny en faisant craquer ses phalanges, tandis que s'ouvrait une dernière fenêtre. Bon… On se retrouve avec une base de… waouh ! Presqu'un quart de million d'emails. Ça remonte loin… Et maintenant, enchaîna-t-il en se tournant vers Levi, on cherche quoi ?

— Mon nom. Il ne devrait pas y avoir des masses de correspondances. Qu'est-ce ça donne ?

Denny tapa « Yoder » dans la zone de saisie de la base de données qu'il venait de créer, puis cliqua sur « Chercher ». Une barre de progression entama sa petite promenade vers la droite. Quand elle arriva à bon port, plusieurs emails apparurent.

Denny les ouvrit un par un, puis secoua la tête avec une moue.

— Non, ça ne parle pas de toi. Apparemment, il s'agit d'un couple qui s'appelle également Yoder.

— Tu as raison. Essayons autre chose, dit Levi en réfléchissant à toute vitesse. Tiens, mets l'adresse de mon ancienne maison.

Denny nota sous sa dictée, puis lança la recherche. Cette fois, ce fut plus rapide. Et il n'y avait qu'un seul résultat. Levi parcourut le contenu du message. C'était une notification de non-versement d'une taxe due émanant des services fiscaux dont dépendait son ancienne adresse. Sûrement le document utilisé par ce fumier pour rafler son bien pour presque rien.

— Une autre idée ? demanda Denny.

— Essaie Maryam Nassar.

Denny entra le nom.

— M-a-r-y-a-m N-a-s-s-a-r ?

— C'est ça.

Il cliqua sur « Chercher » et l'ordinateur parut s'arrêter un instant, avant d'afficher un seul et unique email. Levi sentit son cœur s'emballer. Il ne pensait pas obtenir de résultat.

— C'est un message envoyé à un certain Thomas Gambini, dit Denny en cliquant dessus pour l'ouvrir.

Un paquet vient de passer à la douane américaine en provenance du Caire. Il est adressé à Maryam Nassar. Interceptez ce paquet. Ne l'ouvrez pas. Quelqu'un viendra le récupérer.

Vladimir

Pouvait-il s'agit du même Vladimir que celui dont avait parlé Katarina ? Celui évoqué par les Russes de la prison ? Après tout, c'était un nom assez commun.

— Il y a un moyen de savoir d'où provient ce message ? demanda Levi.

— Tu vois le « .ru » à la fin de l'adresse de l'email ? répondit Denny en pointant l'écran. On ne peut pas être sûr à cent pour cent, mais cela pourrait indiquer qu'il vient de Russie. Mais attends, je vais regarder les métadonnées pour voir l'origine de l'adresse IP.

Le sorcier de l'informatique saisit une longue séquence de chiffres.

— Oui, aucun doute. Je viens de faire une recherche IP inversée et cette adresse IP provient bien d'un hôte en Fédération de Russie. Même si cet email a plus de douze ans, je crois que l'Union soviétique avait déjà volé en éclats à cette époque. Apparemment, il viendrait de quelque part dans Moscou.

— Tu peux trouver une adresse précise ?

— Non, répondit Denny en secouant la tête. Surtout avec un email aussi vieux. L'adresse IP a déjà dû être réaffectée plusieurs fois depuis lors. Je ne peux te donner que la ville. Désolé.

— Ce n'est rien, dit Levi avec une tape amicale sur l'épaule. Cela m'aide déjà beaucoup.

De toute façon, il savait très bien à qui aller demander des renseignements sur ce Vladimir. À quelqu'un qui vivait à une heure de route, dans une superbe demeure où il regardait la télévision câblée.

— Et sur la trace de Katarina, tu as avancé ?

— Non, désolé, Levi. Pas encore. J'y travaille, mais malheureusement, on ne trouve pas grand-chose d'exploitable en ligne sur l'Iran. Pratiquement rien sur leurs registres d'état civil. En ce moment, je cherche quelqu'un qui pourrait connaître quelqu'un sur place. Pour trouver quelque chose, il faudra peut-être aller en direct dans ce qui leur tient lieu d'administration en charge des registres des naissances.

— Si ça ne donne rien de ce côté-là, essaie en Russie. Il ne doit pas y avoir des masses de Nassar là-bas. Katarina a peut-être laissé une trace.

Denny fit pivoter sa chaise pour se retrouver face à Levi.

— Je vais faire ça… Et au fait, merci de m'avoir branché avec monsieur Minnelli. Je serai chez lui pendant au moins une semaine pour faire un grand nettoyage dans toutes les pièces. Il m'a demandé de passer absolument partout, y compris dans les ordinateurs et le système de téléphonie. Je vais en avoir pour un moment.

— De rien. Et comme je t'ai dit, arrange-toi pour faire ce que tu as dit que tu allais faire, et tout le monde sera content.

— T'inquiète. Je vais tout remettre d'aplomb.

Ils se levèrent pour retourner au bar.

— Tu aurais besoin d'autre chose ? demanda Denny.

Levi réfléchit un instant, puis hocha la tête.

— Prépare-moi un petit paquetage technique. Je t'enverrai un email avec la liste de ce qu'il me faut, mais tu connais tout ça sans doute. Il faut que ça tienne dans une mallette. Et il faut que je puisse passer les frontières avec, ainsi que les postes de sécurité des aéroports.

— Tu en auras besoin pour quand ? demanda Denny en posant son index sur le lecteur biométrique au mur.

La porte s'ouvrit et, dès qu'ils en eurent franchi le seuil tous les deux, elle se referma automatiquement derrière eux.

— Ça dépend de la vitesse à laquelle tu peux localiser cette Katarina. Il faut que je voie de mon côté, mais je dirais une semaine… peut-être deux. En tout cas, d'une façon ou d'une autre, je vais la traquer.

Ils arrivèrent dans le bar, au milieu du bruit, des rires et des conversations.

— Je tiens au jus, dit Denny.

Levi salua Denny d'un geste de la main, puis envoya un baiser à Carmen – dont le visage produisit une étrange grimace quand elle lutta pour qu'un sourire ne vienne pas réduire à néant son coup d'œil noir et glacial.

Dans la rue, il s'éloigna en direction du métro. Son souffle s'échappait de sa bouche en petits nuages blancs. À présent, il n'avait plus qu'une seule question en tête.

Quel lien pouvait-il bien y avoir entre cet ex-fonctionnaire voleur et Mary ?

Le chauffeur de Frankie engagea la voiture dans l'allée de l'immense demeure, pour la garer à côté d'un véhicule utilitaire parfaitement anonyme. Un homme à la taille gigantesque les attendait. À l'évidence, c'était un associé de la famille.

— Si je comprends bien, dit Levi en jetant un regard à Frankie, vous n'avez pas l'intention de me laisser gérer l'affaire à ma façon ?

— Ce n'est pas ma décision, répondit Frankie, l'index pointé sur sa propre poitrine. Il se trouve que Gambini a des relations avec l'une des autres familles. Vinnie ne voulait pas courir de risque.

Le colosse s'approcha pour ouvrir la portière arrière et Levi dut se tordre le cou pour voir le lascar jusqu'au sommet. Il devait faire au moins deux mètres dix sous la toise, pour un poids d'un bon quintal et demi de muscles.

Levi et Frankie sortirent de la voiture. L'homme les salua d'un signe de tête, avant de s'adresser à Frankie d'une voix étonnamment haut perchée.

— Bonsoir, monsieur Minnelli, tout est prêt.

— Merci, Paulie.

Les trois hommes marchèrent en direction de la grande porte d'entrée de la vaste demeure. Sur ses joues, Levi sentait la morsure de l'aigre bise hivernale.

Frankie aperçut la moue soucieuse de Levi et lui tapota l'épaule.

— Ne t'inquiète pas. C'est ton histoire. C'est toi qui mènes l'interrogatoire. Nous, on est là pour veiller à ce que tout se passe bien.

Puis il se tourna vers la montagne ambulante qui marchait un pas derrière eux.

— Il est seul dans la maison ?

Paulie hocha la tête.

— Sa femme passe l'hiver en Floride. Et sa maîtresse est partir faire du shopping. J'ai quelqu'un dans son sillage. Il s'arrangera pour qu'elle reste au loin aussi longtemps que nécessaire.

Levi comprit que le géant était un capo de la famille – un genre d'officier chargé de veiller à l'organisation de n'importe quelle opération mobilisant plus d'une ou deux personnes. À l'évidence, Vinnie ne prenait pas le moindre risque avec ce Gambini. Ce type devait vraiment avoir des amis haut placés pour que Vinnie s'entremette de cette façon.

À leur approche, deux hommes – que Levi avait déjà vus dans l'immeuble de Park Avenue, mais à qui il n'avait jamais parlé – ouvrirent la porte en chêne de trois mètres de haut.

Les deux hommes s'écartèrent et le trio pénétra dans un vaste vestibule circulaire, à couper le souffle. Le sol était en marbre, le plafond à six mètres de haut et les ornements en bois sculpté. Celui qui avait construit cet endroit n'avait pas regardé à la dépense.

Au centre de la pièce, un énorme « G » apparaissait dans le sol en incrustation de granite rouge, en une calligraphie qui n'était pas sans rappeler à Levi quelques faire-part de mariage à mi-chemin entre le prétentieux et le sophistiqué.

— Permettez-moi de faire les présentations, annonça Frankie en esquissant un geste en direction des deux hommes qui avaient ouvert la porte.

L'un était grand et maigre, l'autre petit et massif avec d'énormes sourcils broussailleux. Malgré lui, Levi pensa à Laurel et Hardy.

— Le grand, c'est Carlo, le petit Angelo, dit Frankie, avant d'enchaîner en montrant le géant. Et lui, c'est Paulie. Vinnie lui a demandé de veiller à certains détails.

Puis sur ces mots, Frankie tapota familièrement le torse de Levi.

— Quant à lui, c'est notre fixeur. Levi. C'est lui qui va mener l'interrogatoire.

Frankie se tourna ensuite vers Laurel et Hardy.

— Et vous, les gars, vous êtes prêts pour ce que vous avez à faire ?

Les deux hommes hochèrent la tête.

Levi nota qu'ils portaient des gants de chirurgien, par souci sans doute de ne pas semer leurs empreintes digitales.

— Bon, dit Frankie, où se trouve monsieur Gambini ?

D'un signe, Carlo invita tout le monde à la suivre. Ils traversèrent un grand salon pour passer dans l'un des bureaux que Levi avait récemment visités, déguisé en technicien de l'entreprise *Frontier Communications*.

Un homme dans la petite soixantaine était assis sur une chaise à dossier rigide, les chevilles et les poignets attachés aux pieds et aux accoudoirs. Plusieurs tours d'une corde de nylon lui maintenaient le torse étroitement serré contre le dossier. Un grand morceau de ruban adhésif lui couvrait la bouche.

Voici donc Thomas Gambini, se dit Levi.

Il s'approcha. Gambini ne montrait aucune peur. En réalité, il affichait un air de défi qui semblait dire : « Vas-y, fais de ton mieux, je ne dirai rien ».

Levi concentra toute son attention sur Gambini. Les autres présences autour de lui s'estompèrent. Frankie, Carlo, Angelo et Paulie n'étaient plus là. Il n'y avait plus que lui, Levi, et l'homme dont il voulait obtenir des réponses.

Gambini était un homme solide et large. À coup sûr, il poussait de la fonte depuis longtemps. Il paraissait suffisamment costaud encore pour coucher un certain nombre d'adversaires dans une bagarre dans un bar, mais le temps avait tout de même fait son œuvre et il s'était amolli. Sans compter que l'argent avait dû lui éviter d'avoir à s'inquiéter de tout.

Levi approcha une chaise, un petit sourire sur les lèvres.

— Alors comme ça, vous êtes Thomas Gambini. Je n'avais jamais entendu parler de vous.

Levi se pencha pour arracher d'un coup l'adhésif qui tenait fermée la bouche de Gambini.

L'homme hurla un chapelet d'insultes.

— Putain, vous ne savez pas à qui vous avez affaire !

Levi se pencha en avant pour poser délicatement ses mains sur le dessus des poings serrés de leur prisonnier.

— Vous avez raison. Dites-moi donc à qui on a affaire.

Gambini lui jeta un regard noir. Son souffle s'était fait court. Sous ses doigts, Levi sentit le pouls de l'homme qui s'emballait. Il était fébrile.

Parfait.

— Mais vous êtes qui ? aboya Gambini. Vous voulez quoi, bordel ?

Infiniment plus calme qu'il ne l'avait anticipé, Levi répondit sur un ton apaisant.

— J'ai juste quelques questions à vous poser, c'est tout.

— Putain, si vous croyez que je vais causer, vous vous gourez ! brailla Gambini en agitant la tête. Vous n'avez pas choisi le bon…

Levi abattit ses phalanges repliées sur le dessus des poings de Gambini. Sous l'impact, il sentit voler en éclats les os minuscules de chacune de ses mains.

Gambini poussa un hurlement. De la salive s'agglomérait aux commissures de ses lèvres. Il respirait avec difficulté en grinçant des dents.

Levi posa ses paumes sur les mains brisées de Gambini, tout en scrutant attentivement son visage. Il vit l'inquiétude s'insinuer sur ses traits. Sous ses paumes, il sentait pulser la chaleur des blessures. Le sang s'y précipitait et le gonflement s'installait. À partir de là, le moindre mouvement dans les mains de Gambini allait aggraver les blessures et provoquer des douleurs atroces.

Le front du supplicié était déjà inondé de sueur.

Levi reprit la parole, toujours d'une voix douce faite pour tranquilliser.

— Voilà comment les choses vont se passer. Je vais te poser des questions. Et toi, tu vas y répondre. Et si tu parles pour dire autre chose que ce que j'attends, d'autres os seront brisés.

Doucement, il tapota le dessus des mains de Gambini. L'homme ne put contenir une grimace. Manifestement, le degré de souffrance était immense.

Excellent.

Des taches pourpres envahissaient toute la surface entre ses poignets et ses phalanges. La peau était toute gonflée.

— Monsieur Gambini, pour l'instant, je n'ai rien brisé qui ne se répare. Vos mains sont peut-être douloureuses, mais elles peuvent encore recouvrer toutes leurs fonctions. Par contre, je peux fracturer des choses qu'aucun chirurgien ne pourra jamais remettre en état. Croyez-moi. Je ne vous conseille pas de mettre ma patience à l'épreuve.

Du coin de l'œil, Levi aperçut Frankie de l'autre côté de la pièce, qui le regardait, fasciné. Un grand sourire satisfait sur le visage, il murmurait quelque chose à l'un de ses hommes.

Le petit air de défi de Gambini avait disparu, remplacé par la mine d'un homme prêt à parler.

Levi tapota la joue de Gambini.

— Prêt pour une question ? demanda-t-il avec un aimable sourire.

Gambini hocha la tête.

— Que pouvez-vous me dire au sujet d'un certain Vladimir ?

Le visage de Gambini devint tout pâle. Ses lèvres bougèrent, mais aucun son ne sortit de sa bouche.

Levi se pencha en avant pour appliquer ses pouces à l'intérieur des coudes de Gambini. Puis il se mit à serrer les points de pression.

Gambini tira comme un dément sur les liens qui le maintenaient. Sur son cou, les veines étaient devenues énormes. Un gémissement sourd remontait de sa gorge. Le cri d'une âme damnée bannie de l'enfer.

Levi maintint la pression, alors même que le visage de Gambini prenait des teintes écarlates de plus en plus foncées. Un vaisseau éclata dans le blanc de son œil gauche, qui devint tout rouge.

Puis, Levi relâcha sa prise.

Le corps de Gambini s'affaissa, vidé, sans plus aucune force.

Les autres allaient et venaient dans la pièce, mouvements fugaces à la périphérie de son champ de vision, mais l'attention de Levi restait entièrement concentrée sur l'homme devant lui.

— Écoutez-moi bien, monsieur Gambini. Je sais combien c'est douloureux. Le prochain coup, j'agirai sur un nerf qui se trouve au creux de l'aine. Mais je dois vous prévenir : à partir de ce moment-là, vous ne serez probablement plus jamais en mesure de vous déplacer sans une protection urinaire…

Levi se tut un instant, le temps que ses paroles fassent leur chemin dans l'esprit de Gambini.

— Mais il y a une autre solution… Vous me dites tout ce que vous savez au sujet de Vladimir et je vous laisse tranquille. Comme ça…

Il le fixa intensément, puis reprit la parole en donnant un ton menaçant à sa voix.

— Qu'est-ce que tu sais sur lui ?

De grosses gouttes de sueur inondaient le visage de Gambini. Ses yeux écarquillés fixaient Levi. Avec son œil rouge, il avait des allures de monstre revenu d'entre les morts sur la couverture d'un roman de gare.

Mais il ne disait toujours rien.

La main de Levi s'approcha de la ceinture de l'homme entravé.

— Non ! Arrêtez…

Gambini cédait enfin.

— Je ne sais pas grand-chose, marmonna-t-il d'une voix rauque. Mais je vous dirai tout ce que je sais.

Levi se recula contre le dossier de sa chaise et l'invita d'un signe de tête à poursuivre.

— C'est le premier à m'avoir branché sur un business à l'Autorité portuaire de New York et du New Jersey, expliqua Gambini. À l'époque, j'étais endetté jusqu'au cou. Ma situation était si catastrophique que j'envisageais de me déclarer en faillite personnelle. Puis, il s'est pointé avec une solution qui paraissait presque trop belle pour être vraie. Ils cherchaient quelqu'un pour arranger le coup sur un audit et falsifier les comptes sur quelques transactions, que j'étais précisément chargé de superviser. C'était facile et ils me payaient en cash. C'est comme ça que tout a commencé. De temps en temps, les types de Vladimir passaient… Vous voyez, du genre qui cassent des jambes, dit Gambini en coulant un regard aux autres dans la pièce. Ils arrivaient quand j'avais des difficultés avec quelqu'un au service informatique…

Gambini resta un instant silencieux, la tête baissée.

— Au début, je ne savais pas vraiment ce qu'il se passait. Simplement, Vladimir faisait en sorte que ceux qui causaient des problèmes aient un accident. J'ai fini par comprendre que si je le contrariais en quoi que ce soit, je finirais purement et simplement éliminé.

D'un coup d'œil à la ronde, Gambini chercha un visage qui lui manifesterait de la sympathie. Il n'en trouva aucun.

— Il y a dix ans, ces Russes étaient partout sur les quais. Au bout du compte, j'ai réussi à passer un accord par lequel la famille Colombo m'accordait sa protection en échange d'une aide à l'optimisation fiscale, si vous voyez ce que je veux dire. Ils ont viré les Russes… et c'est à peu près tout ce que je sais. Être en cheville avec eux… c'étaient les pires années de ma vie.

— À quoi ressemble-t-il ? demanda Levi.

— Je ne l'ai jamais vu. Il appelait… du moins, je crois que c'était lui. Mais je n'en sais rien en vérité. Parfois, il m'envoyait des emails. Le plus souvent, c'était un de ses sbires qui passait.

— Et qu'est-ce que tout cela a à voir avec Maryam Nassar ?

— Qui ? demanda Gambini, manifestement perdu.

Levi ferma les yeux et prit une profonde inspiration. Quand il les rouvrit, il était d'un calme absolu.

— Maryam Nassar. Un jour, Vladimir t'a demandé de récupérer un paquet qui lui était adressé.

Les yeux de Gambini s'arrondirent sous le coup de la compréhension.

— Oh, putain, oui… C'était il y a longtemps. Ouais, je m'en souviens. C'était un merdier pas possible. J'étais censé intercepter un paquet qui venait de passer en douanes, mais pour une fois ces connards du service postal étaient venus très tôt. Le paquet était déjà parti. J'ai récupéré le manifeste et j'ai filé là où vivait cette garce, au fond fin d'une banlieue. En arrivant dans sa rue, j'ai vu que le facteur était déjà passé. Des voisins à elle ouvraient leur boîte à lettre…

Il se passa la langue sur les lèvres, puis replongea dans l'évocation de son souvenir.

— Mais peu importe, parce que pile comme j'arrivais devant la maison, la voilà qui sort de son allée en voiture. Alors je l'ai suivie. En ville, elle s'est garée, puis elle est entrée dans une banque. À sa sortie, je l'ai chopée et je lui ai montré une plaque de police que je garde toujours sur moi… au cas où. Je lui ai demandé où était le paquet, mais cette salope m'est passée devant comme si de rien n'était. Et la voilà qui remonte dans sa bagnole…

À présent, les mains de Gambini étaient grosses comme deux oranges. Il bougea ses doigts enflés comme des saucisses et grimaça.

Levi dut puiser au plus profond de lui pour réussir à parler d'une voix exempte de tout venin.

— Et ensuite, qu'est-ce qui s'est passé ? Tu as réussi à récupérer le paquet ?

Gambini secoua la tête avec un grognement de dépit.

— Je l'ai suivie sur l'autoroute. Je lui faisais des appels de phare, je klaxonnais en lui faisant signe de s'arrêter, mais elle allait de plus en plus vite. Et puis, dans un virage, voilà que cette pute défonce la glissière et tombe dans un ravin.

Le cœur de Levi semblait vouloir jaillir de sa poitrine. Il dut se concentrer sur sa respiration pour maintenir un semblait de calme.

— Je ne savais pas ce que Vladimir allait me faire si je ne ramenais pas ce paquet, alors je me suis garé à côté de la barrière enfoncée pour descendre jusqu'à l'épave. La voiture était sur le toit et il y avait du sang partout. Mais la salope était toujours consciente. J'ai fouillé partout en lui demandant où était le paquet. Elle disait des trucs en arabe, comme ils causent tous…

— Tu as appelé les secours ? demanda Levi, tout son corps crispé.

— Pourquoi j'aurais fait ça ? C'était juste une salope d'enturbannée et…

Les doigts de Levi jaillirent, écrasant d'un coup la trachée de Gambini.

Ses yeux lui jaillirent de la tête. La bouche grande ouverte, il cherchait un air qui ne lui arrivait plus. Son corps s'agitait violemment sur la chaise.

Cette ordure est la dernière personne que Mary a vue.

Levi envoya son poing sur la pommette de Gambini. L'écho du craquement de l'os résonna dans la pièce. Puis Levi laissa libre cours à sa rage. Il bondit sur l'atroce bonhomme pour le rouer de coups. Les os craquaient. Le sang giclait. Le visage de Levi en était couvert.

Quand la conscience lui revint, deux hommes le tiraient en arrière.

— C'est bon, Levi ! Il a son compte ! criait Frankie. Ressaisis-toi !

Tremblant de rage de la tête aux pieds, Levi s'arracha à la prise de Laurel et Hardy.

— C'est bon ! cria-t-il. C'est bon…

Quelqu'un lui passa une serviette humide. Il s'essuya les mains et le visage. L'essuie-mains finit taché de sang. En dépit de la colère incandescente qui bouillait toujours au fond de son cœur, il sentit un frisson passer sur lui.

Il venait de tuer un homme.

L'homme responsable de la mort de Mary.

Un homme qui avait mérité de mourir.

Levi baissa les yeux sur le corps inerte... D'un coup, sa colère tomba. La seule raison pour laquelle Mary roulait trop vite, c'était la peur. Et l'unique motif pour lequel Gambini se comportait ainsi, c'était parce qu'il avait peur des représailles d'un mafieux russe qui s'appelait Vladimir.

Tout cela était tragiquement logique. Pour autant, Levi ne se sentait pas mieux que dix minutes plus tôt. La page n'était pas tournée. Le vrai coupable n'avait pas payé.

Il prit une profonde inspiration. L'odeur métallique du sang lui emplit les narines.

Frankie mobilisa ses troupes d'un ton autoritaire.

— Angelo, Carlo, allez chercher le matos. Il faut se débarrasser du corps et tout nettoyer ici.

Puis il se tourna vers Levi et lui asséna une tape amicale sur l'épaule.

— Notre ami ici présent n'a rien fait pour simplifier le boulot, enchaîna-t-il. Alors, magnez-vous !

Levi ferma les yeux. Il aurait tellement voulu avoir une représentation mentale de Vladimir sur laquelle canaliser son ressenti. Au lieu de cela, il se concentra sur sa respiration jusqu'à ce que sa fureur s'atténue.

Puis il rouvrit les yeux.

Les traits de Gambini étaient méconnaissables. Sa tête difforme pendait en formant un angle impossible. Il y avait des éclaboussures de sang partout.

Ce n'était pas la première fois que Levi se laissait aller jusqu'à perdre le contrôle de lui-même, mais jamais encore quiconque n'y avait laissé la vie. Ce jour-là marquait un tournant.

Il se tourna vers Frankie, saisi par une bouffée de remords.

— Je suis désolé. J'ai... perdu mon sang-froid.

Frankie prit son ami par l'épaule.

— Je n'aurais pas cru ça de toi, dit-il avec un rire plein de bonhommie. Je sais que Vinnie dit toujours que tu as du tempérament, mais là… Ça valait le coup d'œil.

Levi secoua la tête. Il ne s'en voulait pas particulièrement d'avoir tué Gambini. Ce salaud l'avait bien mérité. Mais il s'en voulait de s'être ainsi déchaîné sans aucune retenue.

— Peut-être… Mais je n'aurais pas dû me laisser aller comme ça.

— Tu déconnes ? Si ce fumier avait touché un cheveu de ma Carlita, je l'aurais transfusé moi-même pour le maintenir en vie et le torturer une semaine de plus. Regarde-le, ajouta Frankie en montrant le corps ensanglanté. Ça ne t'a pas fait du bien de lui défoncer sa gueule ?

Levi consentit à lui accorder un sourire, mais au fond de lui, il était choqué. Moralement choqué. Il ne pouvait pas laisser une chose pareille se reproduire.

À leur retour, Carlo et Angelo étaient enveloppés de la tête aux pieds dans des combinaisons de plastique blanc, les bras chargés de flacons d'eau de javel, de produits chimiques et autres fournitures.

— Avant d'enfiler ça, dit Carlo en remettant à Frankie et Levi deux sacs de vêtements neufs, Angelo va vous vaporiser sa solution miracle.

Tout en déboutonnant sa chemise toute tachée de sang, Levi repensait aux ultimes paroles de Gambini.

C'était juste une salope d'enturbannée…

Oui, Levi avait eu tort de tuer Gambini, mais il savait qu'une part de lui-même, quelque part tout au fond, en tirait une intense satisfaction. Sur le principe, il haïssait la violence. Ce n'était pas sa voie. Mais ce type avait mérité ce qui lui était arrivé.

Il se tourna vers Frankie, occupé lui aussi à se déshabiller.

— Tu veux savoir si ça m'a fait du bien ? Que veux-tu que je te dise, Frankie. Ce mec a fait du mal à quelqu'un que j'aimais. Je lui ai rendu la monnaie…

Frankie éclata d'un rire de hyène.

— Et comment, mon pote ! Et comment…

CHAPITRE QUATORZE

Quand les portes de l'ascenseur s'ouvrirent à l'étage où vivait Levi, celui-ci était précisément en train de bâiller à s'en décrocher la mâchoire. La journée avait été pour le moins éprouvante. Il n'aspirait plus qu'à une douche brûlante et un repos réparateur. Il enquilla le couloir d'un pas enlevé, droit vers son appartement.

Un peu plus loin devant lui, un homme vêtu d'un élégant costume à rayures se tenait devant la porte ouverte d'un autre appartement. De taille moyenne – un mètre soixante-quinze – trapu et solidement bâti, il criait vers l'intérieur du logis d'une voix forte.

— Mais qu'est-ce que tu fous chez moi, putain de nègre ?

Levi en éprouva une contrariété certaine. Il avait eu plus que son content de drame pour la journée.

— Qu'est-ce qui se passe ? s'enquit-il en s'arrêtant à côté de l'étranger pour jeter un œil à l'intérieur de l'appartement.

Tournevis à la main, Denny était occupé à démonter un ordinateur posé sur une table. Son visage trahissait l'inquiétude qu'il éprouvait.

— Je viens d'arriver, dit l'étranger. Je m'appelle Léo. Tu sais ce qu'il fout ici ce bamboula de mes…

Un claquement sec et sonore retentit dans le couloir. Levi venait d'asséner une gifle monumentale sur la joue dudit Léo, en y mettant tout son poids.

— Putain, c'est quoi ça ? hurla Léo.

Levi plaqua le visage de l'homme contre le mur.

— Ta gueule, gronda-t-il.

Plusieurs portes s'ouvrirent. Quelques têtes pointèrent à l'extérieur, avant de rentrer bien vite après avoir pris la mesure de la rixe. Personne n'avait envie de s'en mêler.

— Un coup de main ? cria une voix.

C'était Tony qui arrivait de l'ascenseur, probablement de retour de son service au poste de sécurité.

— Appelez monsieur Minnelli ! cria Léo. Il n'a pas le droit de…

D'une bourrade, Levi poussa encore plus fort, comme s'il voulait incruster la tête de Léo dans la brique.

— Tony, appelle Frankie. On va s'occuper de ce petit fumier.

Tony repartit vers l'ascenseur, son téléphone à l'oreille.

Léo parvint à s'écarter du mur. Levi lui asséna deux crochets courts dans les reins, avant de le replaquer sèchement en lui tordant un bras dans le dos.

— Tu bouges, je te le casse.

Puis il tourna la tête vers l'intérieur de l'appartement.

— Denny ! cria-t-il. Tout va bien ?

— Oui, ça va. J'étais juste en train de mettre à jour le parc informatique, selon les instructions de monsieur Minnelli.

Léo tenta de plaider sa cause.

— Écoutez…

— Je ne veux pas t'entendre, le coupa Levi. Tu gardes ta bouche fermée jusqu'à l'arrivée de Frankie.

Deux ou trois minutes plus tard, Frankie et Tony remontaient le couloir coudes au corps.

— Putain, qu'est-ce qui se passe ? hurla Frankie.

Levi relâcha Léo, qui s'empressa de hurler sa colère.

— Ce dingue m'est tombé dessus sans aucune raison !

Frankie se tourna vers Levi et poussa un soupir, l'air harassé.

— Je venais tout juste de rentrer chez moi. Je n'ai même pas eu le temps d'aller couler un bronze. Qu'est-ce qui se passe encore ?

— Alors que je rentrais chez moi, disons que je suis tombé sur ce crétin en train d'engueuler Denny, expliqua Levi en désignant son ami à présent sur le seuil. Il lui reprochait d'être entré chez lui en le traitant de « putain de nègre » et…

— Quoi ? hurla Frankie, le visage subitement apoplectique.

Puis, sans le moindre avertissement, il envoya un coup de poing dans le ventre de Léo. Plié en deux de douleur, ce dernier reçut en prime le genou de Frankie en pleine face. Son nez explosa en une gerbe de sang.

— On n'est pas comme ça ici, espèce d'animal, gronda Frankie.

Avec une certaine satisfaction, Levi regarda Frankie attraper Léo par le revers de sa veste à présent constellée d'écarlate, puis de lui asséner un nouveau coup au creux du ventre.

Léo tomba à quatre pattes et vomit.

— Maintenant, tu te relèves et tu t'excuses auprès de cet homme, ordonna Frankie en désignant Denny.

Léo s'essuya la bouche et se remit sur pied en laissant échapper un grognement douloureux.

— Et je te promets un chose, murmura Frankie entre ses dents serrées. Si je ne suis pas convaincu de ta sincérité, tu es viré d'ici.

Les mains plaquées contre ses côtes, Léo toussa pour s'éclaircir la voix. Puis il s'approcha de Denny, qui avait suivi toute la scène avec des yeux ronds comme des soucoupes.

— Monsieur, dit Léo, je ne sais pas ce qui m'a pris, dit-il en essuyant d'un revers le flot de sang qui lui coulait du nez, barbouillant son visage de rouge. Je vous demande sincèrement de m'excuser de m'être emporté et de vous avoir insulté. J'ai eu tort et cela ne se reproduira plus.

Frankie émit un petit sifflement dégoûté.

— Tony, emmène ce connard chez le toubib. Il est en train de tout saloper ici.

Tandis que Tony et Léo s'éloignaient dans le couloir, Levi échangea un check avec Denny.

— C'est sûr, mec, tout va bien ?

— Ouais, répondit Denny en gloussant. Mais je vous jure, les gars, vous êtes des dingues. Croyez-moi, j'ai déjà entendu bien pire de personnes bien meilleures. Imaginez être le seul noir dans un cours sur les équations différentielles plein de petits trous du cul blancs qui n'avaient sans doute jamais vu de leur vie un étudiant sorti d'un lycée public.

Frankie enjamba la gerbe de Léo pour venir serrer la main de Denny.

— Je suis vraiment désolé de ce qui s'est passé. Ce type est nouveau ici et j'en prends l'entière responsabilité. Mais sache qu'ici je ne tolère pas ces conneries racistes. Jamais !

— Pas de soucis, monsieur Minnelli, répondit Denny. Comme je disais, j'ai déjà entendu pire.

— En tout cas, reprit Frankie en tapotant l'épaule Denny, on n'est pas comme ça ici. Ne l'oublie pas. Si tu as un problème, dis-le-moi. Je m'en occuperai.

— Tu veux que j'appelle quelqu'un pour ça ? demanda Levi en montrant les taches sur la moquette.

Frankie émit un grognement.

— Ah… Tante Lola va me botter le cul pour ça.

— Euh…, intervint Denny en montrant du pouce l'ordinateur démonté. Je retourne au boulot.

Frankie entraîna Levi plus loin dans le couloir.

— J'ai oublié de t'en parler, dit-il à voix basse, mais on se retrouve tout là-haut ce soir, toi, moi et Vinnie. Sur le coup de dix-neuf heures.

— D'accord. Pour les affaires ou le plaisir d'être en bonne compagnie ?

— On a encore des choses à régler au sujet de Gambini, murmura Frankie à l'oreille de Levi.

— Très bien…, dit Levi en inclinant la tête sur le côté. Alors à tout à l'heure.

Frankie asséna une petite tape amicale sur l'épaule de Levi en marmonnant quelque chose au sujet de tante Lola, puis repartit vers les ascenseurs.

Levi passa la tête par la porte de l'appartement de Léo.

— Hé, Denny, si tu as besoin de quelque chose, je suis au bout du couloir.

Une carte-mère dans une main, un petit tournevis dans l'autre et une lampe stylo entre les dents, Denny accusa réception d'un hochement de tête.

Levi repartit enfin en direction de son confortable chez lui.

Les mots de Frankie tourbillonnaient dans son esprit. *« On a encore des choses à régler au sujet de Gambini. »*

Que pouvait-il bien y avoir à dire encore au sujet de ce type ?

Un coup à la porte réveilla Levi. En hâte, il se redressa sur son lit. Son réveil indiquait 18:29, mais à cette seconde précise, il passa à 18:30 et l'alarme se déclencha.

Levi l'éteignit, puis bascula hors de son lit. D'un pas encore incertain, il sortit de sa chambre, vêtu en tout et pour tout d'un boxer, pour s'approcher de la porte.

— C'est qui ?

— Denny. Je viens pour les mises à jour…

Levi ouvrit la porte.

— Entre, dit-il en repartant vers la chambre. Désolé de ne pas t'accueillir, mais je dois me préparer. Je vois Frankie et le Don dans une demi-heure.

— T'inquiète, répondit Denny en refermant la porte derrière lui pour filer droit sur l'ordinateur dans le salon. C'est moi qui suis désolé de passer aussi tard. Je pensais que j'aurais fini à dix-sept heures, mais les choses ne se sont pas passées comme prévu. Cela dit, je ne devrais pas en avoir pour long. J'intègre un routeur *Anonabox* à la connexion réseau et je modifie la configuration du logiciel, comme avec le navigateur Tor…

— Ces mises à jour, c'est pour anonymiser les accès à internet, c'est bien ça ? demanda Levi en enfilant une chemise sur mesure.

Denny raccorda le câble RJ-45 à un boîtier de plastique noir de la taille d'un poing, sur lequel il brancha ensuite l'ordinateur de Levi.

— Bravo, je suis impressionné que tu t'en souviennes. Moi qui ai toujours pensé que tu étais technophobe.

— Ce n'est pas vraiment ça, répondit Levi en enfilant un pantalon repassé de frais. Je n'ai rien contre la technologie, mais je n'ai pas grandi avec comme toi. Si tu te souviens bien, j'ai grandi jusqu'à mes dix-huit ans dans une ferme amish. On n'avait même pas l'électricité. Et sinon, il se trouve que j'ai une excellente mémoire. Je me souviens pratiquement de tout ce que je vois.

— Comment ça ? demanda Denny en redémarrant l'ordinateur.

Les paroles de Narmer résonnaient dans l'esprit de Levi. *« Ta mémoire est quasiment infaillible. »*

— Je ne sais pas, je n'ai pas d'explication. Mais j'ai remarqué que je me souvenais de tout, même des choses les plus infimes. Il suffit que je me concentre suffisamment dessus pour les faire ressurgir. C'est comme rechercher un passage sur une cassette à l'aide d'un magnétoscope.

— Plus personne n'utilise de magnétoscope de nos jours.

Levi s'assit sur le canapé du salon pour enfiler une paire de confortables mocassins en veau velours.

— Ouais… Tu vois ce que je veux dire.

Denny lui jeta un coup d'œil dubitatif.

— Tu es sérieusement en train de me dire que tu possèdes une mémoire eidétique ?

— Eidétique ?

— Tu sais, une mémoire photographique.

— Je suppose que oui, répondit Levi avec un haussement d'épaules.

Denny prit un livre sur la table, *Monster Hunter International*.

— Tu l'as lu ?

— Ouais, je l'ai fini hier soir.

Denny le feuilleta au hasard.

— D'accord… Chapitre quinze… Ça commence comment ?

Levi ferma les yeux et s'imagina en train de tourner les pages. Cela lui rappela le temps où il feuilletait le catalogue de la bibliothèque à la recherche d'un livre. Quand il arriva à la page qui commençait par « Chapitre 15 » inscrit en grand dans la partie supérieure, il zooma sur le texte en dessous. Il s'éclaircit la voix et commença à lire ce qu'il voyait derrière ses paupières closes.

— « Julie ! Il y a des gargouilles sur le toit. Au moins deux, » ai-je crié dans mon téléphone.

Denny eut l'impression que sa mâchoire se décrochait.

— Putain, mec ! Tu as vraiment une mémoire photographique… Tu es né comme ça ?

— Je ne crois pas, répondit Levi, sourcils froncés, avec les échos de la voix de Narmer dans le fond de son esprit. Un jour, j'ai commencé à me rendre compte que je me souvenais de choses que j'avais vues… tu sais, des plaques d'immatriculation, des choses comme ça.

L'image du moine insaisissable lui revint. Un étrange sentiment de regret lui étreignit le cœur. Se pouvait-il qu'il ait dit la vérité ? *Non, ce n'est pas possible ? Si ?* Levi n'aimait pas y repenser, cela le mettait mal à l'aise.

Le bruit d'un gazouillis s'échappa de la poche de Denny. Il prit son téléphone, tapota sur le clavier et sourit.

— Qu'est-ce que c'est ? demanda Levi.

— Tu la reconnais ? demanda Denny en lui présentant l'écran.

Un frisson glacé parcourut Levi quand ses yeux se posèrent sur la jeune femme sur la photo. Il avait l'impression de découvrir une version jeune de Mary… Mais ce n'était pas Mary.

Définitivement pas.

Il hocha la tête.

— Super, dit Denny en tapant de l'index sur l'écran pour prendre lecture du message d'accompagnement. Eh bien, apparemment, Katarina Nassar était étudiante à l'université de Moscou il y a de cela huit ans. C'est la photo de sa carte d'étudiante. Le reste de son dossier n'est pas en ligne. Pour plus d'infos, je crois qu'il faudra aller sur place.

— Tu es un chef, dit Levi en embrassant Denny sur les deux joues.

Et dis-moi, ajouta-t-il en montrant le téléphone de Denny, tu pourrais m'en faire une sortie imprimée ?

— Bien sûr. Je pourrais même la plastifier. Je m'en occupe ce soir quand je rentre à mon bureau.

Levi jeta un regard à sa montre. Il allait devoir partir.

— Denny, je vais avoir besoin du paquetage technique dont je t'ai parlé pour la semaine prochaine. C'est possible ?

— Pas de problème. J'ai déjà presque tout rassemblé. Il me reste à peaufiner les micros sur l'un des nouveaux éléments, dit Denny en consultant le calendrier sur son téléphone. On est mardi... Je peux avoir ça pour vendredi soir. C'est bon ?

— C'est parfait. Et merci. Il faut que je file. Tu n'as pas besoin de moi pour faire ce que tu as à faire ici ?

— Non, je peux me débrouiller. J'ai juste à changer les connexions de ton téléphone et ton ordinateur. Je ferai quelques essais, mais je ne crois pas que tu verras la différence. Je désinstalle ton navigateur habituel, mais il te suffira de cliquer sur l'icône « oignon » pour surfer sur internet dans le plus strict anonymat.

— Je ne sais pas si j'ai compris la moitié de ce que tu as dit, murmura Levi avec un pauvre sourire. Un de ces quatre, il faudra que tu fasses entrer mes compétences informatiques dans le vingt-et-unième siècle. Mais plus tard. Là, je suis parti...

Tout en remontant le couloir vers les ascenseurs, Levi sentait grandir en lui une résolution de plus en plus ferme. Katarina n'était qu'une pièce dans un puzzle tragique. Un moyen et en aucun cas une fin. En réalité, il n'y avait qu'une seule et unique cible finale. Et il n'en eut que plus de frustration à ne pas avoir de visage à mettre sur ce nom.

Vladimir allait devoir répondre de bien des choses...

~

— Salut, Jimmie. Salut, Luca. J'espère que je ne suis pas en retard.

Les deux costauds étaient assis de part et d'autre des doubles portes menant au salon de Vinnie dans son penthouse au sommet de l'immeuble. Ils se levèrent comme un seul homme en apercevant Levi.

— Pas du tout, monsieur. Pile à l'heure. Le Don vous attend.

Ils ouvrirent la porte et le son d'un air d'opéra enveloppa Levi.

Les yeux fermés, installé dans un fauteuil en cuir nubuck au milieu de l'immense salon luxueusement meublé, Vinnie savourait les subtilités de l'aria que diffusaient les enceintes dissimulées à l'intérieur des murs. Sa main droite battait la mesure en accompagnant ce que Levi tenait pour l'un des chefs-d'œuvre de Puccini.

Ma il mio mistero è chiuso in me,
Il nome mio nessun saprà!
No, No! Sulla tua bocca lo dirò,
Quando la luce splenderà!

La puissante voix du ténor s'interrompit et le Don se tourna vers Levi.

— Tu es ponctuel.

— Et je vois que tu aimes toujours Puccini.

— Pas seulement Puccini… J'aime beaucoup cette sensation du son qui me pénètre…

Vinnie s'approcha du mur pour appuyer sur un interrupteur et les âtres de part et d'autre de la pièce s'allumèrent.

— Mais si je me souviens bien, reprit Vinnie, tu avais développé un petit faible pour l'opéra toi aussi.

La porte s'ouvrit à l'autre extrémité du salon et Frankie parut sur le seuil.

— L'opéra, je préfère le voir en vrai, dit Levi. Avec un enregistrement, j'ai l'impression qu'il manque une dimension.

Vinnie jeta un regard au nouvel arrivé et hocha la tête. Puis, d'un geste, il invita Frankie et Levi à le rejoindre à son bureau de grand standing – l'unique meuble de la pièce qui n'était pas fait pour s'asseoir.

— Bon, les hommes, parlons affaires. Mais avant ça, éteignez vos téléphones.

Frankie tapota les poches de sa veste, sourcils froncés.

— Le mien doit déjà être éteint.

— En tout cas, quelqu'un a quelque chose d'allumé. Levi ?

Levi tira son téléphone de sa poche pour le montrer à Vinnie.

— Je ne l'utilise pas, si c'est ce que tu veux dire.

— Non, ce n'est pas ça, il faut l'éteindre complètement. Ton mec, là… Comment il s'appelle ?

— Denny, proposa Frankie.

— Ouais, c'est ça, Denny…

Vinnie montra sur sa table de travail un petit objet en forme de pyramide, qu'on aurait pu croire sculpté dans de la pierre noire, à la nuance près qu'une petite lumière rouge luisait à son sommet. Pour tout dire, cela ressemblait à une réalisation artistique contemporaine.

— Ton pote Denny m'a bien branché avec ce truc. Ça me dit s'il y a le moindre signal diffusé à l'intérieur de la pièce. Vous voyez… si quelqu'un a un mouchard, ou simplement un téléphone allumé qui permet de transmettre ou d'enregistrer.

— Denny en a mis un autre dans le hall d'entrée, renchérit Frankie. Il dit que ça peut détecter les fluctuations électriques d'un micro caché. Je l'ai testé et ça marche du feu de Dieu. Ce type est très fort.

— Je suis content qu'il fasse l'affaire, dit Levi en mettant son téléphone hors tension. Je bossais avec son paternel dans le temps, un pur génie. Et Denny est le digne fils de son père, en un peu plus *high-tech*.

Vinnie s'approcha d'un minibar encastré dans le mur derrière son bureau et versa deux rasades d'un épais liquide ambré dans des verres en cristal emplis de glace. Ceci fait, il appuya sur la poignée d'une haute bonbonne métallique – un faux siphon à eau de Seltz à l'ancienne, du genre qui fonctionne avec des cartouches de CO_2. L'engin émit une espèce de sifflement et Vinnie remplit un grand verre d'une eau minérale toute fraîche.

Lorsqu'ils eurent leurs verres en main, et que la petite lumière de la pyramide fut passée du rouge au vert, Vinnie annonça l'ouverture en bonne et due forme de leur réunion.

— Bon, maintenant on peut parler, annonça-t-il en invitant les deux autres à aller prendre place dans des fauteuils devant l'un des âtres. On se pose et on se met à l'aise.

Levi scruta les visages de ses amis en s'asseyant dans un fauteuil de cuir brun. À l'évidence, quelque chose les mettait en joie.

— C'est bon, c'est quoi le grand mystère ? Qu'est-ce qui se passe ?

Après s'être éclairci la voix, Vinnie gratifia Levi d'un large sourire.

— J'ai appris ce qui était arrivé à ce trou du cul de Gambini aujourd'hui.

— Ah, oui…

— Je ne l'aurais jamais cru avant de le voir, s'exclama Frankie, débordant d'enthousiasme. Tu m'avais toujours dit qu'il avait du tempérament, poursuivit-il en s'adressant à Vinnie, mais je pensais que c'était des conneries. Jusqu'à aujourd'hui…

Un petit sourire s'installa sur les lèvres de Vinnie.

— Je t'ai déjà raconté comment j'ai rencontré Levi ?

— Je ne crois pas. Je me souviens de la première fois où vous êtes venus chez ma mère, répondit Frankie, avec un sourire si large que son visage semblait coupé en deux. Tu avais un œil au beurre noir et tu t'étais pointé avec cette grande andouille barbue… Sans vouloir t'offenser, hein, ajouta-t-il en se tournant vers Levi. Oh ! Je me souviens aussi de mes sœurs qui voulaient toutes savoir qui était ce jeune rabbin aux yeux bleus et à la mine farouche.

— Rabbin ? dit Levi en riant. Mais pourquoi tout le monde pense que je suis un rabbin ? Je ne suis même pas juif.

— Eh…, répondit Frankie en haussant les épaules. Quand tu portes une barbe et que tu es habillé en noir, comment on peut savoir ? Toujours est-il, reprit-il en revenant à Vinnie, je te jure que quand tu amenais Levi à la maison, ma mère enfermait mes sœurs dans leurs chambres. Ça, je m'en souviens.

— Mais pourquoi ta mère s'inquiétait comme ça ? demanda Levi en jetant un regard étonné à Frankie. Je n'allais rien leur faire à tes sœurs.

Frankie éclata de rire.

— Je crois que ce n'est pas toi qui l'inquiétais. C'était surtout Regina. Elle n'arrêtait pas de parler de tes beaux yeux bleus.

— Assez parlé de tes sœurs, intervint Vinnie. Ça a toujours été des emmerdeuses… En fait, poursuivit-il avec un signe de tête en direction de Levi, je connaissais son tempérament parce que c'est comme ça qu'on s'est rencontrés. J'étais en train de me faire démonter par trois mecs du quartier quand tout à coup, tombé de nulle part, ce rabbin…

— Et vas-y…, murmura Levi en levant les yeux au ciel.

— Levi a surgi et balancé des mandales, au point pratiquement de tailler un nouveau trou du cul à chacun des frères Lorenzo.

— Je me souviens, dit Levi avec un sourire. J'ai vu trois types en train d'en tabasser un autre et j'ai pété un câble. Je ne porte pas trop les petites brutes dans mon cœur. En fait, je les déteste. Et je suppose que je n'ai pas trop changé depuis cette époque.

— Ça, je ne peux pas dire, dit Frankie en s'accordant une gorgée. Je ne sais pas trop non plus ce que tu as appris sur la ferme de tes parents, mais ce truc sur les coudes de Gambini… Je te jure, Vinnie, le mec avait les yeux devenus rouges comme deux tomates.

— Ce n'est pas un truc, dit Levi.

À cet instant, une bouffée de pure colère monta en lui. *Cet enfoiré a tué ma femme.* Il prit une profonde inspiration et laissa l'air ressortir tout doucement.

— En fait, reprit-il, ce genre de chose peut se produire à n'importe quel moment. Quand on tousse ou bien sous le coup d'un stress soudain…

— Très bien, ça suffit avec ça, l'interrompit Vinnie. Revenons à ce Gambini. J'avais demandé à des gens de faire un certain nombre de choses. Je sais que tu ne veux pas connaître le détail de tout ce qu'on fait, dit-il en agitant une main en direction de Levi, mais dans le cas présent tu es directement concerné. Et puis, de toute façon, tu es déjà dedans jusqu'au cou. Tu te souviens qu'on avait découvert ce que cet enfoiré avait fait à ta maison et au pognon que tu avais mis de côté ? Eh bien, on l'a trouvé.

— Trouvé quoi ? demanda Levi, un peu perdu.

— Ton pognon, répondit Vinnie. Tout. Et même mieux que ça. Vas-y, Frankie, explique-lui.

L'expression sur le visage de Frankie était un peu plus contenue que la joie radieuse de Vinnie, mais il n'y avait pas à se méprendre sur le sens de son petit sourire au coin des lèvres

— Bon, il se trouve que l'ami Gambini avait planqué l'essentiel de ses avoirs sur des comptes offshore. Et nous, simplement à partir de quelques informations dénichées sur ce Thomas Gambini, plus quelques documents plus ou moins authentiques, on a réussi à transférer ces fonds des comptes de Gambini sur un de nos comptes shell aux îles Caïmans. On a tout récupéré.

Il laissa filer quelques secondes, pendant lesquelles son sourire s'agrandit.

— On a l'argent de la vente de ta maison, plus les intérêts, qui t'attend sur un compte offshore. Mais ce n'est pas tout, parce qu'on a aussi découvert que les actifs de ta fiducie récupérés par l'État de New York ont atterri dans la petite caisse noire de messire Gambini. Et ça aussi, on l'a récupéré.

Vinnie se pencha en avant pour poser les coudes sur ses genoux.

— Normalement, on prend dix pour cents sur toutes les opérations dans lesquelles on intervient, même quand c'est pour un associé. Mais compte tenu de la situation, et de ta proximité avec la famille, je ne prendrai pas un cent. Je vais appeler Irving pour arranger ça. On ne peut pas balancer tout ce blé directement sur ton compte, sans quoi tu te retrouverais avec le fisc sur le dos, mais donne-nous six semaines et on met l'argent sur un compte auquel tu pourras accéder.

Levi sentit un sourire lui monter aux lèvres. Il éprouvait un intense soulagement. Certes, la famille s'était montrée plus que compréhensive avec ses problèmes de trésorerie, mais c'était la première fois de sa vie qu'il devait vivre aux crochets des autres et il en était plutôt mal à l'aise.

— Tu gardes l'argent de la fiducie, dit-il en regardant Vinnie bien en face. Moi, je ne peux pas le prendre.

Vinnie regarda Levi comme s'il venait d'annoncer qu'il était tombé de la lune.

— Tu es dingue ? C'est ton argent.

— Non, répliqua Levi en secouant la tête. J'avais mis ce système en place pour subvenir aux besoins de Mary pour le reste de son existence. C'était pour elle. Moi, je ne peux pas y toucher. Garde-le, tu as ma bénédiction. Utilise-le comme tu voudras.

— Levi, je crois que tu ne comprends pas bien intervint Frankie. On a déjà pris notre part sur Gambini. Crois-moi, Vinnie et moi, on est très contents de cet arrangement. La part qui te revient, c'est juste ce qui t'est dû. Nous, on a déjà croqué.

Les pensées se bousculaient dans l'esprit de Levi. Jamais il n'avait pensé récupérer un jour son argent. Il s'était déjà fait à cette idée. D'une certaine façon, l'argent n'avait plus la même importance que par le passé.

— Il y a du sang sur cet argent, dit-il. C'est l'argent de Mary. Je ne peux pas le prendre. En revanche, je prendrai celui de la maison. Comme je l'avais achetée avant de la rencontrer, ce n'est pas pareil. Mais pour le reste…

Levi secouait doucement la tête. Vinnie se pencha pour lui tapoter amicalement le genou.

— Je comprends ce que tu dis. Mais ça me met mal à l'aise.

— Écoute, dit Levi avec un sourire en coin. Je ne suis pas fou. Sincèrement, j'apprécie le geste, mais j'avais déjà fait une croix sur cet argent et… Je préfère que les choses soient comme ça… Tu achèteras un truc à ta fille Vanessa.

Vinnie fixa son ami pendant cinq longues secondes, puis leva son verre.

— D'accord. Je vais mettre de côté l'argent de la fiducie pendant un an. À ce moment-là, si tu n'as changé d'avis, je ferai selon ton vœu.

Levi leva son verre et ils trinquèrent en prononçant tous ensemble la formule rituelle.

— *Salud.*

Après avoir avalé une gorgée de son eau minérale, Levi se tourna vers Frankie.

— Tu connais quelqu'un qui pourrait m'avoir des papiers d'identité qui voient le jour ?

— Des papiers ? Qu'est-ce qui te faut ?

— Un passeport. Je veux pouvoir bouger sans utiliser mon nom.

— Je crois que j'ai quelqu'un.

— C'est pour ce truc avec les russes ? intervint Vinnie.

Levi confirma d'un hochement de tête.

— Ces types doivent me croire mort. J'aime autant qu'ils continuent à le penser. Mais comme j'ai une piste, il faut que je la suive.

— Écoute un peu, dit Vinnie en s'accordant une gorgée de son amaretto. Quand je leur ai posé des questions à ton sujet, ces types sont devenus muets comme des carpes. Et ça, ce n'est pas normal. D'habitude, ils font circuler le mot et d'autres organisations accusent généralement réception de ma demande. Question de courtoisie. Là, il y a un truc qui cloche. Il faut que tu fasses très attention. Dans cette partie du monde, je ne peux absolument rien te garantir. *Capiche* ?

— Je sais. D'ailleurs, en temps normal, je n'irais pas, mais…

— Hé, je comprends. Là-bas, il y a un type qui a le sang de Mary sur les mains, au moins autant que Gambini. Plus cette garce qui t'a presque tué et qui a descendu les deux petits à la ferme de tes parents… Je suis les affaires, ajouta Vinnie en se tapotant le coin de l'œil de son index. Ce qui est sûr, c'est que personne ne peut faire une chose pareille et s'en tirer sans payer la note.

D'un geste lent, il posa son verre sur l'accoudoir de son fauteuil.

— Qu'est-ce qu'on peut faire pour t'aider ?

— Tout ce dont j'ai besoin, c'est d'un passeport qui permette de passer les frontières, à l'aller comme au retour. Le reste, je peux m'en occuper.

Frankie produisit un petit claquement de langue.

— Il te faut plus que ça. Je demanderai à Irv de te préparer une ou deux cartes de crédit à ton nouveau nom. Tu sais au juste où tu vas aller ?

— J'ai une piste qui commence à Moscou. Après, je ne sais pas. Je suivrai le fil.

— Quand tu lui auras dégoté son passeport, il lui faudra un visa. Plus une réservation sur un vol pour accélérer le visa. Prends-lui une bonne place. Enfin, même comme ça, il y en aura bien pour une semaine, conclut Vinnie. Tu es sûr qu'il ne faut rien d'autre ? demanda-t-il encore à Levi.

— Non, c'est bon, répondit Levi en se levant. Il faut juste que je me fasse une bonne nuit. J'ai du pain sur la planche avant de partir.

Vinnie et Frankie se levèrent à leur tour et donnèrent l'accolade à Levi en l'embrassant sur les joues.

Comme Levi allait franchir le seuil, Vinnie eut un ultime encouragement.

— Je demanderai à Phyllis d'allumer quelques cierges à Saint Ignace.

Levi retourna cher lui en ruminant ses pensées.

Pas sûr qu'elle trouve assez de cierges à brûler pour m'aider dans ce que je vais faire.

CHAPITRE QUINZE

Dans la réserve du magasin *Rosen – Articles de sport*, Levi enfila le gilet pare-balles qu'Esther venait de lui passer.

— *Nu*, qu'est-ce que tu en penses ? demanda-t-elle. Il pèse deux kilos et demi seulement et le poids est bien réparti sur toute la largeur des épaules. Et la doublure en veau, c'est comment sur ta peau ?

Il fit glisser sa main sur toute la hauteur du gilet, puis mit son buste en torsion sur la droite et sur la gauche. La sensation de légèreté et de robustesse était stupéfiante.

— J'aime bien. C'est très confortable.

Il récupéra le maillot de corps posé sur le dossier du fauteuil d'Esther et l'enfila par-dessus.

D'un geste du plat de ses deux mains, Esther lissa les plis sur le tee-shirt.

— *Bubbaleh*, dit-elle en secouant la tête, il va falloir que tu en achètes d'autres dans la taille au-dessus si tu veux porter ça dessous. Ça a l'air un peu juste.

Levi enfila sa chemise et commença à la boutonner.

Esther recula d'un pas pour l'examiner attentivement de la tête à la taille.

— Tu sais quoi ? Ça m'a l'air impeccable. En été, tu pourras mettre des vêtements plus amples, au risque sinon de finir dans le *schvitz*.

— Le printemps n'arrive que dans deux mois. J'ai encore un peu de temps, répliqua-t-il en glissant sa chemise à l'intérieur de son pantalon.

— Tiens, mets ça, dit Esther en lui tendant un genre de harnais en cuir souple aux allures de holster d'épaule. Je vais t'aider à le régler.

Levi l'enfila. Il tombait à merveille en lui laissant la pleine liberté de ses mouvements. De chaque côté de la poitrine, il disposait à présent de deux fourreaux de cuir, inclinés de façon à permettre un accès simple et facile aux manches des couteaux, mais positionnés de façon à rester parfaitement invisibles sous une veste.

Esther tourna autour de lui et régla l'une des brides.

— Voilà, ça a l'air bien. Tu es à l'aise ?

Levi leva et rabaissa les bras à plusieurs reprises. Le harnais suivait tous ses mouvements.

— C'est parfait. Et maintenant, le plus important. Vous m'avez dit que mes couteaux étaient arrivés ?

Esther ouvrit le tiroir du haut de son bureau et en sortit un coffret en chêne, muni de charnières et d'un fermoir en laiton étincelant.

— Mon type s'est vraiment surpassé, annonça-t-elle en le déposant sur la table. Regarde ça.

Et elle souleva le couvercle.

Levi ne put contenir un sourire en découvrant les quatre lames étincelantes sur leur tapis de velours rouge, logées dans des emplacements précisément ajustés à leur forme. Il prit l'une des dagues et en éprouva l'équilibre sur sa main.

Il était parfait.

Et le poids aussi.

Esther alluma la lampe à col de cygne posée sur son bureau en l'orientant sur la main de Levi.

Les fines ondulations sur la lame, marques du travail de l'artisan, firent éclore un sourire sur ses lèvres.

Son œil en parcourut toute la longueur et, devant la parfaite géométrie des bords, il eut un petit hochement de tête approbateur. Le manche gainé de paracorde assurait une prise en main ferme et confortable.

Satisfait, il glissa la lame dans son fourreau, puis en fit encore de même pour les trois autres.

— Je peux les essayer ? demanda-t-il.

Un peu hésitante, Esther désigna une planche appuyée contre des caisses.

— Je suppose que tu peux les lancer là-dessus, mais s'il te plaît, ne loupe pas ta cible. J'ai d'autres commandes dans ces caisses.

Levi enfila sa veste et la boutonna comme il en avait l'habitude. Bien rangées dans leur étui, les poignards se laissaient oublier.

Il glissa la main dans l'échancrure de sa veste et parvint à sortir le premier couteau sans accrocher le revers. Dans le même geste, il le lança vers la planche. Avant même qu'il ne touche la cible, le deuxième était déjà parti. Le troisième et le quatrième jaillirent dans la foulée.

Chacun d'eux se ficha dans le bois avec un bruit sec éminemment satisfaisant, juste à côté du précédent en une ligne parfaite.

— D'accord, dit Esther en lui tapotant le torse. Ce n'était pas ton coup d'essai.

Levi alla retirer la première lame. Il en examina attentivement la pointe et le fil, aussi affûté que celui d'un rasoir. Pas la moindre imperfection, le plus petit défaut.

— Esther, ils sont vraiment très beaux. Merci.

Esther marmonna quelque chose en yiddish.

— Quoi ? dit Levi en inclinant la tête sur le côté.

— Ah, petit *goyim*…, soupira-t-elle en le gratifiant d'un petit sourire canaille. Je disais seulement : « Qu'ils préservent ta santé ».

Levi se pencha sur elle pour déposer un baiser sur sa joue de bonne maman.

— Ne va pas t'imaginer que ces effusions vont te valoir une ristourne supplémentaire, dit Esther en lui agitant son index sous le nez. Rien que de penser à la marge sacrifiée que je fais sur cette vente, je n'arrive plus à fermer l'œil la nuit.

Levi inspecta une dernière fois chacun des couteaux, avant de les ranger dans leurs fourreaux. Puis il prit le coffret pour le glisser sous son bras.

— Vous connaissez quelqu'un qui vend du matériel de maquillage professionnel ? Avant, je me fournissais chez une maquilleuse sur Broadway, mais apparemment elle n'est plus dans les parages.

— Je vais consulter mes registres.

Ils repassèrent dans le magasin. Assis sur un tabouret, l'un des petits-fils d'Esther bouquinait. La matinée n'était guère avancée. À cette heure, Levi avait sûrement été le seul et unique client de la journée. Esther attrapa un grand carnet relié de cuir derrière la caisse-enregistreuse.

— Tu ne me parles pas de maquillage pour des photos de mannequins ou une émission de télé ?

— Non, plutôt du matériel comme on utilise pour Halloween. Du latex liquide, des éponges, des pinceaux, des prothèses, ce genre de choses.

Esther posa son carnet d'adresses sur le comptoir en le tournant vers lui, son index pointé sur un nom.

— Va voir Louisa en lui disant que c'est moi qui t'envoie. C'est une épée dans son domaine, elle travaille pour un studio de cinéma. Elle ne traite pas avec le public, mais je suis sûre qu'elle aura ce dont tu as besoin.

Levi lut le nom et le numéro, puis ferma les yeux. Il voyait la page aussi clairement que si ses paupières avaient été ouvertes.

— Merci, Esther, je l'appellerai, dit-il, avant de se tourner vers le petit-fils. Alors, Ira, il te plaît ce livre ?

Le garçon releva la tête, avec un petit sourire en coin.

— Oui, c'est cool. Mais moi, c'est Moishe. Ira est né dix minutes après moi et il se comporte comme s'il était dix ans plus jeune.

— Moishe, sois gentil, grommela Esther en lui ébouriffant les cheveux.

Puis elle se tourna vers Levi et lui remit une enveloppe.

— La petite note est dedans.

Levi jeta un œil à l'intérieur et ses yeux s'arrondirent.

— Je suppose que vous ne prenez pas les chèques ? demanda-t-il sur le ton de la plaisanterie.

Elle inclina la tête sur le côté, faisant trembloter son double menton.

— Et je suppose que tu n'as pas envie de prendre mon pied dans ton *tuchus* ?

— Je repasserai plus tard avec du cash, dit-il en souriant.

— Très bien. Alors à tout à l'heure.

Comme il marchait dans le froid de la rue, son téléphone se mit à vibrer.

— Ouais, dit-il en le portant à son oreille, tandis que des volutes blanches s'échappaient de sa bouche.

— Levi, c'est Denny.

— Salut, Denny, ça va ?

— J'ai ton truc. Tout est prêt en avance. Tu peux passer quand tu veux.

— Génial. Je suis précisément dans le quartier. Je peux passer maintenant ?

— Bien sûr. Alors à tout de suite.

Levi mit le cap sur la banque. Il avait besoin de liquide pour régler Denny et Esther.

Autrefois, quand il récupérait un paquetage technique préparé par Gerard, il avait toujours l'impression d'ouvrir un cadeau de Noël. Le père de Denny rajoutait toujours quelques bonus intéressants. Levi avait dans l'idée que Denny s'était efforcé d'être aussi créatif que son paternel.

Il sentit ses mains devenir moites d'excitation.

Levi passa la plus grande partie de la journée en compagnie de Denny dans la réserve de Gerard à l'arrière du bar, à examiner en détail toutes les nouveautés de sa mallette – des articles les plus banals, tels que des outils de crochetage ou des micros de surveillance avec émetteurs hautes fréquences intégrés, à des technologies bien plus sophistiquées.

Denny ouvrit un ordinateur portable et l'écran afficha le logo de Windows.

— En apparence, il s'agit d'un ordinateur tout ce qu'il y a de normal, dit-il. Mais en réalité, c'est un cheval de Troie. Regarde.

Il referma le capot et appuya sur un bouton dissimulé à l'arrière. Ensuite, à l'ouverture, il tomba directement sur l'intérieur du châssis de l'ordinateur.

— Là, c'est la batterie, dit Denny en retirant un objet oblong qui occupait pratiquement l'intégralité de l'espace. Il s'agit d'une batterie miniature au lithium-ion fabriquée spécialement, poursuivit-il en appuyant de chaque côté, révélant son espace intérieur complètement évidé. Comme tu peux voir, la partie interne est protégée par un blindage et tu peux y stocker ce que tu veux.

— Si je comprends bien, je pourrais y cacher une arme ou un explosif et personne n'en saurait rien ?

Avec un sourire malicieux, Denny sortit de sa poche le plus petit pistolet à deux coups que Levi avait jamais vu.

— C'est à ça que je pensais quand j'ai conçu le boîtier de la batterie. La cavité à l'intérieur fait 1,6891 centimètre et ce petit bijou a été usiné à la machine à commande numérique pour avoir très exactement cette largeur.

Il introduisit la toute petite arme dans le boîtier, puis en sortit une seconde de sa poche arrière, qui vint se loger également à cet endroit. Ensemble, les deux armes y tenaient à la perfection.

Denny tendit la batterie refermée à Levi, qui se mit à la secouer. Rien ne bougeait.

— Et qu'est-ce qu'ils tirent ? demanda-t-il en rendant l'objet à son concepteur.

— Du .45 ACP. Des ogives de 255 grains. Crois-moi, ça envoie. Deux munitions chacun.

Il replaça la batterie à l'intérieur de l'ordinateur, reverrouilla le châssis, puis remit l'ensemble dans son logement à l'intérieur de l'attaché-case.

— Il n'y a pas de sécurité, mais il y a un poids de départ de près de cinq mille grammes, donc il n'y a pas trop à s'inquiéter d'un tir accidentel.

Levi sortit l'un de ses nouveaux couteaux de lancer pour le montrer à Denny.

— Tu as une idée sur comment je pourrais monter avec ça à bord d'un avion ? Je ne suis pas trop chaud pour enregistrer, si tu vois ce que je veux dire.

— J'imaginais bien que tu pourrais me demander quelque chose comme ça, dit Denny en passant ses doigts le long des bords de la mallette. Tu as vu comment ses flancs semblent légèrement bombés ? Le problème, c'est que ça passe dans le scanner à rayons X et qu'au moindre doute, ils vont tout désosser. Donc, impossible de blinder l'attaché-case. En revanche, les bords d'une mallette métallique… Qu'est-ce qu'on peut y trouver d'autre que les tringles à la jonction des flancs de métal ?

Denny brandit ses mains devant lui en agitant joyeusement les doigts. À chaque annulaire, il portait une bague en or.

— Des aimants au néodyme sont intégrés dans ces anneaux. Si je les place ici et là…, expliqua-t-il en les positionnant sur des points spécifiques sur les flancs.

Les parois intérieures de la mallette s'ouvrirent d'un coup, révélant un mince espace le long des bords. Levi y glissa sa dague, puis remit en place le flanc de l'attaché-case, qui se verrouilla avec un cliquetis métallique.

— Il tient tout juste, dit-il avec un sourire.

— Et cet espace est complètement étanche. Même si quelqu'un a l'idée de regarder pile à cet endroit-là, les rayons X ne lui révèleront rien d'autre que la structure métallique elle-même.

Denny rouvrit le compartiment secret et Levi récupéra sa dague.

— Bien sûr, précisa encore Denny, il faudra l'envelopper dans de la mousse ou quelque chose comme ça pour bien l'immobiliser.

Puis il prit un autre article dans un compartiment de la mallette pour le passer à Levi. Il ressemblait à une espèce de gros téléphone cellulaire.

— Qu'est-ce que c'est ? demanda Levi. Et pourquoi c'est si lourd ?

— J'ai pris un téléphone satellite standard et j'y ai ajouté quelques-uns de mes petits trucs, expliqua Denny en produisant un second appareil, copie conforme du premier. J'ai ajouté un processus automatique d'établissement de la liaison entre ces deux téléphones. Quand tu m'appelles, ou bien quand moi je t'appelle, personne n'est en mesure de s'immiscer. Pour le chiffrement, j'ai mis une technologie militaire. Et les deux appareils changent d'interpréteur de façon aléatoire à chaque appel, sur la base d'une synchronisation sur une horloge atomique. Si la NSA mobilisait toute la capacité de son Centre de données de l'Utah, elle parviendrait à craquer ce système en deux ou trois mois, mais ce ne serait que pour un seul message. Pour faire bonne mesure, j'ai ajouté un brouilleur permettant de masquer la position. Si quelqu'un essaie de te suivre, il te verra juste sauter de position en position. Mon numéro est préprogrammé sur ce téléphone, mais bien sûr tu peux aussi passer des appels non sécurisés si besoin.

Levi remit le téléphone à sa place dans la mallette.

Ensuite, Denny sortit une ceinture d'apparence tout à fait ordinaire et une casquette de baseball de couleur noire.

— Enfin, ces deux petites choses sont ma grande fierté. Vas-y, mets-les. La ceinture, tu peux la passer par-dessus tes vêtements. C'est juste un essai.

Levi se ceignit la taille et posa la casquette sur la tête.

— Hé, je sens quelque chose sur mon cuir chevelu.

— Oui, répondit Denny en raccordant un fil qui allait de la ceinture à la casquette. La ceinture intègre un pack de batteries monté sur une structure souple. Quant au couvre-chef... Quelques explications s'imposent... Pour faire simple, disons que la casquette te prévient lorsque quelqu'un t'observe.

— Quoi ?

— Une petite démonstration, ce sera plus simple, reprit Denny en s'écartant. Ce que tu sens à l'intérieur de doublure de la casquette, ce sont des petits contacteurs câblés, uniformément répartis sur tout le pourtour de ta tête. Par leur intermédiaire, si quelqu'un se met à te regarder de façon un peu insistante, tu ressentiras un petit picotement localisé correspondant à l'endroit où se trouve la personne qui t'observe.

— C'est des conneries, dit Levi en s'adressant à Denny qui lui tournait le dos. Ce n'est pas possible.

Denny se retourna pour fixer Levi pendant plusieurs secondes.

— Je ne sens rien…

À peine avait-il prononcé ces mots que Levi ressentit comme un étrange fourmillement à l'avant de son crâne, précisément dans l'axe où se tenait Denny. Lentement, il tourna la tête et la sensation suivit le mouvement. C'était toujours le contacteur le plus proche des yeux de Denny qui était activé.

Avec un grand sourire, Denny se mit à tourner autour de Levi, sans le lâcher du regard. Le picotement sur le crâne de Levi suivit très exactement son déplacement.

— C'est stupéfiant… Et ça fonctionne dans la foule ?

Denny hocha la tête.

— J'ai intégré un circuit dans le câblage pour limiter les faux positifs. Dans une foule, tout le monde regarde partout. Les regards des gens se posent sur toi avant de papillonner ailleurs. Toi, tu veux être informé uniquement des yeux qui te fixent sans dévier. Je l'ai testé en extérieur avec Carmen. J'ai même réussi à éliminer les faux positifs induits par les reflets, les miroirs et les choses comme ça.

— Comment ça marche ?

Denny débrancha le fil entre la ceinture le couvre-chef pour montrer à Levi la résille électronique dans la doublure intérieure de la casquette.

— Dans la nuit, cela t'est déjà arrivé de voir le reflet d'une lumière dans les yeux d'un animal ? Tu visualises l'étrange halo que cela produit ?

Levi confirma d'un signe de tête.

— L'homme ne possède pas cette couche réfléchissante au fond de l'œil qui donne sa luisance au regard animal. Pour que notre rétine reflète la lumière, il faut une source plus intense. Tu as déjà vu ce que produit le flash d'un appareil-photo.

— Les yeux rouges ?

— Exactement, dit Denny en montrant une série de tubes minuscules qui pointaient vers l'extérieur depuis la doublure. Ce que tu vois là, c'est un peu fou. Si tu pouvais voire la lumière que cela produit, ça te mettrait la tête à l'envers tant elle est intense.

— Comment ça ?

Denny réfléchit un instant en esquissant une petite moue, lèvres serrées.

— Normalement, l'œil humain ne voit la lumière qu'à certaines longueurs d'onde. Par exemple, les couleurs de l'arc-en-ciel, qui vont du rouge au violet, ont des longueurs d'onde allant grosso modo de sept cents à trois cent cinquante nanomètres. Plus la longueur d'onde est élevée, plus on est près du rouge, plus elle diminue, plus on se rapproche du violet. Ça, c'est que voit l'œil humain, mais la lumière ne s'arrête pas là. Et cette casquette diffuse de la lumière dans toutes les directions à environ mille cinq cent cinquante nanomètres, très loin dans le spectre de l'infra-rouge. Chacun de ces micro-lasers consomme une sacrée quantité d'énergie, et d'autant plus que son angle d'émission varie environ vingt fois par seconde. Donc, schématiquement, ta casquette projette dans toutes les directions une lumière invisible suffisamment forte pour rebondir sur ce qu'elle rencontre. Et c'est là qu'interviennent mes filtres électroniques. Parce qu'en effet, je filtre tous les signaux qui reviennent et je t'avertis si l'un d'eux semble te suivre.

— Ça fonctionne jusqu'à quelle distance ?

— Une petite centaine de mètres. Au-delà, cela devient plus hasardeux.

Levi retira la ceinture et Denny remisa soigneusement les deux éléments dans la mallette.

— Très bien, dit Levi, si je résume, j'ai sur la tête une casquette qui bombarde de la lumière invisible dans toutes les directions. Et si quelqu'un m'observe, cette lumière rebondit et les capteurs de la casquette m'en informent.

— Une bien meilleure description que celle que je t'ai donnée, répondit Denny avec un large sourire. C'est exactement ça. Toutefois, ajouta-t-il un index levé, c'est à utiliser uniquement en plein jour et à condition que personne à la ronde ne soit équipé de lunettes de vision nocturne, sans quoi tu risques de ressembler à un putain de phare dans la nuit.

— C'est logique. À ne pas utiliser la nuit, donc.

Denny remit à Levi un petit sachet en plastique contenant les deux anneaux d'or.

— Ils devraient t'aller, dit-il en tapotant la mallette ouverte devant lui. Tu as des questions ?

Levi secoua la tête et tira une épaisse enveloppe de sa poche intérieure.

— Tiens… Il y a ce que tu as demandé, plus un petit quelque chose.

Denny prit l'enveloppe et les deux hommes échangèrent un check, poing contre poing.

— Merci, mec… Alors, c'est pour quand le départ ?

— J'attends le visa, mais ça ne devrait plus tarder.

Denny leva son exemplaire du téléphone satellite.

— En tout cas, je le garderai en permanence à portée de main. Si tu as besoin de quelque chose, n'importe quoi, préviens-moi. Je ferai tout mon possible.

— Crois-moi, je risque de t'appeler avant même que tu ne te sois rendu compte que j'étais parti.

Denny referma l'attaché-case et le tendit à Levi. Les deux hommes repartirent d'un pas tranquille.

— C'est quoi ta prochaine course, demanda Denny en posant son index sur le capteur biométrique dissimulé dans les petits carreaux au mur.

La porte s'ouvrit et ils repassèrent dans le bar. Quelques têtes se tournèrent dans leur direction. Carmen était affairée derrière le comptoir.

— Je vais aller acheter un peu de maquillage.

— Du maquillage ? s'étonna Denny en haussant un sourcil.

— Tu as quelque chose contre ? demanda Levi, pince-sans-rire.

Denny éclata de rire.

— Pas du tout, mec. Si c'est ton truc, vas-y.

L'un des consommateurs au bar se retourna vers Denny.

— Hé, tu avais dit que tu aurais de la bière *Red Stripe*. C'en est où cette histoire ?

— Howie, intervint Carmen. Je t'ai déjà expliqué. La commande est passée, mais on n'a pas encore été livré. Alors, calmos.

— Écoute, Howie, dit Denny. Pour te remercier de ta patience, tes potes et toi, vous avez dix pour cent de ristourne aujourd'hui.

Un sourire s'épanouit sur la bouille du client.

— Double whiskey, claironna-t-il en se tournant vers Carmen. Pour moi et mes potes.

Carmen jeta un regard cinglant à Denny.

Levi tapota amicalement l'épaule de son ami, puis sortit dans la rue. Il était presque l'heure…

Madison entra dans le bureau de son supérieur et s'assit dans le fauteuil visiteur en face de John Maddox. Ce dernier tapotait nerveusement sa table et, à en juger par la sombre expression de son visage, il était particulièrement stressé.

— Ça avait l'air grave, dit-elle. Qu'est-ce qui se passe ?

— C'est grave… On vient d'être avertis que le programme « Main morte » de la Russie a été activé. Quelqu'un déplace les charges nucléaires vers une « destination finale ». Ici, chez nous, ça chie des briques jusqu'au sommet.

— On sait où ils emportent les bombes ?

Maddox secoua la tête et fit glisser une enveloppe sur le bureau en direction de la jeune femme.

— Non, mais je vous envoie à Moscou. Quelqu'un viendra vous prendre dans la zone de récupération des bagages. Vous serez conduite dans une planque qui servira de base opérationnelle.

L'enveloppe contenait un nouveau passeport avec sa photo, ainsi qu'un visa de tourisme pour la Fédération de Russie.

— Quoi ? Je m'appelle Nicole Cole ? Vous êtes sérieux ?

Maddox haussa les épaules.

— Hé, ce n'est pas moi qui ai choisi le nom. N'oubliez pas, vous êtes sous couverture non officielle. Alors, pas question de risquer de griller votre identité. Vous êtes juste une touriste américaine insouciante qui va visiter Moscou. Aucun papier officiel ne peut être émis sous votre identité réelle. Bien sûr, votre identité d'emprunt tient la route, mais c'est à peu près tout. Cela devrait vous laisser les coudées franches et, si tout va bien, empêcher que le FSB vienne vous renifler de trop près.

Successeur de l'infâme KGB, le FSB avait une propension à suivre toutes les personnes entrant et sortant de l'ambassade.

— Est-ce qu'on a la moindre piste ? Est-ce qu'on a réussi à retrouver la trace de cette Katarina ?

Maddox tourna vers elle son ordinateur, un petit sourire sur les lèvres.

— Non, mais dans le même ordre d'idées, un développement intéressant vient de se produire.

Madison se pencha en avant pour regarder l'écran, tandis qu'il préparait le lancement d'une commande.

— Tout ce qui est lié au projet Arrow est devenu priorité numéro un dans toute la communauté du renseignement. À présent, la reconnaissance biométrique est activée dans les terminaux et aéroports ouverts au public. Et devinez ce qui nous a été signalé hier soir ?

Il appuya sur la touche Entrée et une vidéo démarra. On y voyait un homme bien habillé en train de passer les contrôles de sécurité. Son visage était en partie dans l'ombre, mais quelque chose dans son profil... ses cheveux, son menton...

— Non..., souffla-t-elle. C'est... Yoder ?

Maddox appuya sur la barre d'espacement et une image parfaitement claire de Lazarus Yoder apparut sur l'écran.

— Cela nous a été transmis par un lecteur de passeports à JFK.

Madison sentit une vibration électrique la traverser.

— C'est sans aucun doute Lazarus Yoder. Putain, il n'est pas mort.

— Apparemment pas, dit Maddox avec un sourire en coin. Mais l'identité du passeport n'est pas celle de Lazarus Yoder. Il s'agirait d'un certain Ronald Warren. On le voit là à l'embarquement sur un vol Aeroflot à destination de Moscou. En première classe.

— Ronald Warren ?

— Je sais... Vous comme moi savons que c'est Lazarus Yoder.

Pourtant, tout est conforme. Le passeport est valide et c'est bien sa photo qui y figure. J'ai vérifié. Bon, j'ai chargé du monde d'enquêter de ce côté-là, mais il se trouve que j'avais lancé une autre recherche et que je viens de recevoir une réponse, juste avant votre arrivée. Regardez…

Maddox appuya à nouveau sur la barre d'espacement. Sur l'écran apparut alors l'image d'un homme assis dans fauteuil roulant. Lazarus Yoder. Il avait l'air à bout de forces. Complètement exténué. Madison pouvait presque ressentir la douleur qu'il éprouvait.

— C'était il y a deux mois, à l'aéroport de Los Angeles, dit Maddox. Je ne sais pas comment, mais on l'a loupé quand il est revenu du Népal. Peut-être parce qu'il n'a pas été au bout du vol qu'il avait retenu. Quoi qu'il en soit, on dirait bien que Yoder est vivant et en bonne santé.

— Il a dû être blessé ou quelque chose comme ça. Sinon, pourquoi le fauteuil roulant ?

— Aucune idée. Mais quoi que la tueuse ait pu faire, il en a manifestement subi les conséquences. Notre profileur estime qu'il part à Moscou pour exercer des représailles.

Maddox se pencha en avant sur son bureau, un sourire sur les lèvres.

— Yoder peut identifier cette Katarina. Et elle peut très probablement nous mener à Vladimir. J'ai des gens en place qui l'attendent à l'arrivée. Si tout va bien, quand vous-même arriverez dans le pays, nous aurons une idée plus précise de là où aller.

Maddox laissa filer un instant de silence, puis regarda la jeune agente avec une lueur d'inquiétude dans les yeux.

— Maddie, à un moment ou un autre, vous vous retrouverez peut-être face à ce type. Soyez très prudente. Manifestement, il a un certain savoir-faire… Et des ressources, dit-il en appuyant sur une touche de son clavier pour rappeler la photo du passeport. C'est le visage de quelqu'un qu'on pourrait s'attendre à voir défiler sur un tapis rouge, ou bien en couverture d'un magazine masculin. Mais ne vous y trompez pas. Il ressemble peut-être au type d'à côté, mais il est très probablement parti là-bas pour tuer, sans vraiment se soucier de ceux qui seront sur son chemin. Si on parvient à le retourner, il pourra être un pion utile. Rien de plus. Et pour l'heure, il est notre piste la plus prometteuse. Si ça se trouve, il sait déjà qui est Vladimir. Et s'il ne le sait pas, il est sur la piste d'une tueuse qui, elle, a cette information.

Madison ramassa son nouveau passeport.

— Je pars quand ?

Une ombre de culpabilité passa fugacement sur les traits de Maddox, bien vite remplacée par une expression marmoréenne.

— Je vous ai réservé une place sur un vol Air France, au départ de l'aéroport de Washington-Dulles à dix-huit heures trente-cinq ce soir.

Madison écarquilla les yeux en regardant sa montre.

— Merde, ça me laisse juste…

— Une voiture du FBI vous attend. Ils feront en sorte de vous conduire chez vous puis à l'aéroport dans les temps.

— Le FBI ?

— Je vous ai dit, cette affaire suscite bien plus d'intérêt que vous ne l'imaginez, dit Maddox en se levant. Vous avez des questions ?

Madison se leva à son tour et fit non de la tête.

À son intense surprise, Maddox lui tendit sa main à serrer par-dessus le bureau.

— À bientôt, Maddie. Et si besoin, vous pouvez me joindre à toute heure du jour et de la nuit. Et maintenant, filez. Ils vous attendent devant l'entrée principale.

Madison s'élança dans le couloir.

CHAPITRE SEIZE

Installé en première classe pour la première fois de sa vie, Levi avait profité sans vergogne du service le plus important à ses yeux qu'offrait cette catégorie exclusive : le bouton « Ne pas déranger » associé à son siège. Il s'était donc installé pour dormir tranquillement et se réveiller juste comme l'appareil entamait sa descente.

À présent, avec la lanière en cuir de son bagage cabine à l'épaule et la poignée de son attaché-case dans sa main gauche, il avançait au milieu de la cohue dans le hall de l'aéroport international Chérémétiévo.

Au sortir du terminal, il fut accueilli par une bourrasque d'air glacé. La température était largement négative. Du grésil lui cinglait le visage. Une odeur de diésel emplissait l'atmosphère.

Un homme en costume se précipita à sa rencontre, un petit panonceau à la main, sur lequel était écrit « Ronald Warren ».

— Monsieur Warren, dit-il le souffle court, les joues rougies par le froid. J'ai votre voiture. Je m'appelle Eugène et je suis le chauffeur de votre hôtel.

Son anglais était pratiquement parfait, avec juste un léger accent.

Levi fronça les sourcils.

— Je n'ai pas demandé de voiture.

L'homme eut l'air surpris. Il sortit de sa poche une feuille imprimée, la survola un instant, puis la montra à Levi.

— C'est organisé à l'avance par votre agent de voyage. Voici le bon de commande de la réservation. Vous êtes bien Ronald Warren, n'est-ce pas ?

Levi examina le document, sur lequel figurait une copie scannée de son passeport, avec sa photo, ainsi que les données de son vol, jusqu'au numéro de son siège. Et tout cela était imprimé sur un papier à en-tête de l'hôtel.

— Mon agent de voyage…, gloussa Levi en imaginant Frankie procédant à toutes ces opérations. J'imagine qu'il a oublié de me parler de la voiture.

— Je prendre votre bagage, dit l'homme en tendant la main vers la mallette. La voiture est garée au parking courte durée juste à côté. Si vous voulez bien me suivre.

Levi raffermit sa prise sur la poignée de son attaché-case et la sangle de son petit sac cabine.

— Non, c'est bon, merci, répondit-il en secouant la tête. Et maintenant, allons nous mettre au chaud.

— Oui, monsieur, répondit le chauffeur en montrant la route dont le bitume avait été sablé. Faites attention, le sol peut être gelé par endroits, ajouta-t-il en s'engageant sur le passage piéton en direction de l'air de stationnement.

Un instant plus tard, Levi s'installait à l'arrière d'une berline Mercedes Classe S flambant neuve, tout imprégnée d'une délicate odeur de cuir. Le chauffeur mit le contact et lança une discrète musique d'ambiance. Du classique. Levi se détendit, tandis que la puissante voiture s'engageait en douceur dans la circulation, pour gagner l'autoroute M11, cap vers le centre de Moscou.

— Dites-moi, dit Levi en russe, Eugène, c'est votre vrai nom ?

Les yeux du chauffeur s'écarquillèrent un instant. Il sourit, puis répondit en s'exprimant en russe lui aussi.

— Oh, votre russe est excellent… Oui, bien sûr, Evgueni est mon prénom dans ma langue maternelle, mais on m'a dit que Eugène en était l'équivalent. Je l'utilise donc pour les visiteurs étrangers. Je crois que c'est plus facile à prononcer pour les Américains et les Européens. Vous ne croyez pas ?

— Vous avez sans doute raison. Les Américains en particulier ont toujours des difficultés avec les noms étrangers. Combien nous faut-il de temps pour arriver à l'hôtel ?

— Cela ne devrait pas être long. Une demi-heure, plus ou moins. Voulez-vous que je vous réserve une table pour le dîner à l'hôtel ? Nous avons un restaurant italien où l'on mange très bien.

— Non, je vous remercie.

Levi jeta un coup d'œil à sa montre, déjà réglée sur l'heure locale. Il était déjà trop tard pour aller à l'université.

— Evgueni, c'est mon premier séjour à Moscou. Demain, si je veux prendre un taxi, est-ce qu'il y a des choses à savoir ?

— Je vous recommanderais de voir ça avec la conciergerie de l'hôtel. Ils sauront vous aider.

— Oui, mais si je ne suis pas près de l'hôtel ? Aux États-Unis, on trouve très facilement des taxis en ville.

Evgueni secoua la tête.

— Ici, ce n'est pas possible. On ne peut pas arrêter un taxi simplement en lui faisant signe. Cela étant, comme vous parlez russe, vous ne devriez pas avoir de problème. À l'hôtel, je vous donnerai une liste des compagnies de taxi. Quand vous en voulez un, vous appelez leur centrale de réservation et ils envoient une voiture à l'endroit où vous êtes.

À cause des encombrements, il leur fallut un peu plus que la demi-heure annoncée, mais Levi mit ce temps à profit pour se laisser aller. Finalement, il pénétra dans le hall de l'hôtel.

Incontestablement, Frankie n'avait pas mégoté. L'entrée et la réception formaient un immense espace pavé de marbre, d'où s'élançaient des colonnes de style romain jusqu'à près de dix mètres de hauteur. De la porte au comptoir d'accueil, il y avait bien une trentaine de mètres, une courte balade au cours de laquelle il lui fut plusieurs fois demandé s'il voulait qu'on s'occupe de ses bagages.

À son dernier passage en Russie, Levi ne possédait rien d'autre que les vêtements sur son dos. Le souvenir de ce temps-là formait un contraste pour le moins saisissant avec la profusion de ce nouvel environnement.

— Bonsoir, monsieur Warren, dit une grande femme blonde derrière le comptoir, dans un anglais presque parfait.

Le badge sur sa poitrine indiquait qu'elle s'appelait « Tiffany », mais juste en dessous, il était également indiqué « Tatiana ». Ses doigts s'agitaient à toute vitesse sur son clavier.

— J'espère que vous avez fait bon voyage et que la circulation n'était pas trop dense depuis l'aéroport, poursuivit-elle en souriant de toutes ses dents. Votre chambre est prête. Pourrais-je avoir votre passeport, s'il vous plaît ? demanda-t-elle en tendant la main. Ainsi que la carte de crédit avec laquelle vous souhaitez laisser une empreinte bancaire.

Levi lui remit son passeport et la carte American Express *Platinum*, tous deux au nom de Ronald Warren. Elle fit une copie de la pièce d'identité et passa la carte dans le lecteur, tout en lui faisant l'article des installations de l'hôtel, sans cesser un instant de tapoter sur son clavier.

Levi se retourna pour contempler l'immense lobby derrière lui, en accordant une attention particulière aux personnes près de l'entrée.

Par-dessus son épaule, il posa une question en russe.

— Tatiana, vous savez où je pourrais acheter des vêtements usagés ?

— Pardon ? Je ne suis pas sûre d'avoir bien compris… Vous voudriez acheter des vêtements « usagés » ?

Il se retourna vers elle. La jeune femme avait l'air sincèrement perplexe.

— C'est ça. Aux États-Unis, il y a des endroits où les gens peuvent donner les vêtements qu'ils ne portent plus. Et d'autres personnes viennent les acheter. Est-ce qu'on trouve ce genre de boutiques à Moscou ?

Tatiana secoua la tête.

— Je ne pense pas, dit-elle, avant de se raviser en levant un index devant elle. Je vous demande un petit instant, je vais me renseigner.

Elle prit un téléphone et échangea rapidement quelques phrases avec un interlocuteur. Puis, avec un petit sourire, elle raccrocha et prit une carte de Moscou.

— Ici, dit-elle en traçant un cercle, autour de la Loubianka, vous trouverez des magasins où l'on vend des vêtements dits « *vintage* ». C'est peut-être ça que vous cherchez.

Même Levi avait entendu parler de la Loubianka. Cet immeuble infâme avait été le siège du KGB, mais à en juger par l'évolution de la Russie depuis l'ère soviétique, sans doute y trouvait-on désormais un concessionnaire Maserati ou Ferrari.

Levi sourit en lui tendant un billet de mille roubles, soit une quinzaine de dollars.

— Oh…, dit-elle en secouant la tête. Ce n'est pas nécessaire.

Comme elle repoussait le billet vers lui, il posa une main sur celle de la jeune femme.

— Vous n'étiez pas obligée de chercher l'information que je vous demandais. Prenez-le. Et merci.

Les joues un peu rouges, elle empocha le billet.

— Combien de cartes clés voulez-vous ?

— Une seule.

Levi ferma les yeux. Il avait toujours en mémoire une image parfaitement nette des gens aperçus dans le hall.

Tatiana lui tendit sa carte clé glissée dans une enveloppe, en pointant le numéro qu'elle avait écrit dessus.

— Vous avez les ascenseurs sur votre gauche et c'est au cinquième étage. Je vous souhaite un excellent séjour à Moscou et au *Four Seasons*.

Levi se pencha vers elle.

— Vous travaillez jusqu'à quelle heure ? murmura-t-il.

De nouveau, les joues de la jeune femme s'empourprèrent. Mais son expression stupéfaite céda bien vite le pas à une petite moue dépitée.

— Malheureusement, je viens juste de prendre mon service. Je serai ici jusqu'à demain matin.

Toujours souriant, Levi préleva un billet de deux mille roubles dans la liasse au fond de sa poche, un argent changé à JFK pour ses faux frais, puis le glissa discrètement dans la main de la jeune femme.

— Je redescendrai un peu plus tard. Prévenez-moi si quelqu'un est venu se renseigner à mon sujet.

— Oh, mais nous ne donnons pas les numéros de chambre…

— Je sais, mais si quelqu'un vient poser des questions, essayez de bien vous souvenir de son apparence. C'est d'accord ?

Et sans laisser à Tatiana le temps de répondre, Levi partit en direction des ascenseurs et appuya sur le bouton orné d'une flèche vers le haut.

Pendant qu'il attendait, Levi perçut nettement des palpitations au creux de son ventre. Ses cheveux se dressaient sur sa tête.

Il avait la très nette sensation que quelqu'un l'observait.

Il était deux heures du matin et les rues de Moscou étaient désertes. Madison inclina la tête sur le côté pour dénouer les muscles endoloris de son cou.

— Le vol a été difficile ? demanda l'agent Don Jenkins.

Les deux collègues marchaient en direction de l'entrepôt.

— Le vol s'est bien passé, mais j'occupais le fauteuil du milieu, coincée entre deux types au gabarit « sumotori ».

— Je vois tout à fait.

Madison avait atterri douze heures plus tôt. À l'aéroport, Don et deux autres agents l'attendaient. Ils l'avaient emmenée dans une planque, en l'occurrence une maison anonyme et banale dans les faubourgs de Moscou. Après un briefing sur la situation, elle avait pu dormir un peu.

Et à présent, emmitouflée dans son blouson, elle regardait Don sortir son petit matériel de crochetage, tout en surveillant les abords plongés dans une obscurité glauque. Le réverbère le plus proche était à une cinquantaine de mètres.

De quelque part aux alentours leur parvenait le bruit de l'eau coulant contre la berge, ponctué des crissements produits par les frictions des blocs de glace les uns contre les autres. *La rivière Moskova.*

D'après leurs sources, les bombes nucléaires disparues avaient probablement été remontées depuis la mer Noire par diverses voies fluviales débouchant sur la rivière Moskova. Et depuis, elles étaient censément entreposées dans l'un des innombrables entrepôts disséminés sur les quais.

Elle entendit le grincement feutré du métal contre le métal, puis un déclic.

— C'est bon.

Don entrouvrit la porte. Puis ils se glissèrent à l'intérieur et reverrouillèrent derrière eux.

Il régnait un noir absolu à l'intérieur de l'entrepôt.

— Allez, on s'y met et on s'arrache d'ici, murmura la voix désincarnée de Don.

De son sac à dos, Madison sortit ses jumelles de vision nocturnes. Elle se débattait avec la sangle quand Don se pencha sur elle.

— Attends, je vais t'aider.

Elle sentit ses mains se poser sur les siennes.

— Voilà, maintenant enfile-les.

Madison déposa l'équipement sur sa tête et Don appuya sur l'interrupteur. Un monde baignant dans une lumière verdâtre apparut devant elle. L'entrepôt était gigantesque : trente mètres de profondeur sur au moins le triple en largeur.

Don sortit le détecteur de neutrons rapides de son sac à dos. Avant son départ, Madison avait reçu une formation expresse sur les technologies de détection des matières radioactives. Grosso modo, il s'agissait du même dispositif que ceux utilisés dans ports aux États-Unis, mais dans une version portable. Par son aspect, il rappelait beaucoup le détecteur de métaux que Madison possédait chez elle, mais en lieu et place du détecteur de type « poêle à frire » à son extrémité, celui était équipé d'une sorte de cylindre de la taille d'un poignet.

Madison sortit son propre détecteur de son sac et en étira la perche télescopique avant de la verrouiller.

— Alors, on procède comment ? demanda-t-elle à voix basse en montrant d'un geste du bras l'étendue autour d'elle.

— Les premiers types vont rappliquer sur les quais sur le coup de cinq heures. Nous, dans deux heures on est partis. On reste à portée de vue l'un de l'autre, au cas où.

D'un geste, il lui indiqua de partir sur la gauche de la première travée, tandis que lui-même allait à droite en baladant son détecteur de haut en bas le long des conteneurs entreposés.

De son côté, Madison promena lentement son instrument de bas en haut du premier conteneur, les yeux rivés sur la minuscule LED près de la poignée. Elle s'allumerait uniquement en présence de matière radioactive.

Madison déverrouilla la perche pour replier son matériel à une taille lui permettant de le ranger dans son sac à dos. Elle avait les épaules en feu Au bout de deux heures, ils n'avaient rien trouvé.

— Ça craint, murmura Don avec une grimace.

— Ouais… Et il y a encore combien d'entrepôts ?

— Beaucoup trop, malheureusement. Mais ce n'est pas de ça dont je parlais. Ça craint d'avoir à se trimballer cette foutue perche à bout de bras au-dessus de la tête pendant des heures. Je ne sais pas pour toi, mais moi je ne sens plus mes bras.

Madison tendit les mains vers le plafond en faisant jouer ses épaules pour évacuer l'acide lactique accumulé dans ses muscles.

Ils sortirent dans la lumière blafarde entre chien et loup, puis retirèrent leurs dispositifs de vision nocturne pour les remettre dans leurs sacs. Puis Don s'agenouilla devant la porte avec ses petits instruments de crochetage pendant que Madison faisait le guet en soufflant dans ses mains. Elle sentait la morsure du froid sur ses pommettes.

Un cliquetis métallique.

— C'est fermé, murmura Don.

Ils s'éloignèrent de l'entrepôt en suivant la berge au bord de l'eau. Ils s'étaient garés à deux kilomètres de là dans un parking public. Quelques flocons de neige voletaient dans l'air. Don enfouit ses mains au fond de ses poches. Son visage était presque entièrement masqué par les volutes blanches qui s'échappaient de sa bouche.

— Et donc, dit Madison, c'est ça que tu fais depuis ton arrivée ici ?

— Plus ou moins. C'est la classe, non ?

Elle émit un petit grognement.

Tout à coup, des voix leur arrivèrent, portées par le vent.

Instantanément, Don lui tendit son bras. Madison se souvint alors de leur discussion, juste avant le départ, au sujet des stratégies à adopter s'ils venaient à croiser quelqu'un. Elle se serra contre lui, accrochée à son bras. Ils avaient tout l'air d'un couple sorti au petit matin pour une balade romantique.

Sous l'un des rares réverbères le long de la rivière, quelques adolescents riaient très fort, ivres à l'évidence.

— Attention, souffla Don.

Le froid qui s'était insinué en elle disparut d'un coup. Elle avançait d'un pas décidé, en s'efforçant de ne pas croiser le regard des jeunots turbulents.

— Hé ! cria l'un d'eux.

Madison et Don accélérèrent imperceptiblement l'allure, ignorant le petit groupe.

L'un des garçons se précipita devant eux.

— Hé ! Z'avez de la monnaie ?

Ils tentèrent de le contourner, mais les trois autres arrivaient déjà.

— Fais pas comme si tu ne nous avais pas vus, salope !

— Hééé…, intervint un autre en détaillant Madison avec insistance. Elle a peut-être autre chose à nous offrir.

— Ça suffit, gronda Don dans un russe parfait. Lâchez-nous.

— Sinon quoi ? demanda le plus grand et le plus costaud en sortant un couteau, un sourire cruel sur les lèvres. Allez, envoyez la thune !

Un autre s'approcha de Madison pour lui caresser les cheveux. Madison sentit son rythme cardiaque s'accélérer et ses muscles se crisper.

Puis ce fut le chaos.

Madison tordit le bras du garçon en lui balayant les deux jambes d'un seul coup.

Une matraque surgit dans la main de Don. Il l'abattit sur le poignet du manieur de couteau, envoyant la lame au loin.

Un troisième tenta de bondir sur Madison, mais un terrible coup de pied dans le plexus solaire calma ses ardeurs, le renvoyant en arrière tout chancelant.

Don brandit sa matraque devant le quatrième larron. Et le garçon tourna les talons pour filer droit devant. Les autres mauvaises graines l'imitèrent à leur tour.

Malheureusement, l'un d'eux, sans doute plus saoul que les autres, s'approcha un peu trop près du bord de son pas incertain et tomba dans l'eau.

— Merde, c'était quoi ? dit Don, d'une voix inquiète.

Madison lâcha une bordée d'injures et retira son sac à dos et son manteau.

— Attends, dit Don, tu ne vas quand même pas…

Elle courut jusqu'à la berge, esquissa une grimace et plongea.

Sous l'effet de la température glaciale, ses poumons se vidèrent d'un coup. Le froid lui brûlait la peau. Elle parvint à crocher par les cheveux le gamin en train de couler.

Dans la Navy, pour conserver son brevet et ses qualifications, elle devait régulièrement s'entraîner en conditions arctiques.

Oh comme elle détestait ces stages.

Moitié nageant, moitié marchant quand ses pieds touchaient le fond, elle halait le jeune escogriffe derrière elle. Enfin, les bras de Don lui enserrèrent la taille pour la tirer hors de l'eau. Unissant leurs efforts, ils parvinrent à hisser sur la berge le jeune voyou toussant et crachant.

D'un pas harassé et incertain, Madison remonta sur la voie le long de la rivière. L'air glacé et abrasif lui carbonisait la peau. Elle ramassa son blouson pour s'emmitoufler dedans. L'adolescent s'éloignait en titubant. Apparemment, il était suffisamment ivre pour ne pas être incommodé par le froid. Elle espérait qu'il soit encore suffisamment alerte pour se mettre à l'abri avant d'être cueilli par l'hypothermie.

— Alors là, c'est définitivement établi : ça craint ! dit Don en ramassant le sac à dos de Madison.

Madison ferma son blouson et se mit à sauter pour que son sang accepte de circuler de nouveau dans ses extrémités.

— Quel connard ! Il ne pouvait pas se contenter de tomber sur le trottoir ? râla-t-elle en récupérant son sac. Allez, viens, on retourne à la voiture. On est tous les deux trempés et pitoyables.

Don se mit à trottiner et Madison se joignit à lui.

— Tu sais, dit Don, je n'aurais pas moufté si tu avais laissé la sélection darwinienne faire son œuvre avec ce gamin.

Madison secoua la tête.

— Je n'avais pas besoin de ce petit con sur ma conscience.

Pendant qu'ils couraient côte à côte le long de la berge, Madison examinait les interminables rangées d'entrepôts. Une inquiétude commençait à lui venir. Et s'ils ne trouvaient jamais ce qu'ils étaient venus chercher ? Avec le système Main morte activé, est-ce que quelqu'un pourrait être assez fou pour faire exploser une bombe nucléaire et déclencher possiblement la Troisième Guerre mondiale ?

— Il faut qu'on trouve ces bombes, murmura-t-elle.

Levi sortit du taxi et passa la sangle de son sac à dos à l'épaule. Dans la rue derrière lui, un conducteur impatient klaxonnait rageusement. Sur le trottoir, une vieille femme poussait un chariot épandeur se sel de déneigement.

Il aurait pu venir directement en train pour une somme bien moindre, mais cela aurait considérablement simplifié les choses pour quiconque entendait le suivre. Il ne parvenait toujours pas à se défaire de cette impression persistante que quelqu'un l'observait. Et il ne savait pas si c'était une réalité ou le simple fruit de son imagination débordante. Heureusement, il ne manquait pas de fonds, de sorte que les taxis s'imposaient comme l'option la plus pratique.

Même l'air vif du matin restait lourdement imprégné de l'odeur d'essence. Levi prit une profonde inspiration. Il adorait l'alléchant arôme des *pirojkis* – ces beignets frits typiquement russes, généralement fourrés de choses délicieuses, sucrées ou salées.

Il était sur la perspective Lomonosovsky, une rue qui traversait l'Université d'État de Moscou, où Katarina avait été étudiante. Quelque part dans cette enceinte, il devait bien y avoir des traces administratives de son passage. Ces données étaient la clé pour la retrouver – et parvenir jusqu'à Vladimir.

Ses bottes crissaient sur la neige tandis qu'il se dirigeait vers la place Lomonosov. Il rajusta sa casquette et sentit les petits contacteurs contre son crâne. Les fils alimentant son couvre-chef serpentaient sous sa chemise de la plus discrète des façons, d'autant moins visibles qu'ils portait par-dessus un vieux trench-coat aux larges revers, qu'il avait remontés pour se protéger du vent et du froid. Ce genre de manteau n'était déjà plus très en vogue en Union soviétique depuis le début des années 1980, et sans doute depuis les années 1940 ou 1950 aux États-Unis, mais celui-ci lui tenait chaud et dissimulait ce qu'il ne voulait pas montrer.

Plus tôt dans la matinée, il avait parlé avec Tatiana. Elle lui avait dit que personne n'était venu s'enquérir de lui ou poser la moindre question. Ce qui était parfait. Puis, quand il s'était éloigné du comptoir, les capteurs à l'arrière de sa casquette lui avaient transmis un message : quelqu'un le regardait avec insistance.

Tatiana.

Au moins, il pouvait être rassuré sur le bon fonctionnement de son dispositif.

Comme il approchait de la statue au centre de la place, il arrêta une étudiante pour se renseigner.

— Excusez-moi, vous pouvez m'indiquer le bâtiment de l'administration ?

La jeune fille l'examina à travers ses lunettes double foyer.

— Vous avez un accent très intéressant, dit-elle. D'où êtes-vous ?

— Vladivostok, mentit Levi. Je suis en retard pour une réunion qui a lieu dans le bâtiment de l'administration. Vous pouvez m'indiquer où il se trouve ?

— De l'autre côté de la place, répondit-elle en montrant la direction du nord. C'est le grand bâtiment en face.

Après l'avoir remerciée, Levi poursuivit son chemin. Un petit picotement à l'arrière de son crâne l'avertit que quelqu'un l'observait. Probablement la fille.

Dès l'entrée du bâtiment, Levi perçut une odeur – une fragrance bien particulière qui lui rappelait ses visites à la bibliothèque publique de New York sur la Cinquième Avenue. L'odeur du temps. Impossible de s'y tromper.

La surprise lui parut étrangement charmante.

Il suivit les panneaux jusqu'au bureau des inscriptions. Un étudiant attendait devant la porte. Levi prit son tour derrière lui.

L'homme assis derrière le comptoir se mit à râler sans s'adresser à quiconque en particulier.

— Saleté de caméras. Il faut toujours qu'elles déconnent !

Levi pencha la tête pour voir le motif de l'agacement du gardien. Un écran montrait une vue du vestibule, mais à l'endroit où se tenait Levi, on ne voyait rien d'autre qu'une tache de lumière étincelante. Presque comme si…

Ce doit être ma casquette.

Il se souvint alors de la mise en garde de Denny au sujet des observateurs équipés de lunettes de vision nocturne. *« Tu risques de ressembler à un putain de phare dans la nuit. »*

Il nota dans un coin de sa tête que l'effet était le même avec certaines caméras vidéo.

Ce fut enfin le tour de Levi.

— Oui ?

L'homme derrière le comptoir donnait l'impression d'avoir avalé un citron et d'être à l'extrême limite de sa patience.

— Bonjour, je souhaiterais rentrer en contact avec une ancienne étudiante et je me demandais si vous conserviez ici les adresses où faire suivre le courrier.

L'homme émit un grognement en esquissant un geste dédaigneux de la main.

— J'ai seulement les coordonnées des étudiants inscrits cette année. Il faut aller voir les archives. Section A, neuvième étage.

— De ce bâtiment ?

Sans répondre, l'employé convoqua d'un signe l'étudiant suivant. Le jeune homme passa devant Levi.

Comme Levi tournait les talons pour partir, un autre étudiant dans la file désigna le fond du hall.

— Par là-bas, monsieur, dit-il. La Section A est dans le bâtiment principal. Il y a des escaliers sur la gauche.

— Merci.

L'itinéraire n'était pas aussi simple que l'étudiant l'avait décrit. Levi dut trouver son chemin dans le labyrinthe de couloirs qui menait effectivement au bâtiment principal, puis gravir neuf volées de marches, avant de traverser un nouveau dédale, pour parvenir enfin au premier indice donnant à penser qu'il approchait des archives.

En traversant le hall de l'étage, il passa devant un ascenseur. *Cela n'aurait pas été une mauvaise chose d'être informé qu'il arrivait jusque-ici.*

Quand il atteignit enfin le bureau des archives, il se retrouva devant une immense table de bois couverte de piles d'épais dossiers. À l'autre extrémité de ladite table, une vieille femme rangeait les documents dans un caisson à tiroirs. En dépit de son âge – soixante-dix ans bien sonnés, à l'estime –, elle avait la carrure de quelqu'un qu'il pouvait imaginer combattre des ours à mains nues. Elle se déplaçait d'un pas sûr et avec une implacable détermination.

— Excusez-moi, dit-il, c'est bien ici que je peux trouver les coordonnées d'anciens étudiants ?

La femme se tourna vers lui.

— Je suppose, répondit-il. Qu'est-ce qu'il vous faut.

Levi jeta un regard sur le badge qu'elle arborait sur la poitrine. Anya Voriskova. La photo à côté de son nom montrait une version bien plus jeune de son visage. De toute évidence, elle travaillait là depuis plusieurs décennies.

— Anya, dit-il avec son plus gracieux sourire. C'est un nom magnifique... Je me demandais, si vous pourriez...

— Pourquoi ?

— Pourquoi quoi ?

La femme souffla ostensiblement, puis se pencha sur le tiroir ouvert pour le refermer. Le meuble produisit un bruit métallique un peu sourd.

— N'allez pas imaginer qu'il vous suffit d'être aimable pour que j'oublie que vous employez de jolis mots pour obtenir quelque chose auquel vous ne devriez probablement pas avoir accès. Donc, pourquoi me demandez-vous ce que vous allez me demander ?

Levi esquissa une petite moue pour produire son effet.

— Je trouvais son nom joli.

L'air revêche de la vieille femme s'adoucit très légèrement, mais son œil sombre resta fixé sur lui. Sur l'avant de la casquette de Levi, un contacteur métallique semblait vouloir lui forer un trou dans le crâne, stimulé par ce regard qui ne cillait pas.

— Il se trouve que ma femme est morte récemment, poursuivit Levi. Elle ne s'entendait pas très bien avec sa famille, à l'exception d'une nièce à qui elle voulait céder un petit héritage. Malheureusement, je n'ai pas l'adresse de cette nièce, ni de personne d'ailleurs dans la famille du côté de ma femme. En revanche, je sais que la nièce de ma femme a été étudiante ici voici quelques années. Je cherche donc l'adresse à laquelle on fait suivre son courrier, ou tout autre moyen d'entrer en contact avec elle.

Toute la rudesse de l'archiviste s'était envolée. C'est avec un air empreint de sympathie qu'elle lui tapota le bras.

— Toutes mes condoléances… Comment s'appelle cette étudiante ?

— Katarina Nassar. Je ne sais pas précisément en quelle année…

— Pfft, fit Anya en s'installant devant un terminal informatique. Avec ces nouveaux ordinateurs, je vais trouver ça en un rien de temps.

Elle s'escrima sur le clavier pendant un bon moment, puis hocha la tête.

— Je vois qu'elle a obtenu un master en histoire ancienne. Un choix intéressant, mais je ne vois pas d'adresse. C'est étrange. Un instant.

La femme fit circuler son fauteuil sur roulettes jusque de l'autre côté de la salle, puis examina la muraille de classeurs devant elle. Finalement, elle en choisit un tout au bout de l'immense pièce, puis ouvrit l'un de ses tiroirs.

— Ce sont tous les dossiers des étudiants ? demanda Levi, ébaubi par la quantité.

Anya éclata de rire sans relever la tête de sa quête.

— Loin de là. Ce sont les dossiers des étudiants des dix dernières années uniquement. Autrefois, on mettait toutes ces informations sur microfiches, mais à présent tout est informatisé. Le dossier de votre nièce contient des éléments à mi-chemin. Certaines années n'ont pas été saisies dans l'ordinateur… Ça y est ! Je l'ai !

Une enveloppe kraft à la main, elle retourna à sa place initiale, toujours en fauteuil à roulettes. Puis elle ouvrit le dossier et parcourut les documents en suivant de l'index les textes en cyrillique. De toute évidence, elle maîtrisait la lecture rapide des dossiers administratifs bien mieux que Levi. Elle était déjà à la deuxième page qu'il n'avait pas encore fini de décrypter le premier paragraphe.

Pour finir, elle posa son ongle à un endroit et hocha la tête.

— Nous y sommes. Sa candidature est venue d'un lycée très huppé du nord de Moscou. Et il y a son adresse personnelle… Normalement, reprit-elle en fixant Levi, l'air un peu grave, je ne suis pas censée vous communiquer des informations personnelles d'une étudiante sans une autorisation signée.

Elle tourna le dossier vers lui en le gratifiant d'un petit clin d'œil complice.

— Je reviens tout de suite.

Elle s'éloigna vers le fond de la pièce pour fouiner dans diverses piles de papiers.

Un sourire aux lèvres, Levi prit connaissance de l'adresse de Katarina. Puis il fit remonter dans sa mémoire la carte de Moscou que Tatiana lui avait montrée la veille. La rue de Katarina se trouvait très loin dans l'ouest moscovite. À une heure de route au moins, voire plus.

Il retourna le dossier au moment où Anya s'en revenait.

— Je suis désolée de n'avoir pu vous donner ce que vous cherchiez, dit-elle avec un petit sourire en coin.

— Merci, dit Levi en se penchant sur la table pour embrasser la vieille femme sur la joue.

Avec un grand sourire, elle agita la main pour le chasser.

— Filez, filez ! Allez retrouver votre nièce, espèce de petit…

Elle ne finit pas sa phrase.

Alors qu'il traversait le hall, Levi entendit le carillon de l'ascenseur. Un grand type chauve dans la cinquantaine en sortit et croisa Levi sur le chemin du bureau des archives. Levi se précipita et réussit à retenir la porte juste avant qu'elle ne se referme. Il appuya sur le bouton du rez-de-chaussée.

Pile comme les portes allaient se refermer, une main jaillit entre elles. Le grand chauve se glissa dans la cabine avec un petit sourire contrit.

— Je me suis trompé de bâtiment.

Levi sentit ses cheveux se dresser. Ce visage lui disait quelque chose.

Levi se recula d'un pas et, les yeux clos, se concentra sur toutes les personnes qu'il avait croisées depuis son arrivée en Russie. Dans son lecteur vidéo mental, les images défilaient à toute vitesse.

L'ascenseur arrivait au rez-de-chaussée quand l'esprit de Levi mit le doigt sur la scène. Oui, ce même homme était à l'hôtel *Four Seasons* la veille au soir.

Les portes s'ouvrirent. D'un geste, l'homme invita Levi à sortir en premier.

Levi secoua la tête.

— J'ai oublié quelque chose là-haut, expliqua-t-il avec une mimique.

L'homme hésita, puis sortit.

Levi appuya sur le bouton du huitième. Dès que les portes se refermèrent, il sortit de son sac une petite seringue à bulbe et du ruban adhésif transparent. Après avoir retiré le capuchon de la seringue, il appuya sur le bulbe, projetant un nuage de fine poudre noir sur le bouton du neuvième étage.

Il appliqua l'adhésif dessus, puis déchira une page blanche de son carnet, sur laquelle il vint déposer une empreinte digitale d'une netteté parfaite.

Il sortit de la cabine au huitième étage, reboucha la seringue, puis rangea tout son fourbi à l'exception de la feuille. Il prit une photo en gros plan de l'empreinte digitale avec son téléphone satellite, puis saisit l'adresse de Katarina et appuya sur le bouton « Envoyer ».

Il arrivait devant les escaliers quand son téléphone vibra. Levi répondit.

— D'accord, dit Denny, je vois ce que tu m'as envoyé. Laisse-moi deviner… Tu veux que je passe l'empreinte dans la base de données du NCIC ? Du système IAFIS ? Quoi d'autre ?

Levi répondit à voix basse.

— Je ne sais pas qui c'est. Peut-être FSB. Peut-être CIA. Peut-être mafia russe. Peut-être personne d'important. Je ne sais pas. Dis-moi juste ce que tu trouves.

— L'empreinte est nette. Je la charge en ce moment même. Mais je ne sais pas combien de temps ça va prendre. Et il ne faut pas exclure que cela ne donne rien. Dans tous les cas, je te tiens au jus.

— C'est bon. Fais de ton mieux.

— Et l'adresse ? Que veux-tu que j'en fasse ?

— Trouve le nom du propriétaire. Et peut-être l'historique des ventes. Je prends tout ce qui viendra. Merci, Denny.

Levi raccrocha. Un plan commençait à prendre forme dans son esprit.

Le grand chauve pouvait très bien n'être personne. Et Levi pouvait très bien être parano.

Mais il pouvait aussi être parano et être suivi. Il ne pouvait pas courir le risque d'être suivi, pas avec ce qu'il s'apprêtait à faire.

L'heure était venue de renouer avec l'un de ses vieux trucs…

CHAPITRE DIX-SEPT

!!!L'heure de midi approchait. Levi venait tout juste de passer sa chambre au peigne fin pour débusquer d'éventuels mouchards quand son téléphone satellite se mit à vibrer. C'était Denny.

— Salut, Levi. J'ai des infos sur l'adresse que tu m'as donnée.

Les yeux de Levi s'étrécirent.

— La vache ! Tu as fait vite, dit-il en remettant son détecteur – un long cylindre étroit – à sa place dans l'attaché-case.

Personne n'avait posé de micros pendant qu'il s'était absenté. C'était une bonne chose.

La voix de Denny crépita sur la ligne.

— Hé, tu n'as pas fait appel à un amateur… L'adresse correspond à celle d'une grande demeure construite dans les années 1840. Ce n'est définitivement pas un quartier bas de gamme. La maison appartient à une société historique russe.

— C'est une façade ou ça te paraît réglo ?

— D'après les éléments que j'ai pu consulter, le statut du propriétaire n'a pas varié depuis une cinquantaine d'années. Donc, je dirais que oui. C'est réglo. Je vais me pencher sur cette société historique et voir ce que ça donne. Mais il me faudra peut-être un petit moment. Pas sûr que cette entité offre un point d'accès à ses données par la voie électronique.

— Donc, personne du nom de Nassar n'est propriétaire de cette maison. Si ça se trouve, cette quête ne mène nulle part.

— Je ne sais pas quoi te dire. Je vais creuser l'histoire de cette société historique. Les Nassar étaient peut-être férus d'histoire, du genre à acheter des demeures anciennes.

— Et du côté de l'empreinte digitale, ça donne quelque chose ?

— Pas encore. Pour accéder à certaines bases de données, il faut que j'aille tirer quelques sonnettes et que je négocie.

— Oui, bien sûr. Je sais. C'est juste que…

— Je t'enverrai un message dès que j'aurai du solide.

— Merci… Et au fait, ton couvre-chef. Tu sais qu'il produit aussi des effets étranges sur les caméras de surveillance.

Deux longues secondes de silence s'écoulèrent avant que Denny ne réponde.

— Mais oui, bien sûr, c'est logique. Certaines caméras fonctionnent sur une plage élargie de longueurs d'onde et…

— T'inquiète, je n'ai pas besoin de comprendre. Je voulais juste t'en informer.

— Merci. Fais bien attention à toi.

Levi coupa la communication pour se concentrer sur la suite de son plan. À présent, il disposait de tout ce dont il avait besoin. Ses vêtements étaient étalés sur le lit, dans lequel il n'avait pas dormi. Il y avait notamment ceux qu'il avait achetés sur la place Loubianka – un endroit qui avait bien changé. L'imposant immeuble sur la place éponyme abritait toujours le FSB, successeur du KGB, mais la zone alentour avait été envahie de boutiques de luxe. L'échoppe que Tatiana avait dégottée pour lui était parfaite, même si les prix qu'on y pratiquait étaient exorbitants.

Les vieux vêtements démodés, au style soviétique affirmé, étaient destinés à sa prochaine visite à la maison de Katarina. En complément, il avait également fait l'emplette dans la boutique de la Loubianka d'une canne usée et éraflée, à la poignée ornée d'une tête de loup en laiton.

Il se mit torse nu et passa dans la salle de bain, où l'attendaient le maquillage et les accessoires qu'il avait apportés de New York. Il alluma toutes les lumières sur le pourtour du grand miroir.

Il ne souvenait même plus de la première fois où il s'était déguisé, mais dès sa plus tendre enfance il avait su qu'il avait un don pour imiter les voix et les attitudes. Changer son apparence était comme un prolongement naturel de ces talents. Combien de fois s'était-il grimé en vieillard pour aller observer des gens qu'il connaissait ? Il en avait perdu le compte. C'était son péché mignon. Il adorait ça. L'exercice lui permettait toujours de voir ce que les autres étaient vraiment.

C'était comme de regarder directement au fond de leur âme.

Cependant, il n'avait plus pratiqué depuis une bonne douzaine d'années. Il examina son reflet avec une pointe d'anxiété. Puis il prit une profonde inspiration, fronça les sourcils à l'intention de l'image qui le fixait, et murmura un encouragement pour lui-même.

— Allez ! Autant en finir.

Après s'être mouillé les cheveux, il les plaqua en arrière.

Puis il ouvrit un paquet contenant un bonnet de latex représentant un crâne chauve. Tout en observant attentivement ses gestes dans le miroir, il déposa soigneusement le postiche couleur chair sur sa tête, avant d'en retailler les bords avec une paire de petits ciseaux. À la jonction entre le factice et sa peau, il appliqua une colle.

Puis il inclina la tête d'avant en arrière et de droite à gauche pour mettre son travail à l'épreuve. Le faux crâne lisse tenait parfaitement, sans le moindre faux pli.

Jusqu'ici tout allait bien.

À l'aide d'une éponge à maquillage, Levi peaufina le raccord en l'estompant à l'aide de latex liquide appliqué en plusieurs couches. Ce travail méticuleux donnait toujours un résultat plus fluide et naturel. Puis il appliqua sur toute la surface une crème teintée imitant la peau.

— Et maintenant, quelques cheveux, marmonna Levi à son double dégarni.

D'un petit paquet, il sortit une tresse de laine. Bien souvent, les acteurs utilisent des postiches bon marché à base de fibres végétales, mais Levi tenait à obtenir un résultat réaliste, d'où le crêpé de laine maintenu en place avec de la colle *Spirit Gum*. À petits gestes précautionneux, il mit en place une couronne de cheveux filasses sur le sommet de son crâne.

Ensuite, il parsema généreusement toute la surface d'une poudre translucide pour faire disparaître la brillance des éventuelles traces de colle, puis peigna soigneusement sa maigre chevelure, avant d'en peaufiner les contours à la tondeuse électrique.

Enfin, il examina son reflet dans le miroir et se sourit.

Pas mal...

Il tira à lui le miroir grossissant fixé au mur sur un bras télescopique.

— Et maintenant, il est temps de vieillir...

À l'aide d'une éponge pétale il appliqua sur son front, ses joues et sa gorge une base en une mince couche. Ce produit allait modifier l'opacité de son derme et servir de supports aux autres ajouts et modifications.

Satisfait de sa première passe, il déposa ensuite un fard pour foncer ses tempes, creuser ses joues, accentuer les rides sur son front, marquer les poches sous ses yeux, ombrer les creux sur son cou.

Il ne prenait même plus la peine d'examiner le résultat dans le miroir. Il commençait à retrouver ses automatismes et son aisance. Pour l'avoir déjà pratiqué des centaines de fois, il savait que le processus du grimage comportait une dimension artistique – ou à tout le moins instinctive. C'était l'un des savoir-faire qu'il avait acquis dont il était tout particulièrement fier.

— Si je dois me réorienter, je pourrais toujours devenir maquilleur, murmura-t-il.

Avec un pinceau, il accentua encore ses pommettes, les ailes de son nez, les rides de son front.

Plus il avançait et plus ses gestes gagnaient en précision et en sûreté.

Tout doucement, il entremêla les rides, renforçant les contrastes, accentuant les reliefs. À l'éponge, il appliqua quelques touches carmines, donnant l'illusion d'une couperose sur son nez, ses joues et son front.

Enfin, il ajouta quelques taches de vieillesse, de-ci de-là sur son visage et ses mains. Encore quelques petites touches pour souligner ses veines et ses tendons sur le dos de ses mains et parachever l'effet. Et puis, cerise sur le gâteau, il conféra à ses sourcils un effet bouffant et broussailleux.

Quand il eut fini, il recula d'un pas, s'examina dans la glace et se sourit.

Puis il se racla la gorge et parla à voix haute sur un ton légèrement chevrotant.

— Mince alors, je crois bien que je pourrais en remontrer à Brejnev, pas vrai ?

~

D'un pas lent, appuyé sur sa canne, Levi traversa le hall de l'hôtel. Comme il paraissait inconcevable qu'un homme de plus de soixante-dix ans porte un sac à dos sur les épaules, Levi trimballait un genre de grand cabas, dans lequel était glissé son sac à dos, dissimulé sous un pull élimé.

Quand il était déguisé, Levi s'efforçait de « sentir » le personnage qu'il incarnait. Les articulations un peu raides, l'amorce d'une voussure à cause des douleurs dans les lombaires, tout cela devenait une partie intégrante de lui-même. Par le passé, jouer les caractères grincheux lui avait déjà permis d'ajouter une touche de véracité à ses incarnations de vieillards.

Le portier lui ouvrit la porte. Puis, à peine avait-il mis un pied dehors qu'un voiturier se précipitait pour l'aider.

— Monsieur, voulez-vous que j'aille chercher votre voiture ? demanda-t-il en russe.

Levi pointa sa canne sur un véhicule en maraude.

— J'ai appelé un taxi, grommela-t-il. Je m'appelle Komarov.

Le jeune homme se précipita au bord du vaste trottoir, avec Levi sur les talons. D'un geste impérieux, il ordonna au taxi d'approcher.

— Monsieur Komarov, voulez-vous que je range votre sac dans le coffre ? proposa aimablement le voiturier.

Levi étreignit son cabas contre lui en secouant la tête.

Le voiturier ouvrit la portière arrière et Levi se laissa littéralement tomber sur la banquette, en halant sa canne et sa jambe droite à l'intérieur avec force soupirs et gémissements.

Le chauffeur se tourna vers lui.

— Vous allez à Nikolina Gora?"

Levi confirma d'un hochement de tête.

Pendant que le chauffeur attendait que le véhicule devant lui démarre enfin, Levi remarqua deux hommes qui fumaient une cigarette devant l'entrée. L'un d'eux était le grand chauve qu'il avait déjà vu à deux reprises. Une première fois à son arrivée, quand il avait pris sa chambre, puis une seconde dans l'ascenseur à l'université. Le second type semblait tout droit sorti d'un casting pour un film sur le KGB. Si un réalisateur avait besoin de quelqu'un au visage patibulaire et dénué de la moindre expression, avec une physique d'armoire à glace, celui-ci était son homme.

Avec une secousse, le taxi s'engagea dans la circulation. Levi vit les deux fumeurs qui le filaient se retourner sur un quidam qui sortait de l'hôtel.

Levi contint un sourire tandis que son véhicule passait à leur hauteur.

Ils étaient complètement largués.

La circulation était étonnamment fluide en cette mi-journée dans la capitale russe. Le taxi ne mit pas très longtemps pour rejoindre l'autoroute A106. Peu après, les quatre cylindres du petit moteur propulsaient la voiture au maximum de la limite autorisée.

— Combien de temps pour arriver là-bas ? demanda Levi.

Le taximan jeta un coup d'œil à son terminal GPS

— Je dirais une quarantaine de minutes. Ça roule bien aujourd'hui. Ils avaient annoncé de la neige, mais la tempête est partie vers le nord.

Levi se laissa aller contre le dossier et ferma les yeux. Une question le taraudait. *Qui étaient ces types à l'hôtel ?*

Ils pourraient bien finir par me créer des ennuis.

❦

Le taxi roulait au pas dans la rue. Éberlué, Levi regardait de part et d'autre sans parvenir à en croire ses yeux. Les maisons d'ici aurait fait passer la demeure de Gambini pour une simple cabane. Chacune d'elles était édifiée sur une parcelle de quatre hectares au moins – et souvent plus. Toutes étaient des maisons de maître aux proportions gigantesques, dans des styles ultra-modernes ou d'un classicisme victorien. L'opulence régnait partout.

Le taxi s'arrêta devant l'entrée d'un manoir ancien. Une immense grille barrait l'accès. Seul un interphone permettait de prendre contact.

— Vous pouvez attendre un instant ? demanda Levi. Je voudrais d'abord m'assurer qu'il y a quelqu'un.

Le chauffeur hocha la tête, sans parvenir à dissimuler son mécontentement agacé.

Levi sortit de la voiture, puis clopina jusqu'au boîtier d'appel, un peu plus rapidement que pour sa traversée du hall de l'hôtel.

Il appuya sur le bouton. Un instant plus tard, le haut-parleur grésilla.

— Oui ?

— Bonjour, je suis à la recherche de Katarina Nassar, répondit Levi penché sur l'appareil.

— Qui êtes-vous ?

— Un oncle éloigné. J'essaie de la localiser, mais ce n'est pas simple. Ma femme, qui est récemment décédée, lègue un petit héritage à Katarina. Elle est ici ?

— Non, elle n'habite plus ici. Mais je peux peut-être vous aider. Je vous ouvre.

Un vrombissement sonore jaillit du haut-parleur et la grille métallique s'entrebâilla.

D'un geste du bras, Levi indiqua au chauffeur qu'il pouvait repartir, avant d'attaquer les quatre cents mètres de l'allée.

La maison et le parc étaient bien entretenus. Les allées étaient toutes déneigées. Quant au toit de tuiles rouges, soit il était chauffé, soit quelqu'un était monté dessus pour déblayer la neige. Quand Levi atteignit le perron, la grande porte d'entrée s'entrouvrit.

Une femme entre deux âges, toute petite et vêtue d'un uniforme de domestique, s'avança vers lui.

— Laissez-moi prendre votre manteau, vous serez plus à l'aise, dit-elle.

Levi le retira et le lui tendit. Mais quand le regard de l'aimable femme se porta sur son cabas, Levi secoua la tête.

— Je vais le garder. Merci, ma jolie.

— Helena. Je m'appelle Helena. Et vous êtes ?

— Mikhail Komarov, pour vous servir, ma belle Helena, dit Levi en exécutant une petite courbette.

Helena sourit et l'invita d'un geste à le suivre.

— Gustav est au salon. C'est à lui que vous avez parlé.

Ils traversèrent un large vestibule au sol de parquet blond. Il y avait du bois poli absolument partout, ce qui conférait au lieu une ambiance chaleureuse. La maison était très bien entretenue.

Si Katarina avait vécu ici, à n'en pas douter, elle était issue d'un milieu aisé. De la famille de Mary, Levi savait uniquement que son père et sa mère étaient des universitaires – ce qui était rarement gage d'opulence financière.

Helena le fit entrer dans une vaste pièce où une flambée pétillait joyeusement dans une grande cheminée. Un vieillard d'au moins quatre-vingts ans était assis devant l'âtre sur une simple fauteuil de bois, le dos bien droit. En revanche, son menton s'était affaissé sur sa poitrine. Il s'était assoupi.

Helena se racla la gorge.

— Gustav, monsieur Komarov est là

Réveillé en sursaut, le vieil homme se tourna vers le nouvel arrivé. Levi vit alors qu'il souffrait de la cataracte. L'opacification du cristallin était visible même à cinq mètres de distance.

Gustav était aveugle.

— Asseyez-vous, je vous en prie, dit-il en désignant un autre fauteuil en face de lui. Vous devez avoir froid.

Levi s'avança à petits pas précautionneux, attentif à conserver son allure d'homme sur le déclin. Tout en s'installant, il aperçut le portrait d'un homme et d'une femme accroché au mur d'en face.

— Gustav, dit-il, est-ce que le magnifique tableau qui orne votre mur vous représente votre épouse et vous ?

Le vieil homme sourit en secouant doucement la tête.

— Non, non. Pas du tout, monsieur Komarov…

— Je vous en prie, appelez-moi Mikhail.

— Mikhail… Il s'agit d'un portrait de mon employeur de longue date, mon bienfaiteur, mon ami… et de sa belle épouse.

— Votre employeur ? s'étonna Levi. Sans vouloir vous offenser, vous semblez être à un âge où l'emploi est une chose qui appartient au passé.

Gustav rit de bon cœur, puis son rire se mua en quinte de toux.

— On peut le penser, dit-il finalement en reprenant son souffle.

— Excusez-moi…

C'était la petite voix flutée d'Helena qui les alertait de sa présence. Elle apportait deux tasses de thé fumantes.

— C'est l'heure de votre thé, enchaîna-t-elle. Et, monsieur Komarov, j'imagine que du thé ira très bien pour vous aussi ?

— Bien sûr, répondit Levi en posant sa tasse sur un petit guéridon à côté de son siège.

— Merci, mon enfant, dit Gustav en trouvant à tâtons la tasse déposée pour lui sur la table.

Il but une petite gorgée prudente.

Helena repartit aussi prestement qu'elle était apparue. Gustav reprit son récit là où il l'avait laissé.

— L'homme que vous voyez sur ce portrait est le véritable propriétaire de cette maison. Mais ça, c'est une autre histoire. Vous avez le temps ? Cela permet d'expliquer ce que je sais et ce que j'ignore au sujet de votre Katarina.

Levi se pencha en avant, attentif et fasciné.

— Bien sûr, j'ai tout mon temps.

Gustav sourit. Ses dents jaunies clamaient son grand âge.

— L'histoire commence voici presque quatre-vingts ans. J'en avais quinze quand j'ai été engagé par le docteur Boris Petrushenkov et sa femme Katarina. À l'époque, il y avait encore des écuries et des chevaux sur la propriété. Mon travail consistait à entretenir les terres et sortir les bêtes.

— Et que faisait le docteur Petrushenkov ?

— Oh, vous n'avez jamais entendu parler de lui ? Et non, bien sûr… Je suppose néanmoins que vous avez connaissez Howard Carter, l'archéologue britannique ?

— En effet. C'est l'homme qui a découvert le tombeau de Toutânkhamon ?"

— Exactement, dit Gustav en pointant un index tout tordu en direction de Levi. À l'époque, tout le monde ne parlait que de cela. Je me sentais triste pour Boris, parce que lui aussi était archéologue. Ainsi que sa femme. Or, ni l'un ni l'autre n'ont jamais été reconnus pour tout ce qu'ils ont accompli. Ils ont fait bien des découvertes en Égypte. Un bon nombre des reliques aujourd'hui dans les musées russes sont là grâce aux travaux de Boris et Katarina… Hélas, un jour, au retour d'un de leurs voyages, ils avaient tous deux contracté la tuberculose. À l'époque, ce n'était pas comme aujourd'hui où il suffit de prendre un comprimé. On mourrait de la tuberculose… Pour autant, ils ne laissèrent pas la maladie freiner leurs ardeurs. Ils étaient tous deux tellement dévoués. Je me souviens d'avoir été très inquiet quand ils sont repartis pour un nouveau voyage. Jamais encore je n'avais vu Boris aussi malade. Mais à leur retour, six semaines plus tard, alors que Katarina parvenait à peine à respirer, Boris semblait avoir pleinement récupéré… Ces choses se produisent parfois. Par exemple, moi, je ne suis jamais tombé malade. Dans la maison, d'autres ont contracté cette horrible maladie, mais moi je semblais immunisé.

Gustav s'interrompit un instant pour boire une gorgée de thé.

— Quoi qu'il en soit, Katarina est morte quelques jours plus tard. Hormis quand ma pauvre Misha est partie, jamais de ma vie je n'avais eu autant de chagrin… Katarina était un ange sur cette terre.

Gustav essuya ses yeux chassieux, puis inspira profondément. Son souffle crépitait.

— Boris ne s'en est jamais véritablement remis. Bien sûr, pendant des années encore, il a tenu son rôle dans le théâtre de la vie. Il a pris des risques insensés, mais la flamme avait quitté le fond de son regard.

Je le voyais bien… Et puis, il y a une cinquantaine d'années, Boris est parti en Égypte comme il le faisait si souvent. Et je ne l'ai plus jamais revu.

Levi sentit son cœur se serrer de compassion pour le vieil homme.

— Boris avait-il des enfants ?

— Malheureusement non. Katarina et lui n'en ont jamais eu. Et il ne s'est jamais remarié. Je crois sincèrement que son cœur était brisé après la mort de Katarina.

— Je pensais que vous m'aviez dit qu'il était toujours propriétaire de cette maison ? Or, si vous ne l'avez plus vu depuis cinquante ans, on peut supposer qu'il est mort lui aussi…

— Et vous vous demandez qui paie les factures ? dit Gustav avec un petit sourire. Le salaire d'Helena et de tous ceux que vous n'avez pas vus ?

— Eh bien, oui, je suppose.

— En toute honnêteté, je ne sais pas, répondit le vieil homme en secouant la tête. Pendant longtemps, je me suis préparé à recevoir un jour un message m'informant d'aller chercher un autre employeur. Mais j'ai attendu cinquante ans et tous les mois mon argent est versé sur le même compte. Quand quelqu'un s'en va il est remplacé. Sincèrement, je ne comprends pas. Mais c'est ce qui m'amène à la raison qui m'a poussé à vous ouvrir. Katarina Nassar fait partie de ces gens qui sont venus et repartis.

Gustav s'accorda une gorgée de thé et secoua doucement la tête.

— Je me souviens du jour de son arrivée, il y a un peu plus de onze ans. Ma vue avait déjà considérablement baissé, mais j'y voyais encore assez pour la regarder. Quelle jolie petite fille. Douze ans, peut-être treize. Elle est arrivée avec une petite valise et elle parlait à peine notre langue… Je me souviens des histoires que Boris racontait au sujet des femmes égyptiennes. D'une incomparable beauté, avec leur peau brune, leur cheveux noirs et leurs yeux foncés, et cet air de mystère qui les enveloppait. Moi, qui n'avais jamais vu que des Russes de toute ma vie… Katarina était tout ce qu'il m'avait décrit et plus encore. Elle parlait à peine, même après avoir appris notre langue. Elle écoutait. Une fois, je l'ai même vue rire. Même un voile de tristesse semblait flotter sur elle. Elle me faisait de la peine… Elle allait à l'école dans un établissement privé. Puis elle est allée à l'université. Et puis un jour, elle n'est pas revenue. Exactement comme Boris.

Les questions se bousculaient dans l'esprit de Levi. Qui donc pouvait bien payer pour l'entretien de cette maison ? Et qui avait envoyé Katarina en pension ici ? Se pouvait-il que ce soit Vladimir ? Était-ce la mafia russe qui payait tout ? Et si oui, pourquoi ? À quelles fins ?

— Est-ce que Katarina évoquait parfois des gens extérieurs à la maison ? demanda Levi. J'essaie de la retrouver pour lui remettre son héritage.

— Je ne crois pas, répondit Gustav. En tout cas, pas en ma présence.

— Moi, je l'ai entendue parler de quelqu'un, dit Helena depuis le seuil du salon.

Levi se retourna en haussant des sourcils interrogateurs.

— C'était une adorable petite, poursuivit Helena, mais je crois qu'elle avait un peu peur de Gustav. Ou des hommes, peut-être. Elle parlait d'un oncle à elle en ville. Je ne crois pas que c'était vous. Ce n'était pas le même nom…

— Vladimir ? suggéra Levi.

— C'est ça ! s'exclama Helena en claquant des doigts. Parfois, elle évoquait son oncle Vladimir.

Le rythme cardiaque de Levi s'était accéléré.

— Il vous est arrivé de le rencontrer ?

— Non. Chaque matin, je préparais le déjeuner de Katarina, puis une voiture venait la chercher pour la conduire à l'école. Le soir, la voiture la ramenait après les cours, juste à temps pour le dîner. En de rares occasions, elle partait pour le week-end. Je supposais que c'était pour voir son oncle, mais je ne voulais pas me montrer indiscrète.

— Savez-vous pourquoi elle est venue ici ? demanda Levi. Pourquoi ne s'est-elle pas plutôt installée chez son oncle ?

— Tout ce que je sais, c'est que ses parents sont morts. Dans un accident, je crois. Mais comme Gustav a dû vous le dire, elle a été envoyée ici.

— Et vous-même, Helena, comment avez-vous atterri ici ? demanda Levi.

— J'ai répondu à une annonce dans le journal répondit-elle avec un petit haussement d'épaules. Je crois que j'étais la première à répondre...

— C'est exactement ça, confirma Gustav.

— Et j'ai eu la place. Cela fait presque vingt-cinq ans que je travaille ici.

— Et pourtant, dit Levi avec un petit sourire, vous n'avez jamais vu votre employeur ?

— Lui, là, il croit qu'il est mon employeur, dit joyeusement Helena en désignant Gustav. Mais en réalité, ici, on fait tous ce qui doit être fait. Je suis bien payée et je suis heureuse. Qu'est-ce que j'aurais besoin de savoir de plus ?

Levi sentit une vibration en provenance du sac contre sa jambe.

Gustav leva sa tasse d'une main tremblante.

— Buvons pour que vous retrouviez Katarina. Et je prie pour qu'elle ait trouvé le bonheur.

Levi prit sa tasse et la choqua délicatement contre celle de Gustav. Son thé s'était refroidi. Gustav vida sa tasse d'un trait. Tout à coup, Levi sentit monter en lui une subite angoisse. Discrètement, il renifla sa tasse. Le breuvage sentait le thé noir, comme il en avait déjà bu des centaines de fois. Il en prit une petite quantité dans sa bouche. C'était le goût agréable et tanique d'une infusion classique.

Ce n'était rien d'autre que du thé.

Et devant lui, ce n'étaient que des personnes innocentes qui s'en sortaient comme elles pouvaient.

Son sac vibra une fois encore. L'inquiétude de Levi franchit un palier. Denny insistait pour le joindre à tout prix. Il se leva.

— Gustav, Helena, merci pour la flambée, la conversation et les informations. Je crois que j'ai ce qu'il me faut pour continuer mes recherches. Je vous remercie infiniment.

Gustav agita la main dans sa direction et sourit.

— C'était un plaisir de discuter avec vous, Mikhail. J'espère que vous la trouverez.

— Vous voulez que je vous appelle une voiture, proposa Helena.

— Non merci, répondit Levi. Je vais m'en charger. J'ai ce qu'il faut.

~

Tout en remontant la longue allée, Levi sortit son téléphone pour regarder l'écran.

Appelle-moi.

Il lança la numérotation rapide et colla l'écouteur contre son oreille.

Avant même la fin de la première sonnerie, Denny décrocha.

— Levi, j'ai une identité correspondant à l'empreinte digitale. Tu es prêt ?

Levi approchait de la grille. Elle s'ouvrit automatiquement.

— Je t'écoute.

— Elle appartient à un dénommé Harold Wilson, subordonné de John Maddox à Langley. C'est un barbouze de la CIA.

— Maddox… Celui qui a laissé une empreinte sur l'enveloppe.

— Non, pas sur l'enveloppe. Ça, c'était une certaine Madison Lewis. L'empreinte de Maddox était sur la lettre elle-même. Harold Wilson et Madison Lewis sont des agents de Maddox. J'imagine qu'ils en pincent pour toi pour te coller d'aussi près.

Levi s'arrêta un instant sur le trottoir pour réfléchir.

— Par le plus grand des hasards, tu n'aurais pas le numéro de téléphone de Maddox ?

— Non, mais j'ai le numéro direct de l'opératrice de Langley. Tu le veux ?

— Qu'est-ce que tu veux que j'en fasse ? Tu veux que j'appelle la demoiselle du téléphone pour lui dire que l'une des organisations les plus secrètes au monde m'a collé un espion au cul et que je voudrais causer au responsable dudit espion ?

— Ça peut marcher, même si – personnellement – je ne l'exprimerai tout à fait en ces termes. De plus, tu n'auras pas une « demoiselle du téléphone » au bout du fil, mais une standardiste de la CIA. Nuance...

Levi éclata de rire.

— C'est ridicule, mais d'accord, envoie-moi le numéro... Et sinon, encore une chose. J'ai eu des informations sur la maison et sur Katarina. Comme de juste, elle avait un « oncle Vladimir » depuis sa plus tendre enfance. Et l'ancien propriétaire de la maison était un dénommé Boris Petrushenkov, disparu dans la nature il y a une cinquantaine d'années. Parmi le personnel, personne n'a plus jamais eu la moindre nouvelle, mais quelqu'un continue de les payer. Simplement, ils ne savent pas qui. Ah, encore une chose. La femme de Boris est morte de la tuberculose. Et tu sais comment elle s'appelait ?

— Pas la moindre idée.

— Katarina.

— C'est bizarre... Bon, j'ai tout noté. Pas sûr que je trouve quoi que ce soit, mais si quelque chose remonte, je te préviens immédiatement.

— Merci, Denny. Envoie-moi le numéro. On verra bien si j'arrive à lui causer. Et si jamais j'y arrive... Qui sait ?

— Bonne chance.

La communication fut coupée.

Le temps que Levi appelle une centrale de réservation pour qu'un taxi vienne le chercher, Denny lui avait envoyé le numéro de la CIA. Levi composa le numéro et, au bout de deux sonneries, quelqu'un répondit.

— Bureau des relations publiques, Agence centrale de renseignement.

— Bonjour, je ne suis pas certain d'être au bon numéro, mais je souhaiterais être mis en relation avec un employé du site de Langley. Monsieur John Maddox.

— De la part de qui, monsieur ?

— Dites-lui que c'est de la part de Levi Yoder.

— Un instant, monsieur.

Après l'avoir mis en attente quelques instants, l'opératrice reprit la ligne.

— Je vous transfère, monsieur, ne quittez pas.

Il y eut une seule sonnerie, puis une voix bourrue répondit.

— Maddox. Qui est à l'appareil ?

— Écoutez, John, vous savez qui est au bout du fil. Vous êtes le type qui m'a envoyé faire du tourisme au Népal. Et dans votre équipe, vous avez un grand chauve qui s'appelle…

— C'est bon, ça suffit. Cette ligne n'est pas sécurisée.

— En effet... Il faut que vos gusses arrêtent de me suivre. Sans quoi, je pourrais transmettre un message anonyme à nos amis de la Loubianka. Je me fais bien comprendre ?

Levi entendit distinctement Maddox inspirer entre ses dents serrées. Puis il y eut un silence d'une durée de trois secondes.

— Pourquoi cet appel semble-t-il venir du milieu de l'Antarctique ?

— Je me suis bien fait comprendre ?

— Je peux vous poser une question ?

— J'écoute.

— Accepteriez-vous de discuter avec deux de mes employées ? Vous avez déjà fait la connaissance de l'une des deux.

— Expliquez-moi en quoi j'y ai le moindre intérêt.

— Ce que nous faisons est vital pour la défense de notre pays…

— Oh, épargnez-moi les conneries patriotiques…

— Ce n'est pas ça. Je crains fort que vous ne vous retrouviez impliqué par inadvertance dans quelque chose qui relève de la sécurité nationale. Je vous promets de retirer l'équipe de surveillance dès que j'aurai raccroché. Mais nous voudrions parler.

Levi faisait les cent pas. Il aurait voulu pouvoir voir le visage de Maddox pour évaluer l'homme. Au téléphone, c'était beaucoup plus difficile, même s'il semblait sincère.

— Vous voulez obtenir quelque chose de moi, dit Levi.

— En fait, je crois que vous comme nous sommes à la recherche de la même chose, mais pour des raisons très différentes. Acceptez-vous de nous rencontrer...

— Qu'ils me retrouvent au *Club 21* sur le boulevard Tverskoy dans deux heures. J'aurai réservé une table pour trois au nom de Maddox.

— Deux heures, c'est un peu…

— Deux heures. À prendre ou à laisser.

— Je vous accorde ma confiance dans une mesure que je qualifierais d'inconfortable… Bon d'accord, je vais en sorte que cette rencontre ait lieu.

Le taxi s'engageait dans la rue où se trouvait Levi. Il lui fit signe de la main.

— Tant que vous n'essayez pas de me baiser, vous n'avez rien à craindre de moi. Au *Club 21*, dans deux heures.

Levi raccrocha, puis se pencha à la fenêtre à l'instant même où le taxi s'arrêtait devant lui.

— Léger changement de destination. Combien de temps pour aller au *Club 21* sur le boulevard Tverskoy ?

Le chauffeur saisit l'adresse dans son système de navigation.

— Une heure et cinquante minutes.

Levi prit place à bord et tendit un billet de cinq mille roubles.

— Le même à l'arrivée si vous pouvez me conduire là-bas en une heure et demie. Ou même moins.

— Attachez votre ceinture, monsieur. Ça va être une course intéressante.

Levi sourit lorsque l'homme écrasa l'accélérateur pour un départ à fond de train à travers la zone résidentielle.

Il repensait à ce que Maddox venait de lui dire. « *En fait, je crois que vous comme nous sommes à la recherche de la même chose, mais pour des raisons très différentes.* »

Comment la CIA et lui-même pouvaient-ils être à la recherche de la même chose ?

Ce dîner promettait d'être encore plus intéressant que la course.

CHAPITRE DIX-HUIT

Quand Jen entra dans la planque avec un énorme sac en toile, Madison la serra très fort dans ses bras. Jen la souleva du sol.

— Moi aussi, je suis contente de te voir. Tu sais pourquoi Maddox m'a fait venir ici en express ?

Avant même que Madison n'ait eu le temps de répondre, son téléphone satellite se mit à sonner. Les deux jeunes femmes collèrent une oreille à l'écouteur.

— Maddie ? dit Maddox d'une voix qui grésillait sur la ligne. Jen est là ?

— Oui, elle vient juste d'arriver. On écoute toutes les deux. Qu'est-ce qui se passe ?

— On a un développement et j'ai besoin que vous vous rendiez toutes les deux quelque part dans un peu moins d'une heure…

— John, intervint Jen, vous savez qu'en venant ici j'ai compromis cette planque ?

— Bien sûr, je ne l'ignore pas. Je dois partir du principe que le FSB vous a suivie depuis l'ambassade et que quelqu'un est déjà en train d'essayer de savoir ce qu'est cet endroit et pour quelle raison une cible vient de s'y rendre. Mais on n'avait pas le choix. Une voiture va venir vous chercher, avec toutes vos affaires. Elle vous déposera à votre destination et vos affaires seront transportées à une autre planque. Et maintenant, je vous fais un topo de ce qui s'est passé… Yoder m'a contacté pour me demander d'arrêter la surveillance. Ce type en sait bien plus long qu'il ne devrait. Je pense qu'on peut utiliser cette situation à notre avantage. Il a accepté de rencontrer deux personnes de chez nous. Et moi, j'ai misé sur vous deux.

— Pourquoi nous ? demanda Madison.

— N'y voyez aucune stratégie sexiste ou une connerie de ce genre, mais notre profileur est d'avis que Yoder est plus enclin à coopérer avec une femme qu'avec un homme.

— Vous avez vraiment payé quelqu'un pour qu'il vous dise ça ? demanda Jen sur un ton sarcastique. Moi, je vous l'aurais donné l'info pour pas un rond.

— Bref, j'ai besoin que vous l'ameniez à coopérer. Des interceptions récentes semblent confirmer que la personne qui nous intéresse serait dans la zone du mont Kosvinsky. Nous pensons également que cette personne sait où se trouvent les colis volés.

— Et Yoder sait à quoi elle ressemble, dit Madison en réfléchissant à voix haute.

— Exactement. Mais en plus de cela, nous avons tout lieu de croire qu'il a extrêmement envie de lui mettre la main dessus. Un argument de plus pour l'amener à coopérer. J'ai des spécialistes de l'interrogatoire prêts à intervenir sur un site secret. Il faut qu'on sache ce qu'elle sait. Mais plus encore, il faut qu'on mette la main sur les colis disparus.

— Même s'il accepte de travailler avec nous, dit Jen, qu'est-ce qui se passe après ? Le mont Kosvinsky est à quinze cents kilomètres d'ici, quelque part au bord de la Sibérie.

— Il y a un petit aérodrome au nord d'un minuscule village qui s'appelle Kytlym. Je peux vous y faire conduire tous les trois avec tout l'équipement voulu en moins de six heures. De là, vous serez débarqués à une cinquantaine de kilomètres à l'est du mont Kosvinsky. Bien sûr, vous aurez des équipements de survie adaptés aux zones de montagnes. D'après nos informations, vous n'avez aucune chance de franchir l'entrée principale, mais nous avons les coordonnées GPS et une carte montrant la position d'un tunnel emprunté par les techniciens chargés de la maintenance. Nous avons des uniformes et des documents d'identité grâce auxquels vous devriez pouvoir passer.

Un peu ébranlée par le plan qui venait de leur être présenté, Madison coula un regard du côté de Jen. Rien qu'à sa mine, elle comprit que sa collègue et amie partageait ses appréhensions.

— Nous pensons que ce Yoder jouera franc jeu avec nous si on en fait de même avec lui. Bien évidemment, vous ne pouvez rien lui dire au sujet des colis, mais pour le reste, ce sera à vous de juger. Mesdames, la décision vous appartient. Si vous ne vous sentez pas d'y aller, on vous retire de la mission. Pas de problème, pas de conséquence. Dans le cas contraire, on n'a plus de temps à perdre.

Madison sentait l'adrénaline pulser dans ses veines.

— Et puis merde, dit-elle avec un haussement d'épaules. On ne vit qu'une fois.

— Agente Lancaster ?

Jen hocha la tête ?

— Allons-y.

— Très bien. Une voiture passera vous prendre dans cinq minutes pour vous mener au rendez-vous avec Yoder. Il a réservé une table à mon nom dans un endroit qui s'appelle le « *Club 21* ». J'ai vérifié, c'est plutôt classe. Après ça, un avion sera prêt à décoller dès que vous donnerez le top. Bonne chance et Dieu vous garde.

Maddox raccrocha.

Jen ouvrit son sac et se mit à en sortir fébrilement diverses tenues.

— Putain, on doit convaincre Yeux Bleus de bosser avec nous et Maddox nous donne cinq minutes seulement pour nous changer ? Merde !

En arrivant au *Club 21* avec dix minutes d'avance sur le chrono demandé, le chauffeur de Levi n'avait définitvement pas volé son argent.

Dans un premier temps, l'hôtesse du restaurant – visage et corps de mannequin et longue chevelure brune – accueillit très défavorablement sa demande de mettre la table à sa disposition avant l'heure prévue. Mais par la grâce d'une motivation financière suffisante, elle finit par se révéler extrêmement coopérative.

— Monsieur Maddox, dit-elle avec un sourire à rendre aveugle n'importe qui, votre table dans le petit salon privé sera prête dès l'arrivée de vos invités. Et si vous voulez, je peux installer tout de suite.

— Merci, Elena, mais ce ne sera pas nécessaire. En fait, ajouta Levi en désignant un recoin sombre près de l'entrée, je vais attendre là-bas.

Madison et Jen trottinaient à toute vitesse en direction du restaurant.

— Tu vas la jouer comment ? demanda Madison.

Jen lissa du plat de la main sa minijupe noire, avant de rectifier le décolleté vertigineux de son chemisier très ajusté. Madison aurait voulu avoir le cran de dire à son amie qu'elle faisait sacrément pétasse dans son accoutrement.

— Comme on est en avance, dit Jen, on aura un peu de temps pour l'étudier à son arrivée et définir la meilleure approche. Même si Maddox faisait tout son possible pour prendre un air détaché, on sentait bien qu'il avait la trouille.

— Pas étonnant…, dit Madison avec une petite grimace. Tu imagines, un type que tu es chargé de suivre t'appelle pour te dire « Lâchez-moi »… Ouais, il y a de quoi se poser des questions. Déjà, comment Yoder pouvait connaître son numéro pour le joindre ?

L'enseigne étincelante du *Club 21* parut devant elles. Elles entrèrent dans l'établissement.

L'hôtesse au comptoir d'accueil jeta sur Jen un regard propre à faire cailler le lait.

— Que puis-je faire pour vous ? demanda-t-elle en russe.

Jen sourit en secouant doucement la tête.

— En fait, nous sommes un peu en avance. Quelqu'un d'autre doit encore venir. On peut se mettre là-bas dans le coin pour l'attendre, ajouta-t-elle à l'intention de Madison.

D'une petite inclinaison de la tête, Madison salua un vieux monsieur qui attendait lui aussi. Courbé par le poids des ans, il s'appuyait lourdement sur sa canne. Elle était à peu près sûre de ne l'avoir jamais vu, mais… ces yeux…

Et tout à coup, elle le reconnut.

Elle sourit à Levi et il la gratifia d'un petit clin d'œil. Ils se serrèrent la main.

— Enchantée de vous revoir, dit Madison. Dans un si bel endroit, ajouta-t-elle en regardant tout autour d'elle.

De toute évidence, Jen n'avait pas reconnu Levi Yoder. Elle jeta à sa collègue un regard qui semblait dire : « Mais qu'est-ce que tu fais ? ».

L'hôtesse s'approcha d'eux avec trois menus en main.

— Monsieur Maddox, susurra-t-elle avec un sourire aguicheur à l'intention exclusive de Levi. Si vous êtes prêts, je peux vous installer.

Levi offrit son bras à Madison, qui le prit gracieusement en riant de la mine stupéfaite de Jen. L'hôtesse les mena par la salle du restaurant jusqu'à un petit salon privé.

Avec cette voix légèrement tremblante qu'ont les hommes déjà un peu âgés, Levi se tourna vers l'hôtesse pour lui parler dans un russe où perçait un léger accent.

— Elena, vous voudrez bien demander aux serveurs de nous accorder cinq minutes ? J'ai besoin d'un instant tranquille avec mes associées avant de commencer.

— Bien sûr. Je ferme les portes, comme ça vous serez tranquilles, dit la jeune femme en déverrouillant deux loquets discrets de part et d'autre de l'embrasure pour faire coulisser les panneaux occultants.

Totalement éberluée, Madison regarda Levi sortir de son cabas une espèce d'appareil cylindrique tout en longueur qu'il promena le long des murs et sous la table. Puis il se tourna vers les deux jeunes femmes avec un petit air confus.

— Excusez-moi de vous demander ça, mais vous voulez bien lever les bras, s'il vous plaît ? demanda-t-il d'une voix bien plus proche de celle de l'homme qu'elle avait vu dans le bar à New York.

Madison s'exécuta et Levi fit courir son étrange instrument tout le long de son corps, sans jamais ni la toucher, ni esquisser le moindre geste inapproprié.

Jen profita de son passage au détecteur pour examiner leur hôte d'un peu plus près.

— Alors ce n'est que du maquillage ? demanda-t-elle. Même le crâne chauve ?

Levi émit un petit gloussement tout en remisant son équipement dans son sac. Puis il prit place à table, face à elles.

— Ils seront là dans une minute, dit-il en désignant la porte. Passons d'abord notre commande. Prenez ce que vous voulez, c'est moi qui invite. À ce que j'ai cru comprendre, enchaîna-t-il en ouvrant son menu, la viande est excellente.

Madison resta un instant à scruter intensément leur convive. Il avait vraiment tout l'air d'un retraité de l'ère soviétique parfaitement inoffensif. Puis son regard glissa vers le menu et elle eut l'impression que ses yeux allaient lui sortir de la tête en découvrant les prix. Après conversion des roubles en dollars, elle se rendit compte que le moindre amuse-gueule coûtait pratiquement le prix d'un repas normal.

Jen haussa théâtralement les sourcils en lisant la traduction de l'un des plats.

— Morceau de choix du boucher délicatement grillé, servi sur son lit d'échalottes confites accompagné d'un tian aux arômes du soleil et de pommes Pont-Neuf, sauce marchand de vin et béarnaise.

— Ça a l'air bon, dit Madison.

— Mais je ne comprends pas la moitié de ce que ça veut dire, geignit Jen.

— Tactique habituelle dans les restaurants chics, observa Levi d'un ton détaché. La tournure en met plein la vue, mais cela pourrait se résumer à « un steak, des frites, des légumes et quelques sauces ». Tout est comme ça dans ce pays. Je ne serais pas étonné que, dans un *McDonalds*, les nuggets de poulet, frites, ketchup deviennent des « morceaux choisis de volailles élevées en plein air servis dans leur croûte dorée à l'ancienne, accompagnés de pommes frites et d'une réduction maison de tomates caramélisées ».

Madison dut mettre la main sur sa bouche pour contenir son rire.

Un coup discret fut frappé à la porte. Les deux panneaux coulissèrent pour livrer passage à un serveur portant un plateau de petits amuse-gueule. L'estomac de Madison gronda, tandis qu'il les déposait sur la table en donnant une interminable description de chacun d'eux.

— Pour la mise en bouche, voici d'abord six petites brochettes de notre bœuf de Kobe A5, parfumées aux épices maison et saisies à la braise pour une cuisson saignante. Elles sont accompagnées de deux sauces – une vinaigrette moutardée au miel de vanille et un glaçage teriyaki… Voici ensuite, quelques blinis au caviar Béluga, servis avec des crêpes fourrées, des œufs de saumon, des œufs mimosa, de la ciboulette et de la crème aigre.

Le troisième amuse-gueule atterrit directement devant Madison. C'était un miche encore fumante d'un pain noir comme Madison n'en avait jamais vu, avec un grand bol en argent rempli de pickles.

— Vous trouverez ensuite quelques bouchées de notre pain noir maison aux oignons frits, servies avec un beurre du jour et des pickles.

Levi hocha la tête pour marquer son approbation, avant de s'adresser au garçon, directement en russe.

— Vous parlez anglais ?

Le jeune homme répondit dans un anglais lourdement accentué.

— Oui, j'ai appris à l'école. Vous êtes prêts à passer la commande ?

— Honneur aux dames, dit Levi en désignant Madison et Jen d'un signe de tête.

— Votre steak frites…, demanda Jen dans un russe parfait. C'est quel morceau ?

— De l'entrecôte.

— Je vais prendre ça alors, mais je préfère qu'elle ne soit pas rosée à l'intérieur.

— Vous voulez dire « bien cuit » ? dit le garçon, un peu interloqué.

Jen hocha la tête.

Madison passa elle aussi sa commande en russe.

— Je prendrai la même chose, mais je préfère que ma viande puisse encore meugler.

Le serveur eut un petit rire.

— Ce sera donc saignant. Et je demanderai au chef un meuglement « extra ».

— Je prendrai comme ces dames, dit Levi. Mais à point pour moi.

— Très bien, excellent choix. Et pour les boissons ? demanda le garçon en se tournant vers Jen.

— Gin tonic.

— Et pour vous, mademoiselle ?

— Amaretto Sour.

— Et pour monsieur ?

— Une eau minérale pétillante.

— Autre chose ? demanda le serveur en ménageant une petite pause. Très bien, conclut-il avec une légère courbette, je vous apporte les boissons tout de suite.

Puis il sortit et referma derrière lui.

— De l'eau minérale, dit Jen. Je ne pensais pas que quelqu'un buvait encore ça aujourd'hui.

— C'est mon côté vieux jeux, répondit Levi avec un petit haussement d'épaules. De toute façon, je ne suis pas très porté sur l'alcool. Je ne tiens pas très bien et je n'aime pas perdre le contrôle… En tout cas, votre russe est excellent, toutes les deux. Probablement meilleur que le mien, dit-il en leur adressant un petit clin d'œil. Mais je suppose que ça va avec votre boulot...

Madison perçut l'instant de silence qui s'installait. Elle ne se sentait nullement disposée à y mettre fin.

— Bon…, enchaîna Levi en montrant les mets sur la table. Comme je ne savais pas ce que vous vouliez pour aiguiser vos appétits, j'ai commandé plusieurs mises en bouche avant votre arrivée : une à la viande, une au poisson et une végétarienne. J'espère que vous ne m'en voudrez pas.

— Tout cela a l'air fantastique, merci, dit Jen en accordant à Levi un immense sourire.

Madison n'avait pas le souvenir d'une seule fois où son rancard se soit soucié de ses préférences culinaires. Ce fascinant truand ne cessait de la surprendre. Elle observa cet homme ridé, aux sourcils profus et à la mâle calvitie, puis éclata de rire.

— Qu'est-ce qu'il y a de drôle ? demanda Levi.

— Rien, répondit-elle en secouant la tête. Je me disais juste que c'était une délicate attention de votre part. En toute honnêteté, je ne m'attendais pas à ça.

— Et à quoi vous attendiez-vous ?

Madison haussa les épaules.

— Je ne sais pas… En tout cas, merci pour tout ça, dit-elle en montrant la table d'un geste. C'est très appétissant et je meurs de faim.

— Alors mangeons, dit Levi en prenant une brochette avant de faire glisser le plat vers Madison et Jen de l'autre côté de la table. La seule fois où j'ai mangé ce genre de viande, c'était quand je vivais au Japon. Goûtez ces brochettes… vous m'en remercierez. Ah oui, la première bouchée sans aucune sauce, juste pour apprécier la viande. Je n'ai jamais rien mangé de pareil aux États-Unis.

Madison préleva une brochette et fit glisser les petits cubes de viande sur son assiette. Chacune des faces de ces parallélépipèdes formait un carré parfait, avec des bords uniformément brunis par la flamme. De véritables œuvres d'art en miniature. Elle en mit un dans sa bouche et ne put contenir un gémissement d'extase et de surprise.

— Oh mon Dieu. C'est comme du beurre.

— Exactement ! dit Levi. N'est-ce pas extraordinaire ?

Jen produisit le même petit bruit.

— Oh merde, dit-elle en se couvrant la bouche. Vous avez raison.

— Je suis content que cela vous plaise.

Tout sourire, Levi prit un blini, une petite crêpe de la taille d'une pièce d'un dollar, puis déposa dessus une bonne cuillérée de crème aigre, surmonté d'une minuscule cuillérée de caviar. Une fois sa préparation achevée, il leva sa petite bouchée comme pour porter un toast.

— Écoutez, dit-il, épargnons-nous les conneries. Vous avez un agenda – les questions que votre patron vous a demandé d'aborder, quelles qu'elles soient – et nous y viendrons avant de quitter cette table, mais pour l'instant profitons de ce repas et devisons gaiement de choses et d'autres.

— De choses et d'autres ? demanda Madison.

— Mais oui, répondit Levi. Par exemple, enchaîna-t-il en pointant un doigt sur Madison. Comment vous appelez-vous ?

— Nicole, répondit-elle sans la moindre hésitation.

— Très bien, Nicole, enchaîna Levi avec un sourire. J'aime quand les choses sont directes. Vous êtes toutes les deux de très belles femmes, mais vous, je n'arrive pas à vous situer. J'ai beaucoup voyagé, dans des endroits que vous n'imaginez même pas, mais je ne saurais dire d'où vous pouvez être originaire. Vous pourriez être polynésienne, mais je sais que vous ne l'êtes pas. Vous avez presque l'air d'une aborigène d'Australie, mais votre structure osseuse ne correspond pas. Laissez-mois deviner… Vous êtes à moitié japonaise, à moitié aborigène ?

— Vous brûlez presque, répondit Madison en riant. Japonaise et afro-américaine.

— Intéressant, dit Levi en hochant la tête. Oui… Loin de moi l'idée de vous mettre mal à l'aise, mais ça donne une combinaison singulière et séduisante.

Madison sentit une bouffée de chaleur lui envahir le cou.

— Et vous ? enchaîna Levi en se tournant vers Jen. Comment vous appelez-vous ?

— Jennifer Lancaster.

Madison parvint in extremis à ne rien montrer de sa stupéfaction outrée. L'une des premières règles qu'on enseignait aux agents sous couverture, c'était de ne jamais révéler leur véritable identité dans le cadre de leur travail. Peut-être que Levi connaissait déjà leurs noms et qu'il les mettait à l'épreuve, mais tout de même…

— Jennifer, je crois que vous êtes un peu plus facile à situer. Cheveux blonds. Vos racines ne sont pas plus foncées que les pointes. Je dirais que vous êtes naturellement blonde. Vous avez une mine saine et naturelle, mais avec une constitution athlétique. Je pencherais pour une ascendance scandinave. Peut-être avec quelques gènes allemands… Non, je m'en tiens à la Scandinavie. Mais avec peut-être une touche néerlandaise.

— C'est trop bizarre, dit Jen. Du côté de ma mère, la famille vient de Norvège. Et des Pays-Bas du côté de mon père.

Madison prit un petit morceau de pain qu'elle tartina de beurre.

— On peut vous poser quelques questions ?

— Bien sûr. Où serait le plaisir si j'étais le seul à le faire ?

— Qu'est-ce que vous faites dans la vie ?

Un petit sourire en coin s'épanouit sur le visage de Levi.

— C'est une excellente question. À laquelle je vais devoir répondre avec prudence. Je suppose que la meilleure description de mon travail que je puisse vous donner, c'est de dire que je remets les choses d'aplomb.

— Vous êtes réparateur ? demanda Jen, avec un sourire finaud.

— Non, pas exactement. Les gens pour qui je fais ça n'ont bien souvent plus personne vers qui se tourner. La police est submergée, leurs avocats ne peuvent rien, mais leur problème demeure… Je vais vous donner un exemple. À une certaine époque, il y avait une rumeur au sujet d'un homme en vue selon laquelle il abusait des petites filles. Cet homme avait le bras long, avec des soutiens dans la police et le monde politique. Je ne dirais pas de nom, mais partons du principe que cet homme appartenait à l'une des familles.

— La mafia ? dit Jen.

Levi eut un petit sourire et poursuivit son récit.

— Un jour, une petite fille, pas plus de douze ans, se plaignit auprès de la police d'avoir été violée par cet homme. Il se trouve que j'ai moi-même quelques relations haut placées. J'ai entendu parler de cette plainte, mais aussi du fait que la police et l'hôpital avaient « égaré » les éléments de preuve du viol, en conséquence de quoi les poursuites avaient été abandonnées… Je n'aime pas les brutes. Plus précisément, je n'ai que du mépris pour elles. Je me suis donc penché sur le cas de cet homme… Ce violeur. J'ai appris un certain nombre de choses et recueilli des preuves impossibles à égarer. Puis, lors d'une conversation avec des gens encore plus importants que ce monsieur, j'ai produit ces preuves. Et le problème a été réglé. Les choses ont été remises d'aplomb. Définitivement.

Madison fronça les sourcils.

— Vous avez été payé pour ça ?

Levi se tourna vers elle, l'air un peu désorienté.

— Par qui ? La fillette de douze ans ? Bien sûr que non. Parfois, il faut juste remettre les choses dans l'axe. Et il n'y a pas d'argent à gagner. Parfois, ces choses arrivent.

Madison sentit monter en elle une vague d'émotions. Elle avait la gorge nouée, mais elle était aussi en colère contre elle-même de sa réaction à cette histoire. Était-elle seulement vraie ?

On frappa à la porte et les panneaux s'ouvrirent. Deux serviteurs entrèrent. L'un apportait les boissons, l'autre les plats.

Jen se tourna vers Madison et articula silencieusement une exclamation. « Waouh ! » Madison n'aurait su dire si c'était pour le repas ou pour ce que Levi venait de raconter.

Levi leva son verre d'eau minérale.

— À ce somptueux dîner et à la fructueuse conversation à venir.

Après le dîner, tout en prenant le café, Levi parla pendant près d'une demi-heure avec les deux agentes. Rapidement, une évidence s'était imposée à lui : elles ne lui disaient pas tout.

— Si je comprends bien, dit-il en tapotant la table du bout des doigts, vous avez une piste qui vous mène à un endroit où se trouve une certaine Katarina. Vous avez la conviction qu'il s'agit de la même que celle qui m'intéresse, mais vous ne connaissez même pas son nom. Comment pouvez-vous être sûres qu'on parle bien de la même personne ?

Madison – qui tenait toujours à se faire appeler Nicole – serra les lèvres. À l'évidence, elle pesait au trébuchet ce qu'elle pouvait dire et ce qu'elle devait taire.

— J'ai écouté un certain nombre d'enregistrements où on l'entend. L'un d'eux portait sur ce qui s'est passé à la ferme de vos parents.

Nous avons également intercepté des conversations dans lesquelles elle intervient ayant trait à la piste que nous suivons. À chaque fois, même prénom, mais aussi et surtout, même voix.

Ils ont donc mis certaines lignes sur écoute... Voilà qui expliquait un certain nombre de choses.

— Pourquoi vous intéresse-t-elle tant ? demanda Levi. Je sais pourquoi elle m'intéresse, mais pour le reste, rien de ce que vous avez dit jusqu'à présent ne me semble cohérent. Vous refusez de me dire quoi que ce soit sur cette question de sécurité nationale... Vous n'allez pas me faire croire que cette femme qui a tué deux gamins vous préoccupe au point d'aller jusque-là-bas pour la retrouver.

Il attendit qu'elles s'expliquent, mais elles observaient un même mutisme obstiné. Il revint donc à la charge, en parlant sans détour.

— En quoi vous intéresse-t-elle ?

Jen se pencha en avant sur la table. Son ample décolleté avantageux produisait son petit effet.

— Vous avez raison, dit-elle. En fait, on n'en a rien à foutre de Katarina Machin-Truc. Mais elle a un associé sur lequel on doit absolument mettre la main. Elle n'est qu'un moyen de parvenir à un résultat.

Levi se laissa aller en arrière contre le dossier de sa chaise, puis inclina la tête sur le côté et sourit. Son rythme cardiaque s'était accéléré. Il sentait comme un picotement au bout des doigts.

— Je subodore que l'associé que vous cherchez est un homme. Je me trompe ?

— Vous ne vous trompez pas, répondit Madison.

— Dites-moi son nom.

— Impossible, répliquèrent les deux femmes à l'unisson.

Levi secoua la tête.

— Je vais être clair. Dites-moi comment il s'appelle. Juste son prénom. Si c'est bien celui que je pense, alors je viendrai avec vous. Cela veut dire qu'on est dans la même équipe et qu'on va jusqu'au bout ensemble. Si vous refusez de me le donner, eh bien... on pourra au moins dire qu'on a passé une bonne soirée.

Les deux jeunes femmes s'entreregardèrent. Pour finir, Madison hocha imperceptiblement la tête.

— Vladimir, dit Jen. Mais je ne peux absolument rien dire de plus.

Les deux agentes se tournèrent vers Levi, comme suspendues à ses lèvres.

Levi examina les perspectives qui s'offraient à lui. Les deux femmes prétendaient savoir où se trouvait Katarina. De son côté, s'il avait glané quelques informations auprès de Gustav, cela ne faisait pas bien lourd. Leur aide pouvait lui être utile.

— Très bien, mesdames, dit-il en poussant un soupir. Vous avez dit qu'il faut prendre un avion et marcher dans le froid. J'imagine donc qu'on devrait aller mettre une tenue adaptée.

— Alors vous venez ? demanda Madison.

— Oui, répondit Levi avec un hochement de tête. Il faut que je passe à mon hôtel pour me changer et prendre quelques affaires.

Madison fit doucement glisser une feuille de papier sur la table jusqu'à lui.

— C'est l'adresse de l'aéroport privé d'où nous décollerons. On s'y retrouve à minuit.

Levi jeta un regard sur le petit mot.

— D'accord, mesdames. Vous voulez que je m'occupe de commander un taxi pour vous ?

— Non, répondit Jen. Nous sommes parées de ce côté-là.

Puis elle jeta un regard à sa montre et se tourna vers Madison.

— Il faut qu'on y aille.

Levi se leva et serra la main des deux jeunes femmes.

— Allez-y. Moi, il faut que j'appelle un taxi. Je vous retrouve à l'heure du crime.

Resté seul, Levi médita un instant. Des pensées affluaient dans son esprit. Jamais il n'avait envisagé la possibilité que ce ne soit pas un tête-à-tête quand il parviendrait enfin à coincer Katarina.

Mais d'un autre côté, les deux jeunes femmes pouvaient considérablement accélérer les choses, et lui permettre de parvenir jusqu'à la tueuse – voire jusqu'à Vladimir. C'était une perspective qui méritait réflexion.

Quant à savoir ce qu'il adviendrait de Vladimir quand ils l'auraient trouvé… C'était un point auquel il réfléchirait plus tard.

CHAPITRE DIX-NEUF

Madison sautillait sur la pointe des pieds dans l'espoir de se réchauffer, tout en guettant la route désespérément vide qui menait au petit aéroport privé. Hormis les balises le long de la piste et les lumières provenant de l'intérieur du Pilatus PC-24 que Maddox avait affrété pour eux, tout était plongé dans un noir d'encre. La lune diffusait quelques lueurs d'argent dans le ciel dégagé. La température flirtait avec le zéro.

Jen se mit à faire les cent pas.

— Tu penses qu'il va nous laisser tomber ?

— Aucune idée. Mais il est minuit et je ne vois aucun phare, aucune voiture. Pourtant, ce Yoder me donnait l'impression d'être du genre ponctuel.

— Merde, ça caille.

Madison jeta un coup d'œil à sa montre. Minuit et deux minutes.

— Ça ne peut pas être la circulation ou…

— Chut ! dit Madison en intimant le silence à Jen d'un geste impérieux. Tu entends quelque chose ?

Elle se concentra pour sonder la nuit, mais il faisait trop noir pour voir quoi que ce soit à plus de cinq mètres.

Dans le silence immobile, elles entendirent alors le bruit de graviers piétinés. Tout à coup, une silhouette apparut dans les halos fantomatiques de la lune. Quelqu'un venait droit sur elle en courant. Un homme vêtu de noir de la tête aux pieds.

Le cœur de Madison s'affola dans sa poitrine.

Puis un rai de lumière passa sur le visage de l'homme à chaque instant plus près, et la jeune agente laissa filer un soupir de soulagement, sa foi en Levi pleinement raffermie.

— Désolé du retard, dit Levi très légèrement essoufflé. J'ai demandé au taxi de me larguer à deux bornes d'ici. Je ne voulais pas courir le risque qu'il signale au FSB qu'un Américain embarqué à mon hôtel s'était fait conduire à un aéroport.

Madison secoua la tête, stupéfaite. Quel genre de civil pouvait penser à prendre ce genre de précaution ?

Jen vint prendre Levi dans ses bras.

— Je suis contente que vous soyez là, s'exclama-t-elle.

Immobile, Levi tenait ses bras écartés du corps. Une posture bizarre pour ne pas rendre son étreinte à Jen.

Quand la grande blonde le relâcha, il se tourna vers Madison.

— Bonjour, Nicole.

Madison grimaça intérieurement de l'entendre l'appeler ainsi.

— Bonjour. Et maintenant, on monte dans cet avion, parce que je commence à me cailler le cul.

Et sur ces mots, elle grimpa la petite passerelle.

La cabine comportait six sièges, trois de part et d'autre du passage central, plus un espace à l'arrière pour les bagages. Madison s'installa dans le fauteuil de la rangée de gauche, Levi dans celui de droite. Jen prit place derrière sa collègue et amie.

Le temps qu'ils bouclent leurs ceintures, la passerelle s'était relevée, scellant hermétiquement l'espace intérieur. Le pilote sortit du cockpit et vint vérifier à l'aide d'une lampe que la porte de la cabine était bien close.

Apparemment satisfait, il s'adressa à Madison avec un accent nonchalant caractéristique du Sud des États-Unis.

— Madame, le contrôle aérien ne nous autorisera pas à nous poser à Kytlym, mais je vais faire en sorte qu'on ait une « panne technique » qui nous contraigne à un arrêt d'urgence sur leur piste. Pas de descente en rappel ni rien de ce genre, mais vous devrez quitter l'appareil en vitesse au cas où quelqu'un vienne jeter un œil. Ce sera le petit matin, donc je doute qu'il y ait du monde. Quoi qu'il en soit, je retarderai mon départ autant que possible, dans l'attente de pièces pour réparer ma fameuse panne.

— Combien de temps vous pensez pouvoir rester ? demanda Jen.

— C'est un coin isolé. Je dirais quatre ou cinq jours. Je verrai ce que je peux faire.

Levi se tourna vers ses coéquipières.

— On atterrit à quelle distance de l'objectif ? demanda-t-il.

Jen jeta un coup d'œil interrogateur à Madison, qui répondit d'un hochement de tête.

— La piste d'atterrissage se trouve à cinquante-cinq kilomètres de notre destination.

Levi secoua la tête.

— Kytlym est assez haut au nord. Dans la neige, il ne faudra guère compter plus de quatre kilomètres par heure. Deux jours de marche pour l'aller, autant pour le retour. Si tout se passe bien.

— Vous savez où se trouve Kytlym ? demanda Madison, stupéfaite.

Levi haussa les épaules.

— Il a pu m'arriver d'étudier une carte de la Russie... Donc, j'en conclus que le mont Kosvinsky est l'objectif. C'est à peu près la seule chose à l'ouest de ce bled. Et je suppose qu'on y trouve une base secrète sur laquelle vous avez des informations.

Jen sentit sa mâchoire se décrocher.

— Sans commentaire, dit-elle.

Levi leva les yeux au ciel et posa l'arrière de son crâne contre l'appui-tête. Madison se tourna vers le pilote.

— On essaiera d'être de retour au quatrième jour. Dans le pire des cas, on trouvera un plan de secours.

— Très bien. Alors attachez vos ceintures. On va voler à douze mille mètres. Atterrissage prévu dans un peu plus de trois heures.

Et sur ces paroles, il rejoignit le cockpit.

Quelques instants plus tard, les lumières baissèrent d'intensité, tandis que les moteurs montaient en régime.

Madison se tourna vers Jen et Levi.

— Autant dormir tant qu'on peut.

— Pfff…, fit Jen avec une moue boudeuse en couvant du regard l'arrière du fauteuil de Levi.

À l'intense surprise de Madison, Levi dormait déjà à poings fermés. Et il rêvait apparemment, à en croire les mouvements de ses yeux derrière ses paupières. Au spectacle de la profonde sérénité sur son visage, Madison ressentit des papillons au creux de son ventre. En dépit de tout ce que cet homme était probablement, de tous les actes qu'il avait pu commette, à cet instant, elle imaginait sans peine le petit garçon qu'il avait été quand il dormait.

Jen se pencha sur elle pour murmurer à son oreille.

— Ose me dire que tu ne le trouves pas superbe.

Le pilote lança les moteurs à plein régime et Madison se sentit propulser contre le dossier.

Elle ferma les yeux et fit de son mieux pour dormir un peu.

L'équipe avait parcouru deux cents mètres depuis l'aérodrome quand ils arrivèrent à l'orée d'une forêt de pins. D'un signe, Levi ordonna une halte aux deux jeunes femmes qui pataugeaient derrière lui dans la neige jusqu'aux genoux.

— Ça craint, dit Madison. On nous avait dit qu'il n'y avait pratiquement pas de neige dans cette zone.

— Je serais prête à tuer pour une paire de skis, renchérit Jen.

Levi huma l'air et regarda le ciel en direction de l'ouest.

— Eh bien, de toute évidence, vos mecs de la météo se sont gourés. Et il va bientôt reneiger. Je sens la variation de l'humidité dans l'air.

Les deux jeunes femmes portaient des lunettes de vision nocturne. Madison releva les siennes sur son front.

— Mais comment vous faites pour voir quelque chose ? demanda-t-elle en le fixant les yeux écarquillés.

Il laissa son regard errer sur le paysage, appréciant la luisance de la neige.

— Je suppose que mes yeux se sont adaptés, répondit-il. Et je suggère que nous nous équipions tous de raquettes, ajouta-t-il en les montrant d'un geste, empêtrées dans l'épaisse couche blanche.

Il sortit un couteau de l'intérieur de sa parka, puis examina les arbres alentour, avant d'aller couper quelques branches basses d'un épicéa.

Sous le regard fasciné de Madison, il rassembla cinq branches de la grosseur du pouce, qu'il recoupa en tronçons égaux.

— J'en conclus que vous n'avez jamais fabriqué de raquettes ?

Tout doucement, il la poussa un peu sur le côté.

— Vous êtes dans ma lumière.

— Oh pardon, dit Madison en s'écartant d'un pas.

Puis elle leva les yeux vers le ciel rempli d'étoiles et esquissa une grimace.

— Euh…

— Je plaisante, gloussa Levi en sortant une bobine de paracorde de son sac. Il faut m'excuser, j'ai parfois un sens de l'humour un peu étrange. Venez, ajouta-t-il en leur faisant signe d'approcher. Vous allez voir, c'est très simple.

Jen et Madison s'avancèrent.

— Cinq baguettes de bois, annonça Levi, d'une longueur correspondant grosso modo à la distance entre la pointe du coude et l'extrémité du majeur. Attachez ensemble les extrémités des baguettes d'un même côté.

Il effectua le geste qu'il venait de décrire, puis prit un morceau plus court.

— Ensuite, déployez les baguettes et placez votre première entretoise à l'endroit correspondant à la position du talon. Posez une ligature à la jonction de l'entretoise avec chacune des baguettes.

Il prit deux nouvelles entretoises de même longueur.

— À présent, procédez de même avec deux autres entretoises à peu près au niveau du bol du pied. Exercez une tension et ligaturez avec les cinq baguettes. Et pour finir, rassemblez les cinq extrémités et attachez-les ensemble.

Tout sourire, Levi exhiba le fruit de son travail – en l'espèce, un genre de grand tamis ovale.

— Il suffit d'en faire cinq de plus, puis de les fixer à nos bottes, et cette balade dans la neige ira beaucoup plus vite.

Madison et Jen sortirent chacune son couteau et se mirent à couper des branches.

— Vous avez besoin de corde ? demanda Levi.

— Non, répondit Jen. Mais je veux bien que vous vérifiiez que je m'y prends bien. Je distingue à peine mes mains devant mes yeux.

Levi confectionna rapidement sa seconde raquette, puis observa le travail des deux jeunes femmes, qui s'en tirèrent admirablement. Peu après, ils avaient à leur disposition trois paires de raquettes parfaitement opérationnelles. Il leur montra alors comment les fixer à leurs chaussures.

Avec de grands sourires, ils procédèrent à quelques essais, rassérénés de marcher sur la neige et non plus de s'y enfoncer.

— C'est tellement plus facile ! dit Madison.

Jen marchait tout droit en direction de Levi. Son pied droit bascula dans la neige et Levi la rattrapa in extrémis alors qu'elle s'abattait droit sur son torse.

— Pensez à bien marcher les pieds à plat, dit-il. Il faut peser sur l'ensemble du pied, de façon à répartir le poids sur la neige. Si le talon ou la pointe s'enfonce, c'est le naufrage.

Jen passa un bras autour de l'épaule de Levi pour se relever. Il sentit le corps de la jeune femme pressé contre le sien. Mal à l'aise, il s'écarta doucement.

Madison s'approcha d'une démarche posée et régulière.

— Ça va ? demanda-t-elle à Jen.

— Oui, oui, répondit-elle. Et merci, ajouta-t-elle en s'adressant à Levi. Sans vous, je finissais la tête dans un arbre.

— Ce n'est rien. Et maintenant, si on parlait un peu de l'objectif avant de se mettre en route ? Pour commencer, je vais vous faire un rapide topo de ce que je sais. On a d'abord une marche de grosso modo cinquante-cinq klicks à se faire en direction du nord-ouest. Ensuite, on est censés se glisser à l'intérieur sous des identités d'emprunt, trouver

Katarina… Et c'est là que ça devient un peu confus. Je suppose qu'on prévoit de la mettre hors d'état de nuire sans que personne ne remarque rien ?

— Hors d'état de nuire ?…, dit Madison, sourcils froncés. Si vous voulez dire « la tuer », alors non…

— Bon sang, Nicole. Vous me prenez pour qui ? s'insurgea Levi. Ce n'est pas du tout ce que je voulais dire. Nous voulons tous obtenir d'elle des informations, mais pour ça, il faut d'abord filer. Ne plus être en zone hostile. Donc, on l'assomme, ou du moins on la neutralise, puis on la ramène à l'avion. Ensuite, on file vers un endroit dont vous ne m'avez encore rien dit. C'est bien ça le plan ?

— Je suis désolée, Levi, je ne voulais pas…

D'un geste, il évacua ses justifications.

— J'essaie seulement de me faire une idée de ce que nous sommes censés faire.

— Vos intuitions étaient bonnes, intervint Jen. Notre première priorité est de l'évacuer. On a ce qu'il faut pour la mettre KO. Ensuite, à supposer qu'on réussisse à la ramener à l'avion dans les délais, on la transporte vers un site qui reste à déterminer.

— Pour l'interroger, la torturer, ce genre de choses, dit froidement Levi.

Aucune des deux agentes ne fit le moindre commentaire.

— Bon, poursuivit Levi, j'imagine que le terrain va devenir de plus en plus difficile à mesure qu'on approchera du pied de la montagne. Au mieux, on a dix-sept heures de marche difficile, dans un sens puis dans l'autre. Et au retour, si on doit la porter, il faudra peut-être multiplier le temps par deux. Je propose qu'on progresse sans s'arrêter jusqu'à deux ou trois klicks de l'objectif. La limite des arbres est assez haute sur le flanc de la montagne, de sorte qu'on pourra rester à couvert au-delà des limites normalement patrouillées par la sécurité. Si ce soir on atteint le point visé, alors on sera suffisamment proches pour nous pointer frais et dispos devant l'entrée dont vous avez parlé ce matin. La journée va être très longue. Il est possible qu'on ne s'arrête pas avant minuit. Qu'est-ce que vous en dites ?

Jen avait hoché la tête tout au long de son exposé, mais Madison semblait perplexe.

— Levi, dit-elle, je pense que c'est un excellent plan, mais j'ai une question. Vous n'êtes pas obligé de répondre, mais il faut que je vous la pose. Je suis littéralement dévorée par la curiosité. Avez-vous été militaire ? Vous parlez comme les Navy SEAL et les autres types des forces spéciales que je connais. Vous savez lire la météo et vous déplacer dans la forêt. Vous connaissez les techniques de contre-surveillance dont la plupart des civils ne savent même pas qu'elles existent. Merde, vous avez réussi à joindre mon patron et je ne sais même pas comment une telle chose est possible. Et je ne parle pas des petites bricoles, comme quand vous dites « klicks » pour « kilomètres », comme si vous aviez été soldat pendant des années. C'est le cas ?

Levi ne put retenir un sourire devant la mine empreinte de curiosité de Madison. Elle était incontestablement du genre nature et authentique. Et il aimait bien ça.

— Nicole, vous êtes toujours très perspicace, mais j'ai bien peur que vous n'ayez mis à côté sur ce coup-là. N'importe quel survivaliste sait comment organiser un déplacement, fabriquer des raquettes ou voir quand le temps tourne. J'ai passé dix années de ma vie sans aucun toit au-dessus de ma tête dans les endroits les plus extrêmes que vous puissiez imaginer. Ce que vous me voyez faire je l'ai simplement appris au fil du temps. Quant au reste, j'ai sans doute piqué une chose ou deux à l'un de mes cousins qui était Ranger dans l'armée de terre. C'était un mouton noir lui aussi, un peu comme moi, un Amish qui ne vit pas comme les Amish. Il est mort en Afghanistan en 2003.

— Je suis désolée, dit Madison.

— Ne le soyez pas, dit-il. Ce n'est pas comme si vous l'aviez tué. C'était un personnage impressionnant. Je suppose qu'on peut dire qu'il a déteint sur moi, même si moi je n'ai jamais assumé un commandement. J'ai survécu à des choses auxquelles j'aurais préféré ne pas survivre. J'ai vu mourir des gens que j'aimais. Et sincèrement, si on doit faire ce truc, alors j'aimerais autant qu'on en revienne en un seul morceau.

Une expression étrange assombrissait le visage de Madison. Les lueurs du ciel faisaient ressortir ses pommettes et encadraient fort joliment son visage contre l'obscurité de la forêt.

— Je… je suis désolée, dit-elle. Je ne voulais pas me montrer indiscrète…

— Et pourtant, vous l'avez été, mais ce n'est pas un problème. Moi aussi je préfère savoir avec qui je voyage. C'est une bonne idée de demander. Bon, enchaîna-t-il en regardant alternativement les deux femmes, on est d'accord sur le plan ? On fonce, on établit un campement pour la nuit à une heure de l'objectif, puis on fonce encore pour le reste jusqu'à ce qu'on puisse dormir dans un lit dans un endroit sûr ?

Les deux jeunes femmes hochèrent la tête.

— Ça marche.

Levi leva la tête vers le ciel. Puis il se remit en mémoire la carte du ciel dans l'hémisphère nord et indiqua une direction ouest-nord-ouest.

— Je crois qu'on va par-là.

Jen vérifia sur ses instruments, puis regarda Levi en secouant la tête.

— Dites donc, vous n'auriez pas avalé une boussole non plus quand vous étiez petit ?

Avec un sourire amusé, Levi se mit en route dans le sous-bois tout enneigé.

Il leur fallut plus de temps que prévu pour rallier leur campement. Levi leur avait fait quitter le chemin le plus direct, au motif qu'ils étaient dans le sens du vent par rapport à une meute de loups et qu'il préférait ne pas avoir à les croiser. Madison était convaincue qu'il s'imaginait des choses, jusqu'à ce qu'elle entende leurs hurlements et aboiements.

Les bruits venaient de l'endroit où ils auraient été s'ils n'avaient pas infléchi leur trajectoire.

Pendant que Jen montait la tente, Madison étirait ses muscles tout endoloris.

— Jen, tu es sûre que tu n'as pas besoin d'aide ? demanda-t-elle.

— T'inquiète, je me débrouille.

Madison mit ses lunettes de vision nocturne pour sonder l'obscurité. Cela faisait dix bonnes minutes que Levi était parti et elle commençait à s'inquiéter.

Qu'est-ce qu'il peut bien faire ?

Elle repensa à la façon dont il avait tacitement adopté une position de leader au sein de leur groupe. Au début, elle lui en avait voulu, mais à présent, elle appréciait d'être sous sa houlette. D'une certaine façon, elle lui accordait une confiance bien plus grande que ce qu'elle aurait cru possible.

Jen bavait sur lui depuis l'instant où elle l'avait vu à Langley. Madison était à quasi certaine qu'elle ferait à peu près n'importe quoi pour l'accrocher à son tableau de chasse. Madison ne pourrait jamais être comme elle, mais pour autant, pouvait-elle en vouloir à Jen d'être comme elle était. Levi était intelligent, aimable à l'évidence, et étrangement attentifs à leurs avis et leurs points de vue.

Et beau gosse aussi. Comment le nier ?

Madison entendit des bruits sur sa droite. Elle éprouva un sentiment de soulagement un peu perturbant en voyant Levi revenir à leur campement.

Elle n'arrivait toujours pas à comprendre comment il pouvait voir dans une telle obscurité. Sous l'épais couvert des résineux, la lumière des étoiles et de la lune n'arrivait pratiquement pas.

— Vous en avez mis du temps… C'est la constipation ? plaisanta Madison.

Levi secoua la tête.

— Pas particulièrement. Mais si vous avez des difficultés, je peux vous préparer une infusion avec des pointes d'épicéa. C'est souverain. Plein de vitamine C. Vous verrez, toute rentre dans l'ordre.

Une main sur la bouche, elle se retint in extrémis pour ne pas pouffer. *Et il est drôle.* Il y avait quelque chose chez lui qui la faisait craquer.

Pourtant, Madison s'en voulait d'apprécier autant la présence et le contact de cet homme. Après tout, n'était-il pas un type de la mafia ? Un salaud du camp des méchants ?

Le regard de Levi allait et venait entre Madison et les fesses de Jen levées en l'air, tandis qu'elle enfonçait dans le sol l'un des piquets de la tente.

— Si vous voulez vous isoler, dit Levi, ne vous éloignez pas de plus d'une quinzaine de mètres autour du camp. J'ai disposé des pièges sur le périmètre. Si on a de la visite, on sera prévenus.

Jen se retourna vers lui.

— On est à trois kilomètres de l'objectif. Vous pensez que la sécurité pourrait venir jusqu'ici ?

— Non, je parle de bestioles comme les loups, ou même un ours un peu insomniaque, même si c'est peu probable. S'ils sont sous le vent, ils sauront qu'on est là. Et s'ils déclenchent un piège, le bruit nous alertera.

Madison ajusta ses lunettes pour scruter le sous-bois alentour.

— J'imagine qu'on va prendre des tours de garde.

Levi confirma d'un hochement de tête.

— Quelqu'un veut le premier tour ?

— Moi, s'empressa de répondre Madison.

— D'accord, dit Levi en regardant sa montre. On dit deux heures chacun. Jen, vous voulez le tour suivant ? Sinon, je le prends.

— Non, je m'en charge, répondit-elle. Pour nous éviter de servir de repas aux loups, j'imagine que je vous dois bien quatre heures de sommeil d'une traite.

Madison prit une couverture de survie dans son sac. Puis elle alla s'asseoir au pied d'un grand sapin en s'emmitouflant dedans. Jen se glissa à l'intérieur de la tente et ressortit la tête en levant les yeux vers Levi.

— Vous venez, dit-elle. Je ne mords pas, vous savez.

Levi hésita un instant avant de rejoindre Jen. Madison retint un petit ricanement. L'idée que Levi se montre réticent à l'idée de partager la tente avec Jen la mettait en joie.

À tâtons, Madison chercha son .45, confortablement niché dans son holster d'épaule. En silence, elle éleva une prière à quiconque pouvait l'entendre.

— Je vous en prie, faites que je n'aie pas à l'utiliser.

Madison tapota le talon de la botte de Jen.

Et la jeune femme blonde se redressa comme un ressort, clignant des yeux à plusieurs reprises pour chasser les brumes du sommeil. Puis elle se glissa vers la sortie, non sans adresser à Levi une petite moue dédaigneuse. Son compagnon endormi n'aurait pas pu se tenir plus éloigné d'elle sans tomber hors de la tente.

Madison rampa à l'intérieur de leur petit abri pour prendre la place de Jen. Au passage, elle vit que Levi respirait paisiblement. Pourtant, il frissonnait de froid. Cette façon qu'il avait de souffrir en silence vint jouer subtilement sur sa corde sensible.

Elle déposa sur lui sa couverture de survie, puis s'allongea à ses côtés en lui tournant le dos. Elle ferma les yeux et sentit que déjà ses grelottements s'atténuaient.

Madison avait dû s'endormir, car l'instant suivant, elle constata que la couverture était sur elle et que Jen dormait à quelques centimètres. Du dehors lui parvenaient des bruits de pas dans la neige.

Elle se glissa hors de la tente en constatant avec plaisir qu'elle se sentait étonnamment bien après n'avoir dormi que quelques heures.

Dans les lueurs d'avant l'aube, Levi était torse nu, immergé dans l'exécution d'un kata très complexe avec force coups retournés donnés avec les pieds et les poings, et autres attaques fulgurantes vers l'avant.

Fascinée, Madison contemplait ses mouvements d'une incroyable fluidité, incapable de détourner son regard. Chacun de ses gestes était imprégné d'une merveilleuse simplicité, mais aussi d'une vigueur foudroyante. C'était une véritable danse.

Il poursuivit son enchaînement pendant deux minutes encore, puis conclut par une inclinaison du buste adressée au vide devant lui. Enfin, il se tourna vers elle. Des volutes de vapeur blanche s'élevaient de sa peau nue.

— Bonjour, dit-il d'un ton aimable.

— C'était génial à regarder. C'était quoi ? Du Wing Chun ?

Levi haussa un sourcil.

— Bien vu…, dit-il. Vous pratiquez les arts martiaux ?

— Certainement pas comme ça. Je suis loin d'être aussi bonne.

Levi attrapa son maillot de corps accroché à une branche.

— Et vous pratiquez quoi ? demanda-t-il en l'enfilant. Vous voulez me montrer ?

— Non, s'empressa de répondre Madison, un peu gênée. C'est… Ce n'est pas aussi fluide que ce que vous faites…

— Oh, allez… J'adorerais voir ce que vous pratiquez. Le mélange des styles… c'est un peu mon truc. Allez…, insista-t-il gentiment avec une petite moue suppliante.

Madison se redressa lentement.

— Je n'arrive pas à croire que je fais ça, perdue au milieu des bois, grommela-t-elle.

Levi acheva de s'habiller sans la quitter des yeux une seconde – ce qui bien sûr ne contribuait en rien à la faire se sentir moins mal à l'aise.

Après quelques rapides étirements, elle entama un kata qui commençait par plusieurs coups de la pointe des mains, doigts tendus. Ensuite, elle alterna les postures hautes et basses, puis se trouva totalement aspirée dans le tourbillon des mouvements enchaînés.

Quand elle eut fini, elle essuya d'un revers les gouttes de sueur qui perlaient sur son front.

— Vous êtes belle.

— Hein ? dit Madison en se tournant vers Levi.

Levi avait les yeux écarquillés. Pour la première fois, elle le vit rougir et presque perdre un peu pied.

— Pardon, je… Je voulais dire que vous avez fait une belle démonstration. Elle a dit : « Je suis loin d'être aussi bonne ». Moi je dis : « Connerie ! ».

Le rabat de la tente s'ouvrit et Jen passa la tête à l'extérieur. Je suppose qu'il va être l'heure d'y aller ?

Madison se rejouait dans sa tête la petite phrase de Levi. « *Vous êtes belle.* » Ses joues étaient brûlantes.

— Ouais. On mange une de ces délicieuses barres protéinées et on y va.

~

Ils étaient à un kilomètre environ de la fin du couvert forestier quand Levi sentit la vibration dans son sac à dos. Il l'ouvrit et porta le combiné à son oreille.

— Denny, c'est important ?

— Jette un coup d'œil à l'image que je viens de t'envoyer. Elle est tirée d'un flux vidéo sur lequel je suis greffé.

Levi chargea le document. On y voyait une jeune femme aux cheveux bruns sortant d'un immeuble. Son cœur se mit à lui marteler les côtes. Il remit le combiné à son oreille.

— Ouais, ça pourrait être elle. Je ne suis pas sûr. La qualité de l'image n'est pas géniale, mais ça pourrait définitivement être elle. Ça a été pris où ? Et quand ?

— C'était ce matin. Elle sortait du siège de Russie unie.

— C'est quoi « Russie unie » ?

— Un parti politique russe.

Levi leva les yeux vers Madison et Jen.

— Merde… Denny, tu veux bien me rendre un service ? Transmets cette photo et cette information à John Maddox.

— Le type de la CIA ?

— Oui. Nos infos respectives sont contradictoires, mais je crois que nous poursuivons le même but.

— Ouais… On pourrait plutôt faire comme ça. Je t'envoie un lien vers un site anonyme de partage de fichiers et j'y dépose la photo en bitmap. Je ne suis pas très chaud pour envoyer quoi que ce soit en direct. Sans compter que je n'ai pas son adresse mail.

— Très bien. Envoie-moi l'URL du site de partage et je m'occupe du reste.

— Non mais, écoutez-moi-le… Il cause d'« URL » comme un spécialiste. J'en oublierais presque que tu es né dans une société du dix-septième siècle.

— Très drôle. En tout cas, merci pour l'information. Tiens-moi au jus.

— Ça marche.

Levi raccrocha, avant de se tourner vers les deux autres membres de son équipe.

— J'ai besoin de l'adresse mail de Maddox. Il semblerait qu'on ait un problème.

Levi observait l'équipe de maintenance occupée à décharger des caisses de bois d'un camion.

Il avait contacté Maddox pour lui faire part de sa découverte. Maddox avait promis de donner suite, mais en faisant valoir néanmoins que leurs dernières interceptions situaient Katarina sur le mont Kosvinsky, dans l'attente d'un colis critique.

Un « colis » dont aucun membre de la CIA ne souhaitait parler.

Levi avait envisagé un instant de leur refiler les éléments glanés à l'université, puis de les laisser terminer ce qui commençait à ressembler à une « chasse au dahu ». Finalement, il avait choisi de les accompagner et de mener la mission jusqu'au bout.

Les deux jeunes femmes et lui-même portaient à présent des uniformes en tous points comparables à ceux des membres de l'équipe de maintenance – présentement occupés à transbahuter les caisses à l'intérieur d'un bunker de béton creusé dans le flanc de la montagne.

— Vous êtes sûres qu'il y a une entrée ? demanda Levi à voix basse. On dirait plutôt un entrepôt extérieur.

— C'est définitivement une entrée, insista Jen.

Madison confirma d'un hochement de tête.

— On a un plan du site. Il y a bien une entrée à cet endroit. Mais je suis d'accord, on dirait bien que ces types y stockent du matos… Et regardez, ajouta-t-elle en pointant le bunker. Ils repartent.

L'équipe de maintenance referma la porte métallique, avant de reprendre place sur le plateau arrière du véhicule, qui s'éloigna sur la piste en direction du nord-est.

Dès qu'il fut hors de vue, Jen, Madison et Levi s'élancèrent sur la route d'accès à l'entrepôt. Levi éprouvait un étrange picotement à l'arrière de sa nuque. Son sixième sens lui hurlait que quelque chose ne tournait pas rond.

Il perçut une vibration subsonique, comme un infrason à la lisière du seuil des sons perceptibles.

En tête, Jen arriva devant la porte et tendit la main vers la poignée.

N'écoutant que son instinct, Levi se rua sur Jen. À la seconde où il la décollait du sol, une explosion de douleur le déchira.

Ses muscles se tétanisèrent et il tomba tête en avant dans la poussière.

La dernière chose qu'il ressentit fut une intense sensation de brûlure sous la plante de ses pieds. Puis les ténèbres l'engloutirent.

CHAPITRE VINGT

La vue brouillée par les larmes, Madison exerça trente pressions sur la poitrine de Levi, puis inclina son cou sur le côté, pinça son nez et souffla deux fois dans sa bouche.

— Je crois qu'il m'a pété des côtes, gémit Jen.

Madison chercha son pouls. En vain. Elle reprit son massage cardiaque.

— Levi, s'il te plaît, ne meurs pas.

Par deux fois, elle lui prodigua un bouche-à-bouche.

Tout à coup, le corps de Levi convulsa.

Sous ses deux doigts plaqués sur le côté du cou de Levi, elle sentit un mince filet de vie.

Ses forces la quittèrent et elle se mit à pleurer.

— Levi, tu m'entends ? Levi ?

Ses yeux papillotèrent. Il prit une longue inspiration sifflante. Des larmes coulaient le long de son visage.

Jen se pencha sur eux.

— Merde, il faut l'emmener à couvert.

Les deux femmes tirèrent Levi de l'autre côté de la route. Quand il se remit à convulser à nouveau, Madison se mit à prier à voix haute.

— S'il vous plaît, faites qu'il ne meure pas.

Elles le halèrent encore sur plusieurs centaines de mètres, au-delà de la lisière, sous le couvert des arbres, hors de vue de la route. Elles l'installèrent contre un arbre. Il tremblait violemment.

Madison le prit dans ses bras.

— Ça va aller. Je te tiens.

— Ses lèvres sont bleues, observa Jen en se mettant à lui masser les jambes.

Levi rua subitement. Appuyé de tout son poids contre Madison, il faisait non de la tête.

— Ce n'est rien, Levi, dit Madison. C'est pour t'aider.

Il la repoussa pour s'arracher à son étreinte. Il tremblait comme une feuille. Ses paupières battaient follement. Il secoua la tête. Dents serrées, il se mit à creuser le sol.

— Qu'est-ce qu'il fait ? demanda Jen.

Levi semblait possédé. Il tira un couteau de quelque part sous sa chemise et traça une ligne dans la terre.

Madison sortit la pelle pliante de son sac à dos. Il la lui prit des mains pour attaquer le sol à moitié gelé. Son souffle était haché.

— Abri… Froid…, gémit-il.

Tout à coup, Madison comprit.

— Il fait plus chaud sous la terre, expliqua-t-elle à Jen. S'il te plaît, laisse-moi t'aider, ajouta-t-elle en se tournant vers le blessé.

Levi se laissa tomber sur le côté, exténué.

Madison lui reprit l'outil des mains et se mit à l'ouvrage avec ardeur. Jen vint lui prêter main forte. En quelques minutes, elles creusèrent une tranchée de presqu'un mètre de profondeur dans l'humus de la forêt d'épicéas.

Jen déposa au fond une couverture de survie. Elle examina Levi, avec un air terriblement inquiet.

— Il va mourir si on n'allume pas un feu, dit-elle.

— Non, gronda Levi. Pas de feu. Trop près. Ils vont sentir.

Madison installa Levi au fond de la tranchée et s'allongea à côté de lui.

— Mets ma couverture sur nous. Ma chaleur corporelle va peut-être l'aider à se réchauffer.

Blotti contre elle, tout tremblant, Levi semblait sombrer dans l'incohérence. Elle attira son visage gelé contre le sien et noua ses bras autour de lui.

Comme Jen déposait sur eux la couverture isothermique, elle grimaça de douleur.

— Jen ? Ça va ?

— Oui, oui, ça va aller, répondit-elle tandis que de grosses larmes roulaient sur ses joues. Tout est de ma faute. Il va peut-être mourir parce que je me suis comportée comme une idiote.

— Non, tu n'y es pour rien. Si tu peux, essaie de contacter Maddox et raconte-lui ce qui s'est passé.

Jen hocha la tête, avant de s'éloigner.

Subitement, Madison se sentit submergée par l'émotion. Couchée sur Levi, la joue posée sur la sienne, elle le tenait tout serré contre elle. Lentement, les frissons se calmèrent. La température de leurs corps remontait. La tranchée et les couvertures faisaient leur effet.

Les bras de Levi s'enroulèrent autour de la taille de Madison pour la tenir encore plus étroitement contre lui. Ses lèvres pratiquement au contact de celles de Levi, elle lui murmura un encouragement.

— Ça va aller. Je m'occupe de toi.

Il la serra un tout petit peu plus fort.

— Merci, Madison.

De l'entendre l'appeler par son nom – son véritable prénom – quelque chose se brisa en elle. Elle se mit à sangloter.

Levi enfouit son visage dans le creux du cou de la jeune femme.

— On ne recommencera pas comme ça, murmura-t-il d'une voix à peine audible, le visage baigné des larmes de Madison.

— C'est promis, répondit-elle.

~

Levi s'éveilla avec Madison pelotonnée contre lui, profondément endormie, dans un endroit qui avait tout d'une tombe. Des branches et des feuilles leur servaient de toit à quelques centimètres au-dessus.

Tout le haut de son corps lui faisait mal, comme s'il avait eu un accident de voiture et été percuté par le volant au milieu de la poitrine. La plante de ses pieds était toute brûlée et enflée.

Où sont mes chaussures ? se demanda-t-il.

— Qu'est-ce qui s'est passé ?…

Et les souvenirs lui revinrent.

La vibration subsonique, la même que celle qu'il avait déjà perçue bien des fois aux abords d'un transformateur haute tension.

— Levi ?

Le visage de Madison apparut devant lui à quelques centimètres. Leurs souffles se mêlaient.

Il sourit.

— Tu es vraiment belle vue de tout près.

Ses yeux étincelèrent, rendus brillants par les larmes.

— Comment te sens-tu ?

Sur le sol de la forêt russe qui leur servait de lit, leurs corps serrés l'un contre l'autre, leurs jambes emmêlées, il se dit qu'il n'aurait pu rêver scénario plus inattendu.

— Vivant, grâce à toi.

— Tu te souviens de ce qui s'est passé ?

— Je me souviens d'avoir entendu un transformateur. Et puis, au moment où Jen allait toucher la porte, j'ai compris. Je n'étais pas bien placé pour lui attraper le bras, alors j'ai plongé sur elle. J'imagine qu'elle…

Il s'interrompit, tout son corps subitement raidi.

— Elle va bien ? demanda-t-il.

Madison hocha la tête.

— Je crois que c'est toi qui as pris le plus gros du choc. Sous l'impact du plaquage, tu l'as littéralement décollée de terre. À part quelques côtes pétées, elle va bien. Elle est planquée un peu plus loin dans la forêt. Ici, on est encore très près de la route, mais pratiquement invisibles enterrés comme nous sommes. Pour nous trouver, il faudrait que quelqu'un nous tombe pile dessus…

Levi se remémora les gestes des différents membres de l'équipe de maintenance. Une fois le dernier homme sorti et la porte refermée, l'un des autres avait tendu la main en direction de l'entrée. *Non, il a pointé quelque chose… une télécommande certainement, pour activer le système de sécurité.*

Quel idiot, j'aurais dû le voir.

C'est à cet instant que Levi prit conscience qu'il faisait nuit dehors.

— Je suis resté combien dans coaltar ?

Madison posa une main sur son torse.

— Tu as alterné entre conscience et inconscience tout au long de la journée. Cela fait maintenant quelques heures que le soleil est couché.

Levi reposa son visage sur le bras de Madison, à l'orée du creux de l'épaule. Il releva la tête pour la regarder et ne put contenir une grimace.

— Hé, ne va pas te faire mal.

La tête de Madison était un peu au-dessus de la sienne, jolie silhouette contre la pénombre des branches au-dessus. Il la regarda dans les yeux.

— Quoi ? demanda-t-elle.

— Je pensais l'avoir rêvé, mais je me souviens maintenant t'avoir entendue prononcer mon nom. Tu veux bien que je t'appelle Madison à partir de maintenant ? C'est bien ton vrai nom, n'est-ce pas ?

Elle posa son front sur celui de Levi et, avant même qu'elle n'ait eu le temps de dire quoi que ce soit, il déposa un baiser léger sur ses lèvres. C'était chaud et tendre. L'instant sembla durer indéfiniment, mais s'acheva bien trop tôt.

Elle ne le repoussa pas.

— Pardon, dit Levi en laissant retomber sa tête sur le bras de Madison. Normalement, je garde ça pour la fin du premier rendez-vous. Et je me sens vidé, sans aucune énergie.

Madison enfouit son visage contre celui de Levi, secouée par un petit rire.

— Si tu penses qu'un massage cardiaque et un peu de bouche-à-bouche peuvent faire office de premier rendez-vous, alors tu as encore quelques petites choses à apprendre sur la question.

— Que puis-je dire pour ma défense ? Je manque singulièrement de pratique.

— Chut, dit Madison en posant un doigt sur ses lèvres. Repose-toi. On verra bien comment ça ira quand arrivera l'aube.

Levi agita ses orteils et grimaça. La sensation de picotement était la même que celle que produit un membre engourdi quand il se réveille.

— Madison, j'ai bien l'impression que mes pieds ont été brûlés par la décharge électrique.

— C'est le cas. Les semelles de tes chaussures ont fondu en partie. Jen te les a retirées, puis a appliqué un baume antibiotique sur tes pieds. Elle a construit un genre de traîneau. On va te tirer en remontant le chemin pris à l'aller. On a contacté le pilote. Il dit pouvoir attendre jusqu'à ce qu'on arrive.

Une vague de fatigue déferla sur Levi. Il ferma les yeux, savourant la chaleur de l'étreinte de Madison. Il avait presque oublié ce que c'était que d'être entre les bras de quelqu'un.

Derrière ses paupières closes, il vit le visage de Mary qui le regardait. Elle avait presque toujours une expression stoïque, distante mais empreinte de confiance. Il savait que la vie n'avait pas été simple pour elle avant leur rencontre. Elle avait quitté sa famille et le monde qui était le sien, mais Levi ne connaissait qu'une partie des batailles qu'elle avait dû livrer. Pourtant, parfois, elle s'autorisait à être vulnérable. À s'abandonner à lui avec la confiance absolue qu'il ne lui ferait aucun mal.

C'étaient ces moments qui l'avaient fait tomber amoureux d'elle. Il avait vécu pour ces instants.

Puis tout à coup, le visage de Mary devint celui de Katarina. Il éprouvait de la répulsion à la pensée de ce qu'il s'était laissé aller à faire avec elle. Elle avait brisé une défense qu'il pensait avoir érigée à jamais. Puis elle avait tenté de le tuer.

Malgré tout, il ne pouvait pas la haïr, même avec tout ce qu'elle avait fait.

La plaindre, oui. Mais pas la haïr.

Il réservait ce sort à une personne. Un homme sans visage. Vladimir…

Et puis, sur l'écran de ses yeux clos, parut alors le minois de Madison.

Souvent, elle l'avait regardé avec méfiance, voire une certaine appréhension, mais par instants, fugacement, il avait vu une vulnérabilité chez elle. Et cela lui avait rappelé Mary.

Avait-elle elle aussi traversé des épreuves ?

Elle lui avait sauvé la vie.

Elle l'avait ramené au bord.

Elle l'attirait énormément. Mais elle méritait mieux.

Dans son esprit flottaient déjà les spectres de son épouse morte, d'une séductrice dont il ne savait quoi faire et d'un homme dont il était certain qu'il devait mourir. Madison ne méritait pas quelqu'un encombré d'un tel bagage.

Pile comme le sommeil venait le cueillir, un murmure s'échappa de sa bouche.

— Pour moi, c'est impossible d'avoir une relation.

Debout sur la pointe des pieds, ou plus exactement sur le bol de ses pieds, les mains tendues devant lui pour ne pas perdre l'équilibre, Levi souriait.

— Eh bien, en considérant que je suis mort il y a deux jours, je dirais que je suis plutôt en forme.

Madison et Jen le regardaient avec une expression inquiète sur le visage.

— Levi, dit Jen, tes deux chaussures ont un trou de près de trois centimètres sur presque toute la surface de la semelle, causé par une brûlure. Tes talons ne peuvent pas déjà être guéris.

Elle n'avait pas tort. Sur l'avant du pied, ça allait à peu près, mais dès qu'il posait les talons, la douleur devenait quasiment insupportable. Levi savait qu'il poussait les choses un peu trop vite.

D'un geste, il évacua les inquiétudes qu'elle venait de formuler.

— Je guéris très vite. Et puis, j'ai réparé mes chaussures.

— Levi, ne joue pas les imbéciles, le réprimanda Madison. On peut te tirer le reste du chemin.

Levi considéra un instant son traîneau de fortune. Depuis deux jours, elles l'avaient tracté à travers ce terrain couvert de neige. Pendant que lui se reposait et guérissait, elles s'étaient épuisées à la tâche.

Non, l'heure était venue.

— Écoutez, j'ai élargi l'avant de mes raquettes et ajouter une entretoise à l'endroit où appuie le bol de mon pied. Je porterai tout mon poids sur cette zone. On ira plus vite.

Et pour donner plus de poids à ses paroles, il leur fit une petite démonstration de marche sur la pointe des pieds. Avec des raquettes.

— Vous voyez ?

Madison et Jen échangèrent un regard, puis secouèrent la tête avant de hausser les épaules.

— Je prends quand même le traîneau, annonça Jen. Juste au cas où…

— Ça va aller… Mesdames, enchaîna-t-il en pointant la direction est-sud-est, vous ouvrez la voie ? Je vous suivrai.

— Non, non, répliqua Madison en secouant la tête. Tu passes devant pour qu'on puisse s'assurer que ton petit cul entêté ne va se fourrer dans les ennuis.

Levi sourit et se mit en marche en direction de l'horizon.

~

— On a réussi.

Le voyage n'avait pas été une partie de plaisir, loin de là. Très loin de là. Mais ils étaient de retour à bord de l'avion. Madison prit Jen et Levi entre ses bras pour une embrassade victorieuse.

— Et je ne suis mort qu'une fois, plaisanta Levi, avec un petit sourire.

Madison lui asséna une claque sur le torse, sans parvenir à dissimuler le sourire qui lui montait aux lèvres.

Pendant qu'ils prenaient place dans leurs fauteuils, Jen tapa sur l'épaule de Madison.

— Je viens de recevoir un message de Maddox, murmura-t-elle. C'est énorme.

Elle lui passa son téléphone, sur l'écran duquel était affiché un bloc de texte.

Confirmation : le site du mont Kosvinsky est un leurre.

Des interceptions ont révélé la constitution d'un nouveau site à vingt kilomètres à l'est de Moscou.

La surveillance satellitaire confirme une activité inhabituelle sur ce site il y a six jours.

Des personnels sur place confirment que l'un de nos colis disparus se trouve ce site.

Dix mètres sous la surface d'un lac.

Transport à disposition pour J + M après atterrissage.

Dispositions prises pour équipement de plongée supplémentaire sur le site.

M conduira la neutralisation et l'extraction du colis.

Besoin transport service soins pour L ?

Madison sentit son cœur s'emballer. L'une des bombes nucléaires avait été retrouvée.

Elle échangea un check avec Jen. La mission était toujours en cours. Puis elle se tourna vers Levi, plongé dans la consultation de son propre téléphone.

— Levi ? Jen et moi, on a un truc à faire quand on arrive. Maddox demande si tu veux qu'il prenne des dispositions pour te faire transporter à l'hôpital.

Levi secoua la tête sans même relever la tête.

— Non, non, je vais bien.

— Quelque chose me disait que tu répondrais ça.

Levi tourna son téléphone vers les deux jeunes femmes.

— Denny m'a envoyé une autre photo. C'est définitivement Katarina. Vous avez vraiment un problème de renseignement au sujet de cette maudite montagne.

Très net, le cliché montrait une jolie brune sortant d'une limousine. Elle avait des lèvres rouges et pulpeuses et une sombre expression sur le visage. Et elle était jeune, dans les vingt-cinq ans. En la voyant, Madison n'aurait jamais pensé que cette fille puisse être une meurtrière.

— Je suppose que je sais où tu vas aller, dit-elle.

Levi reposa son téléphone.

— Je vais faire de mon mieux pour l'emmener dans un endroit où on pourra parler. Par hasard, est-ce que vous auriez quelque chose pour la mettre hors-jeu en une seconde ? Contrairement à ce qu'on voit dans les films, un coup sur la tête n'est pas ce qu'on fait de plus fiable.

— J'ai ce qu'il faut, répondit Jen en fouillant dans son sac à dos.

Elle tendit à Levi une petite bombe aérosol argentée.

Levi la fit tourner sur sa main en l'examinant sous toutes les coutures.

— On dirait un déodorant.

— Euh…, répliqua Jen. Je ne recommande surtout pas ce genre d'utilisation.

— Ça dépend, intervint Madison en adressant un petit sourire diabolique à son amie. Ça pourrait être drôle de le voir se parfumer avec.

Jen leva les yeux au ciel.

— C'est du sévoflurane, Levi, un anesthésique à action rapide. Je te recommanderai plutôt d'en vaporiser sur un linge que tu lui appliques sur le visage. Il peut être prudent de retenir sa respiration pendant l'opération. On dit qu'il a une odeur agréable, mais je n'ai jamais cherché à m'en assurer.

Les moteurs montèrent en régime et l'avion se mit à avancer doucement sur la piste.

Levi rangea le vaporisateur dans son sac et se tourna vers Madison et Jen.

— Si jamais on ne devait pas se revoir… Merci pour tout.

Madison sentit sa gorge se nouer. En tout et pour tout, elle ne parvint qu'à lui faire un pauvre sourire. Elle ne voulait pas y penser, mais Levi avait sans doute raison. Ils ne se reverraient probablement jamais.

Le pilote lança l'appareil pleins gaz et Madison se retrouva plaquée contre son siège.

Le vol jusqu'à Moscou allait durer trois heures. Madison avait le sentiment que ce serait bien trop court.

CHAPITRE VINGT-ET-UN

— Désolé que cela ait pris autant de temps, mais leur sécurité était plutôt efficace. Je me suis servi d'une porte dérobée de type « faille d'exploitation immédiate » dans un logiciel grand public qu'utilise leur système. Et maintenant, j'ai un accès *Root*.

— Si tu veux… Denny, cela fait maintenant trois heures que je me gèle les noix et je n'ai vu personne d'intéressant. Il faut absolument que tu me fasses rentrer.

Cinq heures s'étaient écoulées depuis que Levi avait atterri. Après être passé à son hôtel pour se changer, il avait foncé à la station de métro Doubrovka. Et depuis trois heures, donc, il observait les entrées et les sorties dans l'immeuble de quinze étages de l'autre côté de la rue. Celui où le parti « Russie unie » avait son siège. Il était vingt heures cinquante-cinq et l'immeuble allait fermer.

— Le problème, c'est que je n'ai pas accès à la liste des accès autorisés du lecteur à l'entrée. La liste et les commandes ne sont pas accessibles via un réseau externe.

Levi serra les dents pour les empêcher de claquer.

— Tu as quelque chose à proposer ?

— Eh bien… J'ai accès à un fichier-journal des scans récents. Je peux te créer un badge fonctionnel, mais il faudra que je te l'envoie par

FedEx. Donc, au mieux, tu l'auras dans quelques jours. Je suppose que tu préférerais entrer dans la place plus ou moins… tout de suite ?

— C'est ça.

— Alors il va falloir que tu rentres avec un statut d'invité…

Levi entendit les doigts de Denny s'activer follement sur le clavier.

— Ça y est, je viens d'ajouter « Ronald Warren » sur la liste des invités autorisés. Il faudra que tu montres ton passeport. Est-ce qu'au moins tu sais ce que tu cherches ?

— Pas vraiment, mais je vais improviser. En tout cas, merci de ton aide. Espérons que ça marche.

Levi s'élança de l'autre côté de la rue à travers la circulation du soir, puis entra dans l'immeuble. Vêtu d'un costume et son attaché-case à la main, il pouvait sans difficulté passer pour un homme d'affaires ayant des intérêts dans le monde politique russe.

Un garde armé était de faction derrière le comptoir.

— Le bâtiment est sur le point de fermé, annonça-t-il en russe sur un ton où perçait une pointe d'agacement.

— On m'a demandé de passer pour une réunion de dernière minute.

En dépit d'une taille un peu en dessous d'un mètre quatre-vingts, le vigile était plutôt impressionnant avec son physique de pousseur de fonte. Il examina Levi avec circonspection.

— C'est avec qui cette réunion ?

— C'est Katarina Nassar qui m'a demandé de passer, mais je pense que je dois voir quelqu'un d'autre avec qui elle travaille.

— Monsieur Porchenko ?

— C'est ça, confirma Levi en hochant la tête. Elle a précisé qu'il arriverait tard, mais que je devais attendre dans son bureau.

— Et où est mademoiselle Nassar ?

Levi haussa les épaules.

— Avec monsieur Porchenko, je suppose.

— Votre nom ?

— Ronald Warren.

— Américain ? Je peux voir votre passeport ?

Levi lui tendit sa pièce d'identité.

Le garde tapota sur son clavier, puis rendit son passeport à Levi en pointant les ascenseurs sur la gauche.

— Le bureau de monsieur Porchenko est au cinquième. Prenez l'ascenseur. Vous pourrez attendre dans le hall sur le palier.

— Merci.

Comme Levi s'éloignait, le garde le rappela.

— Le poste de sécurité ferme dans quelques minutes. Vous aurez toujours la possibilité de sortir, mais n'oubliez pas que si vous sortez, vous ne pourrez plus rentrer avant demain matin.

— C'est noté, merci, répondit Levi en filant vers les ascenseurs.

Dans sa poitrine, son cœur lui martelait les côtes.

~

Le sourire de Levi n'aurait pas pu être plus large. Sur une petite table, il avait pris de sa main gantée une brochure pour la collecte de fonds du pari Russie unie. Sur la première page, un éditorial était signé du chef du parti. Monsieur Porchenko. Prénom, Vladimir.

Cela ne pouvait quand même pas être une coïncidence.

— Salaud, murmura Levi sans s'adresser à quiconque. Je te tiens.

Avec un nom de famille, il pouvait le traquer absolument partout. Mais tout de même, un politicien ? Le chef d'un mouvement ? Se pouvait-il vraiment que ce soit la personne qu'il cherchait ?

Est-ce qu'une figure majeure de la vie politique russe pouvait être un chef de la pègre ?

De l'autre côté du hall, il y avait une porte close avec la mention « V. Porchenko » écrite dessus.

Levi fit jouer la poignée.

Fermée à clé.

Levi sortit son petit matériel de crochetage.

C'était une simple serrure à goupilles. Il introduisit un entraîneur dans le cylindre puis un crochet pour faire jouer les goupilles en exerçant une pression. Rapidement, il les sentit cliqueter et se mettre en position. Et la serrure tourna sur elle-même.

Il rangea ses outils et pénétra dans le bureau de Vladimir Porchenko.

Levi perçut des traces de l'odeur de lavande. Instantanément, tous ses sens furent aux aguets. C'était le parfum des cheveux de Katarina.

Elle était venue dans cette pièce. Et peu de temps auparavant.

La table de travail était gigantesque, trois mètres carrés au moins, et couvertes d'inestimables artefacts de civilisations antiques du monde entier : des poteries avec des hiéroglyphes aux couleurs passées, des masques africains, des sculptures de jade venues de Chine, ainsi qu'une collection de pointes de flèches d'obsidienne superbement préservées en provenance du nouveau monde. De l'autre côté de la pièce, se dressait posé sur un socle un tronc de deux mètres de haut, couvert de symboles aux allures de runes tout droit sorties d'un roman de J.R.R. Tolkien. Ce tronc faisait pas loin d'un mètre de diamètre et devait bien peser une demi-tonne.

Au centre de la pièce trônait un bureau en grès, qui ressemblait fort à un autel de quelque druide des temps antiques. Et tout bien réfléchi, sans doute en était-ce un. La surface du dessus était toute usée, comme après des millénaires d'exposition aux éléments déchaînés. *Et ces marques brunes ?... Des vestiges indélébiles de sacrifices humains ?*

— Mais qui c'est ce type ?

Question plus essentielle encore, Levi allait-il trouver dans cet endroit la preuve qu'il cherchait que Porchenko était bien le même Vladimir que celui qui avait voulu le faire tuer ? Le Vladimir qui avait fait assassiner deux enfants innocents ?

Le Vladimir qui avait le sang de Mary sur les mains ?

Levi ouvrit au hasard le tiroir d'un grand classeur pour fouiner dans les dossiers. Sans surprise, la plupart étaient rédigés en russe. Or, s'il parlait et comprenait le russe sans problème, déchiffrer l'alphabet cyrillique n'était pas si simple. Il ne s'était jamais fait à cette écriture. À chaque fois qu'il s'y essayait, il avait l'impression de retourner à l'école primaire.

Cela étant, il saisit rapidement l'idée générale. Pour l'essentiel, c'était du charabia politique.

Levi parcourut une nouvelle fois la pièce du regard. Ce type était censé être un chef de la mafia russe. *Comment est-ce possible alors qu'il est tellement exposé ?*

Levi sentit l'angoisse le gagner à mesure que s'insinuait en lui l'idée que ce type ne soit pas celui qu'il cherchait. Et s'il l'était, alors il devait être d'une prudence de Sioux.

À coup sûr, il n'avait aucun document ici sur ses activités. Trop facile à débusquer. Rien sur les assassinats. Rien sur les types qu'il avait placés sur les docks selon Gambini.

Levi soupira de frustration, mais n'en continua pas moins à fouiller, sans même savoir ce qu'il cherchait.

Un détail tout à coup l'arrêta. Un dossier qui contenait des clichés radiologiques. Il en sortit un pour l'examiner à la lumière du plafonnier.

Du texte était écrit dans la partie basse.

Échantillon : Anonyme (V. Porchenko)

Tension d'accélération : 30 kV

Grossissement : 3 000 kx

Microscopie en champ clair – Détecteur STEM

L'image proprement dite montrait plusieurs groupes de points disposés en motifs complexes. Une échelle indiquait la largeur de l'un des objets : « 2 nm ».

Levi avait lu suffisamment de publications scientifiques pour deviner que ce relevé provenait d'un microscope électronique. Et la valeur « 2 nm » correspondait à deux nanomètres, soit un millier de fois moins que le diamètre d'un cheveu.

— Qu'est-ce que c'est que ce truc ?

Levi parcourut les feuilles volantes qui accompagnaient les clichés. Il n'y comprenait pas grand-chose. De toute évidence, c'était du jargon scientifique ou médical. En revanche, il reconnut le mot russe qui signifiait « sang ». Peut-être s'agissait-il d'une histoire d'infection ?

Il examina le deuxième cliché, copie quasi conforme du premier, à la nuance près que les points composaient à présent des formes moins nettes. C'était un peu comme si les objets du premier cliché avaient fondu.

Levi resta tétanisé en entendant s'ouvrir les portes d'un ascenseur dans le hall. Une voix masculine se mit à râler.

— Il faudra leur dire d'éteindre les lumières. On ne peut pas laisser allumé comme ça. C'est du gaspillage.

La porte du bureau s'ouvrit. Un homme de haute taille et dans la force de l'âge, le cheveu brun et l'œil gris, entra. En découvrant Levi, il s'arrêta net.

— Vladimir, qu'est-ce que tu fais ? bougonna une jeune beauté brune en le contournant. Puis elle se figea elle aussi avec un cri de surprise.

Avant même que Levi n'ait eu le temps de tirer l'un de ses couteaux, Katarina avait sorti une arme.

Le bruit assourdissant de la détonation éclata dans la pièce. Levi plongea derrière le totem runique.

Comment avait-elle pu le manquer ? Levi leva sa lame et risqua un coup d'œil de l'autre côté.

Ce qu'il vit le laissa pantois.

Katarina était toujours debout dans l'entrée, son pistolet dans sa main tremblante au bout de son bras sans force. Mais l'homme entré avec elle gisait à présent sur le sol.

Elle l'avait abattu.

Katarina parla d'une voix qui n'était guère plus qu'un murmure.

— Comment peux-tu être en vie, Levi ? demanda-t-elle en tournant le regard vers l'homme sur qui elle avait tiré. Il m'aurait tuée s'il avait appris que tu n'étais pas mort.

— Katarina, pose cette arme. Regarde, moi, je pose mon couteau.

Lentement, Levi déposa sa dague puis écarta ostensiblement les bras – en veillant toutefois à conserver sa main droite à proximité du manche.

— Tu as tué mes parents, dit Katarina en pointant son arme sur Levi. Je veux savoir pourquoi. Pourquoi as-tu fait ça ?

Levi secoua la tête. Il nageait en pleine confusion.

— Mais… Je ne sais même pas qui étaient tes parents.

— Mensonge, gronda-t-elle d'une voix que faisait trembler l'émotion.

La peur ? La colère ? Les deux ?

D'un coup de menton, Levi désigna le gisant par terre.

— C'est Vladimir ? C'est lui qui t'a dit que j'avais tué tes parents ?

Katarina confirma d'un hochement de tête.

— Je ne sais pas qui était tes parents, mais ma femme, Maryam Nassar, a été tuée par l'un de ses hommes à lui.

De saisissement, Katarina resta la bouche grande ouverte. Son pistolet tremblait dans sa main.

— Maryam... mais comment ?

— Ma femme était venue d'Iran il y a de cela très longtemps. Je crois que vous étiez peut-être parentes.

Katarina abaissa son arme.

— Maryam était le nom de ma tante. La sœur de mon père. Et..., poursuivit-elle en posant sa main libre sur son ventre. Je suis enceinte.

Cette fois, ce fut au tour de Levi de rester bouche bée.

— De moi ?

— De qui d'autre ? répliqua Katarina avec une grimace. De lui ? Tu crois que j'aurais gardé quoi que ce soit de ce porc ?

Derrière elle, Vladimir clignait des yeux. Il n'était pas mort. À la façon dont tombait sa chemise, Levi vit qu'il portait un gilet pare-balles. Pour autant, à bout portant, l'impact lui avait sûrement brisé quelques côtes.

— Depuis mes douze ans, poursuivit Katarina, combien de fois j'ai dû avorter à cause de lui ?

Un nouveau coup de feu explosa dans la pièce. Le visage de Levi fut éclaboussé.

Du sang.

Un autre encore et Levi sentit la balle le percuter comme une masse dans le torse.

Heureusement, le super-gilet d'Esther avait rempli son office. Sans lui, Levi serait mort.

Il lança sa dague à travers la fumée, roula sur le flanc et en lança une autre, avant d'en tirer une troisième de son fourreau. En entendant le bruit métallique d'une arme tombée par terre, Levi s'élança, contournant le corps inerte de Katarina effondrée sur l'autel. Il arriva devant Vladimir debout, mais avachi contre le chambranle de la porte. Il toussait du sang. Son pistolet était par terre.

D'un coup de pied, Levi l'envoya dans le hall. Puis il plongea son regard dans celui de l'homme qu'il était venu tuer.

Ses deux couteaux avaient atteint leur cible.

Le premier avait transpercé le bras, pile entre deux os, pour venir se ficher dans le bois. L'autre était planté à la jonction entre la clavicule et la base du cou.

Juste au-dessus du gilet pare-balles de Vladimir.

Levi resta un moment à l'examiner. Vladimir. L'homme qui avait causé tant de chagrins. À Levi comme à tant d'autres.

Tout à coup, à son immense stupéfaction, Levi le reconnut.

C'est impossible.

— Boris Petrushenkov, murmura-t-il, incrédule.

Boris. L'homme qui avait engagé Gustav dans la maison où Katarina avait vécu enfant.

Un homme qui avait disparu cinquante ans plus tôt.

Les yeux de Vladimir s'agrandirent. Il cracha encore du sang.

— Comme ça tu connais mon petit secret. Qui es-tu ?

— Comment est-ce possible ? Tu dois avoir plus de cent ans.

— Cent douze, en réalité. La terre d'Égypte est une terre de malédictions. Oh, mon ange Katarina. Combien d'années se sont écoulées depuis ce jour où j'ai juré… sur ton lit de mort… de te rejoindre au ciel. Je suis tellement désolé. Cette maudite malédiction a été ma ruine.

Il ferma les yeux un instant et gémit.

— J'aurais dû mourir avec ma femme, il y a des dizaines d'années. Et pourtant, je suis là. Et tous autour de moi me trahissent.

Il jeta un regard noir sur le corps de la jeune Katarina affalée sur l'autel. Du sang coulait de sa blessure.

— Une fin parfaite pour cette garce… cette menteuse.

Levi serra plus fort le manche de son couteau.

— C'est toi qui as tué les parents de Katarina, n'est-ce pas ?

— Ils m'avaient volé quelque chose de précieux, rétorqua Vladimir en ricanant.

Levi repensa à l'ânkh qu'il avait sorti de son paquet. Tout à coup, tout faisait sens. C'étaient la famille de Mary qui le lui avaient envoyé. Pour l'éloigner de Vladimir certainement. Ce paquet, cet ânkh, c'était ça que cherchait Gambini. C'était ça que Mary était allée déposer à la banque ce jour-là. Elle l'avait mis au coffre juste avant qu'il ne le trouve.

Vladimir contemplait toujours Katarina avec une expression de froide méchanceté.

— Des voleurs. Ils n'ont eu que ce qu'ils méritaient. Enterrés dans la tombe qu'ils avaient découverte. Mais ce n'est pas moi qui les ai tués.

— Non. Tu as juste donné l'ordre.

Vladimir grimaça.

— Pourquoi est-ce que tu es là ? demanda-t-il en regardant Levi dans les yeux.

— Je voulais voir l'homme qui a tué ma femme, gronda Levi.

— Alors tu t'es trompé. La seule personne que j'ai jamais tuée, c'est cette salope derrière toi. Tu étais son amant, peut-être ? Elle a couché avec toi et elle t'a quitté ?

Vladimir n'avait pas la moindre idée de l'identité de Levi.

— Et quoi ? Je l'avais quand elle n'avait personne d'autre. Je l'ai eue des centaines de fois. Elle n'est rien.

La chemise de Vladimir était toute imbibée de rouge. Son teint était devenu blafard. Il allait mourir vidé de son sang. Appeler Maddox ne servirait à rien.

— C'était l'un de tes hommes, dit Levi. Thomas Gambini. Peut-être que tu te souviens ?

— Je me souviens de tout, rétorqua Vladimir avec un rictus qui se voulait un sourire.

Sa main libre remonta en direction de son cou. Levi pointa sa dague à quelques centimètres seulement de l'œil gauche du moribond.

— Laisse cette lame où elle est.

La main de Vladimir retomba. Ses dents étaient toutes tachées de sang.

— Thomas Gambini, tu as dit. C'était cet agent du fisc véreux. En

Amérique. À New York. Je ne lui ai jamais demandé de tuer quelqu'un. Tu t'es trompé.

— En effet, tu ne lui as pas demandé de tuer. Tu lui as demandé d'aller chercher quelque chose.

Les yeux de Vladimir s'écarquillèrent. Il renifla follement et ses orbites devinrent blancs.

— Toi ! Cette garce de Nassar. Mais que toute cette famille aille au diable ! clama-t-il d'une voix rauque et devenue fébrile. Oui, je le sens sur toi. Tu es celui qui a la malédiction du pharaon. Ma Katarina aurait pu être guérie ! J'ai passé ma vie à chercher cette chose. Et toi, tu l'as en toi. Maudit sois-tu !

Malgré sa rage, Vladimir se mit à rire. Du sang lui coulait par le nez et jaillissait de sa bouche.

Les paroles de Narmer résonnèrent dans l'esprit de Levi. *« Au fil du temps, tu découvriras les facettes de ce don que tu as reçu – à moins qu'il ne s'agisse d'une malédiction. Au fond, peu importe. Dans tous les cas, c'est un fardeau qu'il faut porter longtemps. »*

— Je te verrai en enfer, ricana Vladimir.

Puis ses genoux se dérobèrent et il s'effondra, accroché par son bras toujours cloué au chambranle. Sa poitrine cessa de se soulever. Un lourd silence tomba sur la pièce.

Levi chercha un pouls.

Il n'y en avait plus.

Levi récupéra ses couteux, puis les essuya avant des remettre dans leurs fourreaux.

C'était fini.

Pourtant, Levi ne se sentait pas mieux.

Il fixa un instant le corps de Katarina, puis secoua la tête. Non, il n'éprouvait aucune joie à avoir achevé cette tâche.

En repassant devant Vladimir, il remarqua quelque chose qui dépassait de son poing fermé. Un morceau de plastique noir. Levi fit levier pour ouvrir ses doigts. C'est alors qu'il entendit comme un déclic derrière lui. Du côté du totem runique.

La main de Vladimir renfermait quelque chose qui ressemblait à une clé électronique de voiture, munie d'un unique bouton. Vladimir maintenait ce bouton enfoncé. En ouvrant son poing, Levi l'avait libéré…

Un dispositif de l'homme mort.

Levi se précipita vers le tronc couvert de runes. Qu'avait-il activé ? Quoi que ce puisse être, ce n'était sûrement pas bon.

Il cogna sur le bois poli et entendit un bruit sourd.

Le tronc était creux.

Il fit courir sa main tout le long du bois lisse, jusqu'à sentir un léger décalage. Il poussa et la partie supérieure du tronc bascula lentement en arrière, retenu par une charnière bien huilée.

La cavité à l'intérieur du tronc creux renfermait un long cylindre métallique. Et, soudé à ce cylindre, il y avait un petit boîtier en métal gros comme un poing, avec un minuteur numérique.

Les LED rouges égrenaient un compte à rebours. On en était à sept minutes et vingt secondes.

Levi eut l'impression que son cœur voulait sortir de sa poitrine.

Oh putain.

En dépit du fait qu'elle venait de passer une demi-heure immergée sous la glace d'un lac gelé, Madison éprouvait une euphorie telle qu'elle en avait chaud. Elle remonta sur la berge en traînant derrière elle un boîtier métallique gros comme un poing raccordé à des dizaines de fils qui partaient dans tous les sens. Elle retira le masque de sa combinaison étanche et tapa dans la main de Jen.

— On l'a fait ! murmura-t-elle.

La nuit était tombée et elles étaient à moins de cinq cents mètres d'un quartier résidentiel. D'autres agents sortirent de l'eau, silhouettes nimbées d'un halo de vapeur dans l'obscurité. Ils halaient les deux étages de la capsule nucléaire. Un fourgon attendait sur la berge, moteur tournant. Ils commencèrent à charger.

Madison brandit le minuteur électronique.

— Et maintenant, il ne nous reste plus qu'à trouver la petite sœur.

Tout à coup, les LED s'allumèrent et des chiffres apparurent sur le cadran de l'instrument. Un nouveau compte à rebours était lancé. Huit minutes.

— Merde, c'est quoi ça ? s'exclama Madison. Quelqu'un vient d'allumer quelque chose ? Vous me faites une blague, les gars ?

Occupés au démontage des étages primaire et secondaire de la bombe, les autres agents secouèrent la tête à l'unisson.

Maladroitement, Madison retira sa combinaison en toute hâte. Le contact avec l'eau avait peut-être créé un court-circuit dans le dispositif. Elle venait à peine de finir quand le téléphone de Jen se mit à vibrer à sa ceinture.

— Oui, répondit-elle.

Il y eut un instant de silence, puis les yeux de Jen s'arrondirent comme des soucoupes.

— Oh merde, reprit-elle. Elle est là. Je te la passe…

Puis elle tendit l'appareil à son amie en annonçant que c'était Levi au bout du fil.

— Levi ? Je suis contente de te…

— Madison, écoute-moi. Je suis dans un immeuble de quinze étages où se trouve le siège du parti politique Russie unie. Nos cibles sont mortes. C'est une longue histoire, mais le plus important, c'est que j'ai devant moi quelque chose qui pourrait bien être une bombe. Un compte à rebours est déclenché. Il reste six minutes et quarante secondes. Je sais que tu es une spécialiste de la neutralisation des explosifs et munitions. J'ai lu ton dossier DD-214. Je t'expliquerai un de ces quatre. Pour l'instant, est-ce que tu aurais des recommandations à me donner ?

Madison baissa les yeux sur le minuteur qu'elle tenait à la main. Les deux comptes à rebours étaient synchrones.

Elle se mit à faire les cent pas, en s'efforçant de brider la panique qui montait dans sa voix.

— Levi, écoute-moi très attentivement. Est-ce que tu peux me décrire le plus précisément possible ce que tu vois.

— J'ai devant moi un cylindre métallique d'un peu moins de deux mètres de long et d'un peu plus de quatre-vingt-dix centimètres de diamètre. C'est à peu près tout, si ce n'est le boîtier métallique à peu près gros comme ma main, sur lequel défile le compte à rebours. Il est soudé sur le cylindre. Je fais quoi ? Je me sauve ou bien…

— Non, ne bouge pas. Ça ne servirait à rien de te sauver, répondit Madison en fermant les yeux pour prendre une profonde inspiration. Levi, c'est une bombe nucléaire à deux étages fission-fusion.

— Sans déconner ?… Bon, d'accord… Qu'est-ce que je peux faire ?

Levi restait d'un calme olympien. À sa place, Madison aurait été à deux doigts de péter un plomb.

— À ce stade, je crois être autorisée à te dire que je viens de désamorcer une autre bombe similaire il y a une vingtaine de minutes. Par le plus grand des hasards, tu n'as pas une torche à plasma sous la main pour découper l'enveloppe de l'engin ?

— Absolument pas.

Un bruit creux et métallique retentit sur la ligne.

— Ça ne m'a pas l'air très épais, reprit Levi. Je peux essayer de découper cette tôle avec l'un de mes couteux. Un peu comme un ouvre-boîte. Est-ce que cette chose va exploser si je fais ça ?

— Elle ne devrait pas. Je te fais un petit topo rapide sur cet engin. C'est une bombe à deux étages, mais c'est sur le premier qu'on va se concentrer. S'il explose, tout explose. Schématiquement, on a une sphère d'uranium et un puits de plutonium. C'est la partie fission de la bombe. Et tout autour, on a une centaine de charges explosives uniformémment réparties, reliées entre elles par du fil d'or. Elles sont réglées pour exploser en même temps. L'objectif de ces charges est de comprimer le combustible pour entraîner une réaction de fission. Si quelque chose se passe mal, par exemple si l'une des charges n'explose pas ou si la séquence se décale, l'engin fait long feu, la fission ne démarre pas et la fusion non plus. Et tu te retrouves avec une bombe sale qui balance de la merde radioactive jusqu'à la fin des temps. Mais dans l'hypothèse où tout se passe bien, c'est là que ça donne toute sa mesure. Réfléchis par l'intérieur de l'enveloppe, les rayons X de la bombe primaire vaporisent la mousse qui entoure l'étage secondaire et démarrent la fusion. Boum !

— D'accord. Il me reste un peu plus de cinq minutes, alors on va se concentrer sur ce que je dois faire. Tu es sûre que si j'y vais en force pour ouvrir ce truc, il ne va pas exploser ?

— Fais quand même attention. Et pas trop près du minuteur. Il ne devrait pas être sensible aux chocs, mais autant ne pas tenter le diable.

— Compris. Bon, je pose le téléphone et je mets sur haut-parleur.

Madison ne put retenir une grimace en entendant plusieurs coups de feu.

— Levi ! Ça va ?

— Tout va bien, répondit-il d'une voix qui semblait venir de très loin. Je crois bien que j'ai détruit une pièce de musée. Tant pis, je crois que les druides s'en passeront. Et moi, j'avais besoin d'un marteau.

Madison faisait des bonds dans le froid, tandis que des coups sourds résonnaient sur la ligne. De toute évidence, Levi cognait sur la bombe avec un marteau…

Plus que quatre minutes.

— Ça y est, c'est ouvert. Je vois un labyrinthe de fils qui vont vers un truc qui ressemble à un ballon de foot, ou une œuvre d'art abstrait géométrique.

— Super… C'est la partie primaire. Il devrait y avoir des fils qui vont vers les panneaux intérieurs de l'enveloppe. Ce sont les charges explosives dont je t'ai parlé. Maintenant, aussi vite que tu peux, retire les fils des charges, mais sans les couper.

— Donc, je ne fais pas comme les acteurs dans les films…

— Levi, reste sérieux. La moindre étincelle peut déclencher l'une de ces charges. Et même si ça ne déclenche pas une explosion nucléaire, crois-moi, ça gâcherait ta journée. Retire soigneusement chacun des fils, en veillant à ne rien toucher avec la partie dénudée de chacun d'eux. N'oublie pas, il ne faut aucune étincelle.

Levi prit une profonde inspiration.

— Bon, quand faut y aller… Et un fil retiré. Pas d'explosion…. Deux…

Pendant que Levi poursuivait son décompte, Madison gardait un œil sur le compte à rebours, dont les chiffres défilaient bien trop rapidement à son goût.

Quand il ne resta plus qu'une minute et trente secondes, Levi n'avait retiré que la moitié des fils.

— Levi, il ne te reste plus que quatre-vingt-dix secondes. Accélère.

Jen passa un bras autour des épaules de Madison.

— Il va y arriver, murmura-t-elle à son oreille.

— Quatre-vingts fils…

L'affichage du minuteur passa sous les trente secondes. La voix de Madison se brisa.

— Moins de trente secondes. Dépêche-toi, s'il te plaît. Dépêche-toi…

— Quatre-vingt-dix fils…

Madison et Jen s'étreignaient les mains, les yeux rivés sur les chiffres rouges.

Douze secondes.

— Quatre-vingt-quinze…

Quatre secondes.

— Quatre-vingt-dix-huit…

Le minuteur arriva à zéro. Une gerbe d'étincelles jaillit de la masse des fils.

— Levi ! Levi ! Tu es lâ ?

Un silence de plomb pesait dans l'air.

Madison avait l'impression que son cœur s'était arrêté.

— Je suis là.

Madison cligna des yeux pour évacuer les larmes qui lui brouillaient la vue. Puis elle s'assit par terre, terrassée.

Jen se pencha sur le téléphone.

— Levi, Maddox envoie une équipe pour le nettoyage.

— Alors c'était ça que vous cherchiez depuis le début ? Non… attends, laisse-moi deviner… Sans commentaire… Bon, les amis, on s'est bien amusés. C'était cool, l'uranium, le plutonium et tout et tout. Mes gants de cuir sont tout lacérés à cause de ces maudits fils. Je n'imagine même pas si l'Administration de la sécurité des transports me passe au détecteur quand j'arrive au pays… Tout ça pour dire que je ne vais pas attendre vos types. En partant, je laisserai la porte grande ouverte avec une cale, mais si vous n'y voyez pas d'inconvénients, je me casse…

Et il raccrocha.

Un agent sortit du fourgon et fit un signe.

— C'est chargé, on y va !

Jen et Madison s'engouffrèrent à l'intérieur et échangèrent un check victorieux, poing contre poing.

— On l'a fait. Les deux colis ont été traités.

Madison hocha la tête. Elle avait des raisons d'être heureuse, mais son ventre était noué. Elle n'était même pas certaine de bien comprendre pourquoi.

Jen s'appuya contre elle pour lui murmurer à l'oreille.

— Tu sais, il t'aime beaucoup. Tu peux me croire, j'ai un radar infaillible pour ce genre de choses. Et puis, dès le début, j'ai bien compris que je ne l'intéressais absolument pas.

Madison secoua la tête.

— Ça n'a aucune importance. Sincèrement. Il a dit que c'était impossible pour lui d'avoir une relation. Mais franchement, comment est-ce que moi je pourrais en avoir une ? Et puis, tu viens de l'entendre toi-même. Il a tué deux personnes cette nuit…

— Je ne sais pas, répondit Jen en haussant les épaules. Il avait peut-être de bonnes raisons pour ça. Tu sais, c'est un type bien, Maddie. Au fond de lui. Je le sais.

— Ouais, dit Madison avec un soupir. C'est ce qui rend ces deux morts encore plus difficiles à accepter. Je ne comprends pas…

Jen tapota la jambe de son amie.

— Tu y réfléchiras plus tard. Pour l'instant, on vient de sauver le monde. Je pense qu'on peut considérer ça comme un succès. Il faut qu'on fête ça.

Jen parlait d'or. Madison pouvait légitimement être fière de ce qu'elles venaient d'accomplir.

Alors pourquoi se sentait-elle aussi triste ?

Madison prit place dans la salle de conférence, en compagnie de Jen, Don Jenkins et d'une poignée d'autres agents qui avaient tous participé au projet Arrow. Un mois s'était écoulé depuis la fin de leur épopée. Et Maddox allait leur livrer les conclusions de l'AAA, l'Analyse après action, une sorte de bilan opérationnel de la mission. Ils passèrent donc en revue tout ce qui avait bien fonctionné, tout ce qui pouvait être amélioré, avant de se concentrer sur les problèmes critiques qu'ils avaient rencontrés.

— Y a-t-il des questions avant que je ne passe à la dernière partie ? demanda Maddox.

— Oui, dit l'un des agents. A-t-on compris finalement ce que Vladimir comptait faire avec ces bombes nucléaires ?

— Malheureusement, on n'a pas pu récupérer grand-chose dans le bureau de Vladimir. Et il est bien difficile de pénétrer les arcanes de l'esprit d'un dément. Faute de plus d'éléments, vos hypothèses sont tout aussi valides que les miennes. Ce qui est sûr, c'est qu'à l'annonce de sa mort prématurée, sa clique d'apparatchiks de tous poils s'est empressée d'aller trouver refuge dans les recoins du système politique russe. Un peu comme des cafards quand on braque la lumière sur eux… Cela étant, on a obtenu quelques renseignements sur le programme Main morte. Vladimir jouissait d'une influence suffisante pour obtenir sa réactivation, mais depuis son décès, les Russes ont fait machine arrière. Et nos bombes ont été rapatriées sur le territoire américain.

Maddox déposa sur la table devant lui un petit coffret tendu de velours. C'était généralement un objet synonyme de distinction.

Son geste capta l'attention générale, mais Maddox secoua la tête avec un petit sourire en coin.

— Désolé, mais je crains fort que ceci ne vous soit pas destiné, même si je pense que certains d'entre vous le mériterait. Comme vous le savez les distinctions sont contingentées, mais je voudrais évoquer ici les actions de l'un de nos actifs.

Madison dressa l'oreille. Par « actifs », on désignait généralement des personnels n'appartenant pas à l'agence – et parfois aussi de simples équipements.

— Nous avons reçu les résultats de l'analyse judiciaire de l'incident ayant conduit au décès de deux individus : Katarina Nassar et Vladimir Porchenko. Il apparaît qu'une arme de fabrication russe, un MP-443 « Gratch », a été utilisé à deux reprises. Une balle a atteint Katarina Nassar dans le dos, la tuant sur le coup. Et le second tir visait l'un de nos actifs, Lazarus Yoder. On peut l'affirmer parce que la munition – une balle 7N21 AP de 9mm – a été retrouvée sur le sol. D'après ses déformations, elle a bien atteint sa cible. Des fibres de Kevlar ont été retrouvés sur cette balle, ainsi que des rayures microscopiques imputable à un alliage titane-or. On en a conclu que monsieur Yoder portait un gilet pare-balles fabriqué sur commande, ce genre d'article n'étant pas disponible dans le commerce. L'analyse des résidus de tir a confirmé que Vladimir Porchenko était le tireur.

Madison sentit sa gorge se nouer. Levi n'était donc pas le meurtrier.

— Vladimir Porchenko portait lui aussi un gilet pare-balles, mais il a reçu deux blessures infligées à l'arme blanche : une au bras droit, qui lui a cloué le bras au chambranle de la porte, et une seconde plus profonde à la base du cou. Cette dernière a sectionné plusieurs vaisseaux et provoqué l'hémorragie mortelle de monsieur Porchenko. Sur la base de la dispersion des gouttes de sang et des dégâts dans le bois, l'équipe scientifique estime que le couteau fiché entre l'ulna et le radius a été lancé. Et comme le bras ainsi cloué était le même que celui utilisé par monsieur Porchenko pour effectuer ses tirs – ainsi que l'a démontré l'analyse des traces de poudre –, nous savons que l'emploi de cette arme de jet est postérieur à l'usage de l'arme à feu. L'équipe scientifique conclut donc que monsieur Yoder n'est pas responsable de la mort de mademoiselle Nassar et qu'il a provoqué le trépas de monsieur Porchenko en situation de légitime défense.

Maddox poursuivit son laïus en mettant en avant le sang-froid et les initiatives ingénieuses de Levi dans la neutralisation de la bombe, avant de préciser qu'il était resté sur place – en dépit de ce qu'il avait annoncé au téléphone à Jen – pour recevoir et orienter les personnels de la CIA vers la scène de crime.

Madison n'entendit pas grand-chose de ces louanges, bien trop occupée qu'elle était à ravaler ses larmes. Oh comme elle l'avait mal jugé…

Du coin de l'œil, elle vit Jen qui la regardait. Son amie lui expédia un sourire plein de compassion…

Enfin, Maddox ouvrit le coffret, exposant aux yeux de tous une médaille.

— Pour tous ces faits, la CIA décerne à monsieur Lazarus Yoder la Médaille du sceau de l'Agence. Une façon pour nous de saluer les personnes extérieures qui ont apporté une contribution majeure aux efforts de l'agence.

Maddox se tourna vers Madison et Jen.

— Malheureusement, je ne sais pas trop comment contacter monsieur Yoder pour lui remettre sa médaille. Agente Lancaster ? Agente Lewis ? Verriez-vous un inconvénient à vous charger de la lui apporter – ou de le faire venir pour que je la lui remette formellement ?

— Je crois que Maddie devrait aller la lui remettre, dit Jen.

Madison prit une profonde inspiration. À l'idée de revoir Levi, elle se sentait tout à la fois transportée et terrifiée.

— Agente Lewis, vous…

— Je vais le faire, dit Maddie.

— Parfait, dit Maddox en refermant le coffret pour le lui donner. Voilà qui conclut cette AAA, enchaîna-t-il en se tournant vers les autres. Bravo à tous. Je pense que nous en avons terminé.

Tandis que les agents quittaient la salle de conférence, Maddox tapota l'épaule de Madison.

— Agente Lewis, vous voulez bien venir dans mon bureau ? Il faut qu'on parle de certaines choses.

CHAPITRE VINGT-DEUX

Levi prit place en face du docteur Nicholas Vasiliev, professeur de pathologie au sein de l'hôpital universitaire *Massachusetts General Hospital* et chef de l'unité de diagnostic par microscopie électronique.

— Alors, docteur, qu'est-ce que vous pouvez me dire ?

Le médecin tendit sa main droite.

— Vous pouvez me montrer votre doigt encore une fois ?

Avec un soupir, Levi posa son index sur la paume du spécialiste.

Le médecin secoua la tête.

— Absolument aucun signe. Pourtant, il y a deux heures à peine, on a piqué ce doigt pour prélever des échantillons sanguins. C'est incroyable. Levi, je sais que vous m'avez dit que vous ne souhaitiez pas pousser les examens un peu plus loin, mais ce serait de la négligence de ma part si je ne soulignais une fois encore à quel point tout cela pourrait se révéler vital pour le progrès de la science. Si vous acceptiez de nous laisser vous étudier, je suis certain qu'on pourrait vous loger, vous rémunérer, consentir tous les efforts éventuellement nécessaires.

Levi secoua la tête.

— Comme je vous ai dit, je ne suis pas ici pour ça. Je veux juste quelques réponses sur ce truc, dit-il en tapotant le dossier médical subtilisé dans le bureau de Vladimir. Je ne comprends pas ce que disent ces documents, mais je veux savoir si j'ai la même chose que ce type.

— Eh bien, je vais être franc et direct. Je n'ai pas absolument aucune explication à vous donner pour expliquer la présence de ces minuscules anomalies dans votre sang, vos muscles, vos tissus et même votre peau…

— Mais c'est quoi ces petites choses ? Une maladie ?

— Non. Ce sont… ce sont des choses que la science s'efforce de produire, mais qu'elle n'a jamais réussi à faire. On appelle ces choses des « nanites ». Fondamentalement, ce sont des machines minuscules…

Il se ménagea un instant de silence pour réfléchir.

— Je vais prendre un exemple. Quand Henry Ford a sorti sa *Model A*, cette voiture était l'archétype de ce qu'offrait la technologie de l'époque pour se déplacer. On est d'accord ?

Levi hocha la tête.

— Je suppose que vous connaissez *Star Trek*. Les vaisseaux spatiaux qu'on y voit, avec la distorsion et toutes ces choses, en fait, on ne peut qu'imaginer ce qu'ils sont d'un point de vue technologique. Aujourd'hui, on n'a pas la moindre idée de ce qu'il faudrait pour créer un tel engin. C'est quelque chose qui appartient à l'avenir. Du moins, on l'espère… Maintenant, imaginez que je sois Henry Ford. Eh bien, ce que vous venez de faire, c'est ni plus ni moins que m'apporter un vaisseau spatial tout droit sorti de *Star Trek*. Vous m'avez montré ce qui sera techniquement faisable, dans un temps très loin dans l'avenir. Et moi, à l'époque où je suis, avec la technologie que je connais, je ne comprends pas comment fonctionnent ces nanites. En revanche, je peux concevoir qu'ils existent.

Levi souffla, en proie à une certaine frustration.

— Donc, c'est la même chose que l'autre type ou c'est différent ?

— La même chose.

— Et pourquoi un des clichés montre ces « nanites » parfaitement clairs, alors que sur le suivant, ce ne sont que des formes indistinctes ?

— Vos échantillons ont donné le même résultat. Après cinq minutes environ, les nanites se décomposent. Pourquoi ? Je n'en ai pas la moindre idée. Ils sont peut-être adaptés aux conditions spécifiques du milieu dans lequel évolue votre corps ? La température ? La salinité ? D'autres caractéristiques électriques ou chimiques du corps humain ? Je ne fais que formuler des hypothèses.

Levi se leva, rassembla les différentes pièces du dossier médical de Vladimir, puis tendit la main.

— Remettez-moi tous les éléments que vous avez créés au sujet de cette visite.

Le professeur de pathologie semblait sur le point de fondre en larmes, mais il s'exécuta.

— Comme promis, je vous remets tout. Je n'ai fait aucune copie.

— Merci, docteur. Je refuse de devenir un cobaye ou un monstre de foire. Je vais vivre ma vie, quelle que soit ma longévité, et utiliser au mieux ce que le hasard m'a donné.

Levi déposa un chèque sur le bureau.

— Utilisez cette somme pour financer des travaux de recherche au nom de la famille Nassar.

Les yeux du médecin se posèrent sur le rectangle de papier et s'arrondirent comme des soucoupes.

— Bon sang…

Levi tapota le bras du médecin et sortit.

Au bureau des infirmières, il passa une tête.

— Excusez-moi, est-ce que vous avez un destructeur de documents ?

D'un geste nonchalant, l'une d'elles désigna la machine derrière elle.

— Cela vous embête si je l'utilise un instant ?

— Non, pas du tout.

Et Levi y introduisit chacune des pages du dossier de Vladimir et du sien. Quand, il eut fini, il récupéra toutes les bandes de papier, pour les fourrer une nouvelle fois dans la déchiqueteuse. Puis il mélangea les confettis ainsi produits avec tous ceux déjà dans la corbeille.

Cela faisait longtemps, très longtemps, qu'il ne s'était pas senti aussi bien.

Une phase de sa vie était achevée.

En sortant de l'hôpital, il inspira à pleins poumons. *Le printemps.* C'était un temps pour se réveiller et renouer avec la vie après un long hiver. Renaître même.

Les fantômes de son passé étaient enterrés.

L'heure était venue de véritablement tout recommencer.

Tout en jouant avec une touillette entre ses phalanges, Levi but une gorgée de son eau minérale. Le bar « Chez Gerard » était presque plein. Denny et Carmen s'activaient derrière le comptoir et Levi goûtait un anonymat des plus reposant.

La porte s'ouvrit derrière lui, apportant une bouffée du dehors, l'odeur du printemps et… quelque chose d'autre.

Il se retourna.

Une silhouette se détachait sur le fond clair du dehors, celle d'une beauté aux cheveux noirs qu'il n'avait plus vue depuis des mois.

Madison portait une jupe noire, coordonnée avec des chaussures à talons moyens, et un chemisier blanc près du corps qui formait un contraste superbe avec sa peau au ton caramel.

La gorge subitement nouée, Levi affecta de conserver un calme imperturbable, en l'invitant d'un geste à se joindre à lui, sur le tabouret libre juste à côté.

Tout sourire, elle s'approcha et prit place. Il lui rendit son sourire.

— Je suis heureux de te voir, mais pour dire la vérité, je suis un peu surpris aussi.

Elle sortit de son sac un petit coffret tendu de velours, qu'elle posa devant lui sur le comptoir.

— Je suis ici pour trois raisons. Tout d'abord, Maddox m'a chargé de venir te remettre ceci.

Levi considéra l'objet avec une pointe de curiosité.

— Comment savais-tu que je serais là ?

— Je ne le savais pas. C'est le premier endroit où je suis passée. J'ai eu de la chance.

Il ouvrit le petit coffret. À l'intérieur, il y avait une médaille en bronze frappée du logo de la CIA au recto. De l'autre côté, il y avait une inscription qu'il lut à haute voix.

— Médaille du sceau de l'Agence. Cette distinction honore les personnels extérieurs pour leur contribution aux efforts de l'Agence centrale de renseignement.

— C'est ce que l'Agence considère comme une distinction, dit Madison. J'aurais préféré quelque chose de plus substantiel.

— Non, se récria Levi en secouant la tête. C'est très chouette. Sincèrement, je me serais plus attendu à finir les mains menottées dans le dos qu'à recevoir une médaille.

— L'agence ne fait pas des choses comme ça, dit Madison d'un ton détaché.

— Oui, bien sûr. Elle ne fait pas de maintien de l'ordre. Ça, c'est plus le FBI et d'autres encore.

Madison se pencha sur lui pour parler à voix basse.

— Tu ne veux pas connaître mes autres raisons d'être venue ?

La curiosité de Levi était piquée. Il se pencha un peu plus.

Elle lui tendit une épaisse enveloppe.

Levi regarda à l'intérieur. Elle contenait une épaisse liasse de billets de cent dollars… et un billet d'avion.

— Le cash, c'est pour le temps consacré. L'agence voudrait que tu prennes part à une réunion. Ils ont une proposition à te faire. Le billet d'avion, c'est pour aller là-bas.

— Une proposition ? Et tu es du voyage ?

— J'ai demandé à ne pas y aller.

Levi sentit comme une pointe de regret.

— D'accord… Et tu as parlé de trois raisons.

Madison se trémoussa sur son siège.

— Tu bois quoi ?

— De l'eau minérale pétillante.

Madison fronça les sourcils.

— Il y a une raison pour laquelle j'ai demandé à ne pas être impliquée… S'il vous plaît, dit-elle avec un signe de la main à l'intention de Denny de l'autre côté du bar. Il faudrait un petit peu d'alcool ici. C'est ma tournée. Deux doubles whiskeys.

Levi haussa un sourcil, mais attendit patiemment que Denny serve les deux verres.

Madison descendit le sien d'un trait, invitant Levi à suivre son exemple.

Il secoua la tête.

— Non, je n'ai pas besoin d'alcool.

Madison hésita. Il voyait les larmes briller dans ses yeux, mais aucune ne roulait sur sa joue.

— Les règles de l'agence sont strictes : je ne suis pas autorisée à avoir une relation avec quelqu'un avec qui je travaille, à un titre ou un autre.

L'espace d'un moment, le temps parut s'être arrêté. Dans les yeux de Madison, il vit une vulnérabilité qui fit passer un frisson sur tout son corps. Il reconnaissait ce petit air…

Il descendit de son tabouret pour prendre le visage de Madison entre ses mains.

— Alors c'est une bonne chose qu'on ne travaille pas ensemble.

Les larmes dévalèrent les joues de la jeune femme, tandis que Levi déposait un tendre et long baiser sur ses lèvres.

Quelques clients du bar se mirent à siffler joyeusement. Front contre front, Levi et Madison riaient doucement.

— Et cette impossibilité d'avoir une relation ? demanda Madison.

Levi la serra dans ses bras.

— J'ai menti, souffla-t-il en enfouissant son visage au creux de son cou.

AVANT-PREMIÈRE - INFILTRÉ

— C'est le livreur de *Domino's Pizza*.

La voix familière résonna dans le petit poste de sécurité par l'intermédiaire d'un haut-parleur discrètement camouflé. Une LED jaune se mit à clignoter sur l'une des consoles, ce qui signifiait que quelqu'un avait envoyé une commande d'ouverture à la grille d'entrée.

Yoshi Watanabe contrôla les moniteurs de surveillance offrant des plans larges et en surplomb sur le tentaculaire complexe de logements. L'un des flux vidéo montrait la grille nord en train de coulisser pour laisser entrer le livreur sur le domaine.

Une livraison de pizzas n'avait absolument rien d'anormal. Certes, vingt-deux heures était peut-être une heure un peu avancée, mais pas non plus outrageusement tardive. En outre, Yoshi reconnaissait la voix du type. Depuis presqu'une année, il l'entendait plusieurs fois par semaine. Mais ce jour-là, quelque chose dans sa façon de parler avait subitement éveillé son attention.

Sa voix n'avait-elle pas légèrement trembloté ?

Yoshi sentit ses cheveux se dresser sur sa tête.

Il avança sa chaise à roulettes pour suivre sur les moniteurs le périple du véhicule de livraison. Une vingtaine de caméras couplées à

"

des détecteurs de mouvement couvraient l'ensemble du domaine. En quelques instants, il repéra la Honda aux flancs ornés de l'emblème de la maison *Domino's Pizza*, garée devant le Bâtiment 3. Il n'y avait personne derrière le volant, mais un petit panache de fumée montait du pot d'échappement.

Yoshi secoua la tête.

— C'est comme ça qu'on se fait voler ses affaires.

C'est alors qu'il aperçut une masse grise aux contours indistincts couchée par terre à côté de la voiture. Il zooma en cliquant plusieurs fois et la masse floue se mua en une personne aux cheveux d'un roux flamboyant.

C'était le livreur de *Domino's pizza*. Aucun doute là-dessus.

Le cœur battant, le souffle oppressé, Yoshi fit défiler les vues de toutes les caméras couvrant le Bâtiment 3. Il vit un homme, le visage camouflé derrière un masque de ski, qui s'enfuyait en courant d'un des appartements, avec le petit corps d'un enfant sur son épaule.

Il chercha la source du flux : premier étage. L'homme était sorti du troisième logement en partant du bout.

Yoshi sentit sa respiration se bloquer dans sa gorge.

Appartement 1C.

Il ne s'agissait pas de n'importe quel enfant, mais de la petite-fille de Shinzo Tanaka, le chef d'un des plus grands syndicats du crime du Japon.

— Non ! hurla-t-il de rage et d'impuissance en contemplant l'écran, au point de réveiller l'autre garde.

— Hein ? Quoi ? Qui ? bafouilla ce dernier en battant des paupières pour en chasser le sommeil, tandis que Yoshi partait en courant.

Coudes au corps, il fonçait en direction de la grille d'entrée. Il ne put contenir une grimace en entendant s'ébranler les deux tonnes de la porte de métal. Il arriva juste à temps pour voir disparaître l'arrière d'un modèle récent de Honda zigzaguant à toute vitesse sur la route, en laissant derrière elle la grille grande ouverte.

Les dents serrées à s'en briser la mâchoire, Yoshi fit demi-tour pour foncer vers le Bâtiment 3.

Un autre garde était sur place.

— Yoshi ? Qu'est-ce qui se …

— La ferme ! Appelle la police. Il y a eu un kidnapping ! Bâtiment 3, appartement 1C.

Un frisson glacé parcourut l'échine de Yoshi. S'il quelqu'un avait emporté l'enfant… qu'était-il arrivé à la mère ?

~

Après l'appel de son frère Yoshi l'avertissant de ce qui venait de se passer, Ryuki Watanabe prit le premier vol pour Tokyo. Ryuki avait largement contribué à ce qu'on son frère soit engagé au complexe pour surveiller la fillette. Pour autant, il ne pouvait pas le laisser assumer la responsabilité du kidnapping de la petite-fille de Tanaka. C'était à lui, Ryuki, qu'en incombait la faute.

À présent, à cette heure avancée de la soirée, il était assis, seul, dans la salle de conférence au dernier étage de la tour Tanaka, dans le centre de Tokyo. Il aurait voulu que ce jour n'arrive jamais. Pourtant, il se sentait inhabituellement calme, tandis qu'il attendait la venue du président.

Il secoua la tête et laissa son regard errer sur la pièce. Ryuki préférait la décoration japonaise traditionnelle : des tables basses autour desquelles on prenait place à genoux, en seiza, des rouleaux calligraphiés suspendus, des soies brodées. Mais Tanaka avait un faible pour le style occidental. Dans la salle flottait donc l'odeur du cuir des vingt chaises noires à dossier haut, disposées autour d'une longue table de bois noir étincelant. De l'ébène, sans doute.

À l'autre extrémité, la porte s'ouvrit, livrant passage à Shinzo Tanaka. Le sexagénaire s'avança en silence. Seuls ses yeux rougis venaient démentir le calme apparent de son visage marmoréen. Deux gardes du corps suivaient en retrait, un pas derrière lui. Ils refermèrent la porte et prirent place devant l'unique issue.

Ryuki sentit monter en lui une pointe d'angoisse. Dans le silence, il attendait que son patron de longue date prenne la parole. En tant que premier lieutenant, il connaissait Tanaka depuis pratiquement un quart de siècle. Pourtant, jamais encore il ne lui avait vu des traits aussi tirés que ce soir-là.

— Ryuki, dit le vieil homme d'une voix rendue rauque par l'émotion. Comment… comment cela a-t-il pu arriver ?

— Pardon, répondit Ryuki en inclinant la tête, sa main droite nerveusement posée sur le couteau glissé dans sa poche avant. Tout s'est passé très vite. L'homme est entré dans l'appartement. Il a assommé la mère et pris l'enfant en moins d'une minute. La police américaine a pris en main l'affaire. J'ai également des gens à nous qui s'en occupent.

Le visage de Tanaka s'assombrit. Ses lèvres ne formaient plus qu'une ligne à peine visible.

— Tu m'avais promis que ma petite-fille serait en sécurité aux États-Unis.

— Oui, répondit Ryuki en sentant monter en lui une vague de résignation. Et je suis prêt à vous donner le gage de mes plus sincères excuses, ajouta-t-il en inclinant la tête.

De sa poche, il sortit le couteau, un paquet de gaze et un carré de soie blanche. Il déposa le tout sur la table. Puis il plaça son poing gauche au centre du tissu, son auriculaire tendu. De nouveau, il inclina la tête, avec un profond sentiment de regret. C'était la première fois qu'il décevait cet homme. Il espérait de toutes ses forces que ce soit la dernière.

Les dents serrées, il prit le couteau, ouvrit la lame aiguisée comme un rasoir, puis trancha la dernière phalange de son petit doigt.

Il sentit l'acier découper les tendons fléchisseurs et extenseurs. Les fibres cédèrent comme lâchent des élastiques. Il prit sur lui pour contenir un grognement de douleur.

Une fois son geste achevé, il enveloppa à l'aide de sa main droite l'extrémité mutilée de son doigt dans la soie immaculée. Tête inclinée, il remit l'offrande grotesque à Tanaka, qui accepta sombrement cette marque de contrition.

La blessure était brûlante. Ryuki enveloppa son doigt amputé d'une bande de gaze imprégnée d'un produit coagulant. À l'aide d'un mouchoir propre, il essuya la table.

Pour finir, Tanaka tira une chaise pour s'asseoir en face de lui.

— Ryuki, il faut retrouver ma petite-fille. Elle est l'unique enfant de mon fils.

Ryuki percevait la douleur de cet homme, derrière celle qu'il éprouvait lui-même. Tanaka avait déjà perdu son fils – tué aux États-Unis par des tirs à la volée depuis une voiture – alors qu'il avait tout fait pour le protéger des aléas de la vie des yakuzas, tout comme Ryuki avait mis son propre frère à l'abri. Et voilà qu'il craignait à présent de perdre sa petite-fille.

— Je vais envoyer d'autres gens à nous, dit Ryuki.

Tanaka se pencha en avant et fit glisser une feuille de papier pliée sur le plateau de la table. Ryuki la prit avec sa main droite.

— Je t'autorise à prendre contact avec les Italiens sur notre territoire américain, dit Tanaka. Il en y a un à qui j'accorde toute ma confiance pour cette affaire.

Ryuki se crispa sous l'affront. Cette décision impliquait que lui-même avait perdu la confiance de Tanaka, au moins en ce qui concernait sa petite-fille.

— Avant de prendre contact avec lui, poursuivit Tanaka, sollicite la permission de son supérieur. Promets ce qu'il faudra pour obtenir cette aide. Je couvrirai les frais.

Il se leva et les gardes du corps ouvrirent la porte de la salle de conférence.

— Prends le premier vol et règle ça avec le chef de la famille Bianchi à New York.

Ryuki se leva à son tour, posa la main sur l'épaule de son premier lieutenant et serra doucement.

— Rapporte-moi ma petite petite-fille, Ryuki. Elle est mon unique descendance vivante, dit-il d'un ton qui n'aurait supporté aucune contradiction. Rien n'est plus important.

Ryuki s'inclina et Tanaka le poussa vers la sortie.

— Va !

Tout en traversant le hall d'un pas rapide, Ryuki déplia la feuille de papier pour lire le nom anglais écrit dessus.

Il appuya sur le bouton d'appel de l'ascenseur en se demandant qui pouvait bien être ce Levi Yoder.

~

Levi ouvrit les yeux, tiré du sommeil par les bruits d'avant l'aube dans la ville de New York, venus de très loin en dessous de son appartement sur Park Avenue. Il s'étira, bâilla et se leva. Il n'était même pas encore cinq heures, plus tôt donc que l'heure à laquelle il aimait à se lever, mais en arrivant à pas feutrés au seuil du salon, il ne put retenir un sourire devant la vue qui s'offrait à lui.

Devant la bibliothèque accrochée au mur, baignée de la chaude lumière d'une ancienne lampe italienne, se tenait une jeune femme sculpturale d'une petite trentaine d'années, vêtue en tout et pour tout d'une de ses chemises. Présentement, elle feuilletait un épais classeur trois anneaux de vieux journaux médicaux, qu'elle avait pris sur une étagère. Ses cheveux noirs jusqu'aux épaules et sa peau couleur caramel formaient un somptueux contraste avec le blanc de la chemise.

C'était la première fois qu'il avait emmené Madison chez lui, dans cet appartement propriété de la famille Bianchi, une des plus grandes familles de la Mafia new-yorkaise. Un tout petit pas vers l'intérieur de son monde secret.

— Tu es bien matinale, dit Levi.

Madison leva les yeux sur lui et resta à le regarder sans rien dire pendant quelques longues secondes. Doucement, un sourire s'épanouit sur ses traits délicats.

— Quoi ? demanda-t-il, sourcils froncés, en s'examinant avec un air intrigué. Qu'est-ce que j'ai ?

— Tu es tellement mignon. Je ne pensais pas qu'il y avait encore des hommes qui dormaient en pyjama. Mais dis-moi, ajouta-t-elle en tapotant le classeur. Tu as une étrange collection de livres. C'est une passion les journaux médicaux ?

Il haussa les épaules et s'approcha de Madison pour déposer un baiser sur sa joue.

— Bonjour à toi aussi, dit-il. J'espère que tu aimes les œufs au petit-déjeuner. Je n'ai que ça dans le frigo. Je vais nous préparer une omelette au jambon et au fromage.

Madison poussa un lourd soupir.

— Levi, ne m'ignore pas comme ça. C'est quoi tous ces trucs médicaux ? C'est étrange d'avoir ça chez soi, à moins que... Tu es médecin ?

Levi prit une boîte d'œufs dans le frigo. Puis, tout en se mettant à cuisiner, il lui répondit par-dessus son épaule.

— De toute évidence, je ne suis pas médecin. Mais tu sais que j'ai eu un cancer il y a une douzaine d'années ? À cette époque, tous les toubibs disaient que j'en étais à la phase terminale. Et puis, j'ai réussi à feinter la mort. Mais je me suis rendu compte que je n'étais pas sorti indemne de cette phase de mon existence.

— Comment ça ? demanda Madison, debout sur le seuil de la cuisine, une petite note inquiète dans la voix. Tu veux dire que ton cancer est revenu ? Il récidive ?

— Non, rien de tout ça. C'est difficile à expliquer. À cette époque, il s'est passé tellement de choses en même temps. Ma femme est morte dans un accident de voiture, j'avais un cancer en phase terminale et j'ai été saisi d'une fièvre débilitante qui m'a laissé sur le flanc. Et puis, tout à coup, la fièvre est partie toute seule, je suis entré en rémission, et j'ai constaté d'autres choses étonnantes... Le monde semblait empli de couleurs que je n'avais encore jamais observées. Mon oreille s'est mise à entendre des sons qui avaient toujours été là, mais étouffés dans le bruit de fond. Même les odeurs de la ville se sont faites plus nettes, plus puissantes. Au début, j'ai mis ça sur le compte d'un effet secondaire du cancer. Mais au bout d'un moment... il y a encore eu d'autres choses... difficiles à ignorer.

— Comme ? demanda Madison en venant poser son menton sur l'épaule de Levi pour le regarder casser adroitement les œufs.

Il sentait la chaleur du corps de la jeune femme contre le sien. Et il se demandait jusqu'où il pouvait se livrer sans qu'elle le croie fou.

— Eh bien, c'étaient des petites choses. Des souvenirs me revenaient de façon aléatoire sans même que je ne cherche à les faire remonter. Par exemple, je pouvais dire que, dix jours plus tôt, le restaurant à deux pâtés de maisons d'ici vers le nord proposait une *piccata* de poulet en plat du jour, au prix de 10 dollars 99. Et la seule raison pour laquelle je pouvais avoir enregistré ce détail, c'était parce que j'étais passé devant la vitrine. Mais de même, je me souviens du numéro de la licence du chauffeur Uber qui nous a conduits ici. Merde, je connais le numéro de mon billet quand je suis allé à assisté à un opéra avec un ami il y a deux semaines.

— Tu es sérieux ? dit Madison en reculant d'un pas.

Levi versa les œufs battus à parts égales dans deux poêles bien chaudes.

— Ouaip. C'est notamment pour ça que j'ai commencé à potasser ces bouquins. Pour essayer de comprendre…

— Pourquoi tu n'es pas allé voir un médecin tout simplement ? demanda-t-elle d'une voix où vibrait une pointe d'excitation. Tu es sérieusement en train de me dire que tu te souviens de tout ce que tu vois ?

Levi hocha la tête en parsemant les œufs de petits morceaux de jambon et de cheddar, avant de retourner chacune des omelettes.

— À peu près. Allez vas-y, je sais que tu meurs d'envie de me mettre à l'épreuve.

Madison rouvrit le classeur renfermant tout une collection de numéros de *The American Journal of Medicine*, puis tourna les pages d'une numéro pris au milieu.

— Allons-y pour celui-ci, d'octobre 2015. C'est un article sur les fièvres d'origine indéterminée. Apparemment, tu l'as marqué, tu as dû le lire. De quoi ça parle juste au-dessus du premier encadré ?

D'un petit coup de poignet, Levi retourna les omelettes et rajouta quelques morceaux de jambon et de fromage. Il fit remonter dans sa mémoire l'image du journal, puis en tourna les pages jusqu'à cet article qui l'avait d'ailleurs tout particulièrement intrigué.

— Très bien, commençons donc par nous intéresser à Petersdorf. « Petersdorf a également classifié les fièvres d'origine indéterminée par catégorie : infectieuse, maligne/néoplasique, rhumatismale/inflammatoire, et troubles divers. On peut aussi prendre en compte les fièvres d'origine indéterminée sous l'angle des hôtes classés en sous-ensembles, tels que les sujets ayant subi une transplantation d'organe, ceux touchés par le virus de l'immunodéficience humaine, les voyageurs de retour d'un pays lointain. »

Tout en éteignant le gaz sous les poêles, Levi jeta un coup d'œil par-dessus son épaule. Les yeux écarquillés, Madison le regardait bouche bée.

— Merde, c'est incroyable. Pourquoi tu n'es pas devenu médecin ou quelque chose comme ça ?

Avec un petit rire, Levi prit deux grandes assiettes dans le placard et déposa sur chacune d'elle une omelette parfaitement cuite.

— Maddie, ça ne fonctionne pas tout à fait comme ça. Ce n'est pas parce que je me souviens que je comprends tout ce que je lis. J'ai d'autres ouvrages dans ma bibliothèque, sur l'électronique, la physique et d'autres sujets encore. Alors oui, je peux te dire ce qu'est une résistance ou un condensateur, mais je n'ai pas la moindre idée de ce à quoi ils servent. Bon, disons que j'en ai une vague idée.

— Donc, fondamentalement, tu as une mémoire photographique.

Levi haussa les épaules.

— Je suppose. Dans ces journaux, j'ai appris que la mémoire photographique – que l'on appelle eidétique – n'est pas vraiment une capacité des adultes. Chez les enfants, un petit pourcentage la possède, mais elle s'étiole généralement avant l'âge adulte. Les seuls cas de mémoire de type eidétique chez les adultes sont observés chez des gens qui ont subi une blessure traumatique du cerveau. Or, moi, je n'ai rien eu de ce genre – à ma connaissance tout au moins... Je ne sais pas, peut-être que la fièvre ou le cancer ont produit leur petit effet sur moi. Quoi qu'il en soit, si la mémoire est parfois bien utile, ce n'est pas non plus la clé pour devenir un génie. Je n'en suis pas un, loin de là.

Il parsema les omelettes de ciboulette finement ciselée, puis invita Madison à rejoindre le coin repas.

— Allez viens. Il faut que tu manges. Tu as une grande journée devant toi.

Madison le suivit des yeux.

— Levi, tu es vraiment un homme plein de surprises. Mais j'aurais pu t'aider. Je suis vraiment désolée…

— Rien du tout, tu es mon invitée. Installe-toi. Je ramène du jus d'orange.

Levi repassa dans la cuisine, un petit sourire aux lèvres à la pensée de la superbe femme à moitié nue dans sa salle à manger. C'était étrange pour lui de partager des aspects aussi intimes de lui-même. Sa propre famille biologique ignorait absolument tout de ce qu'il venait de révéler. Quant à ses amis dans la Famille, ils ne connaissaient que des bribes.

Il se demanda ce que l'avenir allait leur réserver à Madison et lui.

Debout au fond de salle commune du *YMCA* de Harlem, en compagnie de Carmine et Paulie, Levi regardait Madison donner son cours. Vêtue d'un kimono blanc, une ceinture noire autour de sa taille de guêpe, elle faisait répéter des mouvements de base à une vingtaine de gamins du quartier. Les plus jeunes de ses élèves avaient cinq ans environ et les plus âgés étaient déjà de grands ados. Ensemble, ils représentaient la mosaïque arc-en-ciel d'ethnies et de cultures si caractéristique du quartier et de la ville de New York elle-même.

Aux yeux de Levi, Madison était l'incarnation de la grâce et de la beauté, dans un sublime emballage d'un mètre soixante-quinze.

Il devait bien l'admettre, leur relation était un peu compliquée. Dire qu'ils étaient amis aurait été en faire bien peu de cas, mais dire qu'ils formaient un couple… Non, ce n'était pas tout à fait ça non plus. Déjà ils ne vivaient pas dans le même État, elle à Washington, lui à New York.

Mais c'étaient leurs activités respectives qui rendaient l'affaire si compliquée. Elle était une agente de la CIA spécialiste des opérations sous couverture… et lui, un membre éminent d'une des familles de premier plan de la Mafia. Elle ne connaissait rien de ce pan de sa vie, mais elle n'ignorait pas qu'il était en était en cheville avec quelques personnages bien peu recommandables. Et c'était suffisant pour susciter le malaise par moments.

Ils s'étaient rencontrés un an plus tôt, alors que Levi s'occupait d'une affaire privée à l'étranger. Il s'était retrouvé dans une situation complexe qui l'avait contraint à coopérer avec des agents de la CIA, dont Madison. Dès l'instant où il l'avait vue, il avait éprouvé quelque chose pour elle.

Difficile d'imaginer un couple aussi peu assorti. Levi ne savait pas trop où les menait leur relation, mais toujours est-il que Madison jouissait de toute son attention. Nul n'aurait pu en douter.

— Tu sais, dit Carmine à côté de lui, si elle veut vraiment donner des cours aux gosses, je pourrais lui trouver un dojo stylé dans un coin plus classe.

Carmine et Paulie étaient deux maffieux qui accompagnaient Levi.

— Non, répondit Levi. Elle connaît le type qui gère le truc ici. Elle veut lui rendre service. Si j'ai bien compris, il a sauvé Madison de l'orphelinat à Okinawa, quand elle était môme. Il a permis qu'elle retrouve sa grand-mère qui vit à Los Angeles.

— Okinawa ? Elle n'a pourtant pas l'air japonaise… Non, attends… je retire ce que j'ai dit. Je crois que je vois maintenant. Au début, je pensais qu'elle était hawaïenne ou quelque chose comme ça. Tu sais, comme celles qui dansent le *hula*…

— Rien à voir, dit Levi en souriant.

Ses amis avaient certainement été un peu surpris de le voir arriver la veille, avec une fiancée à son bras, dans l'immeuble où il vivait – et qui appartenait à la « famille ». Inévitablement, ils s'étaient montrés curieux, d'autant plus que Levi n'était pas très actif sur ce plan-là, mais Levi ne leur avait encore rien dit sur.

— Je crois que sa mère était japonaise et son père un GI afro-américain, expliqua Levi.

— Cool, dit Carmine, même si à en juger par la direction de son regard, Levi ne savait pas trop s'il parlait de l'ascendance de Madison ou du groupe de jeunes mamans latinas venues voir leur progéniture au cours de karaté.

— C'est ça qu'elle fait dans la vie ? Prof de karaté ? demanda Paulie.

Levi se tordit le cou pour regarder Paulie – qui culminait à presque deux mètres dix.

— Non, c'est juste une passion. Elle pratique depuis l'enfance. En fait, elle bosse à Washington, dans un cabinet d'analyse politique, ce genre de trucs.

C'était la couverture officielle de Madison, la nature de son véritable emploi étant strictement confidentielle.

— On ne parle pas trop boulot. Ça évite les questions gênantes, si vous voyez ce que je veux dire.

— Ouaip, dit Paulie en hochant la tête. Ça peut être coton parfois. Ma Rita et moi, ça fait presque dix ans qu'on est mariés, et elle croit toujours que je suis comptable. C'est plus facile comme ça.

À cet instant, une porte s'ouvrit et une minuscule fillette asiatique se glissa dans la grande salle. Âgée de cinq ans au plus, elle portait une robe jaune à manches bouffantes, avec une large ceinture noire. Ses cheveux noirs étaient tirés en arrière en deux couettes, chacune nouée par un ruban jaune assorti à sa robe Entre ses mains, elle tenait une petite boîte fermée par un ruban rouge. Elle parcourut la salle du regard. Puis, quand ses yeux se furent posés sur Levi, elle marcha droit sur lui.

Curieux, il s'agenouilla pour lui parler.

— Bonjour, est-ce que je peux faire quelque chose pour t'aider ?

Avec un air sérieux et grave, elle s'inclina devant lui et se mit à parler en japonais.

De surprise, Levi battit des paupières. Il se demandait bien comment elle avait pu se dire qu'il la comprendrait. Avec ses cheveux brun foncé, ses yeux bleus et son teint pâle, difficile de le prendre pour un Asiatique. Mais il avait vécu au Japon quelques années et parlait japonais couramment.

Levi écouta en souriant le message que la petite poupée avait appris par cœur.

— Yoder-san, dit la fillette, je m'appelle Kimiko et mon père vous souhaite bonne santé et prospérité. Il voudrait vous inviter à venir le voir pour que vous puissiez parler en privé.

Et sur ces paroles, elle lui présenta sa boîte enrubannée.

Levi prit le petit paquet, s'inclina et répondit en japonais.

— Merci, Kimiko.

Il dénoua le ruban et ouvrit la boîte. Elle contenait une liasse de billets de cent dollars et une feuille de papier enroulée sur elle-même. Il évalua l'épaisseur de la liasse, émit un sifflement appréciateur, puis déroula le parchemin. C'était une lettre formelle admirablement calligraphiée au pinceau, dans le plus pur style traditionnel.

Yoder-san,

J'ai pris contact avec Don Vincenzo Bianchi, qui m'a donné la permission de m'adresser à vous.

Je suis le représentant aux États-Unis de monsieur Shinzo Tanaka, et je souhaiterais m'entretenir avec vous. Je ne me permettrais pas de vous solliciter ainsi si la cause ne me semblait pas le justifier. Une vie innocente est en jeu et j'implore humblement votre aide au nom de mon supérieur.

Je joins un défraiement pour le temps que vous voudrez bien me consacrer. J'espère avoir de vos nouvelles ce soir.

Respectueusement,

Ryuki Watanabe.

Le reste du billet n'était qu'une traduction en anglais du message, mais précisait en plus une adresse et une heure le soir même. En guise de signature, une empreinte du pouce était apposée, dans des tons rouges-bruns qui évoquaient du sang séché.

Levi regarda Kimiko d'un œil plein de curiosité. La petite fille tapotait la jambe de Paulie.

— Monsieur ? disait-elle en levant vers lui des yeux écarquillés.

— Oui, répondit Paulie en baissant la tête, une expression amusée sur ses traits.

Il avait parlé doucement, sur un ton chaleureux et amical.

— Tu es très grand, dit-elle sur un ton neutre et dans un anglais parfait. Je peux m'asseoir sur tes épaules pour toucher le plafond ?

Charmé, Levi regarda le géant soulever la petite fille candide. Pour un homme capable de déchirer en deux n'importe qui, c'est avec une grande douceur qu'il déposa Kimiko sur son épaule, avant de se redresser de toute sa hauteur.

Kimiko tendit la main, toucha le plafond et laissa filer une cascade de rires haut perchés.

— Je l'ai fait !

Paulie la redéposa au sol en riant.

Elle lui tendit la main avec une expression empreinte du plus grand sérieux.

— Merci monsieur, dit-elle en serrant la main de Paulie. Je le raconterai à tout le monde à l'école, mais personne ne voudra croire que j'ai vu un géant.

Puis elle se tourna vers Levi et repassa au japonais.

— Je dois partir. Le chauffeur de mon papa m'attend. À plus tard peut-être ?

— C'est possible, répondit Levi en japonais.

La fillette repartit en courant, au moment où les apprentis-karatékas commençaient à se disperser.

Levi sentit une main sur son épaule et se retourna. Madison lui souriait.

— Tu t'es fait une nouvelle amie ? dit-elle en montrant la porte d'un signe de tête.

— Je suppose que oui.

Il haussa les épaules et déposa un baiser sur ses lèvres.

— C'est fini ici ? demanda-t-il.

— Quasiment, répondit Madison en glissant son bras sous l'imper de Levi pour lui enserrer la taille. Mais la prochaine fois, il faudrait que tu fasses le cours avec moi.

— Je ne sais pas. J'aime bien te regarder. Donc… À quelle heure tu dois être à la gare ?

— Je commence de bonne heure demain. Je prends un train à quinze heures.

Ils cheminaient doucement vers la sortie du YMCA. Déjà, le personnel remettait en place le mobilier de la grande salle polyvalente.

Levi jeta un regard à sa montre et poussa un soupir chargé de mélancolie.

— Maddie, ces week-ends passent bien trop vite.

Elle le serra encore plus fort et appuya sa tête contre la sienne.

— Je suis tout à fait d'accord. Mais, tu sais quoi ? Si tout se passe bien, je devrais avoir deux semaines aux alentours de Noël. Si tu penses pouvoir me supporter aussi longtemps, on devrait se prévoir quelque chose. Ce n'est que dans un petit peu plus d'un mois.

Carmine était parti devant chercher la voiture, mais Paulie, resté en arrière, s'immisça dans la conversation. Vous savez, pour nos cinq ans de mariage, avec ma femme on est allés dans les Poconos. Tout doit déjà être réservé partout dans les stations, mais j'ai quelques relations. Je devrais pouvoir vous dégotter une de ces suites à deux étages avec champagne et jacuzzi. C'est cool et romantique.

Madison mit un petit coup de hanche à Levi.

— Hmm, romantique… Ça a l'air bien, susurra-t-elle en déposant un baiser sur la joue de Levi. Je vais me changer et j'arrive.

Levi la suivit des yeux tandis qu'elle slalomait entre les quelques personnes encore dans la salle. Déjà, il imaginait ce que pourrait être un moment avec Madison dans un bain chaud au milieu des bulles.

— D'accord, mec, dit-il en se tournant vers Paulie. Si tu peux actionner quelques leviers, je suis preneur.

Paulie sourit.

— Ce ne sont pas mes affaires, mais vous avez l'air d'aller bien ensemble. Vous devriez penser à quelque chose de plus… solide. Plus permanent.

Levi secoua la tête en riant.

— C'est compliqué.

Il imaginait le maffieux gigantesque dans le rôle de Yente, l'entremetteuse dans la comédie musicale *Un violon sur le toit*.

Il jeta un coup d'œil à sa montre.

— Hé, Paulie, tu peux aller rappeler à Carmine qu'il faut filer directement à la gare, à Penn Sation, avant de retourner au *Helmsley Arms* ? Il faut que je discute avec le Don et pour ça Madison ne peut pas être dans les parages.

~

Sur Park Avenue, la grosse berline passa l'angle de la 86ème rue Est pour s'arrêter devant un majestueux bâtiment ancien, avec une entrée flanquée de part et d'autre d'une colonne en marbre. Gravés dans la pierre et dorés à la feuille, les mots « *Helmsley Arms* » surmontaient des doubles portes de plus de trois mètres de haut.

Levi descendit de la voiture, cueilli par la fraîcheur humide de la fin de l'automne à New York. L'odeur d'humus des feuilles mortes et les vapeurs des pots d'échappement composaient une fragrance inimitable. Les yeux fermés, il savait où il était et à quelle période de l'année.

Les portes s'ouvrirent avant même que Levi n'ait atteint le perron. Frank Minnelli, le chef de la sécurité, se tenait dans l'entrée. La petite quarantaine, l'âge de Levi, il portait comme lui un costume discret et chic.

— Viens, dit-il en invitant d'un geste Levi à entrer. On t'attend.

Ils passèrent devant les deux solides maffieux qui montaient la garde dans le hall, puis traversèrent la vaste étendue de marbre pour entrer dans l'ascenseur qui ne desservait que le dernier étage.

— Donc, dit Levi, je suppose que quelqu'un a pris contact avec Vinnie ?

Les portes s'ouvrirent et les deux hommes s'engagèrent dans un vestibule aux murs lambrissés.

— Je veux, oui, répondit Frankie avec une amorce de ricanement. Mais je laisse à Vinnie le soin de te raconter.

Deux autres maffieux s'arrachèrent à leurs fauteuils pour ouvrirent les doubles portes. Et Frankie et Levi pénétrèrent dans le salon de Don Bianchi.

Une fois encore, Levi fut stupéfait par le chemin parcouru par son ami depuis leur arrivée dans le quartier de *Little Italy* une vingtaine d'années auparavant. L'immense pièce dotée de deux cheminées avait des murs ornés de lambris admirablement travaillés, un mobilier de bois richement ouvragé, des peintures somptueuses, et une Vénus de Milo toute en marbre, qui aurait été digne de figurer dans un musée.

Au bout de la pièce, Don Vincenzo Bianchi, le chef de la famille Bianchi, était installé à son vaste bureau d'acajou, des lunettes demi-lune sur le nez, plongé dans une pile de papiers divers. Avisant ses deux visiteurs, il leur fit signe d'approcher.

— Venez, les gars. Frankie, toi et moi, il faudra qu'on parle de quelques trucs. Mais chaque chose en son temps. D'abord cette histoire de Tanaka.

Levi s'installa dans l'un des deux fauteuils visiteurs, en cuir dans les tons bruns-rouges. Frankie prit l'autre.

— Vinnie, dit Levi, c'est quoi cette histoire ? Quelqu'un te demande la permission de me parler ? C'est qui ces gens ? Une nouvelle équipe venue d'Asie ?

— Ce sont loin d'être des petits nouveaux, répondit Vinnie en retirant ses lunettes pour les jeter sur son bureau et se frotter les yeux. Frankie, on compte combien de membres et d'associés en ce moment ?

Frankie fronça les sourcils.

— Avec Carlo Moretti depuis le mois dernier, je dirais qu'on est à cent vingt-sept membres. Pour les associés, je ne suis pas sûr, mais on doit tourner aux alentours d'un millier au total.

Le Don tapota sa table de travail du bout des doigts, puis se tourna vers Levi.

— Ce matin, j'ai reçu un appel du numéro deux du syndicat Tanaka. Tu n'as peut-être jamais entendu parler d'eux, mais c'est un groupe plutôt sérieux, là-bas au Japon. Ces quelques dernières années, ils se sont étendus au-delà de leurs frontières et se sont bien implantés dans les affaires des bandes asiatiques sur la côte Ouest. Merde, ils ont même pris pied ici… Levi, toi et moi, on s'est mis d'accord sur le fait que c'était sans doute mieux que tu ne prennes pas part aux affaires quotidiennes de la famille, surtout compte tenu de ce que tu as bricolé avec les fédéraux. Mais tu sais ce qu'on fait quand il s'agit de nos affaires avec les autres groupes. Alors je vais le dire comme ça : ce syndicat Tanaka a dix fois notre effectif et des ressources absolument partout.

Vinnie se pencha en avant pour marteler son bureau de la pointe de son index.

— Ils nous ont fait une offre… une offre vraiment sérieuse, mais conditionnée à un coup de main qu'on pourrait leur donner.

— Le message qu'on m'a transmis parle d'une vie innocente, dit Levi. Tu sais ce qu'ils veulent de moi ?

Vinnie haussa les épaules.

— Pas la moindre idée. En revanche, ce que je sais, c'est que ces yakuzas sont féroces quand on les met en rogne. Et moi, je n'ai aucune envie de t'envoyer dans un hachoir à viande. Ce Ryuki, le numéro deux du syndicat, me dit qu'il garantit ta sécurité. Qu'il veut juste un entretien avec toi. Il est extrêmement poli, comme souvent les Asiatiques. Mais sincèrement, je n'aime pas ça… Levi, toi et moi, ça remonte loin. À nos débuts. Je t'aime comme un frère. Et je te le dis franchement, je ne sais pas quoi faire de ça. Ce type est resté vague. Il n'a même pas voulu me dire pourquoi il te voulait toi spécifiquement… Bon, ce que je veux dire, c'est que si tu ne veux pas y aller, je te soutiens à cent pour cent. C'est toi qui décides.

Frankie se racla la gorge, la mine grave.

— Levi, j'ai fait quelques recherches sur ce syndicat Tanaka. Du moins, j'ai essayé. Le patron, c'est un certain Shinzo Tanaka, mais on ne trouve pratiquement rien sur lui. J'ai vu qu'il était interdit de séjour aux États-Unis depuis un certain nombre d'années, mais c'est à peu près tout. Ce mec, c'est un fantôme. Même chose pour ce Ryuki, son numéro deux. Pas un dossier, rien. Aucun démêlé avec la police japonaise, locale ou nationale… Mais ça, c'est pour l'officiel. Dans la rue, ce n'est pas le même son de cloche. Tout le monde connaît ces deux-là. Ce qu'on dit, c'est : « Mieux vaut se tenir éloignés de ces tarés de yakuzas ». Ces types nous feraient passer pour des enfants de chœur. Donc, conclut-il en pointant son index sur Levi, fais gaffe. Je n'arrive pas à y voir clair et ça me rend à moitié dingue.

Levi entendait leurs mises en garde, mais sa curiosité était piquée. Pourquoi voulaient-ils lui parler à lui ? Comment cette petite fille avait-elle réussi à le reconnaître parmi tous les gens au YMCA ? Et comment savait-elle qu'il comprenait le japonais ?

Il se tourna vers Vinnie et sourit.

— L'offre qu'ils font pour obtenir mon aide, est-ce qu'elle vaut la peine ?

Vinnie lui rendit son sourire.

— Je ne lui aurais pas dit comment te contacter si ce n'était pas vraiment juteux.

Levi se leva de son fauteuil et posa ses poings sur le bureau.

— Dans ce cas, je crois que je ne devrais pas le faire attendre…

NOTE DE L'AUTEUR

Merci d'avoir lu *Opération Main morte*. J'espère sincèrement que ce livre vous a plu.

Pendant longtemps, j'ai écrit des choses pour mes enfants, de la fantaisie épique essentiellement. Mais cela n'a jamais été une activité dans laquelle je m'investissais trop sérieusement. Je le faisais pour faire plaisir à mes fils.

Je le reconnais bien volontiers, quand je me suis mis à écrire des histoires adultes, j'ai senti qu'une nouvelle page s'ouvrait dans ma « carrière ».

Le long du chemin, je me suis fait des amis, dont un certain nombre d'auteurs connus, et quand j'évoquais avec eux la possibilité de passer de m'impliquer plus dans l'écriture, plusieurs m'ont donné le même conseil : « Écris sur ce que tu connais ».

Écrire sur ce que je connais ?...

J'ai alors pensé à Michael Crichton. Il était médecin quand il s'est attelé à l'écriture d'un thriller médical. John Grisham avait été avocat pendant une décennie avant d'écrire une série de thrillers juridiques. Oui, il y avait peut-être quelque chose à entendre dans ce conseil...

Alors, je me suis demandé : « Qu'est-ce que je connais ? ». Et tout à coup, j'ai eu une révélation.

Je connais la science. C'est une passion et c'est le domaine dans lequel j'exerce mon métier. En fait, l'un de mes loisirs consiste à lire toutes sortes de documents dans plein de disciplines scientifiques. Je m'intéresse à plein de choses, de la physique des particules à l'informatique, en passant par la médecine et les sciences militaires (celles qui permettent de fabriquer des trucs qui font « boum »). Oui, je suis un peu nerd sur les bords de ce point de vue-là. Par ailleurs, j'ai énormément voyagé au cours de ma vie. En moi sommeille un étudiant toujours avide de découvrir les langues et les cultures étrangères.

Conseillé par un certain nombre d'auteurs classés dans la liste des best-sellers du *New York Times*, j'ai démarré mon incursion dans l'écriture de romans. Compte tenu de ma formation, on aurait pu penser que je me cantonnerais à la science-fiction, mais il se trouve que j'ai toujours été un amateur inconditionnel des thrillers, en particulier tous ceux dont l'action se déroule à une échelle internationale.

Sincèrement, je n'avais pas envisagé d'auto-éditer ce roman. Mon intention était de l'envoyer aux maisons d'édition. Après tout, j'ai reçu des commentaires élogieux d'auteurs publiés dans les circuits traditionnels qui avaient lu le manuscrit. Ils ont tous été très encourageants.

Pour finir, j'ai soumis cette histoire à un certain nombre d'éditeurs au sein de maisons d'édition, et si certains ont manifesté un intérêt, ils ont tous fini par estimer qu'elle ne correspondait pas à leur public, à cette époque. Rétrospectivement, je mesure combien il est difficile pour un auteur inconnu de percer dans l'édition traditionnelle, et pour un éditeur de prendre le risque de lancer un auteur inconnu. Ce sont des choses que je mesure pleinement.

Dans ce contexte, je me retrouvais donc face une alternative : laisser ces histoires dans un tiroir et passer à autre chose, ou bien prendre le risque et voir si je pouvais par moi-même trouver un public à mes histoires.

L'obstination n'est pas la moindre de mes qualités. J'ai choisi la seconde option.

Je suppose que si vous venez de lire ces paragraphes, c'est parce que vous avez lu le roman dans son intégralité et qu'il vous a diverti. Si tel est cas, c'est que je vous ai trouvé ! Vous êtes ce public insaisissable, dont les éditeurs disent qu'ils ne savent pas comment l'atteindre.

Ouais !

Si je peux me permettre de vous demander quelque chose, chers lecteurs, c'est de partager vos avis et vos points de vue sur cette histoire – sur Amazon, mais aussi avec vos amis. Ces sont ces avis, ces points de vue et le bouche à oreille qui trouvent d'autres lecteurs. J'espère que *Opération Main morte* touchera le plus grand nombre de lecteurs possible.

Merci encore d'avoir pris le risque de lire le premier thriller d'un auteur relativement débutant. Mais je dois vous avertir : ce n'est que le début.

Mon intention est de sortir deux livres par an : un dans la catégorie science-fiction/techno-thriller et un autre dans le genre thriller classique. Ce n'est pas la dernière fois que vous entendrez parler de Levi. Ce personnage est appelé à donner naissance à une série d'ouvrages. Et le suivant est déjà dans les tuyaux.

Si vous souhaitez être tenu informé de mes sorties, rejoignez ma liste de distribution :

https://mailinglist.michaelarothman.com/new-reader

Une autre de mes histoires vient de sortir également, un livre de science-fiction intitulé *Menace Primale*.

En voici une brève description :

Le destin de l'humanité repose sur les épaules de Burt Radcliffe, le nouveau directeur du programme NEO de la NASA consacré à l'étude des objets géocroiseurs.

Burt met les bouchées doubles pour terminer DefenseNet, un anneau de satellites destiné à servir à la fois de système de première alerte, et de moyen d'éliminer les menaces entrantes.

Et pourtant, en dépit de tous ses efforts pour se protéger, le monde ne peut rien contre l'alerte que Burt vient juste de recevoir.

Venu des profondeurs de l'espace depuis l'aube des temps, le danger qui menace notre Terre a un nom : trou noir. Et rien ne semble pouvoir l'empêcher de semer la mort et la désolation dans son sillage.

Un homme, véritable Einstein des temps modernes, avait eu la vision de cette menace primale, avant de disparaître sans laisser aucun détail sur la manière de nous en protéger. Son nom ? Dave Holmes. Il fut le premier architecte de DefenseNet.

Holmes pourra-t-il être retrouvé à temps ? Mais même dans ce cas, sa solution suffira-t-elle à écarter tout danger ?

Le monde a moins d'un an pour le découvrir.

ADDENDUM

Broken Arrow

Dans *Opération Main morte*, deux bombes nucléaires sont portées disparues. Dans le jargon militaire, c'est ce qu'on appelle une situation « Broken Arrow ».

Dans le monde réel, plusieurs dizaines d'armes nucléaires ont probablement été égarées – et il s'agit d'une estimation basse tant les États répugnent à faire connaître leur nombre réel.

Par exemple, le 3 octobre 1986, les Russes ont perdu un sous-marin de classe Yankee I, par cinq mille cinq cents mètres de fond, dans la fosse des Hatteras. Trente-quatre têtes nucléaires ont été perdues dans l'accident.

Opération Main morte s'inspire d'un incident Broken Arrow qui s'est réellement produit. Le 10 mars 1956, un bombardier B-47, parti de la base MacDill près de Tampa en Floride, a été porté disparu au-dessus de la Méditerranée. Aucune trace de cet appareil n'a jamais été trouvée.

Le système Périmètre ou Main morte

L'Union soviétique s'était dotée d'un programme appelé « Systema Perimetr », littéralement « Système Périmètre ».

Ce programme avait été mis au point pour répondre à une situation dans laquelle Moscou aurait perdu ses capacités de communication avec ses silos nucléaires. Son activation intervenait en cas d'alerte renforcée. Dès lors, en cas de détection d'une attaque nucléaire sur le sol soviétique, une riposte était automatiquement déclenchée, sans intervention explicite du commandement central.

Ce programme était aussi appelé « Main morte ».

D'après certaines rumeurs, ce programme existerait toujours dans la Russie post-soviétique.

Nanites

Si les applications spécifiques des nanites présentées dans *Opération Main morte* relèvent de la seule fiction, les nanites n'ont pour leur part rien de fictionnel. Depuis un certain temps déjà, l'ingénierie est en capacité de créer des choses au niveau moléculaire.

La fabrication d'une unité centrale d'un ordinateur en constitue le meilleur exemple. Aujourd'hui, nous produisons en masses des éléments électroniques avec des procédés gérant des largeurs de pistes jusqu'à sept nanomètres. Un millier de fois plus petit que le diamètre du plus fin des cheveux. En moyenne, un atome a une largeur comprise entre 0,1 et 0,3 nanomètres.

Nous avons même été en mesure de fabriquer des machines minuscules à l'échelle « nano ». Il faut voir le nanite comme un robot minuscule. Un nanorobot. Depuis un certain temps déjà, les robots de la taille d'une molécule représentent l'avenir pour la médecine. Le concept utilisé dans *Opération Main morte*, dans lequel des « médecins minuscules » réparent le corps (sans raison aucune) et protègent contre la maladie, n'est pas aussi ridicule qu'il y paraît.

Aujourd'hui, il est déjà possible de synthétiser des nanites capables de déterminer où ils se trouvent et d'apporter des quantités minuscules d'un substance active à un endroit déterminé. Par exemple, un nanite transportant un médicament spécifiquement adapté au traitement d'une forme donnée de cancer pourrait également transporter un capteur permettant d'identifier sa cible moléculaire.

Les avantages d'une approche aussi précise sont évidents. La chimiothérapie sature l'organisme de « poisons », endommageant les cellules saines en même temps que les cellules cancéreuses. En revanche, les nanites pourraient être « programmés » pour cibler uniquement les cellules malades.

Pourtant, aujourd'hui, nous n'utilisons pas les nanites dans ces fonctions de médecins minuscules. Pourquoi ?

Les défis à relever sont nombreux, notamment la capacité à fabriquer ces nanites en quantités suffisantes pour procéder à des essais cliniques. Aujourd'hui, le coût financier est énorme et c'est indiscutablement le premier frein.

Mais une fois cet obstacle surmonté, le champ est ouvert pour ce qui pourrait devenir une révolution dans le domaine de la médecine, avec à la clé de nouvelles approches du traitement du cancer, d'autres maladies encore, voire du processus de vieillissement lui-même.

À PROPOS DE L'AUTEUR

Je suis un fils de militaire, un polyglotte et la première personne de ma famille à être née aux États-Unis. Toute ma jeunesse en a été influencée ; cela a instillé en moi l'amour de la lecture, et une curiosité pour le monde et tout ce qu'il renferme. Adulte, ma passion des voyages et de l'aventure m'a permis d'explorer d'innombrables lieux inimaginables, qui servent parfois de cadre aux histoires que j'écris.

J'espère encore une fois que celle-ci vous a plu.
Mike Rothman

Pour suivre mon actualité ou me contacter, rendez-vous sur mon blog :
www.michaelarothman.com,
sur ma page Facebook : www.facebook.com/MichaelARothman,
ou sur Twitter : @MichaelARothman

www.ingramcontent.com/pod-product-compliance
Lightning Source LLC
Chambersburg PA
CBHW051315190726
48290CB00001B/165